O CASO DAS PENAS BRANCAS

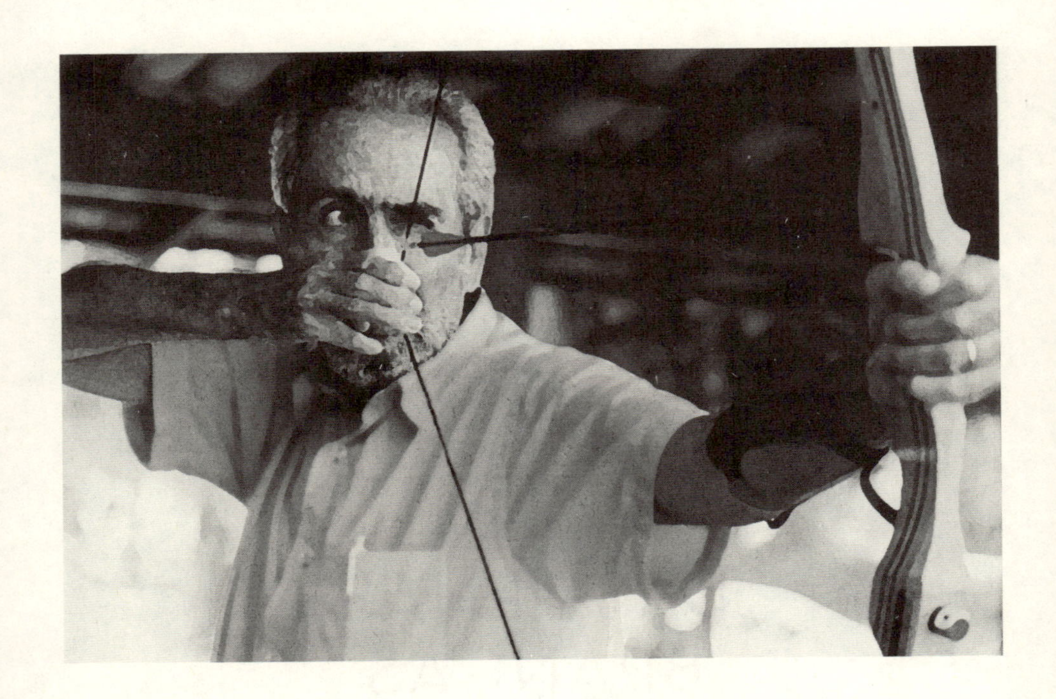

O Arqueiro

Geraldo Jordão Pereira (1938-2008) começou sua carreira aos 17 anos, quando foi trabalhar com seu pai, o célebre editor José Olympio, publicando obras marcantes como *O menino do dedo verde*, de Maurice Druon, e *Minha vida*, de Charles Chaplin.

Em 1976, fundou a Editora Salamandra com o propósito de formar uma nova geração de leitores e acabou criando um dos catálogos infantis mais premiados do Brasil. Em 1992, fugindo de sua linha editorial, lançou *Muitas vidas, muitos mestres*, de Brian Weiss, livro que deu origem à Editora Sextante.

Fã de histórias de suspense, Geraldo descobriu *O Código Da Vinci* antes mesmo de ele ser lançado nos Estados Unidos. A aposta em ficção, que não era o foco da Sextante, foi certeira: o título se transformou em um dos maiores fenômenos editoriais de todos os tempos.

Mas não foi só aos livros que se dedicou. Com seu desejo de ajudar o próximo, Geraldo desenvolveu diversos projetos sociais que se tornaram sua grande paixão.

Com a missão de publicar histórias empolgantes, tornar os livros cada vez mais acessíveis e despertar o amor pela leitura, a Editora Arqueiro é uma homenagem a esta figura extraordinária, capaz de enxergar mais além, mirar nas coisas verdadeiramente importantes e não perder o idealismo e a esperança diante dos desafios e contratempos da vida.

JACQUELINE WINSPEAR

O CASO DAS PENAS BRANCAS

UMA HISTÓRIA DE MAISIE DOBBS

ARQUEIRO

Título original: *Birds of a Feather*

tradução: Nina Schipper
preparo de originais: Lucas Bandeira
revisão: Midori Hatai e Rayana Faria
diagramação: Abreu's System
imagem de capa: Andrew Davidson
adaptação de capa: Renata Vidal
impressão e acabamento: Associação Religiosa Imprensa da Fé

CIP-BRASIL. CATALOGAÇÃO NA PUBLICAÇÃO
SINDICATO NACIONAL DOS EDITORES DE LIVROS, RJ

W772c
Winspear, Jacqueline, 1955-
O caso das penas brancas / Jacqueline Winspear ; tradução Nina Schipper. – 1. ed. – São Paulo : Arqueiro, 2022.
336 p. ; 23 cm. (Maisie Dobbs ; 2)

Tradução de: Birds of a feather
Sequência de: Maisie Dobbs
Continua com: Mentiras perdoáveis
ISBN 978-65-5565-324-3

1. Ficção inglesa. I. Schipper, Nina. II. Título. III. Série.

22-77559 CDD: 823
CDU: 82-3(410.1)

Meri Gleice Rodrigues de Souza – Bibliotecária – CRB-7/6439

Editora Arqueiro Ltda.
Rua Funchal, 538 – conjuntos 52 e 54 – Vila Olímpia
04551-060 – São Paulo – SP
Tel.: (11) 3868-4492 – Fax: (11) 3862-5818
E-mail: atendimento@editoraarqueiro.com.br
www.editoraarqueiro.com.br

Para Kenneth Leech
1919-2002

Durante a infância, tive a sorte de ter Ken Leech como professor. Ao crescer e me tornar adulta, tive o privilégio de poder contar com ele como amigo.

Como fará você, filho, como fará
Se em uma noite de inverno
Diante do fogo com seus velhos vizinhos
Alguém falar do combate?
Você se esquivará como de um golpe certo,
A velha cabeça curvada pelo remorso?
Ou dirá: "Não fui o primeiro,
Mas fui, graças a Deus, eu fui"?

– Trecho de "Fall In", de Harold Begbie, 1914

CAPÍTULO 1

Maisie Dobbs organizou os papéis de sua mesa em uma pilha e os guardou em uma pasta de papel manilha. Pegou uma caneta-tinteiro W.H. Smith com um padrão verde marmorizado e escreveu na capa da pasta os nomes de seus novos clientes: Sr. e Sra. Herbert Johnson. Eles estavam preocupados, suspeitando que a noiva do filho talvez tivesse mentido sobre seu passado. Era o tipo de caso fácil, que lhe renderia boas referências e poderia ser concluído com a apresentação de um relatório acompanhado da nota pelos serviços. No entanto, Maisie só poderia arquivar suas anotações quando aqueles que seriam afetados pela investigação estivessem de certa forma em paz com relação às descobertas, consigo mesmos e uns com os outros – se isso fosse possível. Enquanto escrevia, uma mecha do cabelo preto-azeviche caiu sobre seus olhos. Ela deu um suspiro e a prendeu novamente no coque baixo na altura da nuca. Mas, de repente, Maisie deixou a caneta no papel mata-borrão, puxou a mecha rebelde para que se soltasse outra vez e foi até o grande espelho pendurado na parede acima da lareira. Ela soltou o cabelo e o enfiou por dentro da gola da blusa de seda branca, deixando expostos apenas uns centímetros abaixo da linha do queixo. Será que ficaria bem com as madeixas mais curtas?

– Talvez lady Rowan tenha razão – disse Maisie para seu reflexo. – Talvez fique melhor de cabelo chanel.

Ela virou a cabeça de um lado para o outro diversas vezes e levantou um pouco o cabelo. Se fosse mais curto, ela não perderia minutos preciosos toda manhã e as mechas não ficariam se desprendendo do coque e caindo em seus olhos. Mas algo a conteve. Ela levantou o cabelo e se virou. A cicatriz ficaria visível? O novo corte revelaria a marca arroxeada que formava uma linha do pescoço até a pele sensível de seu couro cabeludo? Com o cabelo curto, ao se debruçar sobre as anotações, ela deixaria sem querer que os clientes vissem o estrago infligido pelo projétil alemão que explodira no posto de tratamento de feridos em que trabalhara na França, em 1917?

Olhando a sala refletida no espelho, Maisie considerou quanto havia progredido – não só em relação ao escritório lúgubre e sombrio na Warren Street, que fora o que conseguira pagar apenas um ano antes, como também em relação ao seu primeiro encontro com Maurice Blanche, seu mentor e professor, quando ela trabalhava como criada na casa de lorde Julian Compton e sua esposa, lady Rowan. Foram Maurice e lady Rowan que notaram a inteligência de Maisie e asseguraram que ela tivesse todas as condições para realizar o desejo de obter uma educação. Eles também tornaram possível que a antiga empregada fosse aceita na Girton College, em Cambridge.

Maisie fez outro coque depressa e, enquanto torcia o cabelo, olhou de relance pela janela que ia do chão ao teto com vista para a Fitzroy Square. Seu assistente, Billy Beale, havia acabado de virar a esquina na praça e estava atravessando o pavimento cinza e molhado pela chuva em direção ao escritório. Sua cicatriz começou a pulsar. Ao observar Billy, Maisie se pôs a imitar sua postura. Ela se aproximou da janela com os ombros caídos, as mãos enfiadas em bolsos imaginários, e reproduziu seu andar desajeitado, consequência de ferimentos de guerra que ainda causavam problemas. Sua disposição começou a mudar, e ela percebeu que a inquietação ocasional que sentira em Billy semanas antes era agora uma constante na vida dele.

Quando ela olhou para baixo pelo que antes fora a janela da sala de estar do prédio georgiano, ele havia puxado o punho da manga de seu sobretudo até a palma da mão e polia o latão da placa que informava aos visitantes que o escritório de "M. Dobbs, Psicóloga e Investigadora" ficava ali. Satisfeito, Billy se aprumou, jogou os ombros para trás, endireitou a coluna, correu os dedos pelo tufo desgrenhado de cabelo cor de trigo e sacou do bolso a chave da porta do edifício. Maisie o viu corrigir a postura. *Você não me engana, Billy Beale*, disse a si mesma. A porta da frente fechou com um baque surdo e as escadas rangeram enquanto ele subia até o escritório.

– Bom dia. Trouxe os registros que a senhorita pediu. – Billy colocou um envelope marrom sobre a mesa de Maisie. – Ah, e tem outra coisa, eu comprei o *Daily Express* para você dar uma olhada.

Billy tirou o jornal do bolso interno do sobretudo.

– Aquela mulher que foi encontrada morta na própria casa há uma ou duas semanas lá no Surrey, lembra? Em Coulsden... Bem, há mais detalhes aqui sobre ela e seu estado quando foi encontrada.

– Obrigada, Billy – disse Maisie, pegando o jornal.

– Ela tinha a sua idade, senhorita. Terrível, não é mesmo?

– Realmente, terrível.

– Eu me pergunto se nosso amigo... bem, seu amigo, na verdade... se o detetive-inspetor Stratton está envolvido no caso.

– É bem provável. Como o assassinato ocorreu fora de Londres, é um caso da Brigada de Homicídios.

Billy pareceu pensativo.

– É engraçado dizer que alguém trabalha na Brigada de Homicídios, não é? Não parece um nome muito caloroso...

Maisie passou os olhos pela matéria.

– Ah, isso é uma invenção dos jornais para vender mais. Acho que começaram a usar esse nome quando o caso Crippen ganhou notoriedade. Costumava se chamar Brigada de Reforço, mas não soava tão ameaçador. E Departamento de Investigação Criminal é muito longo.

Maisie encarou o assistente.

– Aliás, Billy, o que você quis dizer com "seu amigo", hein?

– Ah, nada, senhorita. É só que...

Billy foi interrompido pelo toque do telefone preto sobre a mesa de Maisie. Ele franziu a testa e atendeu.

– Fitzroy 5.600. Boa tarde, detetive-inspetor Stratton. Sim, ela está aqui. Vou passar para ela.

Ele abriu um largo sorriso e cobriu o bocal com a palma da mão, enquanto Maisie, corando um pouco, estendia a mão para pegá-lo.

– Bem, senhorita, o que era mesmo que o Dr. Blanche costumava dizer sobre a coincidência ser uma... Como era mesmo? Ah, sim, uma mensageira da verdade?

– Já basta, Billy.

Maisie pegou o telefone e fez um gesto para que ele saísse da sala.

– Inspetor Stratton, é um prazer falar com o senhor. Imagino que esteja ocupado com o assassinato em Coulsden.

– E como sabia disso, Srta. Dobbs? Não, não me diga. É melhor que eu não saiba.

Maisie riu.

– A que devo esta ligação?

– O motivo é puramente social. Pensei em perguntar se gostaria de jantar comigo.

Maisie hesitou, tamborilou com a caneta na mesa e respondeu:

– Obrigada pelo convite, inspetor. É muito gentil de sua parte... mas talvez pudéssemos almoçar juntos.

Houve uma pausa.

– É claro, Srta. Dobbs. Está livre na sexta-feira?

– Sim, na sexta-feira seria excelente.

– Ótimo. Passo em seu escritório ao meio-dia e daí podemos ir ao Bertorelli.

Maisie hesitou.

– Que tal se nos encontrarmos direto no Bertorelli? Ao meio-dia?

De novo, a linha ficou muda. *Por que isso tem que ser tão difícil?*, pensou Maisie.

– Claro. Sexta-feira, ao meio-dia, no Bertorelli.

– Combinado. Até logo.

Ela pôs o telefone no gancho, refletindo.

– Aqui está uma bela bebida para a senhorita.

Billy depositou a bandeja sobre a própria mesa, serviu leite e chá para Maisie em uma grande xícara esmaltada e a colocou diante dela.

– Espero que não se incomode com a pergunta, e sei que não é da minha conta, mas por que não aceitou o convite para jantar? Quer dizer, não há nada de mau em ser convidada para um jantarzinho, certo?

– Jantar e almoço são duas coisas bem diferentes. Sair para almoçar com um cavalheiro definitivamente não é o mesmo que sair para jantar.

– Em primeiro lugar, enche-se mais a barriga num jantar...

Billy foi interrompido pela campainha. Quando ele se aproximou da janela para ver quem era, Maisie o observou esfregar a coxa e se contrair. O ferimento de guerra, sofrido quase treze anos antes, em 1917, durante a

Batalha de Messines, voltava a incomodá-lo. Billy saiu para atender à porta e Maisie o ouviu enfrentar os degraus com dificuldade até a entrada.

– Mensagem para M. Dobbs. Urgente. Assine aqui, por favor.

– Obrigado, camarada.

Depois de confirmar o recebimento do envelope, ele enfiou a mão no bolso para pegar uma moeda e dar para o mensageiro. Fechou a porta e suspirou antes de subir as escadas de novo. Entrou no escritório e entregou o envelope para Maisie.

– Essa perna anda incomodando você? – perguntou ela.

– Só um pouco mais do que de costume. Sabe, já não sou mais tão jovem.

– Você voltou ao médico?

– Não nos últimos tempos. Não há muito que ele possa fazer, não é? Sou um cara de sorte. Tenho um belo trabalho, enquanto centenas de camaradas estão por aí fazendo fila para arrumar serviço. Não posso ficar aqui sentindo pena de mim mesmo, certo?

– Somos afortunados, Billy. Parece que agora há mais trabalho para nós, com todas essas pessoas desaparecendo depois de terem perdido seu dinheiro e outras fazendo coisas ruins. – Ela examinou o envelope. – Ora, ora, ora...

– O que é, senhorita?

– Você notou o endereço do remetente? Esta carta é de Joseph Waite.

– *Aquele* Joseph Waite? O ricaço que chamam de Açougueiro dos Banqueiros?

– Ele solicita que eu vá à sua residência... "o quanto antes", diz aqui... para receber instruções para uma investigação.

– Acho que ele está acostumado a mandar nas pessoas e a conseguir as coisas do jeito dele.

Billy foi interrompido mais uma vez pelo toque do telefone.

– Meu Deus, senhorita, lá vem esse troço de novo!

Maisie atendeu.

– Fitzroy 5.600.

– Eu poderia falar com a Srta. Maisie Dobbs, por gentileza?

– Sou eu. Como posso ajudá-la?

– Aqui quem fala é a Srta. Arthur, secretária de Joseph Waite. O Sr. Waite a aguarda.

– Bom dia, Srta. Arthur. Acabei de receber sua carta pelo mensageiro.

– Ótimo. Poderia vir hoje às três? O Sr. Waite reservará meia hora para encontrá-la.

A voz da mulher vacilou ligeiramente. Será que a Srta. Arthur tinha tanto medo de seu empregador?

– Certo. Meu assistente e eu chegaremos às três. Poderia me informar a localização, por gentileza?

– Sim, o endereço é o seguinte... A senhorita conhece Dulwich?

~

– Estou pronto, senhorita.

Maisie olhou o relógio de enfermagem de prata preso ao casaco à maneira de um broche. Ele havia sido um presente de lady Rowan quando Maisie deixou a Girton College para se tornar enfermeira do Destacamento de Ajuda Voluntária no Hospital de Londres durante a Grande Guerra. Desde que o prendera em seu uniforme, o relógio nunca havia errado a hora, prestando-lhe um bom serviço quando cuidara dos soldados no posto avançado de tratamento de feridos na França e ao retornar à Inglaterra, atendendo pacientes com trauma de guerra. Depois que Maisie concluíra seus estudos na Girton e passara a trabalhar como assistente de Maurice Blanche, o relógio muitas vezes fora sincronizado com o relógio de bolso dele. E serviria a ela por mais alguns anos.

– É só o tempo de eu terminar uma pequena tarefa, Billy, e logo partiremos. Estamos na primeira semana do mês e preciso fazer umas contas.

Maisie pegou uma chave na bolsa, abriu a gaveta do meio entre as que ficavam no lado direito da mesa ampla e tirou um pequeno livro-razão entre seis outros cadernos de capa dura. O livro-razão estava identificado como "CARRO".

Maisie havia recebido o direito de usar o MG 14/40, um conversível de dois lugares que pertencera a lady Rowan. Devido a uma dor recorrente no quadril causada por um acidente de caça, ela tinha dificuldade para dirigir e insistira para que Maisie pegasse o carro emprestado sempre que quisesse. Depois de usar o veículo com frequência durante alguns meses, Maisie se oferecera para comprá-lo. Lady Rowan gracejou, dizendo que essa devia ser a única venda comercial de um carro na qual o comprador desejava pagar um valor maior do que o preço que o proprietário havia estipulado. Uma pequena porcentagem de juros foi adicionada, por insistência de Maisie. Pegando a caneta, ela tirou seu talão da mesma gaveta e fez um cheque nominal a lady Rowan Compton. Anotou a quantia paga numa coluna do livro-razão e sublinhou em vermelho o novo saldo devedor.

– Muito bem, Billy, acabei. Tudo certo?

– Sim, senhorita. Os mapas dos casos estão em minha mesa, trancados. O arquivo com as fichas está trancado. O chá está trancado.

– Billy!

– É brincadeira, senhorita!

Billy abriu a porta para Maisie, e eles deixaram o escritório, assegurando--se de trancá-lo ao sair.

Maisie olhou para o céu carregado.

– Parece que vai chover de novo, não é?

– Parece que sim. Então temos que correr. Tomara que o tempo melhore.

O carro estava estacionado no fim da Fitzroy Street, seu vermelho-escuro resplandecente destacado contra a tarde cinzenta de abril.

Billy segurou a porta para ela e levantou o capô a fim de ligar a bomba do combustível, depois a fechou com um ruído que fez Maisie estremecer. Quando ele estava inclinado sobre o motor, Maisie observou as manchas cinzentas abaixo de seus olhos. Fazer troça era a maneira de Billy esconder a dor. Ele fez sinal de positivo e Maisie ligou a ignição, acelerou e puxou o afogador antes de pressionar o pedal de partida no chão do automóvel. O motor ganhou vida. Billy abriu a porta do passageiro e tomou seu assento.

– Vamos lá. Tem certeza de que sabe o caminho?

– Sim, conheço Dulwich. A viagem não deve levar mais de uma hora, dependendo do trânsito.

Maisie engatou a marcha e, com cautela, entrou na Warren Street.

– Vamos repassar o que já sabemos sobre Waite. O fato de haver fichas sobre ele no arquivo de Maurice já é bem intrigante.

– Bom, de acordo com esta primeira, o Dr. Blanche o procurou para pedir dinheiro para uma clínica. O que isso significa? – Billy olhou de relance para Maisie e depois fitou a estrada. – O céu está começando a desabar.

– Eu sei. Ah, o clima londrino, tão incrivelmente previsível que nunca se sabe o que vai acontecer... – observou Maisie ironicamente, antes de responder à pergunta de Billy: – Maurice é médico, Billy, você sabe. Antes de se especializar em jurisprudência médica, seus pacientes eram um pouco mais vivos.

– Espero que sim...

– Enfim, anos atrás, muito antes de eu trabalhar na Ebury Place, Maurice envolveu-se num caso que o levou ao East End. Enquanto estava lá para averiguar uma vítima de assassinato, um homem veio correndo em sua direção, gritando por ajuda. Maurice o seguiu até uma casa na vizinhança, onde se deparou com uma mulher com dificuldade para dar à luz seu primeiro filho. Resumindo, ele salvou a vida da mãe e da criança e saiu de lá determinado a fazer algo em relação à falta de tratamento médico para a gente pobre de Londres, principalmente mulheres e crianças. Assim, por um ou dois dias na semana, ele voltou a tratar dos vivos, atendendo pacientes no East End e do outro lado da ponte, em Lambeth e Bermondsey.

– E onde entra Waite nessa história?

– Você vai ver na ficha. Acho que foi um pouco antes de eu vir para a Ebury Place, em 1910. Maurice levou lady Rowan em uma de suas rondas. Ela ficou alarmada e decidiu que prestaria ajuda. Assim, envolveu todos os seus amigos ricos para que Maurice tivesse uma clínica adequada.

– Aposto que doaram o dinheiro só para ela largar do pé deles!

– Ela tem a reputação de conseguir o que quer e de não ter receio de pedir. Acho que o exemplo dela inspirou Maurice. É provável que ele tenha conhecido Waite em seu círculo social e simplesmente tenha lhe pedido recursos. Ele sabe reconhecer de imediato a disposição de uma pessoa e sabe como usar essa... acho que se pode chamar de "energia"... a seu favor.

– Um pouco como a senhorita?

Maisie não respondeu, apenas sorriu. Fora graças a seus notáveis poderes intuitivos, somados a um intelecto afiado, que Maurice Blanche a aceitara como pupila e, mais tarde, como assistente no trabalho que ele descrevia como "a ciência forense da pessoa como um todo".

– Bem, aparentemente o velho Dr. Blanche pediu a Waite 500 pratas – prosseguiu Billy.

– Olhe de novo e você provavelmente descobrirá que 500 libras foi apenas uma de muitas contribuições.

Maisie usou as costas da mão para enxugar a condensação acumulada no para-brisa.

– Ah, aqui tem outra coisa – disse Billy, subitamente se reclinando com os olhos fechados.

– O que foi?

Maisie olhou para o assistente, cujo rosto agora estava quase verde.

– Não sei se eu deveria ler no carro, senhorita. Meu estômago fica todo embrulhado.

Maisie parou no acostamento e mandou Billy abrir a porta do passageiro, colocar os pés no chão e a cabeça entre os joelhos. Ela pegou as fichas e resumiu as anotações sobre Joseph Waite:

– Rico, fez fortuna sozinho. Começou a vida como aprendiz de açougueiro em Yorkshire, Harrogate, aos 12 anos. Logo demonstrou tino para os negócios. Ao completar 20, já havia comprado sua primeira loja. Prosperou bastante em dois anos. Começou a vender também frutas e hortaliças, alimentos não perecíveis e produtos finos, todos de boa qualidade e a bons preços. Abriu outra loja, e mais outra. Agora possui várias Waite's International Stores em cada cidade e, em cidadezinhas regionais, a Waite's Fancy Foods, que é menor. Todas têm em comum o serviço de primeira qualidade, entregas em domicílio, bons preços e bons produtos. Além disso, ele faz uma visita-surpresa diária a pelo menos uma de suas lojas.

– Aposto que os empregados adoram isso.

– Hummm, você tocou num ponto importante. A Srta. Arthur pareceu um coelho assustado quando conversamos ao telefone esta manhã. – Maisie deu um peteleco na ficha que estava segurando. – Isto aqui é interessante... Ele recorreu a Maurice... sim, lembro bem... para se consultar há cerca de dez anos. Ah, céus...

– O que foi? O que está escrito aí? – perguntou Billy, enxugando a testa com um lenço.

– Isso não combina com Maurice. Está escrito apenas: "Eu não poderia concordar com seu pedido. Comunicação interrompida."

– Que ótimo... Então em que pé ficamos?

– Bem, ele ainda deve ter Maurice em alta conta para pedir minha ajuda.

– Maisie olhou para Billy e notou sua palidez. – Ah, meu Deus. Seu nariz está sangrando! Rápido, recoste-se e pressione a ponte do nariz com este lenço.

Maisie tirou um lenço limpo e bordado do bolso e o pôs no nariz de Billy.

– Ah, minha nossa, me desculpe. Primeiro eu tenho que me inclinar para a frente, depois para trás. Não sei... Hoje eu estou atrapalhando, não é?

– Que bobagem, você me ajuda muito. Como está o nariz?

Billy baixou o olhar para o lenço e pressionou-o de leve.

– Acho que está melhor...

– Então vamos.

~

Maisie estacionou em frente ao portão principal, que conduzia a uma mansão neogeorgiana de tijolos vermelhos. Ela se erguia majestosa em meio ao jardim planejado que se estendia depois do portão ornamentado de ferro forjado.

– A senhorita acha que alguém vem abrir o portão? – perguntou Billy.

– Alguém está vindo.

Maisie apontou para um jovem de calça de golfe, paletó xadrez de tweed, camisa de lã e gravata verde-folha. Ele abriu um guarda-chuva enquanto corria em direção à entrada e acenou para Maisie ao destrancar os portões. Ela avançou com o carro e parou ao lado do homem.

– Imagino que seja a Srta. Dobbs, para a reunião com o Sr. Waite às três horas.

– Sim, sou eu.

– E seu acompanhante é...

O homem se curvou para a frente e observou Billy no assento do carona.

– Meu assistente, o Sr. William Beale.

Billy ainda pressionava o lenço contra o nariz.

– Certo, senhorita. Estacione diante da porta principal, por favor, e lembre-se de manobrar o carro para que fique virado para o portão.

Maisie arqueou uma sobrancelha para o homem, que deu de ombros.

– É como o Sr. Waite gosta que seja feito, senhorita.

– Um pouco exigente, se quer saber – comentou Billy enquanto Maisie dirigia até a casa. – "Manobre o carro para que fique virado de frente para o portão"! Talvez eu deva andar lá dentro de costas! Fico me perguntando quem ele pensa que é!

– Um dos homens mais ricos da Grã-Bretanha, se não da Europa. – Maisie manobrou o carro conforme as instruções. – E, como sabemos, ele precisa de nós para alguma coisa, do contrário não estaríamos aqui. Vamos lá.

Depois de saltarem, eles avançaram depressa até a porta principal, onde uma mulher os aguardava para cumprimentá-los. Tinha cerca de 55 anos, pelos cálculos de Maisie, e usava um vestido liso cinza-ardósia na altura da canela com gola branca estilo Peter Pan. Além de um camafeu preso no centro da gola, o único adereço que trazia era um relógio de pulso de prata com pulseira de couro preto. Seu cabelo grisalho fora puxado para trás com tanta força que esticava suas têmporas. Apesar da aparência austera, quando Maisie e Billy alcançaram o último degrau, ela sorriu calorosamente, seus olhos azul-claros irradiando um brilho acolhedor.

– Venham logo, antes que morram de frio! Que manhã! O Sr. Harris, o mordomo, está doente, terrivelmente resfriado. Sou a Sra. Willis, a governanta. Deixe-me pegar seus casacos.

A Sra. Willis pegou o casaco Mackintosh de Maisie e o sobretudo de Billy e os entregou a uma empregada.

– Pendure-os no secador acima da lareira, na lavanderia. Os convidados do Sr. Waite partirão em... – ela verificou o relógio – ... aproximadamente 35 minutos, portanto deixe os casacos bem secos até lá.

– Muito obrigada, Sra. Willis – disse Maisie.

– Em breve o Sr. Waite se reunirá com os senhores na biblioteca.

Maisie sentiu a tensão no ar. O ritmo da Sra. Willis era apressado, impelindo-os a avançar. Diante da porta da biblioteca, ao segurar a maçaneta de bronze, ela consultou o relógio outra vez. Uma porta se abriu atrás deles e outra mulher juntou-se apressada ao trio.

– Sra. Willis! Sra. Willis, eu assumo a partir daqui. Guiarei os convidados do Sr. Waite à biblioteca – avisou ela, ofegante.

A Sra. Willis franziu a testa, aborrecida, antes de os deixar partir.

– Claro, Srta. Arthur. Por favor, prossiga. – Ela se virou para Maisie e Billy. – Bom dia – comentou ao se afastar sem olhar de novo para a secretária.

Infelizmente, ela foi impedida de fazer uma saída digna, pois a porta se abriu mais uma vez e um homem rechonchudo veio andando a passos largos na direção deles, consultando o relógio.

– Muito bem, são três horas. É melhor começarmos logo isso.

Mal olhando para Maisie e Billy, ele avançou depressa até a biblioteca.

Billy se aproximou de Maisie e sussurrou:

– Isto aqui é uma palhaçada!

Ela reagiu com um aceno discreto.

– Sentem-se, sentem-se.

Joseph Waite apontou para duas cadeiras no lado mais comprido de uma mesa retangular de mogno polido e imediatamente se sentou à cabeceira, numa cadeira maior. Por causa da circunferência de sua cintura, ele parecia baixo, apesar de ter quase 1,80 metro de altura, e era mais ágil do que se podia imaginar. De acordo com as anotações de Maurice, Waite havia nascido em 1865, o que significava que tinha 65 anos. Seu terno listrado azul-marinho sem dúvida era muito caro e fora costurado por um alfaiate da Savile Row. Ele também vestia uma camisa branca, gravata de seda cinza-claro, sapatos pretos muito lustrados e meias de seda cinza-claro que Maisie pôde ver ao olhar de relance para o chão. Tudo caro, muito caro. Joseph Waite cheirava a dinheiro novo e ao grande charuto Havana que ele passou da mão direita para a esquerda a fim de cumprimentar primeiro Maisie e depois Billy.

– Joseph Waite.

Maisie inspirou e abriu a boca para responder, mas foi interrompida:

– Vou direto ao ponto, Srta. Dobbs. Minha filha, Charlotte, desapareceu. Sou um homem ocupado, então direi logo que não quero envolver as autoridades, pois nem por um minuto acredito que seja um caso de polícia. Não quero que virem este lugar de ponta-cabeça enquanto perdem tempo especulando isso ou aquilo e atraem aos meus portões jornalistas entediados.

Maisie mais uma vez tomou fôlego e abriu a boca para falar, mas Waite ergueu a mão com a palma voltada para ela. Ela notou um grande anel de ouro em seu mindinho e, enquanto o homem punha a mão de volta sobre a mesa, Maisie viu que o anel era incrustado de diamantes. Ela olhou furtivamente para Billy, que ergueu uma sobrancelha.

– Não é um caso de polícia porque não é a primeira vez que ela sai de casa. A senhorita deve encontrá-la e trazê-la de volta antes que comecem os boatos. Um homem na minha posição não pode ter uma filha perambulando por aí e aparecendo nos jornais. Não preciso lhe dizer que estes são tempos difíceis para um comerciante, mas a Waite's está se adaptando às novas circunstâncias e vai muito bem, obrigado. E precisa continuar assim. Pois bem... – Waite consultou o relógio mais uma vez. – A senhorita tem vinte minutos do meu tempo, então faça as perguntas que desejar. Não vou esconder nada.

Maisie percebeu que, embora Waite se esforçasse muito para eliminar um forte sotaque de Yorkshire, sua fala revelava aqui e ali um jeito peculiar, diferente do dialeto londrino.

– Gostaria de ter informações mais detalhadas sobre sua filha.

Maisie pegou as fichas em branco que Billy lhe estendeu.

– Em primeiro lugar, qual é a idade de Charlotte?

– Trinta e dois anos. Mais ou menos a sua.

– Sim.

– E com cerca de metade da sua energia!

– Desculpe, pode repetir, Sr. Waite?

– Não vou tentar dissimular meus sentimentos. Charlotte é como a mãe. Um lírio fenecido, é assim que a chamo. Um bom dia de trabalho não lhe faria mal, mas é claro que a filha de um homem na minha posição não tem necessidade disso. Infelizmente.

– De fato. Talvez o senhor pudesse nos contar o que aconteceu no dia em que Charlotte sumiu. Quando ela foi vista pela última vez?

– Há dois dias. Sábado. De manhã. Durante o café. Eu estava lá embaixo, na sala de jantar, e Charlotte entrou radiante e sentou-se na outra ponta da mesa. Em um minuto, ela parecia perfeitamente bem e saudável, comendo um pedaço de torrada, bebendo uma xícara de chá, mas de repente começaram as lágrimas, os soluços, e ela saiu correndo da sala.

– O senhor foi atrás dela?

O homem suspirou e pegou um cinzeiro, no qual bateu a ponta do charuto, deixando ali um círculo de cinzas de odor forte. Deu uma longa tragada mais uma vez e exalou a fumaça.

– Não, não fui. Terminei meu café da manhã. Charlotte tem um quê de

Sarah Bernhardt, Srta. Dobbs. Uma atriz... Deveria estar nos palcos, como a mãe dela. Nada é bom o suficiente, nunca. Achei que, a esta altura, ela já teria feito um bom casamento, mas não, na verdade... A senhorita deveria anotar isso... – Ele agitou o charuto em direção à ficha de Maisie. – Ela foi abandonada pelo noivo uns meses atrás. Mesmo com todo o meu dinheiro, ela não consegue arranjar um marido!

– Sr. Waite, o comportamento que descreve sugere que sua filha poderia estar desesperada.

– Desesperada? *Desesperada?* Ela sempre teve comida da melhor qualidade na mesa, roupas, ótimas roupas, devo acrescentar, à sua disposição. Eu lhe proporcionei boa educação, na Suíça, se quer saber. E ela teve um respeitável baile de debutantes. Poderia alimentar uma família por um ano inteiro apenas com o dinheiro que gastei com seu vestido. Aquela menina teve tudo do bom e do melhor, então não venha me falar em desespero, Srta. Dobbs. Aquela menina não tem o direito de estar desesperada.

Maisie o encarou com firmeza. *Pronto*, pensou ela, *é agora que ele vai me contar sobre a vida difícil que teve.*

– Desespero, Srta. Dobbs, é quando seu pai morre num acidente na mina e você, o filho mais velho de seis, tem só 10 anos. Isso é desespero. Desespero é aquilo que dá um bom chute no seu traseiro e o obriga a sustentar a família mesmo que você seja apenas uma criança.

Waite, que agora falava com todo o seu sotaque de Yorkshire, continuou:

– Desespero, Srta. Dobbs, é quando você, aos 14 anos, perde a mãe e o irmão mais novo para a tuberculose. *Isso* é desespero. Desespero é quando você acha que todos estão sendo bem cuidados, porque vem trabalhando noite e dia para se tornar alguém, mas perde outro irmão na mesma mina que matou seu pai, porque ele aceitou o primeiro trabalho que apareceu para ajudar em casa. *Isso* é desespero. Mas a senhorita sabe disso por experiência própria, não?

Waite se inclinou para a frente e colocou o charuto no cinzeiro.

Maisie então percebeu que em algum lugar ali no escritório Joseph Waite guardava um dossiê sobre ela com tantas informações quanto as que ela obtivera sobre ele, se não mais.

– Sr. Waite, tenho bastante consciência dos desafios da vida, mas se eu assumir este caso, e a decisão é minha, serei responsável pelo bem-estar de todas as partes envolvidas. Se esse tipo de fuga é algo habitual para sua filha e se a discórdia na casa for o principal motivo da inquietação dela, então claramente algo deverá ser feito para aliviar a, digamos, *tensão* entre as partes. Precisarei que se comprometa a ter conversas adicionais sobre o problema quando encontrarmos Charlotte.

Os lábios de Joseph Waite se contraíram. Ele não era um homem acostumado a ser desafiado. No entanto, como Maisie agora sabia, ele a escolhera para a tarefa por causa de suas origens similares, e não recuaria na proposta. Era um homem muito inteligente e beligerante, e não gostaria de perder nem um momento a mais.

– Sr. Waite, mesmo que Charlotte tenha desaparecido por vontade própria, notícias sobre o sumiço dela logo atrairão a atenção da imprensa, exatamente como receia. Dada a sua situação financeira e os tempos difíceis, há um risco de que o senhor sofra tentativas de extorsão. E embora pareça certo de que Charlotte está em segurança e de que apenas se escondeu, não podemos ter certeza disso até que ela seja encontrada. O senhor mencionou sumiços anteriores. Pode me dar mais detalhes?

Waite se reclinou na cadeira, balançando a cabeça.

– Acho que ela foge quando não consegue o que quer. A primeira vez foi depois que me recusei a permitir que ela tivesse um automóvel.

Ele olhou para o gramado e balançou o charuto na direção do que Maisie imaginou ser a garagem.

– O motorista a leva aonde ela quer. Não sou a favor de que mulheres dirijam.

Maisie e Billy se entreolharam.

– Então ela correu para a casa da mãe, sem dúvida para reclamar sobre seu terrível pai. Vou dizer uma coisa: de onde eu vim, as mulheres dariam tudo para que alguém as conduzisse em vez de terem que andar 10 quilômetros para fazer compras empurrando um carrinho de bebê, com um garotinho berrando e as sacolas de compras penduradas na alça do carrinho!

– E a segunda vez?

– Ah, ela estava noiva e queria desistir. Foi o noivado antes desse último. Apenas deu na veneta e ela se mudou para o Ritz, faça-me o favor! Uma bela casa aqui, e ela queria morar no Ritz. Eu mesmo fui até lá e a arrastei de volta.

– Entendo.

Maisie imaginou o constrangimento de uma mulher sendo carregada para fora do Ritz pelo pai furioso.

– Então, na sua opinião, Charlotte tende a fugir quando é confrontada?

– Sim, para a senhorita ter noção de como é a situação... – respondeu Waite. – Como acha que será sua "conversinha adicional" quando Charlotte voltar dessa vez, hein, Srta. Dobbs? Considerando que a garota nem consegue olhar nos olhos do pai?

Maisie foi rápida ao responder:

– Minhas condições se mantêm, senhor. Parte do meu trabalho em trazer Charlotte para casa será escutá-la e *entender* o que ela tem a dizer.

Waite empurrou a cadeira para trás, enfiou as mãos nos bolsos da calça e andou até a janela. Ele ergueu os olhos para o céu apenas por um breve momento e sacou um relógio de bolso.

– Concordo com suas condições. Envie-me seu contrato até as nove horas de amanhã. A Srta. Arthur providenciará o adiantamento que for necessário e acertará suas contas e despesas mediante apresentação de recibo. Se ainda precisar da minha colaboração, ela agendará uma reunião. Do contrário, aguardo um relatório parcial na sexta-feira. Pessoalmente e no mesmo horário. Isto é, se não conseguir encontrá-la até lá. Sou um homem ocupado, como já disse, Srta. Dobbs.

Ele se virou para ir embora.

– Sr. Waite?

– Sim?

– Podemos ver os aposentos de Charlotte, por favor?

– A Srta. Arthur chamará a Sra. Willis para acompanhá-los. Tenha uma boa tarde.

~

A Sra. Willis foi instruída a mostrar a suíte de Charlotte para Maisie e Billy. Ela os conduziu pela escadaria até o segundo andar, onde viraram à direita atravessando um patamar espaçoso. A Sra. Willis levantou a mão para bater à porta e, então, lembrando-se de que não havia necessidade, pegou um molho de chaves do bolso, escolheu uma delas e destrancou-a, revelando uma ampla antessala com portas nos dois lados, que Maisie presumiu levarem ao banheiro e ao quarto. As janelas de guilhotina estavam abertas e revelavam uma vista livre dos gramados perfeitos na frente da casa, com faixas verde-claras e verde-escuras onde os jardineiros haviam trabalhado com cortadores de grama e rolos compressores para obter um acabamento impecável.

A Sra. Willis os acompanhou enquanto percorriam os aposentos arejados pela brisa suave que parecia dançar com as cortinas estampadas de rosas de cem pétalas, balançando-as para a frente e para trás. Apesar dos móveis e da roupa de cama sofisticados, Maisie achou o quarto frio e austero. Não havia ali a ornamentação que ela esperava encontrar: nenhuma fotografia emoldurada, nenhum enfeite, nenhum livro na mesinha de cabeceira, nenhum frasco de perfume exótico sobre a penteadeira. Maisie andou pelo cômodo e voltou à antessala. Assim como as poltronas Queen Anne ao lado da lareira, as cortinas estampadas de rosas eram tradicionais, mas a penteadeira e o guarda-roupa eram modernos, feitos de madeira maciça escura num estilo de linhas geométricas. Os espelhos da penteadeira tinham formato triangular, um tríptico pontiagudo e hostil que inquietou Maisie. Sentiu um formigamento na pele, como se tivesse sido perfurada por pequenas agulhas. O design da penteadeira, com o espelho central encaixado na madeira, combinava com o do guarda-roupa. Maisie teve a sensação de que era impossível descansar naquele cômodo, a não ser que se olhasse pela janela ou através das cortinas.

– É uma suíte encantadora, não é? Mudamos os tecidos na semana passada. No inverno, ela é decorada com veludo verde-claro, forrado com um tipo especial de algodão penteado que mantém os quartos aquecidos. A penteadeira foi feita de acordo com as especificações do Sr. Waite.

Maisie sorriu e aquiesceu.

– Obrigada, Sra. Willis. Talvez tenhamos que lhe fazer algumas perguntas daqui a pouco. No momento, só precisamos dar uma olhada nos quartos.

A Sra. Willis franziu os lábios, hesitante.

– Certo. Voltarei em vinte minutos, mas, se precisar de mim antes disso, basta apertar este botão. – Ela apontou um dos três botões de latão num painel ao lado da porta.

Maisie sorriu e anuiu, pressentindo que Waite dera instruções para que ela e Billy estivessem o tempo todo acompanhados. Suspeitava de que a Sra. Willis já tinha responsabilidades demais naquela casa para ainda ter que fazer companhia a dois investigadores particulares.

Quando a porta se fechou, Billy se virou para Maisie.

– Parece que ninguém pôs os pés aqui, não acha?

Maisie não disse nada, mas colocou sua pasta de documentos sobre uma poltrona que combinava com as cortinas e com a colcha da cama de Charlotte. Trabalhar ao lado de Maurice Blanche lhe ensinara que uma pessoa se expressa não apenas por meio da voz, mas também dos objetos dos quais ela escolhe se cercar. Todos sabem que as fotografias contam uma história, mas o modo como a mobília é posicionada num cômodo também diz algo sobre quem o ocupa. O conteúdo de uma despensa revela desejo e contenção, certamente tanto quanto o nível do vinho em um decanter.

– O que estamos procurando, senhorita?

– Não sei, Billy, mas saberei quando tivermos encontrado.

Os dois trabalharam juntos, vasculhando cuidadosa e sistematicamente as gavetas, o guarda-roupa e cada canto e fresta do cômodo. Maisie pediu que Billy procurasse com cuidado sob a cama e atrás dos móveis, que tirasse a almofada das poltronas e listasse todos os itens do armário de remédios no banheiro de azulejos brancos. Enquanto isso, ela investigaria o conteúdo da penteadeira, do guarda-roupa e da escrivaninha.

Apesar de estar incomodada com o design da mobília, Maisie ficou ainda mais intrigada com as roupas de Charlotte. No lugar de tailleurs e vestidos de marcas como Worth, Schiaparelli ou Molyneux, o que seria condizente com uma mulher de sua classe, havia ali apenas algumas saias e casacos cinza e marrons bem simples, comprados na Debenham & Freebody. Um vestido longo preto, protegido por uma delicada cobertura de musselina, era a única concessão de Charlotte às roupas de noite. Havia também um antiquado vestido preto para usar à tarde, com cintura baixa e a barra abaixo dos joelhos. As blusas de Charlotte eram igualmente simples, e parecia que ela havia comprado várias parecidas de uma só vez. Será que, em busca de algo mais vibrante, ela tinha levado as roupas coloridas e casuais, deixando para trás uma vida sem cor?

Foi na escrivaninha, à direita da janela, que Maisie encontrou uma agenda de endereços. A princípio, pensou que não descobriria outros documentos pessoais, nenhuma carta, nada que revelasse a personalidade de Charlotte Waite ou que sugerisse o motivo de sua aflição, mas, ao abrir a segunda gaveta, sob uma coleção de canetas e papéis de carta, achou um livro de orações ao lado de um exemplar de *A Regra de São Bento* e diversos livretos sobre a vida de um contemplativo. Maisie andou de novo até o guarda-roupa e tocou os tecidos escuros e sem graça das roupas que Charlotte havia deixado.

– Senhorita, veja o que achei.

Billy se aproximou com um pedaço de papel na mão.

– O que é isso?

– Estava enfiado ao lado da almofada de uma das poltronas. Pode ter sido guardado ali de propósito ou talvez tenha caído de um bolso.

Billy o entregou a Maisie.

– Parece que alguém andou anotando as partidas de trem. Veja aqui... – Maisie apontou para as letras e leu: – "Ch. X p/ Ash. con. App". E depois tem uma lista de horários. Hummm. Por enquanto vou juntar isso com as outras coisas e vamos examinar tudo mais tarde.

Ela dobrou o papel e o colocou dentro do livro de orações, então se virou para o assistente.

– Billy, eu gostaria de ficar um tempo aqui sozinha.

Ele já havia se acostumado com o jeito de Maisie trabalhar e não demonstrou surpresa diante do pedido.

– Certo, senhorita. Devo conversar com a Sra. Willis?

– Sim, faça isso. Eis o que precisamos saber: primeiro, Charlotte... o comportamento dela nos últimos dois ou três meses. Houve alguma mudança em sua conduta? Pergunte sobre as mínimas mudanças nos hábitos de vestimenta, dieta alimentar, lazer.

Maisie olhou ao redor.

– Ela não tem um telefone particular, então descubra quem ligou. A criadagem sempre fica sabendo quando um novo nome surge. Converse com a Srta. Arthur sobre a mesada: quanto ela recebe, quando e como. Ela tem uma conta bancária própria? Só Deus sabe, espero que a pobre mulher tenha alguma privacidade... E veja se os extratos são guardados pela Srta. Arthur.

Maisie andava de um lado para outro enquanto Billy mordia o lápis, pronto para tomar notas.

– O mais importante: descubra sobre o ex-noivo de Charlotte, seu nome, profissão, se é que tem uma, e onde trabalha. Vou precisar encontrá-lo. Converse com o motorista e descubra aonde ela costuma ir e quem costuma ver. Você já conhece os procedimentos. Ah, e uma fotografia recente, em que ela apareça como realmente é; pergunte a criados diferentes se ela está igual à foto. Veja o que consegue. Quero ficar aqui por uns quinze minutos, depois gostaria de conversar com a criada pessoal de Charlotte Waite. Descubra quem ela é e peça-lhe que venha me encontrar.

– Certo, senhorita, considere tudo isso feito.

– Ah, Billy, aborde-a com muito cuidado. Ainda não sabemos quem é fiel a quem, apesar de eu sentir, devo dizer, certo estremecimento quando menciono Charlotte.

– Sabe, admito que também sinto o mesmo.

– Bem, tenha isso em mente. Faça o seu melhor.

Billy fechou a porta sem fazer ruído. Maisie se sentou na poltrona de Charlotte e fechou os olhos. Ela respirou profundamente quatro vezes, como havia aprendido tantos anos antes com Khan, o cego místico do Ceilão a quem Maurice lhe apresentara para que aprendesse que ver não é necessariamente uma função desempenhada pelos olhos. Nos dias em que passara sentada com Khan aprendendo sobre meditação, Maisie compreendera os riscos inerentes a essa ferramenta no trabalho e sabia que mesmo seu espírito resistente ficava vulnerável à aura das almas atormentadas. Ela se concentrou na respiração, acalmou tanto o corpo quanto a mente e começou a sentir a força da emoção que residia no cômodo. Aquele era o refúgio de Charlotte na casa e havia se tornado o receptáculo de cada pensamento, sentimento, inspiração, reflexão e desejo dela. Enquanto meditava, Maisie sentiu que Charlotte havia estado profundamente aflita e que sua partida tinha muito pouco a ver com o noivado rompido. Charlotte Waite havia fugido, mas do quê? Ou para onde? O que havia causado uma dor tão intensa em seu coração que mesmo agora Maisie sentia a tristeza pairando ali?

Ela abriu os olhos e continuou sentada em silêncio por alguns instantes. Então começou a examinar os livros que Charlotte guardava. *A Regra de*

São Bento se abriu imediatamente na página marcada por um fragmento de envelope cortado ao acaso. Ela inspecionou com atenção o pedaço de papel, pois parecia pesado, e depois o virou. No lado oposto havia uma espessa nódoa de cera vermelha, de aproximadamente 2 centímetros, selada com o formato de uma rosa com uma cruz no centro. Maisie estreitou os olhos para conseguir ler as palavras gravadas acima e abaixo da cruz. Balançou a cabeça, pegou a pasta de documentos e retirou dali um objeto parecido com um estojo de pó compacto que, quando aberto, revelou uma lente de aumento. Maisie se debruçou sobre o selo e, usando a lente, leu as palavras "Abadia de Camden". *Abadia de Camden.* O nome lhe soava familiar.

Bateram à porta. Maisie colocou depressa os livros e os outros itens dentro da pasta, checou se estavam seguros, então levantou-se, respirou profundamente mais uma vez e abriu a porta. Uma jovem de cerca de 20 anos fez meia reverência à sua frente. Seu vestido preto era mais curto do que o que Maisie costumava vestir quando trabalhava como criada na casa de lorde e lady Compton. Um pequeno avental com peitilho para proteger o vestido e uma delicada faixa branca de renda sobre o cabelo encaracolado e bem preso completavam o uniforme.

– Srta. Dobbs? Disseram-me que gostaria de falar comigo. Sou Perkins, a criada pessoal da Srta. Waite.

– Ah, entre, Srta. Perkins.

Maisie deu um passo para o lado para dar passagem à mulher.

– Gostaria de se sentar?

A empregada balançou a cabeça.

– Não, obrigada.

– Bem, então vamos ficar perto da janela. O tempo está ruim, mas gosto de olhar para os jardins lá fora.

Maisie sabia que limitar o espaço também constringia a mente. Maurice lhe havia ensinado: sempre leve a pessoa a ser interrogada para um lugar espaçoso ou com poucos obstáculos à vista. Isso amplia a mente e permite que a voz seja ouvida.

Maisie sentou-se no peitoril baixo e amplo, a ponta do sapato tocando o chão para equilibrar o corpo. Perkins posicionou-se no canto oposto, de frente para Maisie.

– Diga-me, Srta. Perkins, há quanto tempo trabalha para a Srta. Waite?

– Para o Sr. Waite. Trabalho para o Sr. Waite. Ele paga meu salário, então é para ele que trabalho. O que faço nesta casa é tomar conta da Srta. Waite. Sou sua criada há um ano.

– Entendi.

Maisie refletiu sobre a rapidez com que foi corrigida e pensou que bastara uma pergunta para descobrir a quem a Srta. Perkins devia lealdade.

– E antes da senhorita, quem era a criada da Srta. Waite?

– Bem, houve várias. Isabel Wright deixou o cargo ano passado, e seis meses antes dela foi Ethel Day. Eu me lembro delas porque trabalho para o Sr. Waite desde os 12 anos.

– E gosta de trabalhar aqui, Srta. Perkins?

– Gosto de trabalhar para o Sr. Waite. Ele é muito bom conosco.

Maisie aquiesceu e olhou pela janela. Ela percebeu que a criada havia se inclinado para a frente para observar os jardins.

– Aposto que a senhorita anda muito ocupada e não tem tempo de olhar pela janela, certo?

– Ah, sim, ainda mais do jeito que a Srta. Waite me faz correr de um lado para outro... Ah, me desculpe, senhorita.

Maisie sorriu, encorajando a confidência de Perkins.

– Diga-me, como é ser a criada da Srta. Waite? Devo acrescentar que tudo o que me contar permanecerá entre nós.

Ela se inclinou para a frente e, embora a criada não tivesse tomado consciência da mudança, Maisie havia alterado de leve o sotaque para que soasse só um pouco como o da jovem.

– Preciso fazer perguntas para ter uma ideia do que vinha acontecendo na vida da Srta. Waite nos últimos dois ou três meses, especialmente nas semanas mais recentes.

O olhar da jovem se perdeu na paisagem mais uma vez. Ela mordeu a parte de dentro do lábio e em seguida se aproximou de Maisie. Começou a falar, primeiro hesitante, depois com mais firmeza:

– Para dizer a verdade, ela não é a pessoa mais fácil de lidar. Me faz correr para cima e para baixo o dia inteiro. Lave isso, passe aquilo, uma xícara de chá nem muito quente nem muito fria, com limão... ah, não, com creme... Primeiro ela diz que vai sair, depois que vai ficar em casa. Então, de repente, quando eu já estou repousando a cabeça no travesseiro, a campainha toca e preciso descer para vesti-la para um jantar tardio. Sem ouvir um agradecimento ou algo do tipo, sem nenhuma pequena gorjeta no aparador... e sou eu que tenho que limpar tudo quando ela tem um ataque de mau humor!

– Ah, céus.

– É como estar a céu aberto, sabe: o tempo muda a todo instante. Ela muda do quente para o frio, parece que nunca sabe o que quer. Num minuto está feliz, no minuto seguinte você acha que a lua se chocou com as estrelas e iluminou o céu visto da janela dela. – Perkins deu de ombros. – Bem, é o que diz a Srta. Harding, a cozinheira.

– E nas últimas semanas? Ela voltou a ter esse comportamento?

Perkins observou as nuvens por um instante antes de responder:

– Eu diria que ela estava mais quieta. Mais... mais *distante*, talvez. Quer dizer, ela sempre atravessou períodos assim. A Srta. Harding disse que ela deveria se consultar com alguém por causa dessa oscilação de humor. Mas isso foi diferente. Continuou por bastante tempo, e ela não estava saindo muito. Também não estava mais se arrumando tanto. Na verdade, ela se livrou de algumas roupas encantadoras, sabe, de Paris e da Bond Street. É muito estranho uma dama querer andar por aí o dia todo em roupas sem graça, e só ter um vestido de festa, ainda mais ela, que estava acostumada a ver as coleções, sabe, e a ter modelos desfilando para cima e para baixo em seus aposentos para que escolhesse o que vestir. A senhorita precisava ter visto quando as caixas chegaram!

– Tem alguma ideia do que pode ter levado a Srta. Waite a se retrair?

– Na verdade não. Não é da minha conta. Só estou feliz porque as campainhas pararam de tocar à meia-noite.

– A senhorita acha que o Sr. Waite percebeu?

– O Sr. Waite trabalha demais. Todos nós sabemos disso. Até onde sei, os dois não se veem muito.

– A senhorita soube de algum desentendimento entre a Srta. Waite e o pai?

Perkins olhou para os sapatos e se afastou um pouco da janela. Maisie notou na hora. *Ela está relutando em colaborar.*

– Não é da minha conta ficar bisbilhotando, Srta. Dobbs. Só cuido do meu trabalho. O que eles pensam uns dos outros lá em cima não é da minha conta.

– Hummm. Sim. Seu trabalho já exige muito, Srta. Perkins. Não há motivo para vigiar os outros. Apenas mais uma pergunta, então: sabe com quem a Srta. Waite se encontrou, ou aonde foi, nas semanas que precederam a partida dela desta casa? Notou algo fora do comum?

A criada suspirou de maneira a demonstrar que já havia falado tudo o que queria, mas que tentaria responder.

– Ela foi à cidade algumas vezes. Não tenho certeza do local exato, mas acho que ia visitar uma mulher chamada Lydia Fisher. Ela mora em Chelsea, por ali. Suponho que ia a outro lugar também, pois em algumas ocasiões levou um par de sapatos confortáveis. Mas, durante a maior parte do tempo, ela só ficou sentada aqui.

– Fazendo o quê?

– Não tenho certeza, senhorita. Numa espécie de devaneio, olhando pela janela.

– Entendo.

A criada começou a mexer impaciente no cabelo, na renda da faixa, no avental, sinalizando para Maisie que nenhuma outra informação valiosa sairia dali. Enquanto se dirigiam para a porta, Maisie pegou na bolsa um cartão de visita.

– Srta. Perkins, tenho familiaridade com a dinâmica de trabalho numa casa deste tamanho e sei que os empregados são os primeiros a notar que algo está errado. Por favor, sinta-se à vontade para me telefonar caso se lembre de qualquer coisa que possa ser útil. Ficou claro que a senhorita teve algumas dificuldades com Charlotte Waite, mas, apesar de tudo, o pai dela, seu empregador, a quer em casa.

– Sim, Srta. Dobbs.

Perkins pegou o cartão, colocou-o no bolso do avental, fez outra meia reverência e deixou o cômodo.

Maisie observou a criada andar pelo patamar e parar um instante para fazer outra mesura quando Billy se aproximou na companhia da Sra. Willis, que estava olhando o relógio. Era hora de eles partirem.

– Você conseguiu tudo, Billy?

– Sim, senhorita. E a Sra. Willis sabia onde encontrar uma fotografia recente da Srta. Waite. Aqui está.

Billy abriu o caderno e tirou a fotografia, que foi entregue a Maisie.

Charlotte aparecia sentada numa cadeira de ferro fundido branca ornamentada diante de um jardim de rosas, que Maisie supôs que ficava nos fundos da casa. O cabelo, que emoldurava o rosto, era ondulado e estava penteado para trás num coque baixo na altura da nuca. Ela usava um vestido até os joelhos que parecia bastante leve – uma brisa havia passado no exato momento em que o obturador se abriu. Sorrindo para a câmera, Charlotte não se mexera para segurar o vestido. Maisie aproximou a foto para examinar o rosto. Se os olhos eram as janelas da alma, então Charlotte de fato estava atormentada, pois os olhos que encaravam a câmera não irradiavam a alegria ou o divertimento que a pose sugeria, mas sim tristeza.

Maisie ergueu os olhos.

– Obrigada, Sra. Willis. – Depois virou-se para Billy. – Se você já concluiu tudo, podemos conversar no escritório. Tenho certeza de que a Sra. Willis tem muito que fazer.

A Sra. Willis os acompanhou à porta da frente, onde uma criada esperava com o casaco de Maisie e o sobretudo de Billy. Eles estavam prestes a pisar na rua quando Maisie parou.

– Uma pergunta rápida, Sra. Willis. Tenho a sensação de que a Srta. Waite não é muito estimada na casa. Por quê?

– Não sei o que a senhorita quer dizer – retrucou a Sra. Willis, que agora parecia ansiosa para ver Maisie e Billy dentro do carro, indo embora o quanto antes.

– Sra. Willis, conte-me o que pensa. Tudo será mantido em sigilo.

Maisie inclinou a cabeça em direção à Sra. Willis de modo conspiratório.

– O Sr. Waite é respeitado por todos que trabalham para ele. Ele retribui o tanto que exige daqueles que emprega, e às vezes até dá mais. Em troca de sua lealdade para com a equipe, ele obtém lealdade. Isso é tudo o que posso dizer.

Maisie e Billy agradeceram, deixaram a casa e entraram no automóvel.

– Isso diz pouca coisa, não é? – falou Billy, acenando para o porteiro enquanto saíam.

– Ao contrário, ela revelou muito. Foi uma pergunta impertinente e, dentro dos limites do que ela *podia* dizer, a Sra. Willis foi bastante expressiva.

Billy abriu o caderno e começou a falar, mas Maisie o silenciou colocando a mão gentilmente no braço dele e, depois, um dedo sobre os próprios lábios.

– Não, não agora. Deixe que a informação que reunimos fique de molho por enquanto. Apenas me diga uma coisa: o nome e a profissão do ex-noivo.

CAPÍTULO 2

Na manhã seguinte, Billy já estava no escritório da Fitzroy Square quando Maisie chegou às oito horas. A chuva da primavera finalmente cessara, e agora o sol da manhã se refletia nas poças que haviam se acumulado depois do aguaceiro da véspera, lançando sombras irregulares pela praça e brincando com as folhas verdes novas.

– Bom dia, Billy.

Enquanto entrava na sala, Maisie observou seu assistente.

– Você parece um pouco cansado... Está tudo bem?

– Sim, senhorita. Bem, na verdade, não. Todo dia eu olho pela janela do ônibus quando passo pela agência de empregos e a fila nunca está menor. Agradeço aos céus por ter conseguido o trabalho com a senhorita. Sabe, tenho a patroa e três garotinhos com que me preocupar, o mais velho agora está na escola, e com essa minha velha perna...

– Você não deveria se afligir, Billy. Temos a sorte de receber novos casos, e os clientes de Maurice agora sabem que podem confiar em sua antiga assistente. Se o problema é dinheiro, Billy...

– Ah, não, não, meu salário é melhor aqui do que era lá na esquina com o velho Sharpie. Eu só...

– O que é, Billy?

– A senhorita tem certeza de que precisa de mim?

– Certeza absoluta. Você provou diversas vezes que vale ouro, o que eu lhe pagaria, se pudesse. Se tiver qualquer reclamação a fazer com relação ao seu trabalho, eu lhe direi.

Billy deu um sorriso desconfiado.

– Isso é tudo que tem incomodado você, Billy?

– Isso é tudo, senhorita.

– Certo. Vamos ver em que ponto paramos no caso Waite.

O som da correspondência caindo na caixa do correio era um sinal para Billy se levantar da mesa.

– Volto num minuto. É melhor ver se chegou algo para nós.

Maisie franziu a testa. Ela sabia que, enquanto descia as escadas, ele estaria se preparando para, ao voltar à sala, demonstrar que ainda era o velho Billy brincalhão com o coração de ouro. Fora sua lealdade para com ela e a ligação entre ele e o capitão Simon Lynch, assim como a disponibilidade dele em ajudá-la, trabalhando longas horas em algumas das tarefas de vigilância mais tediosas, que lhe garantiram aquele trabalho de assistente.

Em 1917, o cabo William Beale fora levado ao posto avançado de tratamento de feridos onde Maisie auxiliava o capitão Simon Lynch, o médico do Exército ao qual ela havia sido apresentada por sua amiga Priscilla quando estudava na Girton College. Simon lhe declarara seu amor e a pedira em casamento, e naquele momento trabalhavam lado a lado. Billy Beale nunca esqueceu o homem que salvou sua perna – e sua vida. Tampouco esqueceu a jovem enfermeira que tratou de seus ferimentos. Quando, anos depois, Maisie Dobbs alugou a sala no prédio da Warren Street onde ele era zelador, reconheceu-a imediatamente. Tanto ela quanto Simon foram feridos quando o posto foi atingido pelo fogo pesado da artilharia inimiga. Ela havia se recuperado, ao contrário de Simon.

Maisie sentou-se à mesa perto da janela, abriu um dossiê que tirou da pasta e acenou para que Billy se juntasse a ela. Ele se acomodou, pegou um lápis do pote de vidro e uma grande folha de papel para que juntos montassem um diagrama com os pormenores dos indícios, pensamentos, possibilidades e projeções, uma técnica a que se referiam como "mapa do caso".

– O primeiro passo é Waite receber nosso contrato e nossas condições – disse Maisie, consultando o relógio preso na altura do peito no bolso do seu novo terninho bordô de lã –, o que ocorrerá em aproximadamente quinze minutos.

– E nós sabemos que ele tem dinheiro! – exclamou Billy.

– Isso nós sabemos. Vamos fazer três coisas esta manhã, e depois nos separaremos. Quero mapear nossas impressões sobre a casa, sobre as quatro pessoas que conhecemos e sobre os aposentos de Charlotte. Depois vamos examinar os itens que encontramos lá.

– E o terreno, senhorita. Não se esqueça de toda aquela asneira do carro "virado de frente para o portão" nem daqueles gramados que parecem ter sido cortados com tesouras de unha.

– Bem lembrado. Você está certo, não devemos nos esquecer daquelas boas-vindas! Enfim, depois de começarmos, você poderá se ocupar da agenda de endereços de Charlotte. Verifique apenas a localização de cada pessoa e se todos os dados estão atualizados.

– Sim, senhorita. Só vamos engordar o caso. Não é preciso bater em nenhuma porta ainda. Para onde vai?

– Vou visitar uma filial da Waite's International Stores. Pensei em ir àquela da Oxford Street, perto da Tottenham Court Road. Foi a primeira loja aberta em Londres e é a filial mais importante, ao lado da de Harrogate, claro. Os escritórios principais da Waite's ficam no andar superior dos prédios. Com um pouco de sorte, vou topar com o homem em seu habitat.

– Por que acha que são chamadas de Waite's *International* Stores, senhorita?

– Examinei o arquivo de Maurice, que dava mais informações além das anotadas na ficha. Na verdade, eu estava procurando por algo que pudesse ser acrescentado ao comentário sobre a comunicação interrompida, mas não havia nada ali, então terei que falar com o próprio Maurice a respeito. Enfim, quando ele passou a vender também no açougue frutas e legumes, produtos não perecíveis e outros que vinham do exterior, Waite inseriu um "International" no nome, entre "Waite's" e "Stores", e nunca mais olhou para trás.

– Ele deve ter trabalhado duro, hein?

– Certamente, e é claro que a vida doméstica também não foi fácil. Você ouviu o pequeno monólogo ontem.

– E quem era a esposa?

– De acordo com o dossiê de Maurice, a mãe de Charlotte foi uma cantora de *music hall* e atriz amadora de Bradford. Ele a conheceu na inauguração de sua loja. Aparentemente, as inaugurações das lojas eram sempre grandes acontecimentos. Charlotte nasceu apenas... – Maisie franziu a testa – ... sete meses depois do casamento de seus pais.

– A Srta. Arthur disse que a Sra. Waite passava a maior parte do tempo em Leeds, na casa que eles têm lá. E tomei nota para verificar se Charlotte não está com a mãe, apesar de a Srta. Arthur ter dito que já havia checado.

Billy pontuou suas frases batendo o lápis na mesa.

– Bom. Fiquei com a impressão de que Charlotte e a mãe não são próximas. O que acha, Billy?

Billy coçou a parte de cima da orelha, onde seu cabelo estava precisando de um corte.

– Bem, o que pensei foi que Charlotte realmente não se encaixa em lugar nenhum. Ali estava ela, morando com o pai, o "Poderoso Senhor Soberano", que controla a vida dela, e isso aos 32 anos, imagine. A maioria de suas amigas a esta altura já está casada, então elas não têm tempo de sair com outras garotas como costumavam fazer. É como se ela tivesse sido deixada para trás, não é? Como muitas, na verdade. Quer dizer, os homens com os quais podia ter se casado já se foram, morreram na guerra. O que esperavam que ela fizesse o dia todo sozinha? Aquele pai dela não pensa muito na filha, pelo que ouvi dizer. Ela é de fato uma solteirona, sempre só.

Maisie estremeceu com a análise de Billy da situação. Afinal, segundo essa descrição, ela mesma era uma solteirona.

– Sim, boa observação – respondeu ela.

Pensou por alguns instantes e então abriu a pasta de documentos e retirou os livros encontrados nos aposentos de Charlotte Waite. Ela os colocou sobre a mesa.

– O que acha disso?

Maisie pegou o selo e depois o pedaço de papel.

– Bem, o "Ch. X" é Charing Cross.

– E "Ash." pode ser Ashford, não?

Maisie concordou.

– Agora tudo está se encaixando, Billy. Digamos que esses sejam os trens que vão de Charing Cross para Ashford, onde é preciso fazer a conexão para pegar os trens que vão para...

– Meu Deus, não sei. Apples? – Billy abriu um sorrisinho.

– Appledore!

– *Appledore?*

– Sim, fui lá algumas vezes com meu pai. Costumávamos pescar no canal perto de Iden Lock. – Maisie se voltou para o selo. – O que explica isso aqui.

– O que é?

– O selo de um envelope. Charlotte provavelmente recebeu uma carta da Abadia de Camden, talvez enviada junto com os livros, e, quando começou a ler, rasgou o selo do envelope para marcar o livro.

– Então o que acha, senhorita? Dá para dizer, a partir desse pedacinho de papel, para onde ela foi?

– Ele nos conta que Charlotte estava curiosa a respeito da vida contemplativa. Preciso investigar melhor. Talvez eu conheça uma pessoa que pode nos ajudar. – Maisie reuniu os itens e olhou seu relógio. – Vamos em frente. Não podemos deixar que uma possibilidade turve nossa visão. Charlotte pode ter deixado esses papéis para enganar o pai. Ou pode ter partido com tanta urgência que os esqueceu.

Ela se levantou, então acrescentou:

– Certo. Charlotte já fugiu antes, mas de um jeito ou de outro sempre deixou o pai saber onde estava. Ele supõe que desta vez ela se escondeu dele. Temos que questionar essa suposição e considerar outras possibilidades. Mesmo tomando como verdadeiro o relato dele sobre a partida da filha, Charlotte pode estar sendo retida contra a vontade ou pode ter sofrido um acidente. E claro que não podemos eliminar a possibilidade de ela ter tirado a própria vida. Mas vamos começar supondo que ela desapareceu voluntariamente, há muitos dias, e que, de forma deliberada, escondeu as pistas. Por que foi embora desta vez? Onde está? Ela escapou *de* algo ou *por causa* de algo ou de *alguém*? Vamos tentar intuir com mais clareza o que aconteceu no último sábado e quanto podemos acreditar na versão de Waite sobre os fatos. Não precisamos mexer em nada sobre a mesa, apenas me ajude a deslocá-la um pouco para que fique no meio da sala.

Billy levantou um lado da mesa e Maisie, o outro, e eles a posicionaram onde ela havia indicado.

Maisie apontou para o lugar em que Billy deveria colocar sua cadeira.

– Você pode fazer o papel de Waite, então sente-se deste lado.

– Vou precisar enfiar o casaco dentro do meu cardigã, senhorita, já que não tenho nem metade do tamanho dele.

– Faça de conta, Billy. Sério, quero que você feche os olhos, sente-se à mesa e imagine de verdade que é Joseph Waite. Vou sair e lhe dar alguns minutos, depois vou entrar e me sentar como se eu fosse Charlotte. Para os fins desse experimento, eu *sou* Charlotte.

– Certo. – Billy franziu a testa. – Vou tentar.

Maisie assentiu e dirigiu-se à porta, mas, antes de tocar na maçaneta, ela se virou para sua mesa, tirou o *Times* de sua pasta e o deixou cair na mesa, diante de Billy.

– Você vai estar lendo isso.

Ela saiu da sala e Billy se remexeu desconfortavelmente no assento. Ele fechou os olhos, jogou os ombros para trás, pôs os pés para trás, embaixo da cadeira, para que seus calcanhares se elevassem e os metatarsos sustentassem o peso imaginário da barriga. Seu ferimento de guerra doeu quando se mexeu, mas ele o ignorou. Inflou as bochechas por alguns segundos apenas e imaginou a sensação de ter construído uma empresa de sucesso e se transformado num poderoso homem de negócios. Aos poucos, foi se sentindo muito diferente e percebeu que estava tendo alguma ideia de como Maisie usava seu conhecimento sobre linguagem corporal para entender outras pessoas. Ele pegou o jornal e o abriu com vigor, sentindo-se mais rico do que já se sentira havia muitos anos. E se surpreendeu ao reconhecer o reflexo de uma emoção que raramente aflorara nele: a raiva.

– Bom dia, pai – disse Maisie, entrando na sala.

– Bom dia, Charlotte.

Billy sacou o relógio de bolso, consultou a hora e colocou o jornal entre eles sobre a mesa.

– O que vai fazer do seu dia hoje? – prosseguiu ele, verificando novamente o relógio e dando um gole no chá.

– Pensei em ir às compras e almoçar com uma amiga.

– Você não tem nada melhor para fazer hoje, Charlotte?

Havia uma aspereza na voz de Billy que quase fez Maisie sair da personagem e encará-lo, mas ela continuou, desafiadora:

– O que o senhor *quer* que eu faça, pai?

Billy consultou o relógio novamente sem responder, enquanto Maisie (no papel de Charlotte) pegava o jornal. Ela virou a primeira página, mal leu duas linhas e, de repente, perdeu o ar e caiu em prantos. Ela jogou o jornal na mesa, afastou a cadeira e saiu correndo da sala, cobrindo a boca com a mão. Billy suspirou, enxugou a testa e alongou as pernas, contente por se livrar do personagem que havia incorporado.

Maisie voltou.

– Foi um exercício interessante, não foi?

– Foi realmente estranho, senhorita. Eu o observei enquanto ele falava sobre Charlotte, então tentei me lembrar e imitei sua postura.

Maisie fez um aceno para que Billy continuasse.

– E, bem, foi bastante peculiar, foi... Eu comecei a me sentir diferente, como outra pessoa.

– Explique, Billy. Sei que isso parece difícil, mas é muito importante e útil.

– Eu estava muito sensível, como pólvora pronta para pegar fogo. Comecei a pensar no pai que morreu na mina de carvão, na mãe e em como ela deve ter precisado dar duro, tudo pelo que ele passou, o tanto que teve que trabalhar. Depois pensei na mulher dele lá em Yorkshire, e quando a senhorita entrou por aquela porta senti tudo o que ele sentiu... bem, o que senti que ele sentiu... e, para ser bem franco com a senhorita, eu não tive mesmo paciência com você. Quero dizer, com Charlotte.

– Você acha que ele estava na sala quando Charlotte fugiu?

– Acho que sim, mas foi como se eu estivesse me *forçando* a ficar aqui sentado, por estar determinado a não deixá-la me aborrecer. Eu não conseguia continuar lendo o jornal, eu estava tão... tão irritado! Foi por isso que eu o entreguei a ela, quer dizer, à senhorita. E o que sentiu?

– Sabe, depois de ter visto os aposentos de Charlotte ontem, ao assumir o papel dela eu não estava me sentindo exatamente "radiante". Não senti nada parecido lá. Em vez disso, tive a sensação de ser uma alma atormentada. Mas algo específico deve ter levado Charlotte a fugir de casa. Devo dizer, senti outras emoções, mas confesso que agora estou usando os sentimentos que intuí quando fomos aos aposentos dela e fiquei sozinha lá por um tempo.

Maisie pegou um lápis da mesa e começou a rabiscar a parte de baixo do papel. Ela desenhou um olho com uma única gota escorrendo pelo canto.

– O que a senhorita "sentiu", então? – perguntou Billy.

– Ela estava confusa. Quando desempenhei seu papel no café da manhã, senti um conflito. Eu não podia odiar meu pai, apesar de não gostar do que ele é, e estava tentando desesperadamente não me sentir intimidada por ele. Eu gostaria de sair de casa, viver em outro lugar. Mas estou empacada.

Maisie olhou pela janela, semicerrando os olhos enquanto refletia sobre Charlotte Waite.

– Eu me senti desafiadora quando peguei o jornal, o que, de acordo com Waite, foi a última coisa que Charlotte fez antes de cair em prantos e deixar a sala.

Billy aquiesceu e Maisie se levantou da cadeira e caminhou em direção à janela com os braços cruzados.

– O que este exercício sugere é que o relato de Waite sobre a partida da filha tem uma relação bem tênue com a verdade. Serve para nos lembrar de que a história que escutamos ontem foi contada do ponto de vista *dele*. Para Waite, pode ter sido exatamente assim que aconteceu, mas acho que, se você perguntar para Charlotte ou para um inseto na parede, vai obter um relato diferente. Um detalhe, porém: precisamos olhar o *Times* de sábado para ver se algo ali pode tê-la afligido.

Maisie puxou um fiapo de seu novo terninho bordô, uma aquisição que ela começava a desconfiar que não fora bem-sucedida, pois parecia atrair qualquer fiozinho branco que por acaso estivesse no caminho.

– Vou arranjar um exemplar.

Billy tomou nota em sua caderneta com capa de tecido, tão pequena que cabia na palma de sua mão, e que ele sempre carregava consigo.

– Vamos colocar a mesa de volta no lugar e examinar com atenção o resto da nossa visita. Preciso preparar alguns documentos antes de nos separarmos, ao meio-dia. Vamos nos reencontrar aqui por volta das cinco horas para compartilharmos nossas anotações.

– Certo, senhorita.

– Aliás, eu não sabia que você conseguia imitar o sotaque do Norte.

Billy pareceu surpreso enquanto folheava sua caderneta com o lápis a postos para começarem a trabalhar no mapa do caso.

– O que quer dizer, senhorita? Eu não tenho sotaque nenhum do Norte. Sou um garoto do East End de Londres. Nascido e criado em Shoreditch. Esse sou eu.

Billy foi o primeiro a sair do escritório, levando a agenda de endereços encontrada nos aposentos de Charlotte Waite. Havia poucos nomes listados, todos seguidos por endereços londrinos, com exceção de uma prima e da mãe de Charlotte, ambos em Yorkshire. Billy já havia confirmado que Charlotte não buscara refúgio com nenhuma delas. Como Joseph Waite sustentava tanto a esposa quanto a sobrinha, era improvável que elas escondessem algo dele, arriscando sua segurança financeira futura. As tarefas seguintes de Billy eram confirmar cada nome listado e descobrir mais informações sobre o antigo noivo de Charlotte, Gerald Bartrup.

Maisie lançou um último olhar pelo escritório e partiu depois de trancar tudo. Uma vez lá fora, caminhou pela Fitzroy Street, depois pela Charlotte Street, fazendo um percurso paralelo à Tottenham Court Road. Seu destino era a Waite's International Stores na Oxford Street, e durante o trajeto ela ponderou sobre o conteúdo da agenda de endereços de Charlotte. Mentalmente, percorria os aposentos dela uma vez mais. Maisie sempre afirmou que as primeiras impressões sobre um cômodo ou uma pessoa eram como uma sopa ainda fresca. Pode-se apreciar o sabor, o calor e os ingredientes que se misturam na panela para produzir o prato. Mas é no segundo dia que a sopa se revela e libera a mescla de temperos e aromas nas papilas gustativas. Da mesma forma, Maisie andou pelo cômodo em sua imaginação. Ela podia sentir o rígido controle que permeava o lar dos Waites e que devia encobrir Charlotte como um véu.

Ao sugerir que eles recriassem a cena do café da manhã, na qual Charlotte saiu da sala apressada e em prantos, Maisie estava usando uma das técnicas que aprendera com Maurice e que havia se tornado um procedimento-padrão em suas investigações. Ela sabia que Billy, como seu assistente, devia estar sempre atento a cada informação e indício que surgissem durante o avançar da investigação. Seus sentidos precisavam ser afiados, e ele tinha que pensar além do que via, escutava e lia. É provável que informações úteis surjam tanto da observação quanto da intuição. Ele deveria aprender a questionar, pensou ela, em vez de interpretar os indícios ao pé da letra. Maurice costumava citar um de seus antigos colegas, o famoso professor de medicina forense Alexandre Lacassagne, que havia morrido alguns anos antes: "Deve-se saber como duvidar."

Enquanto andava com determinação em direção ao supermercado, uma pergunta crucial a inquietava: para onde corre uma pessoa que carrega um fardo tão pesado? Aonde ela iria buscar consolo e compaixão – e encontrar a si mesma? Ao considerar as possibilidades, Maisie tomou cuidado para não tirar conclusões precipitadas.

Ela andou pela Charlotte Street e então atravessou a Rathbone Place até chegar à Oxford Street. O barulhento supermercado de Joseph Waite ficava do outro lado da rua, entre a Charing Cross Road e a Soho Street. Por alguns instantes, Maisie ficou parada observando a loja. Toldos listrados de azul combinando com a fachada de azulejos estendiam-se sobre as portas duplas através das quais os clientes entravam. À esquerda da porta, uma vitrine exibia produtos em conserva sofisticados, frutas e legumes; à direita, uma vitrine exibia carnes. Peças inteiras estavam penduradas num vergalhão de metal que se estendia de um canto a outro no alto, e aves pendiam de outro vergalhão mais baixo. Uma seleção de carnes ficava exposta num balcão de canto encimado por uma superfície de mármore para melhor expor pernas de cordeiro, costelas de porco, carne moída, cubos de filés e outros cortes estrategicamente posicionados e decorados com ramos de salsinha, sálvia e tomilho para atrair os clientes.

Acima dos toldos despontava um mosaico de azulejos que formava as palavras "WAITE'S INTERNATIONAL STORES". Em letras menores logo abaixo, lia-se numa placa: "ESTABELECIMENTO FAMILIAR. FUND. 1885".

Enquanto clientes entravam e saíam da loja, um pequeno grupo de crianças permanecia perto da vitrine, estendendo suas mãos unidas em concha, na esperança de receberem uma ou duas moedas dos consumidores. Esse butim não seria gasto em doces ou bugigangas, pois essas crianças conheciam o espasmo da fome em suas barrigas vazias e a dor aguda de um tapa na orelha caso voltassem para casa sem alguns preciosos *pennies* para o sustento da família. Maisie sabia que para cada criança parada ali havia uma mãe que botara mais água na panela para fazer o alimento render e um pai que havia batido perna o dia inteiro, pulando de uma fila de emprego a outra. Bem ou mal, Joseph Waite não era inteiramente desprovido de sentimentos. Os jornais haviam noticiado que, ao final de cada dia, toda comida que pudesse estragar antes de as lojas abrirem na manhã seguinte era entregue a cozinhas que ofereciam sopa nas áreas mais pobres da cidade.

Maisie atravessou a rua e passou pelas portas elegantes. Dois balcões estendiam-se de cada um dos dois lados, e um terceiro os conectava ao fundo da loja. Cada um era dividido em seções, cada seção com um ou dois balconistas, dependendo do número de consumidores à espera. Havia uma caixa registradora de latão ornamentado em cada seção para receber o dinheiro pago pelos itens pesados e adquiridos. É claro que os ricos tinham contas que seriam acertadas a cada mês ou a cada semana, e suas empregadas apresentavam pessoalmente uma ordem de compras que seria expedida e entregue em domicílio por uma van azul e dourada da Waite's.

O piso de carvalho brilhava de tão polido. Maisie notou que um garoto varria o chão a cada quinze minutos. Assim que ele terminava de varrer uma extremidade, já era o momento de recomeçar, direcionando ritmadamente a serragem e outros restos para uma grande pá de lixo, andando de lá para cá, para a frente e para trás. Paredes de azulejos brancos refletiam as lâmpadas de vidro brilhantes de luminárias de ferro fundido que pendiam do teto, e no alto das paredes, por toda a sua extensão, uma borda de azulejos coloridos formava outro mosaico representando as melhores comidas que o dinheiro podia comprar. Bem no meio da loja ficava uma mesa de tampo de mármore coberta com um arranjo de legumes e produtos em conserva. Maisie se perguntou se um visitante desavisado acreditaria existir na Grã-Bretanha pessoas necessitando de uma boa refeição.

Ela andou pela loja, primeiro observando o balcão de queijos, depois as frutas e os legumes. Os produtos secos eram exibidos em barris ou em caixas de madeira, e quando um cliente pedia 200 gramas de groselha ou 400 gramas de arroz, a balconista – usando vestido azul de algodão e uma touca bordada de amarelo combinando com a roupa – pesava a quantidade na balança e depois virava a groselha ou o arroz em um saco de papel azul, que seria então dobrado na parte de cima e estendido ao cliente com um sorriso. A balconista recebia o dinheiro e, quando apertava as teclas de latão da pesada caixa registradora, o cálculo aparecia no painel de vidro. Sim, pensou Maisie, escutando as caixas tilintarem e os balconistas educados darem sugestões sobre a melhor maneira de cozinhar isso ou aquilo, a Waite's estava enfrentando muito bem as dificuldades econômicas que assolavam o país. Ela andou até o outro lado da loja e parou ao lado do balcão dos produtos sofisticados. Uma mulher acabara de apontar para a lata de biscoitos com a tampa de vidro e pedir "200 gramas de Sweet Maries, por favor", quando Maisie notou que a energia da loja de repente se alterara. Um Rolls-Royce azul-escuro havia estacionado diante da entrada e o motorista estava dando a volta para abrir a porta do passageiro. Quando Maisie observou a silhueta do homem dentro do carro, viu que ele tinha trocado seu Homburg por uma boina. *Ah*, pensou ela, *Joseph Waite, o "homem comum" do ramo dos supermercados*. O homem que estava tão ligado a suas origens que se sentava ao lado do motorista em seu imponente automóvel – pelo menos quando ia visitar uma de suas lojas.

Waite mandou o motorista afastar os meninos maltrapilhos dando 1 penny para cada um por conta de seus infortúnios. E então avançou loja adentro com um andar suave, apesar de seu sobrepeso. Parou para falar com cada cliente enquanto seguia até o primeiro balcão, e Maisie sentiu a força da personalidade que o tornou um homem rico, famoso e adorado tanto pela classe trabalhadora quanto pelos privilegiados. Waite era o homem comum, que conduzia seus negócios *para* as pessoas que fizeram dele aquilo que se tornou, ou assim pareceu a Maisie quando ele assumiu o balcão dos queijos, perguntando à cliente seguinte como ele poderia ajudá-la naquele lindo dia. Quando a mulher pediu, Waite fez questão de lavar as mãos na pia atrás do balcão e então se virou e pegou metade de um cheddar inglês. Waite colocou o queijo sobre uma tábua de mármore, cortou uma fatia, depositou-a numa folha fina de papel-manteiga, pesou-a e estendeu-a na palma da mão para que ela o inspecionasse. Maisie percebeu que, quando lavou as mãos, ele havia sussurrado para o assistente. Agora, quando ele disse "Uma bela fatia de *exatos* 200 gramas, Sra. Johnson", ela se deu conta de que ele havia perguntado o nome da freguesa.

A Sra. Johnson corou e assentiu, pronunciando um tímido "Obrigada" para o famoso Joseph Waite. Enquanto ele guardava o queijo num saco de papel e dobrava as pontas para conservar bem o produto, a mulher se virou para outros clientes e sorriu, feliz por ser vista usufruindo de uns poucos momentos de atenção do proprietário do estabelecimento.

Waite seguiu em frente, trabalhando em cada balcão antes de atingir a seção em que claramente se sentia mais confortável: o balcão das carnes. Era a parte mais decorada da loja, exibindo, presa à parede atrás do balcão, a cabeça empalhada de um boi Aberdeen Angus, arrematada com uma argola no focinho e olhos de vidro que traíam a fúria que o animal devia ter sentido ao ser levado para o abate. Havia pedaços de carne inteiros pendurados em uma barra de metal estendida na horizontal próximo ao teto, que poderia ser baixada por uma roldana presa na parede da esquerda. As caixas registradoras haviam tilintado a um ritmo estável até Waite entrar em seu território. Agora elas soavam ainda mais rápido.

Ele acenava para os balconistas a um canto e estalava os dedos. Um aprendiz apareceu trazendo um avental branco de açougueiro recém-lavado e passado, que ele desdobrou e entregou para Waite. O homem tirou o paletó e o entregou para outro funcionário, depois se virou e lavou novamente as mãos, secando-as numa toalha branca e limpa que um rapazinho segurava. Ele colocou o avental, amarrando os cordões na frente com um nó duplo bem apertado. Um dos aprendizes havia começado a operar a corda da roldana, descendo devagar os pedaços de carne para o nível mais baixo, onde dois outros, vestindo aventais brancos de açougueiro, camisas brancas e gravatas-borboleta azuis e douradas, levantaram uma peça de porco até a tábua de mármore.

Com rapidez e destreza, Waite empunhou o cutelo e a faca de desossar e, com seus dedos que pareciam salsichas, firmou a peça enquanto separava patas, costelas, pés, articulações e músculos. Com um floreio, ele ergueu um pernil, explicando aos clientes que haviam se aglomerado para observar Joseph Waite – o famoso jovem açougueiro que, apesar de ter prosperado, ainda sabia como era ser pobre – que até mesmo os cortes mais baratos poderiam ser preparados de maneira que provessem um suculento jantar de domingo e que os restos, moídos junto com algumas cenouras, batatas e um pouco de cebola, poderiam rechear uma torta na segunda-feira que, é claro, renderia até terça ou quarta.

Waite terminou de preparar a carne para exibição e venda e foi aplaudido pelos clientes ao tirar o avental. Ele acenou em agradecimento e então lavou as mãos mais uma vez e voltou-se para o aprendiz, que estava segurando o paletó. Ele deslizou o corpo para dentro dele, gesticulou para seus empregados e acenou para seus clientes uma última vez antes de sair por uma porta lateral, que Maisie presumiu que conduzia aos escritórios nos andares superiores. Os balconistas trocaram olhares e soltaram o ar após inflar as bochechas para enfatizar seu gesto, aliviados após o fim do ritual.

Maisie pensou que já vira o que havia para ser visto e se virou para ir embora. Ela só dera um passo quando seus olhos foram atraídos para a parede acima da porta de entrada e para outro mosaico que parecia muito caro. Não foi a beleza que fez Maisie parar para tomar fôlego, mas a triste verdade inscrita ali. Cada azulejo trazia o nome de um funcionário da Waite's International Stores morto na Grande Guerra. Havia pelo menos cem deles, cada nome acompanhado da cidade na qual o homem havia trabalhado. Acima dos nomes, uma faixa de azulejos coloridos formava as palavras: "EM LEMBRANÇA DOS ENTES QUERIDOS – PARA QUE NÃO SEJAM ESQUECIDOS".

Os olhos de Maisie encheram-se de lágrimas. Mais uma vez ela foi tomada pela tristeza que a acometia quando menos esperava, quando as memórias nítidas e terríveis surgiam involuntariamente. Maisie sabia que as lembranças não eram exclusivamente suas. Uma tristeza compartilhada com frequência parecia pairar, talvez espalhada por uma leve brisa, carregando o nome de alguém que morrera e que se entreouvia numa conversa ou era lembrado num encontro. E então se constatava que um ou dois daquele grupo se foram e que seus risos nunca mais seriam ouvidos. Era como se a dor de cada homem e mulher que temeram perder ou perderam um ente querido para as garras da guerra houvesse cavado um abismo que tinha que ser atravessado novamente a cada dia.

Recompondo-se, Maisie abordou uma vendedora no balcão de queijos, que naquele momento não estava atendendo nenhum cliente.

– Com licença.

– Sim, senhora, como posso ajudá-la hoje?

– Eu só estava reparando nos nomes na parede.

– Ah, sim, senhorita. É trágico, nós perdemos tantos. Muitos se alistaram juntos. Os Meninos do Waite, como se chamavam. O Sr. Waite mandou fazer esse memorial assim que o primeiro morreu. Há um desses em cada loja Waite, todos iguais, com os nomes de todas as lojas.

– Vocês devem gostar muito dele.

Maisie inclinou a cabeça, buscando a resposta.

A balconista sorriu.

– Sim, todos o temos em alta conta, senhora. E ele cuida de todas as famílias.

Ela acenou na direção dos azulejos do memorial.

– Quer dizer, financeiramente?

– Sim, não falta nada para nenhuma dessas famílias. Elas ganham produtos de mercado todo Natal, junto com uma caixinha... dinheiro, sabe? E, comprando na Waite's, eles têm desconto. Recebem cartõezinhos especiais para reembolso. E se alguém adoece, bem, o escritório do Sr. Waite tem ordens para cuidar dos funcionários.

– Entendi. Ele é muito generoso, não?

– Muito.

A balconista deu a entender que ia encerrar a conversa porque um cliente havia se aproximado, mas concluiu:

– Leia esses nomes, senhora, e verá por que o Sr. Waite tem um interesse pessoal nas famílias.

Maisie olhou para cima e leu: *Gough, Gould, Gowden, Haines, Jackson, Michaels, Richards.* Seus olhos focalizaram a parte de baixo de uma coluna e em seguida subiram até o topo da coluna seguinte: *Waite... Joseph Charles Waite Jr., Londres.* Ela não conseguiu continuar a ler.

CAPÍTULO 3

Numa tarde de terça-feira, depois de sua visita à filial da Waite's International Stores, Maisie telefonou para a Carstairs & Clifton e solicitou uma reunião imediata com o Sr. Gerald Bartrup, de quem ela havia recebido uma recomendação pessoal. Ela não tinha dúvidas de que sua solicitação seria atendida, pois clientes novos em busca de conselhos de investimentos eram escassos naqueles tempos. Maisie estava curiosa sobre a relação entre Bartrup e Charlotte. Será que o amor entre eles havia azedado com o tempo e o excesso de familiaridade? Ou Charlotte fora pressionada pelo pai a fazer um casamento mais adequado? Eles teriam mantido algum contato após o fim do noivado? Nesse caso, Charlotte poderia muito bem ter pedido ao ex-noivo para ajudá-la a fugir da casa de seu pai.

Ela desembarcou na estação de metrô de Bank Station e andou até o prédio de tijolos vermelhos que sediava o escritório da Carstairs & Clifton. Um porteiro a conduziu à recepção, onde sua reunião foi confirmada, e em seguida ela foi direcionada a uma escada, no topo da qual foi recepcionada por outro funcionário, que a acompanhou até o escritório do Sr. Bartrup.

Bartrup, um homem de estatura mediana de aproximadamente 38 anos, com entradas no cabelo e o rosto um pouco avermelhado, saiu de trás da ampla mesa de mogno e lhe estendeu a mão.

– Ah, Srta. Dobbs. É um prazer conhecê-la.

– O prazer é meu, Sr. Bartrup.

– Sente-se. Gostaria de beber algo? Um chá, talvez?

– Não, obrigada, Sr. Bartrup.

Bartrup tomou seu assento atrás da mesa e juntou as mãos sobre o mata-borrão de couro diante dele.

– Bem, acredito que a senhorita queira falar sobre o investimento de uma herança.

– Sr. Bartrup, devo confessar que não vim conversar sobre uma consultoria financeira.

– Mas eu pensei...

Aturdido, o homem pegou um arquivo em sua mesa.

– Sr. Bartrup, eu gostaria de falar de forma confidencial sobre um assunto urgente. Estou trabalhando em nome do Sr. Joseph Waite, que está preocupado com a filha. Recentemente, ela deixou a casa do pai e desde então não teve contato com a família.

Bartrup riu, jogando a cabeça para trás.

– Outra tentativa de conseguir liberdade até o velho a trancar novamente em casa!

– Desculpe, como assim?

– Não se preocupe, estou falando de forma figurada, e não literal, Srta. Dobbs. Como deve ter notado, o Sr. Joseph Waite está sempre no comando e não tolera nenhum desejo que contrarie os seus. – Ele se inclinou na direção de Maisie. – E presumo que eu seja o homem malvado que levou Sua Alteza Real Waite a fugir, não sou?

– Não estou insinuando isso, embora tenha nutrido a esperança de que o senhor pudesse me oferecer alguma informação que ajudasse a entender o estado emocional recente de Charlotte, mesmo desconhecendo seu paradeiro.

– Não tenho ideia de onde ela está. E Charlotte está *sempre* de mau humor, Srta. Dobbs. Na verdade, ela estava num humor bem ruim quando rompeu nosso noivado há algumas semanas.

– *Ela* rompeu o noivado?

– Ah, sim. Sem pedir desculpas ou dar uma explicação. Nem ao menos parecia lamentar. Foi brusca e direta: "Sinto muito, Gerald, não podemos nos casar. Nosso noivado está terminado." E isso foi tudo.

– O senhor tem alguma ideia...?

– De por que ela teria feito isso?

Bartrup levantou-se, andou até a janela e se virou para Maisie.

– Não, Srta. Dobbs. Nenhuma ideia. Mas... – Ele olhou para os pés e em seguida para Maisie. – Não posso dizer que fiquei surpreso ou que lamentei completamente. Charlotte é uma garota atraente e, sob todos os aspectos, combinávamos como casal, mas havia um tempo que estávamos com dificuldades de comunicação. Era como se ela estivesse cada vez mais ensimesmada. Ela é uma mulher infeliz.

Maisie olhou atentamente para Bartrup.

– O senhor pode me falar alguma coisa sobre os desaparecimentos anteriores da Srta. Waite?

– Na verdade, não. Tudo o que posso dizer é que ocorreram antes de nos conhecermos e, aparentemente, pelo que ouvi de alguns amigos, nunca duravam muito tempo. Francamente, ela sabia quais parafusos apertar para conseguir o que queria. Ficamos noivos por seis meses, sem chegar a marcar uma data para o casamento. É claro que discutimos algumas possibilidades, mas sempre havia uma razão para cancelar e voltar à estaca zero. Às vezes Charlotte achava o noivado incompatível, às vezes o pai dela achava. Ela não fez seu número de fuga enquanto estávamos flertando nem depois que noivamos, apesar de eu ter sido alertado por outras pessoas sobre suas tentativas de escapar das pressões do reino de Waite!

Bartrup sorriu, e Maisie suspeitou que, apesar disso, ele ainda se sentia mal por ter sido desprezado por Charlotte Waite.

– Veja bem – acrescentou ele –, nosso noivado terminou há dois meses, então isso não poderia tê-la levado a fugir agora. – Bartrup pareceu pensativo, e então consultou seu relógio. – Meu bom Deus! Srta. Dobbs, posso responder uma última pergunta e então precisarei ir para meu próximo compromisso.

Maisie podia apostar que não havia compromisso nenhum, mas uma última pergunta seria suficiente.

– Obrigada, Sr. Bartrup. É uma questão simples: onde acha que Charlotte pode estar? Aonde ela iria?

Bartrup suspirou, juntou as mãos, os cotovelos sobre a mesa, e apoiou o queixo sobre elas.

– Eu gostaria de poder ajudá-la, Srta. Dobbs, mas realmente não sei. Com certeza ela não me procurou, ela não iria confiar em mim.

– O senhor deve ter ficado triste com o término do noivado...

– Francamente, no início fui pego de surpresa, mas depois... bem, é preciso seguir em frente, certo?

– Já tomei bastante do seu tempo, Sr. Bartrup, e devo lhe agradecer.

Maisie se levantou e estendeu a mão para Bartrup, que retribuiu o cumprimento.

– Se eu puder ser útil de alguma forma, por favor não hesite em me telefonar novamente. É melhor à tarde, dados os imprevistos do trabalho aqui no centro financeiro de Londres.

– Claro. Obrigada.

Maisie se despediu e foi acompanhada até a saída da Carstairs & Clifton. Ela reemergiu sob o luminoso sol do meio da tarde e andou apressada até a Bank Station para fazer o rápido trajeto de volta à Fitzroy Square. Sabia que Billy não voltaria ao escritório antes das cinco da tarde, então teria algum tempo para rever as anotações de Maurice e organizar suas ideias. Bartrup não tinha servido de muita ajuda. Repassando a conversa, chegou a acreditar que Charlotte fizera bem em romper o noivado. Um casamento com um homem daqueles não lhe traria nenhum conforto, a não ser o financeiro, e Charlotte não tinha necessidade urgente de segurança econômica. Talvez a curiosidade de Charlotte pela vida contemplativa, o que os livros em seus aposentos sugeriam, proviesse do desejo de estabelecer uma conexão mais íntima do que a prometida pelo casamento com um homem de seu círculo social.

Ao atravessar a Fitzroy Square, Maisie sentiu um frio ameaçador no ar e avistou nuvens cinzentas baixas e pesadas que lhe pareceram balões cheios d'água prestes a explodir. Ela acelerou o passo e pegou as chaves para abrir a porta do prédio. Entrou na sala bem quando longas flechadas de chuva riscaram as mesmas janelas que haviam filtrado os raios de sol naquela manhã.

Maisie tirou o casaco Mackintosh, pendurou-o no gancho atrás da porta e foi até um arquivo que continha informações mais extensas do que as que constavam nas fichas. Ela estava preocupada. Até o momento não havia feito progresso, estava perdendo tempo. Os vários elementos reunidos sinalizavam que encontrar Charlotte Waite poderia ser mais urgente do que seu pai controlador e, de certo modo, desdenhoso acreditava. Quando Maisie destrancou o arquivo, refletiu sobre os azulejos do memorial na loja de Joseph Waite e se repreendeu: como ela havia ignorado o fato de que Waite tivera um filho?

Maisie procurou entre as pastas de papel manilha, encontrou o arquivo que estava buscando e o levou para sua mesa. Ela foi tirando anotações e cartas de dentro dele e espalhando-as sobre a mesa diante de si. Tinha consciência de que, naquele ponto, Maurice talvez a advertisse sobre a raiva dirigida a si mesma, então Maisie rapidamente voltou a se sentar na cadeira, com os olhos fechados. Ela posicionou a mão esquerda no plexo solar para se concentrar e a mão direita sobre o coração para evocar bondade, como Kahn lhe ensinara. Respirou fundo várias vezes, abriu os olhos e fitou os documentos diante dela, com a intenção de examinar cuidadosamente cada detalhe sobre a origem de Joseph Waite. Ficou lendo por algum tempo e rabiscou notas e palavras soltas numa folha de papel que mais tarde adicionaria ao mapa do caso. O baque da porta da entrada sendo fechada pôs fim ao silêncio contemplativo. Logo escutou as inconfundíveis passadas de Billy Beale, que, firmando um pé no chão e arrastando o outro, subia as escadas. A porta se abriu e na mesma hora Maisie sentiu a atmosfera da sala se alterar. Certamente ele tinha novidades.

– Boa tarde, senhorita. É bom ver os dias começando a ficar mais longos, não? Mas não que dê para perceber isso pelo céu.

Billy sacudiu o sobretudo e o pendurou atrás da porta, enquanto Maisie olhava consternada para as gotas de chuva que nesse momento salpicavam o chão.

– Não é que o céu desabou de repente? Achei que não ia chover, depois de uma manhã tão clara.

– É verdade, Billy. Ah, você poderia pegar um pano e secar a água do chão?

– Ah, me desculpe, senhorita.

Billy apanhou um trapo em uma das gavetas da mesa e curvou-se lentamente para secar a água da chuva, poupando o joelho dolorido.

Depois de concluir a tarefa, Billy pegou sua caderneta, a agenda de endereços de Charlotte Waite e um jornal de dentro do bolso de seu sobretudo e sentou-se ao lado de Maisie à mesa perto da janela.

– Bem, não sei quanto à senhorita, mas eu tive um dia muito interessante.

– Terei todo o prazer em ouvi-lo.

Billy pôs a agenda de endereços diante de Maisie, inclinou a cabeça em direção a ela e abriu um largo sorriso.

– Vê alguma coisa estranha aqui?

Maisie pegou a agenda encadernada de couro, correu os dedos em volta das bordas douradas, folheou-a e abriu uma página ou duas.

– Continue.

– Bem, eu mesmo nunca tive uma agenda de endereços. Posso já ter rabiscado alguma coisa nas últimas folhas do meu bloco de anotações, mas nunca fui de anotar contatos, todos em ordem alfabética ou algo assim.

Maisie anuiu.

– Mas acho que pessoas como a senhorita, que têm agendas de endereços porque conhecem gente o bastante para ter que anotar nomes, endereços, números de telefone e tudo o mais, não têm agendas como esta aqui.

Billy pegou a agenda, sacudiu-a, e então a colocou sobre a mesa novamente de maneira teatral.

– Eu aposto que, se examinássemos a sua agenda, ela estaria cheia de endereços e anotações e alguns números de telefone e, como algumas pessoas já teriam se mudado algumas vezes, a senhorita teria riscado os endereços antigos e escrito os novos no lugar. E, pouco depois que a senhorita fizesse isso, eles se mudariam novamente, viajariam ou se casariam e trocariam seus nomes, então a senhorita teria que mexer na coisa toda.

– Você tem razão, Billy.

– Bem, olhei essa agenda e pensei comigo mesmo que ou ela não conhece muitas pessoas ou essa não é a agenda principal dela.

– Você acha que ela deixou uma falsa agenda de endereços para enganar as pessoas que procurassem por ela? – perguntou Maisie para testar Billy.

– Não, não acho que ela seja esse tipo de pessoa. Principalmente se ela saiu com pressa. Não. O que penso que aconteceu é o seguinte: ela ganhou de presente ou comprou uma nova agenda porque a antiga ficou um pouco gasta. Então ela começou a colocar os nomes e... é claro, estou especulando aqui, senhorita... começou com as pessoas que ela *agora* conhece melhor. Eles são os mais importantes para anotar na nova agenda. Mas, já que essa não é a tarefa mais divertida, ela desanimou e voltou para a velha agenda porque já estava acostumada com ela. É como um velho amigo.

– Bom raciocínio, Billy.

– Enfim, está tudo bem, porque as pessoas que *agora* são as mais importantes na sua vida estão todas aqui... aliás, vi uma delas hoje, já vou contar sobre isso... mas aquelas que ela conhece há muito tempo e que provavelmente não vê há anos e cujos dados mantém apenas para enviar um cartão no Natal, essas não estão aqui... e Charlotte Waite levou a antiga agenda consigo para onde quer que tenha ido.

– Estou muito impressionada, Billy. Você refletiu bastante sobre isso.

Maisie sorriu.

Billy se ajeitou na cadeira e pegou sua caderneta.

– Então eu estava parado em frente à casa de... Deixe-me ver... Aqui está: Lydia Fisher. Mora em Cheyne Mews. Então eu estava parado ali em frente, dando uma olhadinha na casa, quando de repente ela chega em seu carro. Muito sofisticado, devo dizer. Ela estava vestida nos trinques, os lábios pintados de vermelho-vivo, os olhos maquiados com aquela coisa preta, uma pele pendurada no ombro. É claro, eu tinha que dizer alguma coisa para ela, não é? – Billy deu de ombros de maneira teatral. – Já que ela quase me jogou contra o muro dirigindo daquele jeito e já que me veria novamente quando fizéssemos nossa investigação formal, eu me apresentei e contei que trabalhava para a senhorita e que o que eu tinha para dizer era confidencial.

– E vocês tiveram essa conversa na rua?

– Bem, no início, sim. Eu falei que estava trabalhando para a família Waite e ela disse: "Por favor, entre." Uma empregada nos levou chá na sala de estar do andar de cima. Veja bem, a dama virou algumas doses, depois se serviu de um decanter de cristal chique que ficava sobre o aparador. Ela tem apenas uma empregada e uma cozinheira, acho eu. Provavelmente não tem motorista, porque parece gostar de dirigir ela mesma. – Billy limpou a garganta e continuou: – Então eu repeti que era tudo confidencial, que Charlotte Waite havia deixado a casa do pai e que tínhamos sido contratados para encontrá-la.

– Muito bem.

– Bem, ela revirou os olhos e disse "Novamente!" toda esnobe, e depois falou: "Isso não é surpresa nenhuma. Ela já fugiu tantas vezes... Deve correr bem. Eles precisavam mandar aquela mulher para os Jogos Olímpicos!" Sei o que ela quis dizer, bem, pelo que já conhecemos da Srta. Waite. E então ela disse: "Bem, não é para se preocupar, ela finalmente escapou para um convento, espero eu." Então eu retruquei: "Está falando sério, Srta. Fisher?" Ela corrigiu, toda cheia de si: "*Sra.* Fisher, faça o favor." Bem, o que acontece é que, nas últimas duas vezes que almoçaram juntas, a Srta. Waite falou sobre o fim de seu noivado e sobre como ela não conseguia encontrar alguém que realmente amasse, então pensava em viver num convento, onde pelo menos poderia ser útil.

– A Sra. Fisher acha que ela estava falando sério?

– É curioso... Ela disse que no início pensou que Charlotte estava tentando chocá-la. Depois percebeu que poderia estar dizendo a verdade, e me contou que Charlotte tinha ido para algum lugar em Kent. O que me diz disso?

– Bem, é interessante.

Maisie compreendeu que a imagem serena de uma freira podia agradar a uma jovem entediada e infeliz. Ela se lembrou das freiras na época da guerra sendo fotografadas em poses que evocavam a pureza e a dedicação das ordens religiosas. Imagens romantizadas como essas encorajaram mais mulheres a se alistar.

– Fico me perguntando o que Waite pensará disso tudo – acrescentou ela. – Ele não me pareceu ser um homem religioso, e não há referência alguma a suas crenças ou ao catolicismo nas anotações de Maurice.

– A senhorita acha que Charlotte está tentando irritar o pai?

– Bem, ela já não é uma criança, mas com certeza é capaz de ter um comportamento assim. – Maisie refletiu um pouco. – Sabe, talvez tenhamos dado uma sorte danada aqui. Não comentei nada sobre isso esta manhã porque não quis tirar conclusões precipitadas e bloquear nossa mente, mas eu conhecia uma freira enclausurada, madre Constance Charteris. Ela foi abadessa em uma comunidade de beneditinas que viviam perto da Girton e se encontrava com diversas estudantes para ensinar filosofia da religião. Como era de uma ordem enclausurada, elas se comunicavam através de uma espécie de barreira. Lembro-me de que no início foi muito estranho ter aulas com alguém que se sentava atrás de uma grade.

– E o que nossa sorte tem a ver com isso, senhorita?

– Não consigo me lembrar de todos os detalhes, mas pouco tempo depois que saí da Girton para me tornar enfermeira do Destacamento de Ajuda Voluntária, as freiras tiveram que encontrar um novo lugar onde morar. Acho que a abadia delas no condado de Cambridge foi requisitada para uso militar, e eu posso jurar que elas foram para Kent. Só preciso fazer alguns telefonemas para descobrir. Se for isso mesmo, vou enviar um bilhete para a madre Constance solicitando uma visita o quanto antes.

– Não podemos simplesmente ir até lá, ver se a Srta. Waite está no local e pôr um fecho nesse caso?

Maisie balançou a cabeça.

– Não, Billy. Se Charlotte Waite a tiver procurado, madre Constance vai proteger a fugitiva *e* o que as beneditinas representam.

– Aposto que o velho Waite simplesmente iria entrar, descobrir se Charlotte está lá e, se estivesse, a arrastaria para fora.

– Ele poderia tentar. – Maisie sorriu para seu assistente. – Mas eu não apostaria nele contra madre Constance. Não, vamos fazer como manda o protocolo; será melhor para nós.

Billy aquiesceu, e Maisie pegou suas anotações.

Ela descreveu Joseph Waite, a maneira como sua personalidade enérgica tomara conta da loja, atraindo os clientes com sua camaradagem bem-humorada e ao mesmo tempo intimidando seus funcionários. Maisie explicou para Billy como essa intimidação parecia conflitar com a estima que os empregados aparentavam devotar a Waite, especialmente pela maneira como ele cuidava das famílias daqueles que haviam morrido em combate na Grande Guerra.

Billy interveio:

– A senhorita sabe o que meu velho pai costumava dizer, não sabe? Ele dizia que, se você tem empregados, não é tão importante que eles gostem de você, mas que o respeitem, e que é possível respeitar alguém sem gostar dessa pessoa. Talvez Waite não precise de que gostem dele.

– Acho que é uma avaliação bastante precisa da situação. – Maisie anuiu e continuou: – A outra coisa, e a mais importante: Joseph Waite perdeu um filho na guerra, um filho que trabalhou para ele na loja. Ele provavelmente estava sendo preparado para herdar os negócios.

Billy estava surpreso.

– Talvez por isso ele seja tão, sabe, infeliz. Como não seria, especialmente com uma filha que é um pouco como uma flor murcha?

– Acho que a expressão que ele usou foi "lírio fenecido". É verdade, isso pode ter contado muito, mas também pode não ter nada a ver com o desaparecimento de Charlotte, o que obviamente deve ser nosso foco aqui.

– O que aconteceu com ele, com o filho?

– Parece que o jovem Waite morreu junto com muitos empregados de Waite. Eles se alistaram juntos. Joseph foi fruto do primeiro casamento de Waite, que se casou praticamente com a vizinha de porta, quando ele tinha 24 anos, e ela, 20. Infelizmente, ela morreu ao dar à luz, um ano depois. Nessa época, Waite estava prosperando, mas essa deve ter sido outra perda considerável para somar à sua lista.

– É estranho ele não a ter mencionado no outro dia. Sabe, quando estava falando sobre desespero.

– Sim e não. Emoções extremas são forças estranhas, Billy. Ele pode ter guardado a perda do filho à parte de suas outras tristezas, como algo exclusivamente seu, não compartilhado com ninguém. – Maisie parou de falar por um instante e em seguida continuou: – Uma das irmãs de Waite, que à época não era casada, foi morar com ele para cuidar da criança. Como você pode imaginar, Waite empregava sua família para que fossem bem tratados, com exceção do irmão, de quem ele falou ontem, que foi trabalhar na mina. O filho devia ter aproximadamente 6 anos quando Waite se casou novamente às pressas e, como você sabe, Charlotte nasceu sete meses mais tarde. Logo, Joseph, o filho, tinha 7 anos quando a irmã nasceu. Aliás, você vai notar que o nome do meio do jovem Joseph era Charles, e a filha recebeu o nome de Charlotte. O pai de Joseph Waite chamava-se Charles. Então, na verdade, ele batizou as duas crianças em homenagem ao avô delas, já falecido.

Maisie pegou os lápis de cor e os pôs perto de Billy e dela mesma.

– Bem, agora vamos mapear tudo isso e ver o que podemos ter deixado escapar.

Eles começaram a trabalhar.

– Vou visitar Lydia Fisher esta semana, Billy – comentou Maisie depois de alguns minutos. – Amanhã de manhã, acho, então não me espere até a hora do almoço. Será uma semana muito agitada, talvez eu precise desmarcar o compromisso com o inspetor Stratton na sexta-feira.

– Ah, senhorita...

Billy de repente colocou o lápis vermelho sobre a mesa e bateu em sua testa vigorosamente para se repreender por seu esquecimento.

– Isso me fez lembrar... A senhorita mencionou o detetive-inspetor Stratton. Conversei com o velho Jack Barker... sabe, o que vende o *Express* em frente à estação de metrô da Warren Street... e ele falou com um camarada que vende o *Times*, que tinha um exemplar ou dois sobrando da semana passada.

– E o que isso tem a ver com o inspetor Stratton?

– Lembra-se de que ele mencionou algo sobre o envolvimento dele no caso da mulher encontrada morta em Coulsden?

– Sim.

– Eu disse que descobriria o que Charlotte Waite estava lendo, sabe, quando ela saiu correndo da sala onde estavam tomando o café da manhã.

Maisie prendeu a respiração.

– Enfim, acontece que o *Times*, aliás, todo jornal nessa última semana, publicou atualizações sobre essa mulher de Coulsden. Seu nome era Philippa Sedgewick. Ela era casada, tinha mais ou menos a sua idade... Lembra que eu comentei isso? E ela era a filha do vigário. O *Times* estampou isso na primeira página e publicou a reportagem na página dois. Estava bem ali, junto com todas as matérias importantes sobre o déficit e o desemprego, sobre o Sr. Gandhi caminhando até a salina. Todos os jornais falaram do assassinato, incluindo os detalhes terríveis. Fariam qualquer um desistir do café da manhã.

Maisie bateu com seu lápis na palma da mão. Billy não disse nada, pois sabia que Maisie estava desligando a mente dela da sua. Ela olhou pela janela, avistando o céu noturno. Talvez não tivesse sido coincidência Billy ter mencionado o Sr. Gandhi. Kahn havia falado sobre o homem e sua ideia de *satyagraha*, que em sânscrito quer dizer "insistência na verdade". Maisie estremeceu, lembrando-se das emoções que sentiu quando estava sentada nos aposentos de Charlotte Waite. A mais poderosa foi a melancolia que emanou de cada canto e de cada fresta do lugar onde a desaparecida havia morado. Talvez o medo, e não o pai autoritário, tivesse sido o verdadeiro impulso para a fuga de Charlotte.

CAPÍTULO 4

No setembro anterior, lady Rowan havia insistido com Maisie para que saísse do quarto e sala alugado que ficava perto do escritório da Warren Street e se mudasse para o apartamento no segundo andar de sua mansão em Belgravia. A princípio Maisie declinou do convite, pois já havia morado naquela casa quando, aos 13 anos, ocupou um dos quartos de empregados. Embora a barreira de classe que separava Maisie e a empregadora viesse sendo derrubada no decorrer dos anos – principalmente porque lady Rowan envolveu-se cada vez mais financeiramente na educação de Maisie –, a memória desses primeiros dias do relacionamento pairava no ar como um vago aroma. A oferta fora feita com a melhor das intenções, mas, ainda assim, Maisie receava uma mudança na relação delas. No entanto, ela acabou se deixando ser persuadida.

Certa noite, logo depois de ter se mudado para sua nova residência, Maisie esperou que os criados tivessem se recolhido depois de tomar chocolate quente na cozinha e então silenciosamente se esgueirou pela porta no patamar que levava às escadas dos fundos. Ela passou pelos quartos dos empregados e chegou àquele que havia ocupado quando chegou ao número 15 da Ebury Place. A mobília estava coberta por lençóis porque as jovens que costumavam dormir ali estavam em Chelstone, a propriedade campestre dos Comptons, em Kent. Maisie se sentou sobre a cama de ferro fundido na qual costumava se jogar exausta toda noite, com as mãos fustigadas pelo serviço e as costas doloridas. Pensou em Enid, sua amiga e colega de trabalho, que deixara o emprego em busca de um trabalho mais bem remunerado numa fábrica de munições no fim de 1914. Maisie a vira pela última vez em abril de 1915, apenas algumas horas antes de a amiga ser vitimada por uma explosão na fábrica.

Maisie consultou seu relógio. Tinha que agir rápido. Queria estar em sua melhor forma para obter uma audiência com a Sra. Fisher, que possivelmente estaria indisposta, e para isso precisaria aparentar ser alguém da mesma classe que ela.

Nos últimos dias ela havia comprado muitos itens de vestuário, e esses gastos frívolos a aborreciam. Mas lady Rowan havia comentado: "Não há problema em andar com roupas simples quando se está vasculhando Londres ou se arrastando pelos campos, mas você tem clientes importantes que querem lidar com alguém que pareça bem-sucedido!"

Assim, Maisie investira em seu terninho bordô que parecia atrair fiapos muito rapidamente, em um vestido preto apropriado para o dia ou para o início da noite e no tailleur de um púrpura escuro que jazia naquele momento sobre a cama. O blazer de linhas compridas tinha uma gola xale que se estendia para baixo, até um único botão preso logo abaixo da linha da cintura. Maisie escolheu uma blusa de seda de cor creme com um decote arredondado para vestir sob o blazer e um colar e brincos de pérolas. Os punhos do blazer tinham apenas um botão e revelavam somente 1 centímetro de seda em cada pulso. A saia plissada caía bem abaixo do joelho. Lembrando-se do preço de suas meias de seda, ela estremeceu ao vesti-las. Tomou cuidado para dar uma lambida rápida nos dedos antes de correr a mão em cada perna da meia, evitando assim que a unha prendesse, causando um puxão indesejado.

Maisie se impôs limites e, por isso, em vez de comprar dois pares de sapatos para que cada um combinasse com uma roupa, escolheu o melhor par de sapatos pretos que encontrou, com uma única tira sobre o peito do pé e um botão preto quadrado como fecho. Os saltos tinham modestos 4 centímetros.

Ela pegou a bolsa preta, a pasta de documentos, um guarda-chuva – por via das dúvidas – e seu novo chapéu púrpura com uma faixa preta arrematada por uma simples roseta na lateral. O chapéu cloche que ela usara por algum tempo agora estava surrado e, apesar de servir perfeitamente para uma jornada comum de trabalho, não seria apropriado naquele dia. O novo chapéu tinha uma aba ligeiramente mais larga e elegante, e revelava melhor seu rosto e seus olhos azul-escuros. Maisie tomou o cuidado de prender para trás os cachos de cabelo que pareciam querer escapar e se soltar.

Ela saiu e foi caminhando até Cheyne Mews, um exercício de que gostava, pois naquela manhã o céu estava azul-turquesa, o sol brilhava e, apesar de ela ter cruzado com poucas pessoas, elas lhe sorriram prontamente e lhe desejaram um bom dia. Aos poucos a quantidade de pedestres diminuiu, até que Maisie fosse a única pessoa a caminhar pela avenida. Uma brisa suave soprava através das árvores, fazendo as folhas recém-abertas farfalharem, e ela de repente notou uma friagem no ar, tão forte que a fez parar. Esfregou os braços e estremeceu. Uma sensação percorreu sua nuca, como se um dedo gelado houvesse tocado bem abaixo do lóbulo de uma orelha e migrado para o outro, e Maisie teve tamanha certeza de que alguém estava atrás dela que se virou bruscamente. Mas não havia ninguém.

Ela estava com muito frio quando chegou ao número 9 da Cheyne Mews, uma casa simples que, antes de ser reformada, fora um estábulo para cavalos, situada de frente para uma rua de paralelepípedos. Agora o único meio de transporte que Maisie podia ver ali era um novo e lustroso automóvel Lagonda estacionado diante da residência. Graças a George, o motorista dos Comptons – que com regularidade a entretinha contando as últimas invenções no mundo da automobilística –, ela sabia que esse era um carro exclusivo, capaz de rodar a mais de 140 quilômetros por hora. O Lagonda estava estacionado de qualquer jeito. Uma das rodas da frente repousava na calçada estreita. Ao contrário das construções da vizinhança, a casa de três andares era simples, sem o enfeite de jardineiras nos peitoris. Um único degrau levava à porta da frente. Maisie tocou a campainha e esperou pela empregada. Como ninguém apareceu para atender, tocou novamente, e depois uma terceira vez, até que finalmente a porta foi aberta.

– Desculpe, senhora. Sinto por tê-la feito esperar.

A jovem empregada estava ruborizada e tinha lágrimas nos olhos.

– Estou aqui para ver a Sra. Fisher. – Maisie inclinou a cabeça. – Você está bem?

– Sim, senhora. – Seu lábio inferior tremia. – Bem, não sei ao certo.

Ela pegou um lenço do bolso do avental rendado e secou os olhos.

– O que aconteceu?

Maisie pôs a mão no ombro da criada, um gesto que fez a garota desabar por completo.

– Vamos entrar, depois você me dirá o que há de errado.

Parada no estreito hall, a empregada desabafou seus medos.

– Bem, a senhora ainda não se levantou, e eu estou aqui, e a cozinheira, que a conhece melhor do que eu, só chega às onze e meia. A senhora me disse ontem à tarde que não queria ser incomodada antes das nove da manhã, e veja que horas são! Bati à porta diversas vezes, e sei que ela tomou um ou dois drinques ontem à tarde, e ela deve ter continuado tomando, já sei disso, porque ela fica de mau humor quando a contrariam, mas ela disse...

– Bem, acalme-se e me mostre o quarto dela.

A empregada pareceu hesitar, mas, quando Maisie afirmou que havia sido enfermeira, a jovem aquiesceu, esfregou os olhos inchados e a conduziu pela escadaria até o segundo andar, onde ficavam a sala de estar principal e os quartos. Ela parou diante de uma porta entalhada que parecia ter sido trazida de um país exótico do além-mar. Maisie bateu com força.

– Sra. Fisher, está acordada? Sra. Fisher!

Sua voz soou alta e clara, e ainda assim não houve resposta. Ela tentou abrir a porta, que estava trancada. Maisie sabia que era crucial ter acesso ao quarto.

– Ela pode estar indisposta, principalmente se exagerou na bebida. Vou precisar entrar. Desça e prepare um copo de água com bicarbonato e magnésio para ela.

A empregada desceu correndo. Maisie balançou a cabeça: *Ela é tão inexperiente que nem perguntou meu nome.*

Maisie abriu a pasta de documentos e pegou uma bolsa de tecido arrematada com um cordão que continha diversos instrumentos parecidos com alicates de pesca, de tamanhos variados. Selecionou um deles. *Isso vai dar um jeito.* Ela se ajoelhou, inseriu a ponta afiada no buraco da fechadura e manipulou a trava. *Sim!* Maisie se ergueu, fechou os olhos por apenas um segundo para controlar as imagens que passavam em sua mente e abriu a porta.

O corpo de Lydia Fisher estava estendido no chão entre uma elegante chaise-longue azul-clara e uma mesa de cabeceira virada para baixo, com uma bandeja e um jogo de chá espalhados sobre um tapete Aubusson.

Maisie nunca se chocava ao se deparar com uma cena de morte. Não desde a guerra. Ela logo pôs os dedos sob a orelha esquerda da mulher para sentir seu pulso. Nada. Nenhum sinal de vida. A Sra. Fisher usava roupa de noite. Parecia que não tinha se trocado depois de chegar em casa na véspera.

O piso do corredor rangeu quando a empregada retornou. Maisie se deslocou rapidamente para a porta a fim de evitar que a jovem aflita olhasse para dentro do quarto. Ela a conteve bem na hora.

– Você deverá fazer exatamente o que vou lhe dizer. Telefone para a Scotland Yard. Chame o detetive-inspetor Stratton e ninguém mais. Diga que está seguindo as instruções da Srta. Maisie Dobbs e que ele deve vir até este endereço imediatamente.

– Está tudo bem com a Sra. Fisher?

– Faça o que estou dizendo, agora! Quando tiver terminado, volte para o quarto apenas se o inspetor Stratton se atrasar ou se você não conseguir falar pessoalmente com ele. Quando a polícia chegar, mande-os diretamente para falar comigo.

Maisie calculou que teria por volta de vinte minutos sozinha no quarto. Não tanto quanto gostaria, mas seria suficiente. Novamente ela pegou a bolsa de tecido. Puxou um par de luvas de borracha que eram pelo menos um número menor que seu tamanho e as calçou, ajustando entre os dedos para que aderissem melhor a sua mão. Ela se voltou para o corpo de Lydia Fisher.

As roupas da mulher haviam sido rasgadas em muitos lugares e, apesar das múltiplas facadas em seu peito, pouco sangue havia jorrado. Ajoelhando-se, Maisie analisou de perto cada ferimento com a borda marrom-escura, tomando cuidado para não interferir no tecido da roupa ou na posição do corpo. Em seguida, voltou sua atenção para os olhos repletos de terror, para os lábios e a boca arroxeados e para os dedos. *Dez minutos.*

O bule de chá havia se esfacelado, mas a borra grudara em sua base. Maisie pegou sua bolsa e sacou um pequeno utensílio similar a uma colherinha de sal. Ela o mergulhou no líquido e o provou. Depois o cheirou. Então, voltou sua atenção para o quarto. Restava pouco tempo. Aparentemente, Lydia Fisher havia sido assassinada enquanto tomava chá com um convidado. Maisie suspeitava de que a desordem no quarto fora causada pela própria Lydia. Ela andou em volta do corpo, notando a posição da chaise-longue e de outros móveis que tinham sido movidos. Haviam caído enfeites da outra mesa de cabeceira e garrafas do armário de bebidas. Maisie entendeu o que era: morfina. O narcótico devia ter causado espasmos musculares intensos e alucinações. O assassino teria observado, talvez evitando as investidas cada vez mais fracas da vítima, por cerca de quinze minutos antes de a morte enfim ocorrer. E uma vez que Fisher estava morta, o assassino, que testemunhara toda a cena, teria se vingado de outra maneira, usando a faca. *Cinco minutos.*

Maisie fechou os olhos e respirou profundamente, tentando sentir as energias que os acontecimentos das últimas 24 horas haviam deixado ali. Apesar de a morte certamente ter chegado junto com o visitante, Maisie sentiu que Lydia Fisher o conhecia. Maisie estivera em muitas cenas de crime e imediatamente sentiu o furor do ataque. Medo e ódio, as emoções que levaram a tão terrível desfecho, pairavam no ar e faziam uma constelação de cores intensas turvar temporariamente sua visão, como ocorrera pela manhã quando ela se postara diante da porta entalhada de Lydia Fisher. *O último minuto.*

Dois automóveis frearam do lado de fora. Maisie tirou as luvas com destreza e as pôs de volta na pequena bolsa, que deslizou para dentro de sua pasta antes sair do cômodo e esperar por Stratton do lado de fora. Ela lançou um último olhar sobre o corpo de Lydia e viu o medo terrível estampado nos olhos arregalados da mulher.

Maisie escutou a empregada abrir a porta e logo ouviu Stratton se apresentar sem amenidades, seguido por um sucinto "Bom dia" pronunciado por seu sargento, Caldwell. A empregada informou que a Srta. Dobbs estava esperando por eles no andar de cima.

Maisie cumprimentou Stratton e Caldwell e os conduziu à sala de estar de Lydia.

– Vim aqui para me encontrar com a Sra. Fisher por causa de um trabalho. A empregada estava aflita porque sua patroa não havia atendido quando ela bateu à porta. Ela é jovem, e acho que de alguma forma se sentia intimidada. Eu lhe informei que havia sido enfermeira e a fiz trazer-me até aqui.

– Humm.

Ajoelhado ao lado do corpo, Stratton virou-se para Caldwell, que inspecionava a desordem do quarto.

– Parece que ela tentou se livrar do assassino, senhor. Provavelmente um sujeito grandão, eu diria, diante de toda esta bagunça.

Os olhares de Stratton e Maisie cruzaram-se por um instante.

– Vou precisar do saco mortuário, Caldwell. E tente entrar em contato com sir Bernard Spilsbury. Se não conseguir, chame o encarregado. Proteja a propriedade e cerque o entorno com um cordão de isolamento.

Caldwell olhou para Maisie com um sorriso malicioso.

– O senhor vai precisar de mim quando estiver interrogando a Srta. Dobbs?

Stratton suspirou.

– Vou interrogar a Srta. Dobbs depois. Esta mulher foi assassinada ontem, provavelmente no fim da tarde, como a Srta. Dobbs bem sabe. – Ele olhou de relance para Maisie. – No momento, quero garantir que o corpo seja periciado e removido para a necropsia antes que os jornalistas cheguem. E não tenho dúvidas de que vão aparecer logo.

Pediram a Maisie que esperasse na sala de estar do térreo, onde ela foi interrogada por Stratton, acompanhado por Caldwell. Sir Bernard Spilsbury, o famoso patologista, chegou, e permitiram que Maisie fosse embora, ainda que ela soubesse que as perguntas não tinham terminado ali. Quando estava saindo da casa, ouviu Caldwell expressar uma opinião não solicitada:

– Bem, senhor, se quer saber o que acho, foi seu velho marido. Quase sempre é. Veja bem, ela talvez tivesse outro, uma mulher como essa, com suas peles e seu carrão para passear por aí. Sabe-se lá quem ela trouxe para casa!

Maisie sabia muito bem quem Lydia Fisher havia levado para casa no dia anterior. Mas quem poderia tê-la visitado logo em seguida – talvez cedo demais, a ponto de o chá ainda estar quente no bule? Ela mesma abriu a porta? Billy dissera que a empregada havia saído para algumas tarefas na rua depois de ter-lhes servido o chá, por isso ninguém o acompanhou à porta quando foi embora. Teria Lydia se servido de outra xícara em uma tentativa de recobrar a sobriedade diante de uma visita inesperada? Como a visita encontrou uma oportunidade para despejar a droga no chá? Teria notado que Lydia estava embriagada e se oferecido para preparar um novo bule? Então ele poderia muito facilmente ter misturado a substância tóxica no chá. E mais uma dose da droga teria sido administrada enquanto os músculos de Lydia já se contraíam em espasmos depois dos primeiros goles? Tantas perguntas giravam pela mente de Maisie, mas a única pessoa que poderia respondê-las decididamente não estava disponível para ser interrogada. Ou estaria?

Maisie se perguntou como poderia ter acesso à casa de Lydia Fisher mais uma vez. Ela queria saber como a mulher vivia e o que havia causado seu sofrimento, porque de uma coisa tinha certeza: Lydia Fisher havia sofrido.

Enquanto caminhava, Maisie se lembrou de ter sentido um formigamento na nuca quando parou no corredor do segundo andar da casa de Lydia, diante do quarto onde jazia o corpo da mulher. Ela não evitara a sensação; pelo contrário, perguntara em silêncio: *O que você quer que eu veja?* Nunca tivera uma sensação tão ambígua em uma cena de crime, como um tecido que, de um lado, é macio e acetinado e, do outro, áspero e com felpas salientes. Ela sabia que a última pessoa que fora àquela casa carregava um terrível fardo. Um fardo que não se tornara mais leve depois de a vida de Lydia Fisher ser tirada.

Maisie andou apressada em direção à Victoria Station. Ela pretendia voltar ao escritório o mais rápido possível. Deixaria uma mensagem para Billy dizendo que estaria lá às cinco horas. Nenhum momento deveria ser desperdiçado na busca por Charlotte Waite. Se a vítima de Coulsden, Philippa Sedgewick, era amiga de Charlotte, como Lydia Fisher, então ela precisava ser encontrada. Uma amiga morta era uma tragédia. Duas amigas mortas... uma coincidência terrível.

Assim que Maisie chegou à estação, o carro preto que ela vira mais cedo se aproximou. A porta se abriu, e o detetive-inspetor Richard Stratton surgiu e tirou seu chapéu.

– Srta. Dobbs, achei que eu a encontraria no caminho para o metrô. Notei que hoje a senhorita não estava dirigindo seu carrinho vermelho. Sei que teve uma manhã horrível... Gostaria de me acompanhar para uma rápida xícara de chá?

Maisie olhou para o relógio. A hora do almoço já havia passado e ela mal percebera.

– Sim, tenho tempo, apenas... preciso estar de volta ao escritório às cinco.

– Será um prazer acompanhá-la de carro até lá. Vamos logo ali, do outro lado da rua.

Stratton indicou uma pequena casa de chá, e Maisie assentiu, concordando.

Stratton conduziu Maisie pelo tráfego esparso, tocando de leve em seu ombro. Ela sabia que ele seria menos solícito quando a interrogasse formalmente.

Uma garçonete os levou a uma mesa de canto.

– Srta. Dobbs, fiquei curioso ao saber que visitou a Sra. Fisher logo hoje. Há algo que possa me contar sobre sua presença na cena do crime?

– Acredite, eu lhe contei tudo o que podia. A vítima era amiga da jovem que estou procurando para meu cliente. Achei que ela poderia ser útil na investigação.

A garçonete voltou com uma bandeja e pôs um bule de porcelana branco sobre a mesa, seguido por uma jarra de água quente, uma tigela de açúcar, uma jarra de leite e duas xícaras e pires brancos de porcelana. Ela fez uma reverência e se afastou, voltando pouco tempo depois com um prato de pão fatiado, manteiga e geleia, diversos bolinhos glaceados e enfeitados e dois bolos de massa folhada recheada com frutas.

– Hummm. Interessante. Veja bem, essa mulher tem muitas amigas.

– Talvez estejam mais para conhecidas, inspetor.

– Sim, possivelmente.

Stratton pareceu pensativo enquanto Maisie servia o chá.

– Então a senhorita põe o leite *depois* do chá – observou Stratton.

– Do velho jeito londrino, inspetor Stratton: nunca ponha o leite primeiro, pois pode desperdiçá-lo. Se deixar para o fim, saberá de quanto realmente precisa.

Maisie estendeu a xícara para Stratton, empurrou a tigela de açúcar na direção dele e serviu a sua própria.

Quando Stratton ergueu a bebida quente diante de seus lábios, Maisie comentou:

– Creio que o senhor concorda que o assassinato em Cheyne Mews está relacionado ao de Coulsden, inspetor.

Stratton colocou sua xícara no pires tão impetuosamente que o ruído atraiu diversos olhares.

– Inspetor, isso não exige muita dedução – disse Maisie baixinho.

Stratton olhou para ela antes de responder:

– Que fique entre nós...

– Evidentemente.

Stratton prosseguiu:

– A cena do crime era muito similar à do assassinato em Coulsden, com muito pouco derramamento de sangue, dada a intensidade do ataque. Spilsbury suspeita que houve ingestão de narcótico, provavelmente morfina, antes do ataque com uma arma mais violenta. O mesmo método foi usado na vítima de Coulsden. O corpo estava frio, apresentando rigidez cadavérica.

– Spilsbury já determinou a hora da morte?

– Informalmente ele confirmou que foi ontem, no fim da tarde ou à noite. Preciso aguardar até que ele apresente o relatório detalhado. Ele costuma ser mais preciso ainda na cena do crime. Aparentemente, Lydia Fisher dispensou a empregada depois de ela ter lhe servido o chá, e nem ela nem a cozinheira a viram mais. Mas, de acordo com os empregados, isso não era incomum. Sabia-se que ela costumava sair à noite sem requisitar a ajuda da empregada. E geralmente ela se enfiava em seus aposentos por muitos dias, pedindo que não fosse incomodada e enfurecendo-se caso fosse. O assassino pode ter trancado a porta depois de sair e deixado a casa, e ninguém suspeitou de nada durante horas. A cozinheira disse que a empregada anterior não mexeria um fio do cabelo para ver se estava tudo bem com a Sra. Fisher caso ela permanecesse em seus aposentos por dois ou três dias. Se a senhorita não tivesse chegado e encontrado a empregada aos prantos, o corpo teria permanecido ali por bastante tempo. A cozinheira teria aparecido, dito para ela não fazer drama, e tudo ficaria por isso mesmo.

– Graças aos céus telefonei e pedi para vê-la.

– Há mais uma coisa. A empregada saiu na quarta-feira depois do chá, que a vítima tomou na companhia de um homem na faixa dos 30, 35 anos. Aliás, Srta. Dobbs, devo enfatizar novamente a necessidade de absoluta confidencialidade.

Stratton sorveu seu chá, encarando atentamente Maisie.

– É claro, inspetor. – Maisie queria que Stratton continuasse.

– Enfim, ele era de estatura mediana e coxeava um pouco. Possivelmente, um ex-soldado, com o cabelo "como um monte de feno", de acordo com a empregada. Até aqui, ele é nosso principal suspeito, então precisamos identificá-lo e localizá-lo assim que possível.

Maisie pousou a xícara no pires, perguntando-se se deveria antecipar a descoberta de Stratton de que Billy Beale era o visitante. Ela logo se dissuadiu da ideia. *Talvez* tivesse havido outra visita cuja descrição fosse semelhante.

– Inspetor, sei que o senhor vai achar que isso foge um pouco à regra, mas fiquei me perguntando se eu poderia visitar novamente o quarto onde o corpo foi encontrado. Um olhar feminino pode ser útil.

– Bem, isso foge *bastante* à regra, Srta. Dobbs.

Stratton olhou para o relógio.

– Vou considerar o pedido. Bem, agora devo garantir que a senhorita seja acompanhada até seu escritório.

Maisie esperou que Stratton puxasse sua cadeira. Na rua, eles se encontraram com o motorista dele, que prontamente os conduziu através de Londres e, chegando à Fitzroy Square, estacionou na área de pedestres diante do escritório de Maisie.

– Ter um carro de polícia à disposição às vezes vem bem a calhar – disse Stratton.

O motorista abriu a porta para que Stratton e Maisie saíssem do veículo e, assim que o inspetor estendeu a mão para cumprimentar Maisie, Billy Beale surgiu na esquina. Carregava sua boina. No instante em que o último raio de sol da tarde atingiu seu indomável cabelo louro, um vento forte e indesejado varreu a praça, causando a impressão de que uma auréola inesperada aparecera ao redor de sua cabeça.

– Boa noite, senhorita. Boa noite, inspetor Stratton.

Os dois homens deram um aperto de mão, e Billy acenou para Maisie, tocando sua testa, virou-se e abriu a porta do prédio. Sua aparência não passou despercebida aos olhos de Stratton, que viu Billy subir os degraus, puxar a manga do casaco para baixo até cobrir a mão, e polir a placa de identificação de Maisie, como de hábito, antes de sacar a chave, destrancar a porta e entrar no prédio georgiano. Depois que ele fechou a porta, Stratton se virou para encarar Maisie.

– Srta. Dobbs, acho que há mais detalhes que precisaremos discutir com relação à sua presença em Cheyne Mews esta tarde. No entanto, podemos fazer isso amanhã. Estarei aqui às nove horas para apanhá-la, assim poderemos visitar a casa de Lydia Fisher juntos. Como a senhorita disse, um ponto de vista feminino pode ser útil para a investigação.

Maisie estendeu a mão para Stratton.

– Muito bem, inspetor. Entretanto, eu preferiria encontrá-lo na Victoria Station às... digamos... 9h15? Seguimos dali. Terei outros compromissos durante o dia, então devo estar de volta ao escritório por volta das dez e meia.

– Certo, Srta. Dobbs.

Stratton meneou a cabeça, entrou no carro da polícia e foi embora.

CAPÍTULO 5

Maisie duvidava que Stratton considerasse seriamente Billy Beale um suspeito do crime. Quando os dois se conheceram, o inspetor pareceu não apenas impressionado com a dedicação de Billy à sua chefe, mas também entretido com seu entusiasmo pelo novo trabalho. Por outro lado, ele talvez suspeitasse que Maisie fora à casa de Lydia Fisher para encobrir os rastros deixados pelo assistente. Não, Stratton era um homem inteligente. Ele não levaria a sério algo assim, embora talvez quisesse interrogar Billy para eliminar qualquer dúvida e extrair observações úteis.

Maisie alcançou o último degrau do primeiro lance de escadas e parou, preocupada. Joseph Waite exigira que a polícia não fosse notificada sobre o desaparecimento de sua filha, apesar da possível relevância da amizade entre Charlotte e Lydia Fisher. A busca pelo assassino talvez impusesse a revelação dessa informação. Maisie pensou nas consequências de esconder indícios de Stratton. Mas algo mais a inquietava: e se Waite estivesse errado? E se Charlotte não tivesse desaparecido por vontade própria? E se ela soubesse quem era o assassino? Ela poderia ser a próxima vítima? E se Charlotte tivesse matado a amiga? Se tivesse matado duas amigas?

Antes mesmo que virasse a maçaneta, a porta do escritório se abriu. Billy estava postado à espera. Ele tinha tirado o casaco e arregaçado as mangas, pronto para o trabalho. Maisie consultou o relógio.

– Billy, vamos nos sentar.

O sorriso de Billy desapareceu.

– O que há de errado, senhorita?

– Sente-se primeiro.

Billy ficou nervoso, o que acentuou seu coxear. Maisie sabia que o mal-estar afetava a perna dele, um ponto de vulnerabilidade física.

Ela se sentou de frente para ele e deliberadamente relaxou o corpo para trazer calma ao cômodo e manifestar que estava no controle da situação.

– Billy, esta manhã fui à casa de Lydia Fisher em Cheyne Mews e a encontrei... morta.

– Ah, meu Deus!

Billy se levantou da cadeira meio cambaleante e foi até a janela.

– Eu sabia que ela estava bebendo muito. – Agitado, ele passava sem parar os dedos pelo cabelo. – Devia ter levado embora a garrafa, ter telefonado para que a senhorita fosse até lá. Teria sabido o que fazer. Eu podia tê-la feito parar... eu sabia que ela estava bebendo muito rápido, eu devia...

– Billy. – Maisie ficou de pé e se colocou diante do assistente. – Lydia Fisher foi assassinada depois que você saiu de lá ontem. Não havia nada que você pudesse ter feito.

– Assassinada? Atacada por alguém?

– Sim. A hora exata da morte ainda não foi determinada, mas minha estimativa, pelo exame rápido que fiz do corpo, é que ela estava caída ali desde as primeiras horas da noite de ontem.

Maisie relatou sua visita à casa, a descoberta do corpo, suas dúvidas iniciais e o encontro com Stratton mais tarde. Billy temia o interrogatório da polícia que sem dúvida logo viria. Ela pediu que Billy descrevesse mais uma vez o encontro com Lydia Fisher e sua partida.

– Billy, você fez um bom trabalho – disse ela quando ele concluiu, trêmulo. – Explicarei para o detetive-inspetor Stratton que você esteve lá a serviço de um pai preocupado e tudo o mais. O desafio será manter o nome de Waite fora da conversa.

Maisie esfregou o pescoço, pensou por um instante e continuou:

– O fato é que você possivelmente foi a última pessoa a ver Lydia Fisher com vida antes do assassino.

– E ela já estava bem alterada quando eu saí, com certeza.

– Que horas eram mesmo?

– Voltei para cá às cinco, não foi? Para nossa reunião. – Enquanto falava, Billy pegou o casaco, que estava pendurado atrás da cadeira, e sacou a caderneta. – E eu tive que tratar de algumas incumbências, então foi por volta... aí está, senhorita, foi às 15h25.

– Havia alguém mais na casa a essa hora, além dos criados?

– É curioso a senhorita me perguntar isso porque, apesar de eu não ter visto ninguém, achei que pudesse haver alguém ali. Na verdade, só agora me dei conta disso: vi uma mala no patamar, uma daquelas grandes, de couro, com correias.

– Interessante. Não me lembro de ter visto uma mala grande esta manhã.

– Talvez a empregada tenha mudado a mala de lugar. A mala devia pertencer à Sra. Fisher, não é? Lembra-se de que ela me corrigiu, senhorita? Reparei que ela tinha uma aliança de casamento, mas a casa não dava essa sensação, sabe, de que houvesse um homem ali.

– Por que você não falou nada sobre isso, Billy?

– Bem, senhorita, ela não estava morta, não é? E eu não estava atento a *ela*. Só estava lá para descobrir mais informações sobre a Srta. Waite, certo?

Maisie suspirou.

– Tudo bem, mas lembre...

– Sim, eu sei: "Tudo deve ser anotado na íntegra." Bem, senhorita, eu fiz isso, anotei na minha caderneta. Eu só não disse nada porque a Sra. Fisher não estava fugindo de ninguém.

Billy se jogou na cadeira, apesar de Maisie ter permanecido de pé, olhando para a praça lá fora. Havia escurecido. Ele mencionara antes que queria estar em casa a tempo de levar os filhos para o parque. Passou pela cabeça de Maisie que ele fora otimista demais em pensar que voltaria para casa enquanto ainda estivesse claro o suficiente para brincar ao ar livre. Ela se virou para ele.

– Sim, você está certo, Billy. Mas agora tente se lembrar mais uma vez do que aconteceu quando você foi embora.

– Quando me contou sobre a Srta. Waite, as freiras e tudo o mais, ela parecia estar quase caindo o tempo todo, então eu fui dando meu "adeus" e meu "muito obrigado", e comecei a andar em direção à saída.

Maisie suspirou.

– Ah, meu Deus. Eu bem queria que um dos empregados tivesse acompanhado você à porta.

– Eu também... Cheguei a pensar nisso. Entretanto, a empregada não estava lá. Mas, veja bem, acho que outra pessoa chegou lá depois de mim.

– Espero que sim, Billy.

– Não, senhorita, quero dizer que chegou logo depois de mim.

– Explique-se.

– Eu estava na rua, e a senhorita sabe como esses antigos estábulos são estreitos, não? Bem, foi mesmo engraçado, porque eu saí da casa e tive que me espremer para passar pelo carrão dela, já que ela ocupou toda a calçada, e então virei à direita na direção da Victoria Station. Eu tinha avançado poucos metros quando escutei passos atrás de mim e a porta bater com força. Achei que era o Sr. Fisher vindo do trabalho ou algo assim, e que eu simplesmente não o tinha visto.

– Você tem certeza de que foi a porta do número 9 que abriu e fechou?

– Certeza total. Foi o som, senhorita. Sou bom com barulhos. Ter filhos dá nisso... Sempre preciso saber de onde está vindo o som, do contrário os danadinhos aprontam. Enfim, se tivesse sido a porta de uma das casas vizinhas, não teria soado igual, nem de um lado, nem do outro. Foi o número 9, com certeza. – Billy olhou para Maisie, seus olhos revelando o choque de um pensamento indesejado. – Ah, senhorita, não acha que foi a pessoa que a matou, acha?

– É uma possibilidade.

Maisie considerou outra possibilidade: que Lydia Fisher pudesse ter mentido para Billy o tempo todo. A mala que ele viu talvez pertencesse a Charlotte Waite. Podia ter sido Charlotte, sozinha ou com ajuda, que assassinara a amiga. Waite havia se referido à filha como um "lírio fenecido", mas Maisie estava começando a achar que ela não devia ser menosprezada.

– Está ficando interessante, não está, senhorita?

– Está mais para intrigante. Intrigante. Escrevi para a madre Constance na Abadia de Camden, em Kent, e espero receber notícias dela em breve. Se Charlotte foi até lá em busca de proteção ou de outra coisa, madre Constance é capaz de iluminar a mente de uma aspirante a freira. Vou visitá-la assim que puder. E quero consultar o Dr. Blanche, então vou parar na casa da viúva em Chelstone para vê-lo primeiro.

– Vai visitar seu velho pai enquanto estiver lá?

– Claro que sim. Por que está me perguntando isso?

– Um homem maravilhoso, seu pai. Bem, é que a senhorita não parece visitá-lo muito, e ele é seu único parente de verdade.

Maisie ficou surpresa. A simplicidade da observação de Billy a feriu como se ela tivesse sido aguilhoada por um inseto invisível. Nenhuma outra verdade a incomodava tanto quanto aquela, e seu rosto ficou vermelho.

– Vejo meu pai o máximo que posso.

Maisie se inclinou na direção de uma pilha de papéis, que ela embaralhou antes de consultar seu relógio.

– Meu Deus, Billy! Você já deveria estar a caminho de casa. Não vai chegar a tempo de brincar com seus filhos, vai?

– Ah, vou, sim, senhorita. Nunca deixo de brincar um pouco antes de eles irem para a cama. É bom fazer um pouco de bagunça, apesar de a patroa reclamar. Ela diz que eles ficam agitados, por isso não conseguem dormir.

– Podemos muito bem encerrar o trabalho por hoje. Vou encontrar o detetive-inspetor Stratton amanhã de manhã para ir à casa de Lydia Fisher. Prepare-se para segurar as pontas por alguns dias enquanto eu estiver em Kent.

– A senhorita pode contar comigo.

Billy esticou a perna machucada e levantou-se da cadeira.

– Essa perna está incomodando de novo? Você parecia estar sentindo menos dor esta manhã.

– Isso vai e vem, senhorita. Vai e vem. Bem, vou-me embora.

– Muito bem, Billy.

Billy fechou o sobretudo e deu um último aceno antes de descer as escadas de um jeito desengonçado. Ela ouviu seus passos se afastarem até silenciarem. A porta da frente foi aberta e fechada com um baque. Eram seis horas.

Maisie não estava com pressa de ir embora. Havia sido um longo dia e muitas coisas tinham acontecido, mas não ansiava por voltar aos seus aposentos. Sentiu tédio ao imaginar a noite que teria pela frente. Talvez ela pudesse descer até a cozinha e tomar um chocolate quente com Sandra, uma das várias criadas que haviam permanecido na mansão dos Comptons em Belgravia, já que o restante dos empregados estava em Chelstone. Apesar de

Sandra, Valerie e Teresa serem garotas bacanas, elas não sabiam bem o que pensar sobre Maisie Dobbs. Sabiam que Maisie fora uma delas, só que não era mais. Então não se sentiam à vontade para entabular uma conversa, por mais amigáveis que fossem.

Maisie reuniu suas anotações e colocou algumas correspondências pendentes em sua pasta de documentos, certificou-se de que sua mesa estivesse trancada, apagou as lamparinas a gás e deixou o escritório. O dia seguinte seria de muito trabalho, e esperava descobrir mais sobre a morte de Lydia Fisher e talvez sobre o caráter, as motivações e o paradeiro da filha de seu cliente. Ela fez uma anotação mental para preparar algumas perguntas adicionais para Joseph Waite sobre os amigos de Charlotte. Ainda não havia decidido se lhe perguntaria sobre o filho.

A praça estava cheia de gente quando ela fechou a porta atrás de si. Havia pessoas indo visitar amigos, estudantes de arte da Slade School of Art voltando de seus alojamentos e algumas pessoas entrando e saindo da mercearia da esquina, onde o Sr. Clark e sua filha Phoebe corriam de um lado para outro a fim de encontrar até mesmo os itens mais obscuros que os ecléticos fregueses da Fitzroy Square solicitavam, embora o país estivesse mergulhado em uma depressão econômica.

Maisie virou à direita na Warren Street e estava vestindo suas luvas quando parou de repente para observar dois homens postados do outro lado da rua. Eles haviam acabado de sair do pub Prince of Wales e ficaram parados por um instante sob o halo de um poste, depois se deslocaram para as sombras. Maisie também ficou na escuridão para evitar ser vista. Eles conversaram por alguns momentos, lançando olhares de relance para os dois lados da rua. Um dos homens, que lhe era estranho, sacou um envelope do bolso interno do casaco enquanto o outro olhava para ambas as direções. O segundo homem pegou o envelope e colocou algo na mão do primeiro. Maisie presumiu se tratar de notas de libras enroladas, pagamento pelo primeiro item. Ela continuou a observar quando o homem partiu. Aquele que ela não conhecia voltou para o pub, enquanto o cabelo claro do outro homem refletia a luz fraca dos postes sob o nevoeiro noturno à medida que ele ia mancando, instável, em direção à Euston Road.

Naquela noite, sentada em seu quarto no número 15 da Ebury Place, Maisie estava profundamente apreensiva. Quando Sandra lhe perguntou se ela gostaria de "uma boa xícara de chocolate", Maisie recusou a oferta e continuou a olhar fixamente a escuridão do lado de fora da janela. O que estava acontecendo com Billy? Em um minuto, ele parecia estar nas profundezas de um desalento paralisante e, no seguinte, revigorado e cheio de energia. Ele parecia ora esquecer as regras mais básicas do trabalho que faziam juntos – um trabalho ao qual se entregara de muito bom grado –, ora desempenhar suas tarefas de forma muito produtiva, a ponto de Maisie considerar aumentar seu salário em uma época em que a maioria dos empregadores estava demitindo. Os ferimentos de guerra de Billy ainda o importunavam, embora ele negasse. E talvez ela tivesse subestimado a capacidade de Billy lidar com as lembranças trazidas pelas ondas de dor que pareciam ir e vir de maneira tão perturbadora.

O silêncio se impôs, infiltrando-se até mesmo na delicada trama dos estofados de linho. Revisando mais uma vez suas anotações sobre o caso Waite, Maisie concentrou os pensamentos e buscou banir o som do nada absoluto. Lydia Fisher fora assassinada antes que ela pudesse interrogá-la a respeito de Charlotte Waite. Teria Lydia sido morta como forma de evitar que Maisie a visse? E quanto ao caso de Coulsden? Teria sido a reportagem sobre o assassinato o motivo da fuga de Charlotte? Seriam os dois crimes aleatórios, uma simples coincidência irrelevante para o trabalho de Maisie? Ela considerou outras questões e então finalmente pôs o trabalho de lado naquela noite. Sentia o corpo um pouco descontrolado, um sinal inquestionável de que sua mente estava agitada e deveria ser tranquilizada para que pudesse desfrutar de uma boa noite de sono e de uma manhã proveitosa.

Maisie pegou os travesseiros sobre a cama e os colocou no chão, afrouxou um pouco o robe para ter mais liberdade de movimento e se sentou com as pernas cruzadas. Havia apenas um jeito de acalmar seus pensamentos e as batidas aceleradas de seu coração, e era ganhando o domínio de seu corpo por meio da meditação. Ela inspirou profundamente por quatro vezes, pôs as mãos sobre os joelhos com o dedão e o indicador de cada mão unidos e semicerrou os olhos. Repousando o olhar em uma mancha quase indiscernível no tapete diante dela, Maisie empenhou-se em esvaziar a mente. Pouco a pouco, a quietude do quarto envolveu seu ser, e seu batimento cardíaco, antes tão agitado, pareceu se unir à sua respiração. Quando uma reflexão ou preocupação lutava para entrar em sua mente, Maisie relaxava e não permitia que esses pensamentos tivessem ressonância – ao contrário, ela os imaginava, a partir de sua visão interior, como nuvens passando no céu da tarde. Ela respirou profundamente e então estava calma.

Mais tarde, quando Maisie abriu os olhos, reconheceu a verdade que lhe havia sido revelada no silêncio, a verdade que a impedira de visitar seu pai, pois ele a teria percebido de imediato. A verdade que Maisie estivera evitando por tanto tempo era muito simples: sentia-se solitária. Permaneceu parada por mais um momento e perguntou-se se essa também havia sido a dor de Charlotte Waite.

CAPÍTULO 6

Maisie acordou com o sol se infiltrando pelas frestas das cortinas e tocando suas pálpebras pesadas até se abrirem. Ela mexeu a cabeça no travesseiro para se esquivar do feixe de luz, esticou o braço e pegou o relógio que ficava na cabeceira.

– Ah, nossa! Já são 8h15!

Ela pulou da cama, correu para o banheiro, abriu as torneiras da banheira e puxou a alavanca para ativar o chuveiro que acabara de ser instalado. Além da água quente que vinha da tubulação e era bombeada até o chuveiro com cerca de 20 centímetros de diâmetro, uma série de jatos no tubo vertical garantia que a água atingisse não apenas a cabeça, mas todo o seu corpo.

– Ah, não! – exclamou Maisie, quando entrou sob a água e estendeu o braço para alcançar o sabonete. Deu-se conta de que suas longas tranças, naquele momento completamente encharcadas, não estariam secas até a hora em que ela saísse de casa.

Depois do banho, reclamou em voz alta sobre aquela "inovação inútil" enquanto se secava rapidamente, envolveu a cabeça com uma toalha branca e volumosa e vestiu um robe liso de algodão. Sentada à sua penteadeira, ela aplicou apenas um pouco de creme hidratante no rosto, espalhando a sobra nas mãos. Tocou levemente as bochechas, removendo o excesso de creme com a ponta da toalha. Aplicou uma quantidade mínima de rouge nas bochechas e nos lábios e correu de volta para o quarto, abriu a porta do guarda-roupa e escolheu um vestido liso azul-escuro com cintura baixa e mangas até abaixo do cotovelo. Maisie costumava usar vestidos que iam até as canelas e estava feliz porque a moda voltara a favorecer barras mais curtas. Seu leal casaco azul-escuro, já bastante surrado, quebraria o galho, assim como o velho chapéu cloche e os sapatos pretos simples. Na verdade, o chapéu viria bem a calhar naquela manhã.

Ela tirou a toalha da cabeça e consultou o relógio: oito e meia. Levaria quinze minutos para chegar à Victoria Station andando em ritmo acelerado, de modo que só teria um quarto de hora para que seu cabelo secasse. Agarrou o casaco, o chapéu, as luvas e a pasta de documentos, pegou seis grampos de um pote de vidro sobre a penteadeira e saiu correndo do quarto, atravessando o patamar e uma portinha disfarçada à esquerda, que dava acesso às escadas dos fundos da casa.

Maisie entrou na cozinha, e as empregadas, que estavam conversando, pareceram dar um pulo quando ela disse:

– Ah, Deus, será que vocês poderiam me ajudar? Preciso secar meu cabelo o mais rápido possível!

Sandra foi a primeira a dar um passo à frente, seguida por Teresa.

– Tess, pegue as coisas dela. Venha aqui, senhorita. Não vamos conseguir secar completamente, mas vai ser o suficiente para que possa prendê-lo. Rápido, Val, abra a porta corta-fogo.

Maisie notou que ali, no território do andar inferior, as criadas a chamavam de "senhorita" no lugar do mais formal "senhora" usado no andar superior. Ela envolveu a cabeça com a toalha uma vez mais e foi orientada a se inclinar em direção à porta corta-fogo do forno para que o calor começasse a secar seu cabelo.

– Não chegue perto demais, senhorita. Não vai querer chamuscar esse lindo cabelo, certo?

– Chamuscar? Minha vontade era queimar o cabelo todo, Sandra.

– Suponho que poderíamos usar o novo Hawkins Supreme da sua senhoria, sabe, aquele secador verde dela. Ela só o usou uma vez. Disse que era como passar um aspirador de pó na cabeça.

Valerie, que abanava o jornal da manhã para que a massa de calor envolvesse as tranças pretas de Maisie, começou a rir. Então Sandra desistiu de segurar seu próprio riso, assim como Teresa. Maisie olhou para cima através de um véu de cachos ainda úmidos e, pela primeira vez depois de muito tempo, começou a rir também.

– Ah, não, não me façam rir dessa maneira!

Maisie secou os olhos, que haviam começado a lacrimejar.

– Senhorita, senhorita, me desculpe, é só que, bem, de repente nos demos conta do lado engraçado disso. Quer dizer, nós todas já passamos por essa situação, sabe? Acho que nunca achamos que a senhorita um dia viria correndo afobada até aqui.

Maisie aprumou o corpo, pegou a escova e começou a arrumar seu cabelo numa trança controlável.

– Ah, sou apenas um ser humano! Sabe, a Sra. Crawford teria me dado um puxão de orelha se me visse escovando o cabelo na cozinha, sem dúvida!

Valerie se aproximou da porta do forno, enquanto Sandra passava um pano na extensa mesa da cozinha.

– Bem, senhorita, é bom vê-la rindo, na verdade. Rir faz bem para o corpo. Faz-nos seguir mais felizes e confiantes.

Maisie sorriu.

– Agradeço pela ajuda e pela companhia. – Maisie olhou para o relógio de prata preso ao seu vestido. – É melhor eu ir andando ou chegarei atrasada ao meu compromisso.

Sandra deixou sobre a mesa o pano que estava segurando.

– Vou acompanhar a senhorita até a porta.

Maisie pensou em responder que não precisava ser acompanhada, mas lhe ocorreu que Sandra, a empregada que trabalhava havia mais tempo na casa e a mais velha, com 26 anos, talvez quisesse conversar com ela confidencialmente. No topo da escada de pedra na lateral da mansão, Maisie se virou para Sandra em silêncio e sorriu, encorajando-a a falar.

– Senhorita, espero que isto não soe, sabe, impróprio.

Sandra tinha as duas mãos juntas atrás das costas e olhou para seus sapatos pretos polidos por um segundo, como se estivesse buscando as palavras certas. Ela hesitou, e Maisie, em silêncio, se aproximou apenas um pouco.

– Bem, a senhorita trabalha muito, todos podem ver isso. Até tarde da noite. Então, o que eu queria dizer é que é sempre bem-vinda se quiser descer para conversar. Veja bem... – ela tirou um fio solto do avental –, ... sabemos que não pode fazer isso quando todos estão na residência, pois não é o que se costuma fazer, certo? Mas, quando estiver sozinha na casa, saiba que não precisa se sentir só. – Sandra encarou Maisie como se tivesse terminado de falar, e então acrescentou rapidamente: – Bem, é provável que sejamos um pouco sem graça para a senhorita...

Maisie sorriu para Sandra e disse:

– Nem um pouco, Sandra. Você é muito amável. Passei uma das minhas épocas mais felizes da minha vida lá embaixo naquela cozinha. Vou aceitar a sua oferta. – Maisie olhou para o relógio. – Ah, nossa, preciso correr agora. Mas, Sandra...

– Sim, senhorita?

– Obrigada. Obrigada por sua compreensão.

– Não há de quê, senhorita.

Sandra fez uma reverência e despediu-se de Maisie com um aceno.

O detetive-inspetor Stratton saltou do carro da polícia assim que estacionou e abriu a porta de trás do veículo para Maisie entrar. Ele tomou o assento ao lado dela e, depois de cumprimentá-la de maneira seca, se pôs a falar sobre o "caso Fisher".

– Vou direto ao ponto, Srta. Dobbs: o que fazia seu assistente na casa de Lydia Fisher no dia em que ela foi assassinada?

– Inspetor Stratton, o senhor ainda não me informou se, de fato, meu assistente a visitou no dia de sua morte, já que ela só foi encontrada às onze horas da manhã de ontem.

– Por favor, não obstrua as investigações, Srta. Dobbs. Estou permitindo que visite novamente a residência da vítima esta manhã na esperança de que possa nos auxiliar.

– De fato, inspetor, agradeço por sua confiança, mas estou apenas lembrando que não sabemos exatamente quando a falecida se deparou com seu destino. Ou sabemos?

Maisie sorriu para Stratton com um pouco do entusiasmo que permanecera das risadas que se apoderaram dela menos de uma hora antes.

Stratton pareceu ligeiramente incomodado.

– Spilsbury relatou que a hora da morte foi aproximadamente às seis horas da tarde da *véspera* do dia em que senhorita a encontrou. Bem, e quanto a Beale?

– O Sr. Beale de fato visitou a Sra. Fisher. No entanto, ele deixou Cheyne Mews antes das quatro e voltou ao escritório para se encontrar comigo, o que posso lhe assegurar.

– Pode me dizer a que horas ele saiu do escritório?

– Ah, inspetor...

– Srta. Dobbs.

– Eram aproximadamente seis horas. Sem dúvida, a mulher dele pode confirmar que ele chegou em casa às, digamos, seis e meia ou em torno disso. Ele vai e volta de ônibus ou de metrô, apesar de eu acreditar que prefira ir para casa da segunda maneira, pois é um pouco mais rápido. De St. Pancras pela linha metropolitana até Whitechapel. Dependendo dos trens, presumo que ele não chegue em casa antes das sete. Duvido que tenha se demorado muito mais, inspetor, uma vez que ele gosta de brincar com os filhos antes de irem dormir. – Maisie pensou por um momento, depois acrescentou: – Sei que às vezes ele para rapidamente no Prince of Wales para tomar meio *pint*, mas apenas na sexta-feira.

– Terei que interrogá-lo, a senhorita sabe.

– Sim, claro, inspetor.

Maisie olhou pela janela.

O motorista desacelerou para virar em direção a Cheyne Mews e se aproximou do número 9. Um único policial estava em frente à casa. Stratton não fez nenhum movimento para sair do carro; em vez disso, virou-se para Maisie mais uma vez.

– Diga-me novamente por que veio visitar a Sra. Fisher, Srta. Dobbs.

Maisie havia preparado uma resposta para essa pergunta.

– Eu já não sabia mais o que fazer, inspetor, e a Sra. Fisher talvez pudesse me dar uma luz em um caso no qual estou trabalhando, de uma filha que fugiu da casa do pai. A conexão entre elas era tênue. Acredito que se conheciam, e eu queria falar com ela para ver se esclarecia certos aspectos da personalidade da garota. Devo acrescentar, inspetor, que a "garota" já entrou nos seus 30 anos e tem um pai muito controlador.

– E Beale?

– Ele está confirmando os nomes e a localização dos conhecidos dela. A conexão de quem procuramos com a Sra. Fisher havia sido tão intermitente que nem sabíamos se o endereço que tínhamos estava correto. Beale estava checando as informações quando ela apareceu, então aproveitou a oportunidade para falar com ela. Eles conversaram, e ele foi embora. O resto eu lhe contei.

– E qual é o nome da mulher que estão procurando?

– Como eu disse ontem, assinei um contrato de confidencialidade. Se for absolutamente necessário que eu revele o nome do meu cliente, o farei em nome da segurança pública e da justiça. Neste estágio, peço que respeite o sigilo profissional que tenho para com meu cliente.

Stratton franziu a testa, mas assentiu.

– Por enquanto, Srta. Dobbs, não insistirei na questão. Estamos procurando um suspeito do sexo masculino, não uma mulher. No entanto, a senhorita teria outras informações que poderiam ser pertinentes ao caso?

– Apenas algo que o Sr. Beale comentou: que a Sra. Fisher preferia bebidas alcoólicas ao chá.

Stratton coçou o queixo e olhou novamente para Maisie.

– Sim, isso está em conformidade com as conclusões de Spilsbury.

Maisie calçou as luvas e pegou sua bolsa, preparando-se para sair do carro.

– Inspetor, Spilsbury comentou sobre a teoria do veneno?

– Ah, sim – disse Stratton, esticando o braço para a maçaneta da porta. – Certamente ela foi envenenada antes. Tomou a substância junto com o chá. Ela provavelmente tomou uma xícara ou duas em algum momento depois que Beale deixou a casa. Neste exato instante, Cuthbert está trabalhando com afinco em seu laboratório para identificar o veneno ou a combinação de substâncias usada, apesar de sir Bernard Spilsbury ter dito que suspeita de um opioide, provavelmente morfina.

– E quanto às facadas?

– Ela estava morta quando foi atacada, portanto, como a senhorita viu, houve pouco derramamento de sangue. Mas há algumas perguntas inconclusas sobre a faca.

– Ah, é?

– Parece que os ferimentos à faca são muito semelhantes àqueles infligidos por uma baioneta. Mas a senhorita conhece sir Bernard. Podemos esperar que em breve teremos uma descrição muito mais precisa da arma.

Maisie tomou fôlego e fez mais uma pergunta enquanto Stratton abria a porta para ela:

– E ele confirmou alguma conexão com o caso de Coulsden?

Stratton segurou a mão de Maisie enquanto ela saía do carro.

– O método é idêntico.

~

– Arruinou um belo pedaço de tapete, não? – Stratton estava olhando para a rua pela janela da sala de estar.

Comentários impertinentes não eram raros entre aqueles que tinham como trabalho investigar os efeitos de crimes violentos. Muito tempo antes, Maurice contara a Maisie que isso fazia parte do esforço inconsciente para dar uma aparência de normalidade ao que estava muito longe do usual. Mas era a primeira vez que ela ouvira alguém se referir a um tapete Aubusson como um "belo pedaço de tapete".

– Inspetor, eu poderia ficar algum tempo sozinha no quarto, por favor?

Ele pensou por um momento e em seguida deu de ombros antes de deixar o cômodo e fechar a porta. Apesar de nunca ter se relacionado profissionalmente com Maurice Blanche, ele ouvira falar de seus métodos através de colegas que haviam trabalhado com o homem e diziam que seus procedimentos "estranhos" costumavam levar a uma solução rápida. A ex-assistente de Blanche sem dúvida usava os mesmos métodos. O quarto fora minuciosamente inspecionado, então não havia nenhum risco de ela contaminar a cena do crime. E Stratton sabia que, se Maisie Dobbs quisesse, podia ter alterado ou removido alguma prova quando descobriu o cadáver.

Maisie andou devagar pelo quarto, tocando nos pertences de Lydia Fisher, e novamente foi acometida pela sensação de que se tratava de uma mulher solitária. De que ela havia ansiado por uma conversa, mais do que por falar; por uma paixão profunda, mais do que por prazer; e de que havia desejado estabelecer conexões íntimas, dessas que nascem de uma amizade sincera, e não das que se encontram entre os bajuladores da alta sociedade.

Ela analisou cuidadosamente os elementos da sala de estar: cortinas de veludo azul-claro, uma chaise-longue cor de lápis-lazúli com um bordado azul-claro, uma escrivaninha de carvalho estilo art nouveau, um conjunto de mesas laterais de diferentes tamanhos que se encaixavam umas nas outras, agora arrumadas em ordem e não mais viradas, um espelho no formato de uma grande borboleta preso a uma parede e, em outra, uma pintura modernista. A polícia tinha "secado" o armário de bebidas à direita da janela, e havia um gramofone no canto oposto. Aquele fora um espaço agradável, arejado – mas habitado por uma pessoa sozinha, e não por uma mulher casada.

Ela andou até a chaise, ajoelhou-se perto da mancha ocre no tapete e tocou o local em que Lydia Fisher havia caído. Maisie fechou os olhos e respirou fundo, o tempo todo pressionando de leve o lugar onde o pouco sangue derramado havia marcado o tapete. Ao fazer isso, pareceu sentir um vento frio e úmido a envolver. A sensação não era inesperada; ela sabia que isso aconteceria quando se voltasse para o passado em busca de um motivo, uma palavra, uma pista. Algo que pudesse lhe dizer por que Lydia Fisher tinha morrido. Algo que pudesse lhe explicar o que tornava tão reconhecível esse lugar onde ela nunca havia entrado até a véspera, quando foi visitar a Sra. Fisher.

Alguns segundos se passaram. O tempo estava suspenso. Em vez de ver o quarto em que estava, ela visualizou aquele que Charlotte Waite havia abandonado tão às pressas, cinco dias antes. As duas mulheres compartilhavam alguma emoção e, apesar de ter pensado logo na solidão, o que seria muito compreensível, Maisie entendeu que o que as unia era um sentimento ainda mais fugidio, que ela ainda não sabia como nomear.

Maisie abriu os olhos e a conexão com Lydia Fisher começou a desvanecer. Ela escutou a voz de Stratton mais próxima. Ele obviamente pensou que ela tivera bastante tempo para se conectar com o que quer que fosse que a vítima havia deixado para trás. Maisie lançou um último olhar ao quarto, mas, quando ia abrir a porta, foi atraída até a janela onde Stratton se postara mais cedo. Debruçando-se sobre o peitoril, ela desejou poder abri-la para o ar entrar. Um calor repentino em suas mãos a levou a olhar para baixo. Talvez o radiador abaixo da janela tivesse aquecido a madeira. Ela correu as mãos pelo peitoril e então se ajoelhou para ver se conseguia diminuir a temperatura. Para sua surpresa, a tubulação de ferro estava fria. Ela desceu as mãos pela parede e depois pelas tábuas do assoalho, usando as pontas dos dedos para vasculhar. Havia algo ali para ela, algo importante. Justo quando ela ouviu os passos de Stratton do lado de fora aproximando-se da porta,

Maisie sentiu o vestígio de algo ao mesmo tempo macio e espinhento roçar seu indicador. Ela se inclinou ainda mais. O objeto era pequeno e branco, tão pequeno, de fato, que poderia ter sido varrido pela criada. Aquilo não interessaria à polícia. Podia ter caído no chão num instante qualquer, um tufo pequeno, perdido.

– Srta. Dobbs.

Stratton bateu à porta.

– Entre, inspetor.

Quando Stratton apareceu, Maisie estava dobrando um lenço de linho.

– Terminou, Srta. Dobbs?

– Sim, inspetor. Eu me senti um tanto consternada, me desculpe.

Maisie fungou ao colocar o lenço no bolso.

Stratton e Maisie deixaram a casa e continuaram a conversa no carro.

– O que acha?

– Eu gostaria de saber mais sobre o Sr. Fisher. E o senhor, inspetor?

– Sem dúvida... Meus homens estão tratando disso agora.

– Onde ele está? O que ele faz?

– Ah, bem, o que ele faz tem relação direta com o lugar onde se encontra. Ele é uma espécie de viajante, um explorador, se assim preferir. De acordo com a empregada, ele raramente está em casa. Passa a maior parte do tempo viajando para algum lugar remoto com um grupo de pessoas interessadas, todas muito abastadas, que lhe pagam uma bela quantia para serem arrastadas para a África Oriental Britânica, o deserto de Gobi ou outra localidade dessas, a fim de serem fotografados com animais que facilmente poderiam ser vistos no zoológico do Regent's Park!

– Então isso explica...

– O quê?

– A solidão dela.

– Humm.

Stratton olhou de esguelha para Maisie.

– Inspetor, será que eu poderia pedir um favor? – Maisie sorriu.

– Srta. Dobbs, receio que seu pedido seja do tipo que mais uma vez quase me fará perder o emprego...

– Não se isso o ajudar a encontrar o assassino. Fiquei pensando se eu poderia ver alguns dos pertences recolhidos na casa da vítima de Coulsden.

– Veja bem, apesar de eu ser grato pelas interpretações que a senhorita pode me oferecer sob seu "ponto de vista feminino", intriga-me por que está interessada neste caso. Quanto à Sra. Fisher, é compreensível, dada a ligação "tênue" com um de seus casos particulares. Mas não vejo motivo para querer examinar os pertences da Sra. Sedgewick. Isso seria um tanto irregular.

– Entendo perfeitamente, inspetor.

Eles ficaram em silêncio por um momento.

– Posso pedir que meu motorista nos leve diretamente para seu endereço, se quiser.

– Não, inspetor. Está tudo bem. Tenho que resolver outros problemas antes de voltar ao escritório.

O carro estacionou perto da Victoria Station e mais uma vez Stratton saltou para oferecer sua mão a Maisie.

– Obrigada, inspetor.

– Srta. Dobbs, ainda que eu tenha certeza de que o encontro entre seu assistente e a Sra. Fisher tenha transcorrido exatamente como descreveu, precisarei interrogá-lo amanhã de manhã. Saiba que, em circunstâncias normais, o procedimento seria mais formal. No entanto, neste caso, vou pedir-lhe simplesmente que o instrua a se apresentar às dez horas na Yard, está bem?

Quando partiu, Stratton ficou se perguntando o que Maisie Dobbs teria captado nos minutos que passou sozinha na casa de Lydia Fisher. O que poderia uma mulher bela e jovem como a Srta. Dobbs intuir sobre a vida de uma festeira beberrona como Lydia Fisher?

Eram onze da manhã quando Maisie Dobbs despediu-se de Stratton. Antes de se pôr a caminho da Fitzroy Square, ela correu de volta ao número 15 da Ebury Place. Usou a entrada de serviço na lateral da mansão, atravessou às pressas a cozinha, silenciosa no fim da manhã, e foi diretamente para seus aposentos usando as escadas dos fundos. Depois de entrar, ela tirou seu casaco azul, sacou o lenço de linho do bolso e, sem olhar para o tufo que agora estava guardado dentro das dobras, o depositou na gaveta esquerda de sua escrivaninha. Ali ele estaria a salvo.

CAPÍTULO 7

– Nada mau para uma manhã de sexta-feira, não é, senhorita?

Billy tirou seu sobretudo e o pendurou no gancho atrás da porta. Esfregou as mãos e sorriu para Maisie.

– Senti falta da nossa reuniãozinha ontem às cinco, mas recebi seu recado de que iria visitar a cabeleireira e a costureira da Srta. Waite à tarde, após encontrar o detetive-inspetor Stratton pela manhã. Verifiquei outros nomes daquela agenda de endereços, mas não há muito mais ali para nos ocupar.

– Já havia imaginado, mas não devemos deixar passar nada.

– Certíssimo, senhorita. A cabeleireira revelou alguma coisa interessante?

– Não, de fato não. Apenas que Charlotte estava diferente nos últimos tempos. Aparentemente, ela costumava fazer o cabelo uma vez por semana, ou até com mais frequência quando tinha que ir a festas. Mas ela apareceu por lá há um mês e meio para fazer um corte, e queria o cabelo muito simples, de forma que conseguisse prendê-lo para trás num coque. – Maisie pegou um arquivo na mesa. – E a costureira não a viu por algumas semanas, o que não era comum, pois parece que ela sempre precisava fazer consertos em suas roupas caras.

– Bem, como encontraremos o Sr. Waite esta tarde, talvez possamos obter algumas informações com ele. Aposto que está feliz porque a semana está acabando, não?

– Meu fim de semana será tomado pelo caso Waite e precisarei dirigir até Kent. E o seu fim de semana está muito distante ainda... Detesto ter que lhe dizer isto, mas você deve estar na Scotland Yard às dez em ponto.

A fisionomia de Billy imediatamente se alterou.

– Scotland Yard, senhorita?

– Não se preocupe, Billy, é sobre o caso Fisher.

De sua mesa, onde estava arrumando os documentos que retirava da pasta e dispunha na parte acolchoada da mesa, Maisie o observava.

– Ora, você não fez nada mais que poderia interessar a eles, não é?

Ela sorriu, mas o fitou atentamente.

– Ah, eu não, senhorita – respondeu Billy, virando-se para a bandeja de chá e dando as costas para Maisie. – Chá?

– Sim, seria ótimo, Billy. Teremos um dia agitado, principalmente porque estarei fora no começo da semana que vem e hoje vamos sair às duas para nosso compromisso com Joseph Waite, às três horas. Não quero chegar atrasada.

– Certíssimo, senhorita.

– E, antes que me pergunte, o almoço foi cancelado, então não encontrarei o detetive-inspetor hoje, o que não é de surpreender visto que você vai passar algumas horas com ele. Precisamos agilizar nosso trabalho no caso Waite. Charlotte já havia fugido antes, apesar de nós dois acharmos que, afinal, ela tem idade suficiente para viver por conta própria. Mas o fato é que nossas opiniões não contam, e são Joseph Waite e sua filha que precisam resolver o relacionamento deles, pelo menos neste estágio.

Ela levantou a mão para silenciar Billy, que parecia prestes a fazer um comentário.

– Sim, eu sei que avançamos o mais rápido que pudemos, mas estou preocupada que Lydia Fisher possa ter despistado você, inadvertida ou deliberadamente, sobre o desejo de Charlotte de se tornar freira. Precisamos garantir que nosso cliente fique satisfeito, e logo, mas neste momento há motivos mais prementes para localizarmos Charlotte Waite rapidamente. Podemos ser *obrigados* a incluir a polícia no caso.

– Sim, senhorita.

– Não podemos ignorar o fato de que identificamos uma possível... e devo enfatizar a palavra *possível*... ligação entre os assassinatos de duas mulheres e o desaparecimento de Charlotte Waite.

Billy não soube o que dizer.

– Meu Deus, senhorita, se estiver correta...

– Pois é.

– Veja bem – disse Billy, mudando de posição na cadeira para alongar a perna. – Veja bem, eu procurei novamente na agenda de endereços, e a primeira mulher, sabe, a vítima do assassinato de Coulsden, o nome dela não constava. Verifiquei na letra "P", buscando por "Philippa", e na letra "S", de "Sedgewick".

Então, se a Srta. Waite a conhecia, o nome dela devia estar na outra agenda.

– Boa observação. Precisamos descobrir mais informações sobre a Sra. Sedgewick. Billy, se você tiver tempo depois de sair da entrevista com Stratton e Caldwell, veja o que mais consegue desenterrar sobre o assassinato de Sedgewick. Procure novamente nos jornais. Ah, isso me faz lembrar... Não deixe o sargento Caldwell incomodá-lo. Ponha-se à altura dele e lembre-se de que o papel dele é espicaçá-lo um pouco.

Maisie refletiu por uns instantes.

– Queria que houvesse um jeito de você conversar com o inspetor Stratton enquanto estiver lá.

Billy riu.

– Não acho que seja comigo que ele queira papear, senhorita.

Maisie corou e se levantou para estudar o mapa do caso.

– Então a senhorita ainda não recebeu notícias de madre Constance?

– Não, ainda não. Uma freira enclausurada não vai dar notícias pelo telefone. Mas estou torcendo para receber alguma mensagem dela pelo correio desta tarde. Madre Constance deve ter respondido imediatamente se ainda tiver metade do rigor que costumava ter. A carta que eu lhe enderecei deve ter chegado ontem pela manhã, então, supondo que a resposta tenha sido enviada ontem mesmo pelo correio, deve chegar hoje.

– E a senhorita irá para Kent na segunda, então?

– Talvez antes. Falei com o Dr. Blanche e o encontrarei primeiro para conversarmos sobre Waite.

– Lembre-se de cumprimentar o Sr. Dobbs por mim, certo?

Maisie consultou o relógio e anuiu.

– Sim, claro, Billy. É melhor você ir agora, se não quiser deixar o inspetor Stratton aguardando.

Billy afastou a cadeira para trás e contraiu ligeiramente o corpo quando seu pé se arrastou pelo chão.

Maisie fingiu não reparar, mas, quando Billy vestiu o sobretudo, não resistiu e manifestou sua preocupação.

– Tem certeza de que não o estou sobrecarregando? Só devo ficar fora por alguns dias, mas posso encurtar minha viagem se você não estiver em condições de resolver tudo.

– Não, senhorita. Eu lhe disse na semana passada que estou muito melhor. Cheio de energia, e a dor não está mais tão forte. Para falar a verdade, acho que era o clima enferrujando os estilhaços que ficaram nas minhas pernas.

Maisie sorriu.

– Que bom, Billy.

Agora sozinha, Maisie começou a juntar seus papéis e os guardou na gaveta da escrivaninha, trancados a chave. Ela consultou o relógio e havia acabado de pegar o casaco Mackintosh, o chapéu e as luvas quando a campainha acima da porta do escritório ressoou. Alguém puxara a corrente de latão do lado de fora. Maisie se perguntou quem a estaria convocando numa hora tão inoportuna. Passou-lhe pela cabeça que poderia ser um telegrama de madre Constance. Ela desceu correndo.

– Ah, Sra. Beale, que surpresa!

Maisie ficou desconcertada ao ver a mulher de Billy postada na soleira, segurando uma criança pela mão e outra no colo. Ela havia encontrado Doreen Beale apenas uma vez, no Natal, quando foi à casa geminada de Billy em Whitechapel, com seus dois quartos embaixo e dois em cima, para entregar presentes. Maisie suspeitara então que aquela pequena e robusta camponesa não se encaixava muito bem naquele bairro tão coeso, já que viera de Sussex e não compartilhava a linguagem corporal desordenada e o humor áspero das pessoas com as quais seu marido *cockney* havia crescido.

– Ah, Srta. Dobbs, espero que não se importe de eu ter vindo aqui sem avisar, mas gostaria de saber se poderia me dar um momento de atenção. Sei que o Sr. Beale não se encontra aqui. Eu o vi sair. Não queria que ele descobrisse que vim falar com a senhorita.

– Claro. Venha até o escritório.

Maisie deu um passo para o lado para que Doreen Beale entrasse no prédio.

– Será que posso deixar o carrinho aqui fora?

– Tenho certeza de que sim, Sra. Beale. Confesso que nunca vi crianças por aqui, mas acho que é seguro. Venha, vamos subir.

Maisie sorriu para a criança, que escondeu a cabeça nas dobras do casaco da mãe, e depois para o bebê, que imitou o irmão, voltando a cabeça para a parte de cima da manga do casaco, a qual, Maisie notou, já estava babada.

Ela afastou uma cadeira para a mulher de Billy se sentar e depois pegou algumas folhas de papel em branco de sua mesa, que colocou no chão com o pote cheio de canetas coloridas.

– Aqui está, você pode desenhar um trem para mim!

Maisie sorriu novamente para o menino, que tinha cabelos quase tão brancos quanto um elfo. Ele ergueu o olhar para sua mãe.

– Vamos lá, Bobby, faça um belo trem.

Com uma criança entretida e a outra começando a adormecer nos braços de sua mãe, Maisie sorriu para a mulher.

– E então, Sra. Beale, como posso ajudá-la? Há algo de errado com Billy?

Os olhos dela se avermelharam, o que acentuou sua tez clara. Maisie percebeu que as suaves veias azuis em suas têmporas começaram a se dilatar à medida que ela tentava conter as lágrimas.

– Ah, Sra. Beale, qual é o problema? O que está havendo?

Maisie estendeu os braços na direção da mulher, depois se aproximou para passar o braço por seus ombros. O bebê começou a choramingar, e o menininho parou de desenhar e ficou imóvel no chão com o dedão enfiado na boca. Lágrimas começaram a surgir também em seus olhos, como se ele imitasse a fisionomia da mãe.

Doreen Beale se recompôs e se virou para o filho com um sorriso.

– Vamos, Bobby, faça um belo desenho para o papai.

Ela se levantou da cadeira e acenou com a cabeça para que Maisie fosse com ela até a janela.

– Escutam tudo... – sussurrou ela. – É Billy, Srta. Dobbs. Achei que a senhorita poderia me dizer o que há de errado com ele.

– O que eu puder fazer... – Maisie começou a falar, mas foi interrompida por Doreen Beale, que claramente estava precisando aliviar seu fardo.

– Veja bem, meu Billy costumava ser o tipo de pessoa estável. Sem mudanças de temperamento, sem altos e baixos. Mesmo quando voltou da guerra, quando começamos a sair juntos... éramos os dois jovens naquela época, claro... mas mesmo depois de tudo pelo que passou, ele era sempre tão constante. Como eu disse, sem mau humor ou rompantes.

Ela se remexeu de leve para ajeitar a posição do bebê no quadril.

– Recentemente, nos últimos meses, tudo isso mudou. Sei que a perna voltou a lhe causar problemas... A dor nunca desapareceu por completo, e isso o deixa chateado, a senhorita sabe. Isso esgota qualquer um, esse tipo de dor persistente.

Maisie aquiesceu, mas não disse nada. Doreen Beale pegou um lenço do bolso do seu casaco marrom e secou uma gota que havia parado na ponta do nariz. Ela fungou e o esfregou novamente.

– Num minuto ele está animado, ocupado com afazeres pela casa, brincando com as crianças, sabe? Ele é como uma abelha, dispara para o trabalho, volta para casa, vai até o quintal colher alguns legumes... quase não lhe sobra tempo para comer. E de repente parece que ele cai como um balão de chumbo, até seu rosto parece sem vida. E eu sei que é a perna que está por trás disso tudo. E... a senhorita sabe... as memórias, eu acho. – Doreen Beale fungou e assoou o nariz novamente. – Ah, Srta. Dobbs, me desculpe por tudo isso. Minha mãe sempre disse que não importa o que você faça, nunca deve se emocionar na frente dos filhos.

Maisie pensou um pouco antes de falar:

– Devo dizer, Sra. Beale, que eu mesma havia notado mudanças no comportamento de Billy. Também ando preocupada, e fico grata por ter vindo falar comigo sobre isso. Deve estar muito preocupada.

Doreen Beale anuiu.

– Billy é um pai maravilhoso e um bom provedor, sempre foi. E ele é uma joia para mim, sabe, uma verdadeira joia. Não é como outros por aí. Apenas não sei o que há de errado com ele. E o mais terrível é que tenho medo de perguntar de novo.

– O que aconteceu quando a senhora perguntou antes?

– Ah, ele disse: "Estou bem, querida", e depois saiu para fazer alguma coisa. Bem, claro, ele costumava sair depois do trabalho para tomar meio *pint* de cerveja com os amigos sexta-feira à noite. Como eu disse, ele não é como alguns deles... Apenas meio *pint* por semana, meu Billy. Mas agora ele chega tarde em casa dois ou três dias, às vezes cheio de energia e entusiasmo, outras com uma cara azeda. Ele saiu na terça, na quarta e na quinta e só voltou para casa bem depois das sete da noite.

Maisie tentou não se mostrar alarmada.

– Ele chegou tarde na terça *e* na quarta?

– Sim, mas não culpo a senhorita, mesmo tendo pedido a ele que trabalhasse até tarde.

Maisie não revelou sua surpresa. Esperou um momento antes de perguntar:

– Sra. Beale, gostaria que eu conversasse com Billy?

– Ah, Srta. Dobbs, eu não sei, quer dizer, sim, eu gostaria... mas, novamente, sinto-me uma banana. Sabe, minha mãe sempre dizia que não se deve falar sobre seu casamento fora de casa nem envolver outras pessoas além daquelas duas que são casadas. Ela dizia que não era certo.

Maisie pensou por um momento. Sabia como devia ter sido difícil para Doreen Beale ir até o escritório.

– Acredito que sua mãe tenha dado o conselho com a melhor das intenções, mas às vezes ajuda conversar com alguém de fora, alguém de confiança. Pelo menos deve ser um alívio saber que eu notei o mesmo comportamento em Billy. Vou ter uma palavrinha com ele. E não se preocupe, não direi que conversamos.

Doreen Beale secou os olhos de leve com o lenço e assentiu.

– É melhor eu ir andando, Srta. Dobbs. Tenho um vestido de casamento para terminar esta semana.

– Está com muito serviço, Sra. Beale? – perguntou Maisie, sabendo que a renda de uma costureira era diretamente impactada pela quantidade de dinheiro no bolso dos clientes.

– Não tanto quanto antes, mas o serviço vai pingando. E as pessoas ainda apreciam um trabalho de qualidade.

– Ótimo. Bem, não gostaria de jogar um pouco de água fria no rosto? Posso dar uma olhada nas crianças enquanto a senhora dá um pulinho até o banheiro no andar de baixo. Há uma pia lá, e eu pus uma toalha limpa no gancho esta manhã.

Quando ela voltou, Bobby ainda estava muito concentrado no desenho, e Maisie estava parada perto da mesa com a cabeça do bebê aninhada na curva do seu pescoço. Doreen Beale pegou as crianças e deixou o escritório. Maisie a observou caminhar em direção à Warren Street empurrando o carrinho com Lizzie adormecida sob uma manta e Bobby apoiado nele, seus dedinhos agarrados à alça. Quando se virou, consciente de que precisaria correr para chegar na hora ao compromisso com a chapeleira de Charlotte, Maisie tocou o pescoço no ponto onde ainda podia sentir a suave penugem da cabecinha de Lizzie Beale.

CAPÍTULO 8

Maisie suspeitou de que a conversa de Billy com Stratton tivesse sido extenuante, principalmente agora que ela sabia que seu assistente não voltara imediatamente para casa depois de ter deixado o escritório na noite em que Lydia Fisher fora assassinada. Maisie não acreditava que Billy tivesse retornado a Cheyne Mews, mas, à luz da transação inescrupulosa que havia testemunhado entre Billy e outro homem na quarta-feira em frente ao Prince of Wales, na Warren Street, ela estava preocupada.

A conversa com Stratton e Caldwell na Scotland Yard fora longa e, assim que Billy voltou para a Fitzroy Square, eles saíram depressa para o compromisso com Joseph Waite em sua casa em Dulwich. No caminho, Maisie esperava discutir como andava a busca por Charlotte Waite, e queria que Billy relatasse os pormenores do encontro com os policiais, mas ele parecia ter caído em um abismo de fadiga. Olhava pela janela do passageiro sem oferecer nenhum dos comentários que costumava fazer sobre as pessoas que observava em seus afazeres rotineiros à medida que o MG 14/40 passava por elas. Tampouco iniciou uma de suas conversas salpicadas de gracejos e jogos de palavras.

– Imagino que esteja um pouco cansado por causa do interrogatório com Stratton esta manhã, não está?

– Ah, não. Só estou pensando, senhorita, só pensando.

– E então, Billy? Há algo que o esteja preocupando?

Enquanto ele falava, Maisie prestava atenção tanto no tráfego quanto no comportamento do assistente.

Ele cruzou os braços como se estivesse se protegendo do frio.

– Eu estava pensando sobre as duas mulheres, sabe, a Srta. Waite e a Sra. Fisher. São farinha do mesmo saco.

– O que quer dizer com isso?

– As duas parecem ser, de certa maneira, excluídas, entende? Quer dizer, elas saíam e tudo... ou pelo menos faziam isso antes de a Srta. Waite se aquietar. Elas eram um par de borboletas zanzando pela sociedade, mas, no fim das contas, não eram... – Billy franziu o cenho enquanto buscava pela descrição exata – ... conectadas. É isso: elas não eram *conectadas*. Sabe, não como, digamos, eu, por exemplo. Quer dizer, sou conectado com a minha mulher e com as crianças. As pessoas se conectam com quem elas amam, e estas as amam de volta. Sentimos isso quando entramos em um cômodo, não é, senhorita?

Billy olhou para Maisie pela primeira vez desde que eles haviam partido.

– Sabe, podem-se ver fotografias sobre a cômoda e todos os tipos de coisinhas e presentinhos que elas ganharam. E há o conforto, não é? Claro, minha mulher chamaria isso de bagunça, mas a senhorita entende o que quero dizer.

– Sim, entendo, Billy.

– É isso mesmo. Bem, como eu disse antes, quando falei com meu camarada, sabe, aquele que trabalha para o *Express*, ele me contou que corre o boato... e a senhorita sabe que eles não podem publicar esse tipo de coisa... de que a mulher de Coulsden, Philippa Sedgewick, vinha se encontrando com um cavalheiro casado.

– Será que seu amigo vai se lembrar de você quando receber mais informações?

Billy riu discretamente.

– Bem, ele é, de certa maneira, um novo amigo. Lembra-se de que a senhorita disse que eu precisava me conectar com pessoas que pudessem me fornecer informações? Esse aí apenas tomou um *pint* ou dois no Prince of Wales na quarta-feira depois do trabalho e já saiu falando como um papagaio.

– Quarta-feira à noite? Você não ia tentar chegar em casa cedo, antes de as crianças irem para a cama?

– A gente tem que agarrar as oportunidades quando elas aparecem, certo? Eu o vi indo beber quando passei em frente ao pub e pensei em tirar vantagem da situação, como dizem. Funcionou, não?

– Bem, vamos conversar mais sobre isso depois do encontro com Waite. Não posso dizer que estou aguardando ansiosamente por isso.

– Nem eu, senhorita. Bem, lembre-se de parar com a frente do carro virada para o portão!

~

Harris, o mordomo de Waite, obviamente havia se recuperado de sua doença e os recebeu no espaçoso saguão de entrada, onde foi logo sacando um relógio do bolso do colete.

– Quatro minutos para as três. Eu os conduzirei à biblioteca, onde o Sr. Waite irá se juntar aos senhores às três em ponto.

Harris os guiou até a biblioteca, certificou-se de que estavam confortavelmente acomodados e saiu da sala. Quase em seguida a porta se abriu. Waite entrou depressa e puxou uma cadeira antes que Billy pudesse se levantar em respeito. Ele se sentou com um baque pesado e consultou seu relógio.

– Dez minutos, Srta. Dobbs. Bem, passaram-se quatro dias desde que eu os encarreguei de encontrar minha filha. Onde está Charlotte?

Maisie respirou fundo e falou num tom equilibrado:

– Acredito que ela esteja em Kent, Sr. Waite, apesar de eu ainda não poder confirmar o local de seu refúgio.

– *Refúgio*? E por que minha filha precisaria de um refúgio?

– Posso ser franca, Sr. Waite?

O homem inclinou o corpanzil para trás, cruzando os braços em frente ao peito. Maisie se perguntou se ele percebeu como havia se entregado tão rapidamente. Com apenas esse gesto, ele lhe transmitia a mensagem de que sua franqueza não era bem-vinda.

– Suspeito que o medo foi o principal motivo da partida de sua filha.

Waite se inclinou para a frente em sua cadeira.

– Medo? O que tem a ver...?

Maisie o interrompeu:

– Ainda não tenho certeza neste momento, mas meu assistente e eu estamos seguindo algumas linhas de investigação. Nossa prioridade é fazer contato com Charlotte.

– Bem, se sabem onde ela está, basta ir até lá e trazê-la. É para isso que estou pagando.

– Sr. Waite, sua filha pode estar protegida pelas paredes de um convento. Se esse for o caso, se não obedecer a certos protocolos de comunicação, não poderei nem mesmo entrar em contato com Charlotte.

– Acho que nunca ouvi tantos absurdos em toda a minha vida.

Waite se levantou e se inclinou sobre a mesa, apoiando o peso em seus dedos.

– Se sabe onde minha filha está, Srta. Dobbs, então quero que a traga de volta a esta casa imediatamente. Está entendido?

– Perfeitamente, Sr. Waite.

Maisie não se mexeu, a não ser para se reclinar ligeiramente. Suas mãos permaneceram recolhidas em seu colo de um jeito relaxado. Billy a imitava.

– Mais alguma coisa, Srta. Dobbs?

Maisie consultou o relógio.

– Ainda temos cinco minutos, Sr. Waite, e eu gostaria de lhe fazer algumas perguntas.

Waite encarou Maisie por um segundo, como se calculasse a quanto do seu poder estaria renunciando caso retomasse seu assento. Ele se sentou e cruzou os braços novamente.

– Pode me dizer se o senhor alguma vez foi apresentado a Philippa Sedgewick ou a Lydia Fisher?

– Ah, posso. As duas eram pessoas do círculo de minha filha muito tempo atrás. Acho que ela ainda tem contato com a Sra. Fisher, mas não a vê com tanta frequência. Duvido que tenha se encontrado com a outra mulher nos últimos anos.

– E quanto a outras amigas, Sr. Waite? Certamente sua filha tem mais do que apenas duas.

Waite hesitou, franzindo a testa. Ele se inclinou para a frente e ficou girando o anel no seu dedo mínimo.

– Ah, há outra amiga. – Ele suspirou, ainda girando o anel brilhante. – Ela já está morta. Matou-se há alguns meses.

Maisie não demonstrou surpresa diante da revelação.

– E qual era o nome dela?

– Rosamund. Thorpe era seu sobrenome de casada. Ela morava em algum lugar no litoral. Elas frequentaram a mesma escola anos atrás, na Suíça.

Maisie inclinou-se para a frente.

– Charlotte ficou perturbada ao saber da morte da amiga?

– Bem, como eu disse, elas não se falavam havia anos. Charlotte só descobriu quando viu o nome da Sra. Thorpe na seção de obituários, pelo que sei.

– Sr. Waite, parece que o noivado de Charlotte com Gerald Bartrup terminou aproximadamente na mesma época em que ela soube da morte da amiga.

– Ah, Bartrup. Então a senhorita esteve com ele, certo?

– É claro. E, de acordo com Bartrup, foi sua filha quem rompeu o relacionamento. Não tenho motivos para duvidar da palavra dele.

Waite cerrou os olhos por um segundo e balançou a cabeça.

– Sr. Waite, por que não contou que teve um filho antes de Charlotte?

Waite ficou visivelmente perplexo. Ele contraiu os lábios e em seguida respirou fundo como se estivesse se recompondo antes de responder com rispidez:

– Porque isso nada tem a ver com o comportamento de Charlotte, só por isso. Não tem nada a ver com a fuga dela. Eu a contratei, Srta. Dobbs, para investigar o desaparecimento da minha filha, e não a minha vida. Ah, já sei, está procurando alguma explicação baseada no sofrimento dela ou algo assim. Bem, eles não eram próximos. Joe era gentil como só ele e tomava conta da irmã, mas ela tinha o mesmo ar de falsa superioridade da mãe.

Waite inclinou-se para a frente, mas Maisie permaneceu calma, enquanto Billy rabiscava anotações em sua ficha.

– Ele era um dos melhores, Srta. Dobbs, me enchia de orgulho. Sempre pronto para ajudar. Eu o fiz começar por baixo nas lojas, para que conquistasse o respeito de que precisaria para subir na empresa. Gostou tanto que parecia um pinto no lixo. Nunca reclamou do trabalho. Mas, para responder à sua pergunta, não lhe contei porque ela era apenas uma menina quando o irmão morreu, e agora é uma mulher. Esse absurdo todo dela não tem nada a ver com Joe!

Maisie consultou seu relógio. Ela tinha um minuto.

– E quando seu filho morreu, Sr. Waite?

Joseph Waite fitou a mesa e, quando ergueu a cabeça, seus olhos estavam cheios de lágrimas.

– Joe foi morto em 1916. Em julho, Srta. Dobbs, durante a Batalha do Somme.

Maisie aquiesceu, compreensiva. Não precisava demonstrar sua compaixão: a dor que advém da guerra lança uma sombra que às vezes é densa e, outras, parece descorada como um pedaço de gaze. Mas nunca desaparece.

Joseph Waite olhou para o relógio e apertou as mãos de Maisie e de Billy; e então, quando se virava para ir embora, perguntou:

– Srta. Dobbs, por que o interesse nessas três antigas amigas de Charlotte?

Maisie pegou sua pasta de documentos.

– Porque todas elas estão mortas. Achei que o senhor tivesse lido as notícias sobre as mortes da Sra. Sedgewick e da Sra. Fisher nos jornais. Uma certa coincidência, não?

– Essas matérias devem ter passado despercebidas por mim. Costumo me interessar mais pelas editorias de comércio internacional e de assuntos nacionais, aspectos da atualidade que afetam diretamente a Waite's International Stores. E é o que os detalhes do desaparecimento de minha filha vão acabar se tornando caso ela não volte logo para casa. E esta missão cabe à senhorita.

– Espero me comunicar diretamente com ela muito em breve. É claro que o senhor percebe que, ainda que Charlotte possa ser persuadida a voltar para casa, ela não deverá ser forçada a isso.

Waite não retrucou, mas soltou um ruidoso "hummpf!" antes de abrir a porta. Ele se virou para reivindicar a última palavra.

– Eu a quero de volta a esta casa, Srta. Dobbs. Se ela não encontrar um marido adequado com quem construir um lar, então viverá sob o meu teto! – Olhando furioso para Maisie, ele deu um ultimato: – Estarei fora por uns dias visitando algumas de minhas lojas e voltarei na próxima terça-feira. Ao retornar, espero vê-la com minha filha. Terça-feira, Srta. Dobbs. Tem até terça-feira.

A porta bateu com força e foi rapidamente aberta por Harris, que acompanhou Maisie e Billy até a saída. Billy estava segurando a porta do carro para Maisie entrar quando os dois foram surpreendidos pelo som selvagem de asas se agitando sobre suas cabeças. Pombos voaram de um pombal antiquado no canto do jardim.

– Uau, veja isso! – exclamou Billy.

– Ah, meu Deus, são tão bonitos! – comentou Maisie.

Billy estremeceu.

– Não consigo nem ver. Prefiro olhar para um velho cão sarnento.

Os pombos voltaram voando sozinhos ou em pares, aterrissando no pombal e entrando por pequeninas portas.

– Eles também estacionaram com "a frente virada para o portão" – disse Billy, novamente gracejando.

– Vamos, é melhor irmos embora.

Nenhum dos dois disse uma palavra enquanto seguiam no carro a um ritmo constante em direção ao portão principal, que foi aberto pelo jovem que os recebera na primeira visita. Os dois deram um suspiro de alívio ao deixarem a residência de Waite para trás.

– Vou lhe contar, senhorita... Joseph Waite é um homem para ser estudado, não?

– Não tenho dúvidas sobre isso.

– A senhorita acha que ele estava falando a verdade quando disse que não sabia que as duas mulheres tinham sido assassinadas?

Maisie acelerou o carro e respondeu confiante:

– De jeito nenhum, Billy. De jeito nenhum.

Logo que voltaram ao escritório, Maisie e Billy se puseram a trabalhar, acrescentando informações ao mapa do caso de Charlotte Waite e revisando os outros casos em andamento. Enquanto Maisie estivesse fora de Londres, além das tarefas habituais, Billy teria que concluir os relatórios de dois clientes. A emissão do relatório final também significava o envio de uma fatura e, como os clientes tendiam a não pagar "no ato", como Billy observou, era fundamental apresentar a conta na hora certa.

Eles trabalharam juntos até as seis horas, quando Maisie disse para Billy voltar para casa. Maisie retornaria à Ebury Place a fim de se preparar para a curta estada em Kent. Ela havia planejado partir no sábado bem cedo para Chelstone. Os dias seguintes seriam realmente corridos: uma carta de madre Constance havia chegado pelo correio da tarde, informando a

Maisie que, apesar de estar se recuperando de um severo resfriado, ela ficaria encantada em vê-la novamente. Reservou um tempo para Maurice e lady Rowan antes de partir para a Abadia de Camden. Em seu caminho de volta para Belgravia, Maisie incluiu outra parada em sua viagem: Chelstone ficava a apenas cerca de uma hora de Hastings, na costa de Sussex, onde Rosamund Thorpe morara.

Felizmente o trânsito estava bom até a Ebury Place. Enquanto a chuva começava a bater no para-brisa do carro, juntando-se à precipitação de uma neblina amarelo-esverdeada, Maisie não pensava no trabalho que teria pela frente, mas em seu pai, Frankie Dobbs. Toda vez que ela o visitava, ele lhe assegurava: "Eu? Não se preocupe comigo, querida. Estou bem, como um pinto no lixo." Mas Maisie se preocupava, e, apesar disso, era constrangedor que sua preocupação não a levasse a vê-lo com mais frequência.

Ela entrou na casa pela porta da cozinha. Quando os Comptons estavam na cidade, ela parava de usar a porta da frente, que voltava a ser aberta por Carter, o mordomo de longa data da família. E outra vez a Sra. Crawford – que de novo havia adiado sua aposentadoria por mais um ano – teria autoridade sobre todos que ela supervisionava na cozinha. Maisie cruzaria dois níveis da vida doméstica e sabia muito bem que sua boa reputação tanto no andar de cima quanto no de baixo era um território que precisava ser negociado com muito cuidado.

Ela colocou a pasta de documentos na escrivaninha de sua sala de estar e se jogou na poltrona diante da lareira, que já estava acessa. Lar. Era esse um lar? Teria ela sido facilmente persuadida por lady Rowan a residir na Ebury Place por não querer contrariar a mulher que tanto a ajudara? Qual fora a última vez que se sentira verdadeiramente *em casa*?

Suspirando, Maisie se esticou para abrir as longas cortinas e viu lá fora o nevoeiro num torvelinho ao redor de um poste de luz. Logo os dias seriam mais longos e, ela esperava, mais quentes. O nevoeiro de Londres se dissiparia da mesma forma que as brasas do carvão se extinguiam e os lares eram faxinados para o verão. Quando olhou o poste de luz iluminando a névoa diante dela, Maisie se lembrou da pequena casa geminada, escurecida pela fuligem, onde havia morado em Lambeth com os pais, ou seja, até os 13 anos, quando a mãe morreu nos braços de Frankie Dobbs e suas últimas palavras pediam que ele cuidasse bem da menina deles. Seu último lar verdadeiro, ela se lembrava, havia sido aquele em que morou com o pai, até que ele conseguiu, com esforço, encontrar-lhe um trabalho na mansão de lorde e lady Compton na Ebury Place.

Bateram à porta.

– Pode entrar.

Sandra abriu-a calmamente e sorriu.

– Boa tarde, senhora. Gostaria de cear em seus aposentos ou na sala de jantar?

Maisie sorriu. Ali, no andar superior da casa, ela era novamente "senhora". Maisie consultou o relógio. Sete horas. Um plano estava se formando em sua mente, motivado pela perspectiva de jantar sozinha em seus aposentos. Embora não conseguisse identificar um lugar que fosse seu lar, havia alguém que o era, e Maisie reconheceu seu desejo de estar com ele.

– Sandra, será que você poderia embrulhar para mim alguma coisa para eu comer no carro, talvez um pedaço de torta de carne ou um sanduíche de queijo e uma garrafa de Vimto ou algum outro refrigerante?

– Ah, a senhora não vai sair com este tempo, vai?

Sandra acenou na direção do nevoeiro, que parecia se adensar do lado de fora.

– Acho que não estará nem um pouco melhor amanhã cedo, concorda? No caminho para o carro pegarei meu jantar. Preciso apenas arrumar uma pequena mala e então irei direto para a cozinha.

– Certo, senhora. Já terei aprontado tudo quando descer.

– Obrigada, Sandra.

Maisie tirou o carro dos estábulos nos fundos da Ebury Place e se lançou na úmida noite londrina. Ela dirigiu pelo sul de Londres com cuidado, atravessando a Old Kent Road e seguindo na direção de Sevenoaks, Tonbridge, e de lá até Chelstone, passando por pistas estreitas e campestres.

Quando Maisie deixou Londres para trás, a neblina esfumaçada foi aos poucos se dispersando, substituída por um chuvisco. Ela descobriu a pequena cesta de vime que havia sido colocada no assento do passageiro e pegou um sanduíche. Havia algo de tranquilizador nessa jornada noite adentro, iluminada apenas por faróis quando um carro ocasionalmente passava por ela. O motor roncava vigoroso, e Maisie refletia não apenas sobre aspectos de sua própria vida que lhe cobravam atenção, logo agora que ela menos esperava ser incomodada, mas também sobre a vida de Charlotte Waite e de suas amigas.

Mantendo a mão direita ao volante e sua atenção na estrada, Maisie pegou novamente a cesta com a mão esquerda, tirou um guardanapo de linho e limpou a mão e a boca. Ela pegou a garrafa de Vimto e arrancou a rolha com os dentes. Sandra já havia aberto a garrafa e enfiado a rolha até a metade para facilitar. Depois de apenas alguns goles, ela colocou a garrafa aberta de volta na cesta com cuidado, dobrando a toalha de mesa em volta dela e mantendo-a em pé e ao seu alcance. Maisie desacelerou quando coelhos passaram correndo pela estrada, o que exigiu que ela desse uma guinada para desviar deles, que ficaram sob a luz dos postes.

Finalmente ela chegou a Chelstone. Primeiro dirigiu pelo povoado. Havia luzes acesas no Fox and Hounds, provavelmente para o dono do bar conseguir enxergar enquanto varria com uma pesada vassoura o piso de lajotas, pois já havia passado muito da hora das saideiras. Finalmente, ela virou no pátio de manobra que levava à Chelstone Manor, e o cascalho crepitou e estalou sob o peso dos pneus de seu carro. Poucas luzes estavam acesas na casa principal. Os Comptons – especialmente lady Rowan – ficavam acordados até tarde. Maisie passou pela casa da viúva, onde Maurice morava, e virou à esquerda alguns metros depois. A pista estreitou, e ela estacionou em frente à casa do cavalariço. Sem fazer barulho, pegou suas malas no carro e caminhou na ponta dos pés pela trilha. Quando espiou pela janela de treliça, Maisie viu o pai, iluminado pela luz suave lançada por uma única lâmpada a óleo, fitando o fogo.

As chamas se refletiam nos vincos e sulcos do rosto de Frankie Dobbs, e Maisie percebeu que havia outro forte motivo para sua hesitação em visitá-lo com mais frequência. Apesar de sua vitalidade, ele agora era um homem idoso, e ela não queria se confrontar com a verdade: a pessoa que representava para ela seu lar vivia agora seus anos de declínio e poderia ser tirada dela a qualquer hora.

– Ah, pai – sussurrou Maisie, enquanto corria para a porta dos fundos e entrava na casa dele.

Ela acordou no dia seguinte sentindo o aroma de bacon tostado no fogão a lenha da cozinha, que ficava no andar de baixo. Quando sua colcha foi iluminada por réstias de sol matinal, ela saltou da cama, pegou seu antigo robe de lã atrás da porta e, abaixando a cabeça para evitar os raios mais oblíquos, correu na direção do cheiro.

– Bom dia, pai.

– E uma ótima manhã para você, querida.

Frankie Dobbs estava diante do fogão e virava duas lascas grossas de bacon de lombo.

– Dois ovos ou um só? Eu mesmo os peguei esta manhã, por isso estão belos e frescos. Não é como aquelas coisas que você compra num mercado e põe no prato depois de ficarem estocadas por dias em um depósito.

– Um ovo está ótimo, pai.

Maisie serviu o chá para Frankie e para si mesma de um bule de cerâmica marrom.

– Imagino que terá que partir para ver o Dr. Blanche assim que tiver tomado o café da manhã, não é mesmo, minha querida?

Maisie ergueu o olhar para Frankie, sabendo que ele esperava que ela partisse imediatamente para a casa de seu professor e mentor. Quantas vezes ela não passara um breve momento com Frankie e buscara a companhia e os conselhos de Maurice por horas a fio? Apesar de contar com pouco tempo, Maisie se recostou em sua cadeira.

– Não, eu não preciso sair correndo, pai. Achei que pudéssemos conversar até você sair para ver os cavalos.

Frankie abriu um enorme sorriso.

– Bem, eu já fui lá fora esta manhã. – Frankie olhou o relógio. – Mas é melhor eu dar uma olhada na égua de novo depois que eu tiver comido um pouco de bacon e ovos. Não quero ficar longe por muito tempo, não com aquele filhotinho prestes a chegar. Estou um pouco cansado esta manhã, para ser sincero, querida.

– Senti sua falta, pai – disse Maisie.

Frankie sorriu e pôs uma fatia de bacon e *dois* ovos fritos com perfeição no prato aquecido, que colocou diante de Maisie.

– Aqui está. Coma, querida. Vai manter você alimentada pelo resto do dia.

Maisie esperou seu pai sair e ela própria virou à esquerda do chalé, pegando a trilha estreita que levava dos fundos do jardim de seu pai ao terreno da casa da viúva. Na divisa com o jardim de Maurice, onde o homem que havia recebido honrarias dos governos da França, da Bélgica e da Grã-Bretanha por seus serviços durante a Grande Guerra agora cultivava rosas premiadas, outro portão dava acesso a pomares de maçã e a pastagens.

– Ah, Maisie, é tão bom vê-la.

Maurice Blanche, agora em seus 70 anos, apertou as mãos de Maisie com suas mãos ossudas e cheias de veias.

– Também é ótimo ver você, Maurice.

Maisie segurou as mãos dele com firmeza.

– Venha, minha jovem, vamos nos sentar e você poderá me contar por que veio visitar seu velho professor.

Maurice levou Maisie para a sala de estar, pegou um cachimbo da bancada próxima à lareira e pressionou no fornilho do cachimbo o tabaco tirado de uma bolsa de couro. Maisie relaxou em uma poltrona e observou Maurice segurar um fósforo aceso perto do cachimbo e dar baforadas.

– Bem, qual é o caso?

Ele jogou o fósforo apagado na lareira fria e se acomodou em sua cadeira de couro favorita.

Maisie contou a Maurice que fora contratada por Joseph Waite e falou sobre a busca pela filha dele, Charlotte. Ela também se referiu aos assassinatos de Philippa Sedgewick e Lydia Fisher e ao suicídio de Rosamund Thorpe, que planejava investigar. Imediatamente notou a reação quase imperceptível nos olhos de Maurice quando o nome Waite foi mencionado.

– Maurice, preciso perguntar...

– Você sem dúvida viu minhas anotações de tempos atrás a respeito de Waite.

– Sim, eu fiz isso. Pode me contar o que aconteceu? O que o levou a cortar a comunicação com ele? Estranhei, pois isso não é do seu feitio.

Maurice deu mais algumas baforadas no cachimbo e olhou para Maisie atentamente.

– Como você deve saber, Joseph Waite é um líder natural e decidido. Em essência, é um homem bom, mas às vezes é durão, difícil. Ele é generoso com aqueles que se encontram em dificuldades, que acredita genuinamente não terem condições de melhorar de vida. Sempre trabalhou arduamente e exige que os outros façam o mesmo, e ele os retribui na mesma moeda. De fato, ele é o modelo do homem que obteve sucesso por esforço próprio.

Maisie esperou Maurice dar outra baforada no cachimbo. Um "mas" era iminente.

– Como deve ter visto nas anotações, Waite era um benfeitor interessado e generoso das minhas clínicas nas áreas mais pobres do leste e do sudeste de Londres. Ele aceitou doar imediatamente e sem que eu precisasse insistir, mas...

Maurice deu uma longa baforada e envolveu o cachimbo com ambas as mãos, os ombros repousando nos braços da cadeira.

– Mas ele é um homem que gosta de estar no controle, ou ao menos de *acreditar* que está no controle.

– O que aconteceu, Maurice?

– Para resumir, ele começou a me dizer em minúcias como eu deveria fazer meu trabalho. Isso pode parecer bem inofensivo. No entanto, suas instruções revelaram profundos preconceitos. Ele fez exigências com relação ao tipo de pessoa que minha equipe poderia ou não atender nas clínicas. Ele tentou estabelecer a natureza das doenças e das indisposições que poderíamos ou não tratar. As pessoas que iam às clínicas eram seres humanos, e, como médico, eu não podia mandar embora alguém que estivesse doente por ser um criminoso ou por estar bêbado, embora aqueles que abusavam de sua saúde recebessem conselhos enfáticos.

Maisie refletia enquanto Maurice ia compondo cuidadosamente a parte seguinte de sua história.

– Como fazia em suas lojas, Waite tinha o hábito de aparecer nas clínicas sem avisar. Sempre permiti o acesso aos benfeitores. Afinal, testemunhar o trabalho feito pelos pobres os estimulava a contribuir mais. Poucos iam. Waite era um dos que queriam ver seu dinheiro em ação. Eu não estava lá nessa ocasião de que vou falar. Uma pessoa da minha equipe estava entrevistando uma menina. Ela era muito jovem e estava grávida, numa idade precoce. – Maurice removeu um pouco de cinza de sua manga. – Aqueles que ajudavam na clínica eram instruídos por mim, pessoalmente, de que nossa preocupação era com a saúde da mãe e da criança ainda não nascida. Daríamos abrigo a mulheres jovens em situação semelhante ou as instalaríamos em locais onde pudessem receber cuidados. Elas nunca seriam obrigadas a abrir mão dos filhos.

Blanche balançou a cabeça antes de continuar.

– As clínicas não são um negócio muito grande. Normalmente, apenas dois ou três quartos e um espaço extra para armazenar suprimentos. Apesar de fazermos todo o possível para garantir a confidencialidade, Waite escutou parte da conversa, fez um julgamento apressado e expressou para a enfermeira e para a jovem, que já estava emocionalmente abalada, o que pensava. A menina fugiu. Fui alertado na primeira oportunidade e fui muito sincero com Waite ao dizer que seu dinheiro não seria mais bem-vindo.

Maisie imaginou como seria o relacionamento entre Maurice e Waite naquela época, provavelmente bastante inflamado.

– O que aconteceu com a menina?

Maurice suspirou.

– Quando a equipe a localizou, ela já tinha resolvido o problema em uma clínica clandestina. Foi levada novamente para a clínica, às pressas. Era tarde demais. Fiz tudo o que pude para salvar a vida dela, mas ela morreu segurando minha mão.

– Meu Deus! – exclamou Maisie e levou as mãos à boca.

Maurice se ergueu e bateu o tabaco de seu cachimbo contra o tijolo da lareira, esvaziando-o na grelha.

– Mesmo em Chelstone, ainda me envolvo no trabalho das minhas clínicas. Tenho mais motivos para garantir que elas proporcionem saúde para mulheres e crianças, protegida por aqueles que têm qualificação para a tarefa. Também determinei que nenhum benfeitor visite a clínica sem minha permissão expressa. É da natureza da doação que ela seja incondicional. Waite levou para dentro da minha clínica sua tendência controladora e os preconceitos arraigados em sua experiência e, acredito, matou uma criança inocente... duas crianças inocentes. Eu recusei ofertas de doação posteriores vindas dele. Um homem difícil, Maisie.

Os dois permaneceram em silêncio por alguns instantes. Maurice sugeriu que caminhassem pelo pomar. Felizmente Maisie havia se vestido com uma excursão dessas em mente, afinal conhecia a máxima de Maurice: "Para solucionar um problema, leve-o para dar uma volta." As calças marrom-escuras dela, largas como ditava a moda, eram complementadas por sapatos marrons de passeio, uma blusa de linho marfim e um casaco Harris Tweed castanho-claro e creme com gola xale e amplos bolsos quadrados na altura dos quadris.

Enquanto caminhavam pela relva e por árvores ainda úmidas e carregadas de botões de flores que prometiam um verão vibrante, conversaram sobre o trabalho de Maisie, seus desafios, e sobre os progressos que ela fizera naquele ano desde que Maurice formalmente se aposentara e começara a operar de maneira independente. Finalmente, Maisie falou de suas preocupações com Billy.

– Minha querida, acredito que você já saiba o que está na raiz do comportamento errático de Billy.

– Tenho minhas suspeitas – confessou ela.

– Como você poderia confirmá-las para poder proteger Billy?

– Antes de tudo, acho que deveria fazer uma visita ao All Saints' Convalescent Hospital, em Hastings. Billy foi levado para lá depois que recebeu alta do Hospital de Londres. Ainda devem ter seu histórico médico. O problema será ter acesso.

– Acho que posso ajudá-la, minha querida. O médico encarregado é um conhecido meu. Foi um dos meus alunos na King's College, em Londres.

– Maurice, acho que você realmente conhece todo mundo!

Maisie afastou um galho mais baixo ao passarem por uma alameda.

– Não conheço tanta gente assim, mas meus contatos são úteis. Vou telefonar para ele antes de você chegar lá. Quando você irá?

– Esta tarde. Sei que estão abertos para visitação aos sábados.

– Ótimo.

– Mas, claro, o que eu preciso mesmo fazer é encontrar um jeito de levá-lo a um médico que possa fazer algo pela dor recorrente na perna.

Maurice parou.

– Maisie, tenho a sensação de que Billy já se cansou de médicos. Às vezes, pessoas que enfrentam uma doença crônica não conseguem encarar nem mesmo uma discussão com um médico. E, apesar de eu ser um deles, admito que muitas vezes existe um bom motivo para essa reação: não temos todas as respostas.

– O que me sugere?

– Primeiro, você precisa descobrir se as suas suspeitas são fundamentadas. Depois, deve confrontar Billy. Você já sabe disso. Mas uma confrontação desse tipo dá mais certo quando é seguida de um plano, uma ideia, uma lente através da qual vocês vislumbrem o futuro depois que o segredo tiver sido revelado. Posso dar uma sugestão?

– Sim, por favor.

– Sugiro que traga o Sr. Beale para a casa da viúva. Eu gostaria de apresentá-lo a um conhecido meu.

Maisie inclinou a cabeça.

– Ele nasceu na Alemanha, apesar de ter vindo para este país ainda criança. Enquanto esteve internado, durante a guerra, conheceu um homem muito interessante, também alemão. O homem havia desenvolvido um método de exercícios e movimentos que ajudava a manter a saúde no acampamento. Durante a primeira epidemia de gripe em 1917, nenhum dos que foram internados morreu. De fato, muitos daqueles que estiveram no acampamento foram liberados com mais saúde do que tinham antes da guerra, apesar de estarem desnutridos. Os movimentos físicos incorporados ao regime foram usados para reabilitar com muito sucesso pessoas gravemente feridas. Meu amigo é um praticante desse sistema.

– Quem é ele?

– Gideon Brown. Depois da guerra, ele mudou o sobrenome, Braun, e o nome de batismo, Günther. Isso tornou a vida um pouco menos difícil para ele, tendo em vista como aqueles de origem alemã eram tratados na época. O homem que o ensinou vive agora nos Estados Unidos. Seu nome é Joseph Pilates.

Maisie sorriu.

– Fico feliz por ter agora pelo menos o esboço de um plano... Mas o meu primeiro passo é All Saints'. De fato, pode ser que eu consiga matar dois coelhos com uma cajadada só, pois Rosamund Thorpe morou na mesma área. – Maisie consultou seu relógio. – Onze horas. Se eu sair ao meio-dia, devo chegar lá por volta de uma e meia.

– É melhor você ir andando então, certo? Lembre-se de perguntar por Dr. Andrew Dene. Vou telefonar para ele antes de você chegar.

CAPÍTULO 9

Maisie fez uma curva na estrada estreita e entrou no pátio de manobra que conduzia à casa principal. Enquanto dirigia lentamente pelo caminho de cascalho, lady Rowan acenou da beira do gramado onde estava passeando com Nutmeg e Raven, seus dois labradores pretos, e um springer spaniel galês que atendia pelo nome de Morgan. Apesar de caminhar com a ajuda de uma bengala com cabo de prata, a postura de lady Rowan transmitia juventude. Ela vestia uma saia de passeio de tweed, um casaco de veludo cotelê marrom e um pequeno cachecol de pele. O conjunto era completado por um garboso chapéu de feltro marrom, com uma única pena presa à faixa por um broche de ametista. Ela acenou novamente para Maisie, que desacelerou o carro até parar por completo.

Maisie saltou do veículo.

– Lady Rowan, como vai?

– Olá, Maisie, querida. É tão bom vê-la. Como o carro tem se comportado? Servindo bem a você, eu espero.

– Ah, sim, muito bem. – Maisie sorriu calorosamente. – Ele nunca quebrou e é muito macio. Estou indo para Hastings esta tarde.

– Algo empolgante, Maisie?

Antes que Maisie pudesse responder, lady Rowan ergueu a mão.

– Eu sei, eu sei, você não pode divulgar a natureza do seu trabalho. Eu nunca aprendo, não é mesmo? Mas você sempre parece estar envolvida em casos tão intrigantes! – Lady Rowan estreitou os olhos, demonstrando ter certa inveja do trabalho de Maisie. – Sabe, Maisie, meu tempo já passou, já passou.

– Não é assim, lady Rowan. E essa história que ouvi sobre criar cavalos de corrida?

– É muito emocionante. Seu bom pai e eu estamos absortos nas condições de procriação. Ele é um homem com muito conhecimento quando se trata de cavalos. Você precisa ver a vontade de vencer nos olhos dele! Confesso que estou nervosa pela expectativa, e é por isso que estou andando de um lado para outro pelo gramado. De outra forma eu seria um estorvo lá no estábulo.

– Meu pai está tomando conta da égua, mas ele me disse que ainda pode levar um dia ou dois.

– Quando você partirá, Maisie? Virá me ver antes de voltar para Londres?

Lady Rowan se controlou para não demonstrar afeição, o que deixaria as duas sem graça, mas na verdade via Maisie quase como uma filha.

– Ficarei aqui até amanhã, lady Rowan. A senhora não voltará para Londres no fim desta semana?

– Hummm. Eu confesso que estou tentada a permanecer em Chelstone até o nascimento do alegre potrinho.

– Devo avisá-la quando eu voltar de Hastings?

– Sim, isso seria ótimo. Não me deixe detê-la aqui nem um minuto a mais. Vamos, Nutmeg. Morgan, já aqui! Ah, Deus, parece que perdi Raven novamente.

Maisie sorriu, voltou a entrar no carro e seguiu pela entrada da garagem, depois pelas estradas do campo, até alcançar a via principal para Tonbridge. A viagem para Hastings foi tranquila. Ela cruzou com poucos veículos quando passou pelo Weald of Kent, atravessando até Sussex perto de Bodiam, onde se podiam ver partes do velho castelo para além dos jardins de lúpulo.

Ela entrou em Hastings pelo lado leste, cruzando as ruas estreitas da Cidade Velha, que conservava a atmosfera de vila de pescadores, em forte contraste com as construções ao longo do passeio que levava a St. Leonards, povoado construído durante o período vitoriano para dar conta da popularidade crescente da cidade e abrigar visitantes.

Sua primeira parada seria no All Saints' Convalescent Hospital, uma mansão de tijolos vermelhos no East Hill, na Cidade Velha. Da colina se via o canal ensolarado em dias de tempo bom, mas era fustigada pelo vento e pela chuva quando o tempo virava. Acabara de dar uma hora. Ela havia calculado a viagem perfeitamente. Como fazia um dia muito bonito, Maisie decidiu estacionar o carro na região litorânea de Rock-a-Nore e então pegar o caminho cercado por lojas de madeira em palafitas, que vendiam redes e onde os pescadores penduravam as suas para secarem. Ela iria até East Hill pela pequena linha férrea do funicular da Cidade Velha, um vagão que levava os passageiros do nível do mar até a estação teleférica no alto da cidade, com suas torres acasteladas, cada uma contendo um tanque de ferro com mais de 4 mil litros de água para operar o elevador. Ao sair da estação, os visitantes deparavam com caminhos nos rochedos, onde podiam desfrutar da fresca brisa marítima, às vezes cortante. Dali, seria um curto trajeto até All Saints'.

Depois de passar pelas barracas onde os turistas compravam pequenas tigelas de saborosos ensopados de enguia, mariscos ou caramujos ou passeavam enquanto comiam peixe e batata frita embrulhados em jornal, Maisie comprou seu bilhete e descobriu que suas companheiras para a subida seriam quatro mulheres vestidas com saias de passeio, botas de couro e pesados pulôveres. Elas estavam visivelmente preparadas para um dia de caminhada. Maisie sentiu o estômago revirar quando o funicular começou a avançar. Enquanto o vagão subia o rochedo, Maisie se perguntou se Billy descia no mesmo vagão até o povoado quando já atingira um estágio de sua recuperação que permitia pequenas excursões. Sabia que ele havia conhecido Doreen em Hastings. Teria sido no dia de folga dela, quando os dois foram com amigos ao píer para escutar uma banda tocar e beber *sarsaparilla*? Ela imaginou Billy soltando piadas enquanto Doreen ruborizava e andava para perto de seu grupo, e então voltava na direção dele para sorrir de um jeito apenas um pouquinho tímido. O vagão deu mais uma guinada, e Maisie esperou que as quatro mulheres saíssem primeiro, com seus mapas agitando-se ao vento, uma apontando para Firehills em Fairlight, para onde mineiros galeses desempregados haviam sido levados a fim de abrir uma série de trilhas pelos rochedos.

Enquanto Maisie caminhava pela beirada do East Hill, gaivotas grasnavam e guinchavam abaixo dela. De sua posição privilegiada, ela podia ver os telhados abaixo. A arquitetura revelava a história da cidade, desde os casarões medievais de um só cômodo, enfileirados com seus telhados de palha e defumadores de peixe nos fundos, até as mansões do período da regência e chalés de tijolos com dois quartos em cima e dois embaixo construídas apenas sessenta anos antes.

Maisie parou uma vez para observar o All Saints' Convalescent Hospital antes de tomar o caminho de árvores baixas e arbustos enfileirados que virava em direção às amplas portas principais da construção. Fazer aquele trajeto foi infinitamente mais agradável do que se tivesse dirigido pelas estradas antigas e precárias que subiam a colina em espiral. O prédio fora planejado como um quadrado perfeito e havia sido construído com tijolos vermelhos e madeira na virada do século. Sua arquitetura era representativa do novo estilo, com linhas sóbrias e um telhado pouco inclinado. Alguns anexos haviam sido adicionados durante a guerra, quando o prédio foi requisitado para ser convertido num lar para militares convalescentes. O dono acabou vendendo a propriedade para as autoridades locais, possivelmente para se prevenir da venda compulsória a um preço reduzido, e agora ela era usada para todos os casos de convalescença, apesar de muitos dos pacientes ainda serem velhos soldados.

Construída com uma única peça de madeira maciça, a porta abriu facilmente quando Maisie girou a maçaneta de metal, dando para um grande saguão com piso de madeira e paredes brancas. Diante dela, havia uma escada sobre a qual se estendiam vigas arqueadas de madeira. Um elevador fora instalado para servir de auxílio àqueles que não eram capazes de se deslocar. Tiras de borracha estendiam-se pelo piso em lugares estratégicos, minimizando o risco de escorregão dos inválidos que estavam aprendendo a andar novamente com aparelhos ortopédicos, muletas ou membros artificiais. Apesar dos vasos de flores e de um aroma de lustra-móveis de lavanda, quando se virava rapidamente ou se inspirava fundo, sentia-se o inconfundível odor hospitalar de desinfetante e urina.

Maisie bateu à janela de vidro fosco da sala do zelador e pediram-lhe que aguardasse enquanto o Dr. Dene era chamado.

– Srta. Dobbs, é um prazer conhecê-la.

Andrew Dene estendia a mão, embora ainda faltasse descer três degraus da escada.

– Maurice avisou que a senhorita chegaria aqui por volta de uma e meia. Por favor.

Eles trocaram um aperto de mãos e o médico indicou outra porta, que dava em um longo corredor. Apesar de ele ter sido um dos alunos de Maurice na faculdade de medicina, Maisie havia esperado encontrar alguém muito mais velho. Ele parecia ser apenas quatro ou cinco anos mais velho que ela. Se estivesse certa, logo ele seria alguém importante. O cabelo castanho-claro de Dene não parou de cair em seus olhos enquanto eles avançavam em direção a seu escritório. Maisie precisava andar rápido para acompanhar seu passo atlético. Ela percebeu com satisfação seu jeito tranquilo, assim como seu evidente respeito por Maurice e, por consequência, por ela.

– Sabe – disse Dene –, eu sempre me perguntei como seria trabalhar com Maurice, ao lado dele. Ele uma vez me falou que tinha um assistente, mas fiquei de queixo caído quando descobri que o talentoso assistente era uma mulher.

– É mesmo, Dr. Dene?

O tom de Maisie levou Dene a reformular seu comentário:

– Ah, minha nossa, não foi o que eu quis dizer.

Dene abriu a porta do escritório e deixou Maisie entrar primeiro.

– É bem a minha cara, meter os pés pelas mãos. O que quis dizer foi... bem... às vezes o trabalho parece tão, sabe, tão complicado que...

Maisie franziu a testa.

– Acho que só me resta retirar tudo o que eu disse e seguir em frente com o assunto em questão antes que tenha que implorar de joelhos.

– É verdade, Dr. Dene, neste momento não consigo pensar em um castigo melhor.

Ela tirou as luvas e se sentou na cadeira que ele lhe indicou. Apesar de seu passo em falso, Maisie achou Andrew Dene um tanto divertido.

– Talvez possamos ir direto ao assunto.

– Ah, sim, concordo.

Dene consultou seu relógio e pegou uma pasta de arquivo marrom com as bordas desgastadas que colocou ao lado de outros papéis empilhados em sua mesa.

– Tenho uma reunião em vinte minutos. No entanto, posso chegar atrasado. – Ele sorriu para Maisie. – Entendo que a senhorita queira saber mais sobre o histórico da convalescência do cabo William Beale.

– Sim, por gentileza.

– Bem, eu já olhei o arquivo. Tive que resgatá-lo daquilo a que nos referimos como o Calabouço. Infelizmente, o médico responsável já faleceu, mas as anotações estão todas aqui. Parece que foi uma sorte o Sr. Beale não ter perdido a perna. É impressionante o que aqueles médicos conseguiram fazer naquelas condições, não acha?

– Achei que o senhor...

– Ah, não. Eu estava na faculdade de medicina quando me alistei, mas não era qualificado. Eles me empurraram para o Corpo Médico de todo jeito, mas não como cirurgião. Como assistente. Nem enfermeiro, nem médico. Acabei em Malta, e aprendi mais sobre procedimentos cirúrgicos na prática do que ao voltar para a faculdade. Naquela época eu fiquei interessado no que acontecia com os soldados quando regressavam da guerra, em sua recuperação, nos cuidados pós-operatórios e na melhor maneira de ajudá-los.

– Entendo. Então o que pode me contar sobre a recuperação do Sr. Beale?

Dene deu outra olhada nas anotações, por vezes girando a pasta para um lado para ver melhor um gráfico ou um diagrama. Depois ele a fechou. Em seguida, ergueu o olhar para Maisie.

– Se a senhorita pudesse me dizer por que está interessada... nos aspectos médicos, quero dizer, não teria essa impressão de que estou buscando uma agulha no palheiro.

Maisie foi surpreendida pelos modos de Dene, mas entendeu a necessidade daquilo, tendo em vista a gama de procedimentos e terapias registradas no arquivo. Maisie descreveu suas observações sobre o comportamento de Billy, complementando que suas alterações de humor também estavam interferindo em sua vida familiar.

– Isso começou a acontecer recentemente?

– Nos últimos meses, junto com uma dor crescente na perna.

– Ah. Sim. – Dene pegou novamente a pasta. – Srta. Dobbs, foi enfermeira na França, certo?

– Sim, eu...

– E depois, pelo que sei, trabalhou com pacientes com trauma de guerra antes de voltar para Cambridge. Segundo Maurice me contou, entendo que a senhorita passou algum tempo no Departamento de Medicina Legal, em Edimburgo.

– Tudo isso está certo.

– Então a senhorita não precisa que eu lhe diga o que está acontecendo, não é mesmo?

Maisie fitou Dene atentamente, seus intensos olhos azuis cintilando.

– Achei melhor debater o assunto com o médico responsável ou seu sucessor, antes de pular para as conclusões.

– Uma decisão muito sensata e profissional. Ah, e por sinal, sou eu o sucessor *dela. A médica* responsável era a *Dra.* Hulda Benton.

As bochechas de Maisie coraram.

Dene se recostou na cadeira e juntou as mãos sobre a mesa. Era a mesma posição que Maurice assumia quando refletia sobre um problema.

– Eis minha suspeita sobre a causa do comportamento do Sr. Beale, e eu acrescentaria que não é algo incomum, apesar de ser horrível de lidar. De acordo com as anotações – Dene abriu o arquivo e entregou duas páginas para Maisie –, a dor inicialmente foi tratada com grandes doses de morfina. Imagino que fosse difícil medicá-lo, provavelmente se trata de uma dessas pessoas que absorvem o medicamento, mas ainda assim sentem tudo.

Maisie se lembrou de Billy sendo trazido para o posto avançado de tratamento de feridos em junho de 1917, os olhos bem abertos mesmo quando o bisturi do cirurgião cortou sua pele, e de sua promessa de que nunca esqueceria o médico e a enfermeira que o salvaram.

– É claro, nessa época não sabíamos tanto sobre dosagens como hoje. De fato, os militares foram bastante irresponsáveis no uso da morfina, da cocaína e de vários outros narcóticos. A senhorita deve lembrar que as pessoas podiam comprar estojos para uso de heroína nas prateleiras das farmácias, sem receita médica, para enviar aos seus amados soldados na França, caso precisassem. Na época, todos esperavam confiantes que a necessidade do medicamento passasse junto com a dor, assim que os homens largassem o uniforme. Acabou, adeus, soldado, pode ir embora!

O médico fez uma pausa antes de continuar:

– Infelizmente, em muitos casos a dor e a ânsia pela droga continuaram. E, mesmo quando passava o efeito, a recorrência da dor naturalmente despertava o anseio pela medicação. Os médicos agora são um pouco mais cuidadosos, mas há um próspero mercado clandestino de cocaína, especialmente entre antigos soldados. Não quero sair lançando acusações, mas, para ser franco, Srta. Dobbs, acredito que o Sr. Beale possa estar lutando contra a dependência química. Apesar de eu imaginar, pelo que me conta, que ele ainda não esteja afundado nela. Ainda.

Maisie assentiu.

– Dr. Dene, que conselho o senhor daria para lidar com a abstinência do Sr. Billy Beale?

– Acho que podemos presumir que, no início, o desconforto físico crescente estava na raiz de sua automedicação. Agora temos que tratar da própria dependência, e sinto dizer que há poucos recursos disponíveis. Tenho certeza de que alguns psiquiatras se gabariam de seus êxitos, mas, francamente, eu não levo esses relatos tão a sério.

Dene se inclinou sobre a mesa e olhou para Maisie.

– Se quer ajudar o Sr. Beale, eu sugeriria o seguinte: afaste-o da fonte de fornecimento, esse é o primeiro passo. Depois garanta que a dor seja tratada e experimente terapias físicas. Se necessário, poderemos interná-lo aqui como um paciente externo e prescrever doses controladas de analgésicos. Finalmente, ar fresco e alguma atividade que ele verdadeiramente considere importante enquanto se recupera. Eu não acredito que tratamentos para tais condições funcionem se a mente e o corpo estiverem ociosos. Eles apenas dão ao paciente tempo para se lembrar dos efeitos prazerosos da substância que não está mais disponível.

Dene observou Maisie assentir.

– Obrigada, Dr. Dene, por seu conselho e seu tempo. O senhor foi muito gentil.

– Não foi nada, Srta. Dobbs. Um pedido do nosso amigo, o Dr. Maurice Blanche, é como uma ordem.

– Antes de eu partir, gostaria de perguntar se por acaso o senhor conheceu uma mulher chamada Rosamund Thorpe. Acredito que ela morou aqui antes de sua morte em fevereiro.

– É extraordinário a senhorita me perguntar isso! A Sra. Thorpe era uma frequentadora do hospital. Há um grupo de mulheres na cidade que o visita regularmente. Elas leem para os pacientes, conversam com eles, sabe, para tornar um pouco mais suportável a longa estada deles aqui. Ela ficou viúva não muito tempo antes de morrer, mas nunca deixou de vir. A Sra. Thorpe era especialmente boa com os velhos soldados. É claro que ela tinha quase a mesma idade da maioria deles, mas insistimos em chamá-los de velhos, não? – Dene balançou a cabeça e continuou: – Foi um choque quando soubemos. Conversei com ela muitas vezes desde que trabalho aqui e nunca imaginei que ela pudesse tirar a própria vida. – Ele encarou Maisie. – Posso lhe perguntar por que está interessada nela?

– Estou envolvida em um caso que me pôs em contato com uma de suas amigas. Não posso dizer mais do que isso. Quero saber sobre a vida e a morte da Sra. Thorpe. Há algo mais que possa me contar, Dr. Dene?

Dene pareceu refletir se deveria manifestar suas observações, e então prosseguiu:

– Claro, ela ficou muito triste com o falecimento do marido, mas acho que a morte dele não foi inesperada, já que era um homem muito mais velho do que ela e estava no fim da vida, tomava muitos remédios. De fato, eles haviam se mudado para cá por conta da saúde dele, na esperança de que a brisa marinha ajudasse na cura. – Dene balançou a cabeça. – Com relação ao testamento, foi repreensível o comportamento dos jovens Thorpes, enteados dela, que tinham quase a mesma idade da Sra. Thorpe, mas ela não demonstrava aquela melancolia que se espera de alguém prestes a cometer suicídio.

– Compreendo.

Maisie esperava que Dene acrescentasse mais profundidade e cor ao quadro de Rosamund Thorpe que ele estava pintando. Ele não a desapontou.

– Eu diria, no entanto, que ela parecia ser diferente das outras voluntárias.

Dene deixou seu olhar vagar pelo mar atrás da pilha de livros e anotações sobre o peitoril acima dos radiadores de ferro fundido.

– Ela era muito comprometida com o trabalho aqui, sempre querendo fazer mais. Se a visita terminava às quatro, a maioria das mulheres já estava a caminho de casa um minuto depois, mas a Sra. Thorpe passava mais tempo, talvez para concluir uma carta ou ler o final de um capítulo para alguma pobre alma que não pudesse nem segurar um livro. De fato, certa vez ela me disse: "Devo isso a eles." Mas era o jeito como ela falava que agora me faz recordar disso. Afinal, nós todos *sentimos* que devemos tanto a eles.

Dene se virou para Maisie e olhou para o relógio.

– Minha nossa! É melhor eu ir andando.

Ele afastou a cadeira e pôs a pasta em um canto da mesa depois de rabiscar na capa: "Devolver para os arquivos".

– Muito obrigada pelo seu tempo, Dr. Dene. Sua recomendação é sensata. Agradeço o conselho.

– Não foi nada, Srta. Dobbs, não foi nada. Um aviso, no entanto: não preciso lembrá-la de que, ao se responsabilizar por ajudar o Sr. Beale, a senhorita também está, tecnicamente, se envolvendo em um crime.

– Sim, estou ciente dessa implicação, Dr. Dene. Apesar de eu desejar... não, *esperar*... que o Sr. Beale destrua toda substância ilícita que possuir assim que tivermos conversado.

Dene franziu a testa enquanto abria a porta para Maisie.

– Não subestime a tarefa. Felizmente, o Dr. Blanche pode auxiliá-la.

Enquanto seguiam pelo corredor, Andrew Dene explicou a Maisie como chegar à casa de Rosamund Thorpe e informou o nome do zelador. Dava para perceber que todos se conheciam na Cidade Velha.

Quando chegaram à porta, Maisie tinha mais uma pergunta para Andrew Dene.

– Dr. Dene, espero que não se importe de eu perguntar, mas o senhor parece conhecer o Dr. Blanche muito bem, mais do que se poderia esperar de alguém que foi apenas um dos seus muitos alunos em sala de aula ou na tutoria. E sua avaliação sobre a situação do Sr. Beale e seu conselho são em grande medida o que eu esperaria ouvir dele.

– Sou um garoto de Bermondsey, certo? – explicou Dene, forçando um sotaque que perdera havia muito.

Depois prosseguiu, voltando a adotar a dicção anterior, típica dos condados na periferia de Londres.

– Meu pai, que trabalhava consertando torres e chaminés, morreu quando eu era jovem, e quando eu mal havia completado 15 anos e trabalhava numa cervejaria, minha mãe adoeceu. Não tínhamos dinheiro para pagar um médico. Fui à clínica do Dr. Blanche e implorei que ele fosse à nossa casa. Ele nos visitava toda semana e me orientou sobre como cuidar dela, assim eu pude administrar os remédios e fazê-la se sentir bem mesmo no fim. Eu retribuí trabalhando para ele. No início ele me incumbiu de pequenos serviços, depois eu o ajudei nas clínicas. Obviamente, não com os pacientes, pois eu era só um menino. Se não fosse pelo Dr. Blanche, talvez eu nunca descobrisse o que eu gostaria de ser ou o que eu poderia ser. Ele me ajudou a me candidatar para o Guy's Hospital, que eu frequentei com uma bolsa de estudos. Sabe, eu tive que trabalhar de noite na cervejaria para me sustentar. Então a guerra eclodiu, e acho que a senhorita conhece o resto da história.

Maisie sorriu.

– Sim, conheço, Dr. Dene. Conheço muito bem o resto.

CAPÍTULO 10

Maisie estacionou o carro na West Hill e observou à distância a East Hill, por onde ela caminhara havia apenas 35 minutos. Ela descera os 158 degraus do topo da colina até a Tackeway Street e depois atravessou uma passagem estreita conhecida pelos locais como "beco", um dos muitos caminhos quase secretos que cruzavam a Cidade Velha de Hastings. Ela levava a Rock-a-Nore, onde Maisie havia deixado o carro. Não era de surpreender que os traficantes de drogas adorassem aquele lugar, pensou Maisie.

Era uma bela tarde de primavera. O sol e uma leve brisa conspiravam para fazer a luz refletir nas cristas espumosas, de modo que o canal parecia ser repetidamente perfurado por cacos de cristal. Maisie protegeu os olhos dos clarões prismáticos e olhou para o mar, antes de se dirigir à casa de quatro andares no estilo da época da regência que havia sido o lar de Rosamund Thorpe. Estava ansiosa para interrogar a governanta, tomar o caminho de volta a Chelstone e ali planejar a visita a Kent. Não esquecia que o encontro inicial com Joseph Waite ocorrera havia quase uma semana, e ela ainda não tinha certeza de já ter localizado a filha de seu cliente.

Uma mulher baixinha atendeu à porta e sorriu calorosamente para Maisie:

– Deve ser a Srta. Dobbs.

Maisie retribuiu o sorriso. Ela pensou que a governanta era uma típica avó, com seus cachos brancos esticados, um vestido liso de lã na cor das urzes e sapatos pretos resistentes.

– O jovem Dr. Dene, do hospital para convalescentes, me contou ao telefone que a senhorita viria. Um homem muito bom, não é mesmo? Surpreende-me que não seja casado. Afinal, não faltam jovens por aqui. Veja bem, ele estava passeando com aquela garota no último... Ah, me desculpe, Srta. Dobbs, eu às vezes não me contenho! Pois bem...

A Sra. Hicks levou Maisie para uma sala de estar com janelas em arco e vista para West Hill.

– O Dr. Dene me disse que a senhorita era amiga de uma amiga da Sra. Thorpe e gostaria de saber mais detalhes sobre a morte dela. – A zeladora observou Maisie com atenção. – Normalmente, eu não falaria com ninguém que não pertencesse à família, mas o Dr. Dene disse que era importante.

– Sim, é mesmo, Sra. Hicks, apesar de eu não poder entrar em detalhes sobre o motivo neste momento.

A Sra. Hicks aquiesceu e retorceu as mãos no colo, o que revelava tanto desconforto quanto, suspeitava Maisie, uma vontade de falar bastante sobre a patroa. Maisie lhe daria essa oportunidade.

– Diga-me, Sra. Hicks, a casa está à venda? A Sra. Thorpe faleceu há cerca de dois meses, certo?

– Eles... quero dizer, os filhos do primeiro casamento do Sr. Thorpe... pediram que eu ficasse aqui e cuidasse do lugar até que fosse vendida. A casa acaba de ser posta à venda, pois tiveram que resolver um monte de questões legais que iam e vinham sem parar e uma papelada...

O lábio inferior da Sra. Hicks tremia, e ela rapidamente sacou um lenço bordado do bolso.

– Peço desculpas, senhorita, mas foi tão difícil encontrá-la aqui...

– Foi a senhora que encontrou a Sra. Thorpe?

A Sra. Hicks aquiesceu.

– Fui lá em cima pela manhã porque tinha passado da hora em que ela costumava se levantar. Depois que o Sr. Thorpe morreu, a casa tem estado muito quieta. Mesmo ele sendo tão mais velho, os dois estavam sempre rindo juntos. Deixe-me contar, se eles vissem duas gotas de chuva escorrendo pela janela, eles apostavam para saber qual delas chegaria embaixo primeiro e, quem quer que vencesse, ririam juntos. – A Sra. Hicks amassou o lenço entre as mãos. – Em todo caso, a Sra. Thorpe tinha problemas para dormir e costumava acordar cedo, então estranhei quando não a vi de pé.

– Ela estava na cama quando a senhora a encontrou?

– Não, ela estava... – A Sra. Hicks esfregou os olhos com o lenço. – Ela estava deitada lá, no chão de sua antessala. É uma pequena área que se conecta com o quarto. Ela gostava de se sentar ali para tomar chá, por causa da vista. A bandeja de chá estava ali desde a véspera... e lá estava ela.

– Quando a senhora serviu o chá?

A Sra. Hicks olhou para Maisie.

– Bem, ela deve ter feito isso, pois foi na minha tarde de folga. Ela costumava preparar o chá para si mesma, especialmente se achasse que eu estava ocupada com alguma outra coisa. Eles não mantinham muitos criados aqui. A limpeza era feita pela Sra. Singleton e pela Sra. Acres, que vinha da Cidade Velha todas as manhãs. Quando recebiam visitas, chamavam a cozinheira e as empregadas. Eu só tinha que cuidar dos dois.

– Sra. Hicks, sei que isto é difícil para a senhora, mas estranhou algo quando foi para a antessala ou quando olhou lá mais tarde?

– Foi um choque tão grande, mas acho que algo me incomodou, sabe, depois de tudo.

Maisie se aproximou para ouvir.

– A bandeja de chá havia sido arrumada para duas pessoas: dois pedaços de pão de malte, dois sanduíches de agrião, dois bolinhos e alguns biscoitos. Mas apenas uma xícara foi usada. Então me perguntei se ela esperava alguém que não apareceu. Veja bem, ela não me contou nada pela manhã. Aparentemente ela tomou o veneno acompanhado por uma xícara de chá e um biscoito. Mas não sei...

– O que não sabe, Sra. Hicks?

– Ela era curiosa às vezes. Costumava passar horas lá em cima no All Saints' com os soldados. Eu lhe dizia que ela trabalhava muito, mas ela respondia: "Sra. Hicks, tenho que endireitar as coisas." Do jeito como falava, parecia que ela era responsável pelo sofrimento deles. Ela era querida na cidade, sempre parava para conversar quando estava caminhando, não era uma dessas arrogantes. – A Sra. Hicks mordeu o lábio. – Sei que ela ficou muito, muito triste quando o Sr. Thorpe faleceu, mas eu nunca, nunca achei que estivesse mal a ponto de tirar a própria vida.

– Sra. Hicks, sei que esta é uma pergunta estranha, mas... acha mesmo que ela cometeu suicídio?

A Sra. Hicks fungou e limpou levemente o nariz. E então, encorajada pela lealdade para com a patroa, ela se endireitou.

– Não, Srta. Dobbs. Acho que não.

– Conhece alguém que poderia querer que ela desaparecesse?

– Os jovens Thorpes tinham ciúmes dela, não há dúvidas, mas acabar com a vida dela? Não, eles não fariam isso. Aqueles dois não teriam coragem, seria muito difícil. Ainda assim, eles queriam o dinheiro e a propriedade que foi deixada para ela pelo marido, ainda que eles tenham sido muito bem providos. Eles até que gostaram de todo o vaivém dos advogados. Sentiram-se importantes. Além deles, não acho que ela tivesse inimigos. Mas devia ter, já que alguém tirou sua vida. Também não acho que ela teria se envenenado por acidente. Ela era muito cuidadosa, muito cuidadosa. Não tomava nem remédio para dor de cabeça se estivesse resfriada. É claro, ainda havia remédios na casa, da época em que o Sr. Thorpe estava doente. Para a dor. É isso que o doutor afirmou que ela tomou. Uma superdose de analgésicos. Mas eu simplesmente não consigo imaginá-la fazendo isso.

A Sra. Hicks esfregou o lenço nas pálpebras e mais uma vez limpou de leve o nariz.

Maisie estendeu o braço e tocou no da governanta.

– Poderia me mostrar onde encontrou a Sra. Thorpe?

~

Maisie parou na antessala iluminada e arejada, cujas cortinas ondulavam sob uma brisa suave que entrava pelas janelas de guilhotina semiabertas. Ela lamentava que a morte estivesse tão distante no passado, pois o cômodo sem dúvida havia sido limpo muitas vezes desde que a Sra. Hicks encontrara o corpo de Rosamund Thorpe na posição que mostrara para Maisie, entre a mesinha arrumada para o chá e o sofá posicionado em um canto diante da janela, proporcionando uma vista dos telhados de East Hill e do canal.

– Sra. Hicks, sei que isso parecerá um pouco incomum, mas se incomodaria se eu passasse alguns instantes sozinha?

– Claro que não, Srta. Dobbs. Este cômodo tem algo estranho, não é mesmo? Não sei explicar exatamente o que há de errado com ele, mas é uma coisa que sempre esteve ali, até antes de ela morrer. – A Sra. Hicks enxugou os olhos. – Se precisar de mim, estarei lá fora.

Maisie fechou os seus. Ficou absolutamente imóvel e deixou seus sentidos se mesclarem com a aura de Rosamund Thorpe que ainda pairava na antessala. Sua pele formigou com a sensação, como se alguém estivesse ao lado dela e a tocasse de leve no braço para compartilhar uma confidência, para dizer: "Eu estou aqui, e esta é minha confissão." Ela abriu a mente para os segredos guardados entre as paredes e reconheceu a presença familiar de uma alma atormentada, uma alma gêmea, envolta nos véus da mesma emoção deixada por Charlotte Waite e Lydia Fisher. Ela já suspeitava de que Philippa Sedgewick era uma mulher igualmente atormentada. Quatro mulheres perturbadas. Mas o que estaria no âmago daquela inquietação?

Enquanto respirava profunda e silenciosamente, Maisie formulou uma pergunta em sua mente: *O que você pode me contar?* Ela foi respondida de imediato por uma figura em sua imaginação, uma figura que surgiu primeiro como uma silhueta, ganhando forma e textura como uma fotografia numa bandeja cheia de revelação. Sim, ela podia ver aquilo. Ela esperava que a Sra. Hicks tivesse uma explicação e chamou a governanta.

A Sra. Hicks enfiou a cabeça pela porta antes de entrar.

– Já acabou, senhorita?

– Sim, obrigada.

A governanta a guiou até o andar de baixo e abriu a porta para Maisie.

– Sra. Hicks, será que eu poderia fazer mais uma pergunta?

– É claro, senhorita. Farei o que puder para ajudar.

– A senhora sabe quais remédios o médico havia prescrito para o Sr. Thorpe? – perguntou Maisie.

– Bem, eu sei que havia diferentes xaropes e comprimidos. A Sra. Thorpe fazia questão de dividi-los pela manhã e os colocava em pequenos pires. Ele tomava pílulas no café da manhã, no almoço, no jantar e antes de dormir. Mas no final, sabe, o médico prescreveu morfina. A Sra. Thorpe estava transtornada com isso. Ela disse: "Sabe, quando começam a dar morfina a um paciente, é porque não restam esperanças. Significa que não há mais nada a fazer para salvar sua vida. Tudo o que podem fazer é parar a dor."

~

Maisie adorava dirigir, tanto costurando o tráfego de Londres – sempre um desafio por causa da mistura barulhenta de caminhões, carros grandes e pequenos e carroças de entrega puxadas a cavalo carregando mantimentos e cerveja – quanto serpenteando pelas estradas do campo na companhia apenas de seus pensamentos. Ela achava fácil pensar dentro do carro, ponderando fatos e ideias enquanto trocava a marcha ou desacelerava para deixar passar um fazendeiro pastoreando ovelhas de um pasto para outro.

As conversas eram reencenadas, as possibilidades de ação, pesadas e avaliadas, e todo tipo de resultado era visualizado em sua imaginação. Às vezes acontecia de algum motorista emparelhar com ela no tráfego lento, olhar na direção da jovem no carro veloz com a capota de lona arriada e vê-la falando consigo mesma, a boca abrindo e fechando enquanto ela respondia a uma pergunta. E então, ouvindo suas próprias palavras em voz alta, ela aquiescia.

Maisie estava atravessando Kent em direção a Romney Marsh. Madre Constance Charteris, abadessa de Camden, a esperava às dez em ponto. Maisie havia partido da casa do pai em Chelstone logo depois das oito, reservando mais tempo do que o necessário para a viagem porque queria refletir, reexaminar as conversas da noite anterior com Maurice e lady Rowan, assim como recordar o tempo passado junto ao pai.

Maurice havia prontamente se oferecido para ajudar Billy Beale, com a colaboração do Dr. Andrew Dene, que, parecia, ficara pendurado ao telefone com Maurice mais uma vez, logo depois de seu encontro com Maisie, para oferecer auxílio na recuperação de Billy. O assistente de Maisie não poderia ser internado como paciente no All Saints' Convalescent Hospital, mas Andrew Dene se ofereceu para monitorar seu estado de saúde enquanto superava a dependência química – *se* Billy concordasse em sair de Londres. Quando Maisie voltou para Chelstone, parecia que Maurice já havia divisado um plano mínimo com a ajuda de Frankie Dobbs. Billy iria para Chelstone, ficaria na casa do cavalariço com Frankie e se encontraria com Maurice diariamente para "conversar".

Maisie conhecia muito bem o poder de cura resultante da aptidão de Maurice em escutar. Ele era capaz de encorajar a confissão com uma única palavra, pergunta ou comentário. Uma palavra que poderia desbloquear memórias e lançar uma luz brilhante na alma de uma pessoa. Maisie havia aprendido muito com Maurice, mas sabia que era próxima demais de Billy para ter essa conversa. Além das conversas com Maurice, Billy se tornaria um "paciente" de Gideon Brown, que o instruiria nos novos métodos de movimentação de seus membros feridos, para que ele pudesse se livrar da dor que estava sugando sua alma. Havia apenas um obstáculo a superar: Billy teria que concordar com o plano cuidadosamente organizado sem seu conhecimento prévio. Billy teria que *querer* pôr um fim à sua dependência química.

– O mais difícil será convencer Billy a vir para Chelstone, Maisie. E isso cabe a você – disse Maurice, jogando a cinza do cachimbo dentro da lareira.

Maisie repetiu em voz alta enquanto passava por Brenchley e Horsmonden. Enquanto dirigia, o sol saiu de trás de uma nuvem e iluminou com o resplendor da manhã os campos verdes, onde cordeirinhos recém-nascidos corriam sobre suas pernas ainda instáveis, e ela soube que, custasse o que custasse, conseguiria fazer com que Billy pegasse a estrada para Chelstone e sua recuperação.

Passou por sebes recobertas de tufos de prímulas enquanto atravessava devagar Cranbrook e, mais adiante, na direção de Tenterden, serpenteando pelas pistas rurais até o vilarejo de Appledore, que parecia um cartão-postal, com seus chalés medievais, telhados de sapê e rosas trepando em portas e treliças. A promessa de um domingo perfeito arrefeceu à medida que os montes se aplanaram e o ondulado suave do Weald of Kent foi dando lugar às terras reivindicadas pelo mar, um quebra-cabeça de campos aráveis divididos por cercas-vivas e muros de pedra. Maisie seguia ao longo do Royal Military Canal quando uma nuvem escura e trovejante ameaçou fazer um estrago. Dali, ela tinha uma vista panorâmica do charco, onde árvores haviam crescido vergadas para se proteger dos ventos e casinhas campestres e igrejinhas despontavam aqui e ali em uma paisagem inclemente.

Maisie não parou para levantar a capota. Em vez disso, enrolou cuidadosamente um cachecol vermelho de lã no pescoço e puxou para cima suas luvas de couro preto. Frankie havia insistido em encher uma garrafa com chá quente "por via das dúvidas". Maisie pensou que os charcos de Romney Marsh estavam à altura da descrição feita pelo escritor William Lambarde no século XVI: "Molesto no inverno, penoso no verão, e nunca agradável." Mas Maisie sabia que havia algo a descobrir nessa paragem lastimável e desolada. Ela estava perto da Abadia de Camden.

Muito antes de chegar ao final da rua de cascalho que conduzia ao casarão que agora abrigava 24 freiras beneditinas, Maisie divisou a abadia à distância. O prédio tinha a forma de um "E" com um longo corpo de dois andares construído no sentido Norte-Sul e três alas estendendo-se para um lado. A ala central abrigava a entrada principal. Na extremidade de cada ala havia uma fachada e um telhado na incomum forma de sino, inspirado pelas casas da Holanda, onde o primeiro proprietário havia crescido. Em sua carta, madre Constance escrevera que as freiras haviam perdido a casa em Cambridgeshire quando ela foi requisitada pelo Gabinete de Guerra para ser usada como alojamento de oficiais. Sir Edward Welch, o dono da Camden House, que felizmente não era situada em um local apropriado para uso militar, legou sua propriedade à ordem ao tomar conhecimento de suas circunstâncias alarmantes. Ele morreu pouco tempo depois, e a Camden House transformou-se na Abadia de Camden.

Maisie estacionou o MG, certificou-se de que sua capota estivesse perfeitamente presa caso chovesse enquanto ela estivesse lá dentro e avançou pela porta principal em direção ao que um dia havia sido um amplo saguão de entrada. À sua esquerda, uma grade de ferro na altura do rosto cobria uma portinhola. Maisie segurou a alça de bronze do puxador do sino perto da grade, puxou-o para trás e imediatamente escutou o intenso e ressonante clangor do grande sino. Ela estremeceu no saguão frio e sombrio e esperou.

A pequena porta se abriu, e uma freira acenou para ela. Maisie sorriu automaticamente e percebeu que os cantos da boca da irmã se contraíram antes de ela fitar o chão piedosamente.

– Estou aqui para ver a madre Constance. Meu nome é Maisie Dobbs.

A freira aquiesceu e fechou a porta. Maisie estremeceu novamente e ficou esperando ali, sozinha. Ela ouviu outra porta se abrir e o som de passos cada vez mais alto à medida que alguém se aproximava para se encontrar com ela. Era a mesma mulher. Ela vestia o hábito de uma postulante e, como ainda não havia feito seus votos, pôde se encontrar com Maisie sem que houvesse uma barreira entre elas.

– Por favor, siga-me, Srta. Dobbs.

A postulante parecia rodopiar como se estivesse praticando para o dia em que usaria um hábito comprido em vez do vestido na altura da panturrilha e um capuz substituiria a gola branca abotoada severamente no pescoço. A ponta do véu se agitava quando ela caminhava, lembrando a Maisie as asas de uma gaivota desacelerando para pousar na água. Ela abriu uma porta de carvalho com dobradiças pontudas de ferro que se estendiam até o centro da madeira e permitiu que Maisie entrasse. A freira a deixou sozinha no cômodo, fechando a porta atrás de si com um baque ressonante.

Era um lugar pequeno com uma lareira a um canto e, no outro, uma janela que dava para os jardins. Carvão e madeira estalavam e crepitavam na grelha, e o tapete vermelho do chão e as pesadas cortinas na janela aqueciam o cômodo e o tornavam mais acolhedor. Não havia outra ornamentação na parede além de um crucifixo. Uma confortável poltrona alta fora colocada de frente para a grade que cobria uma pequena porta situada perto do crucifixo. Uma mesa lateral servia de apoio a uma bandeja, e Maisie pôde ver a fumaça subindo do bico de um bule de chá coberto com uma capa branca lisa. Quando observou mais de perto, ela viu um prato com biscoitos de aveia caseiros próximo a uma jarra de leite, um açucareiro e uma xícara emborcada sobre o pires. A cerâmica era lisa.

Durante um semestre na Girton, Maisie ia a pé toda quarta-feira depois do almoço até a antiga abadia da ordem, junto com suas colegas estudantes. À uma e meia em ponto, a pequena porta que levava ao quarto de madre Constance era aberta, e ela as cumprimentava por trás da grade, pronta para disparar perguntas, questionar hipóteses e estimular opiniões. Madre Constance misturava compaixão e pragmatismo. Com a experiência de mundo que Maisie havia adquirido desde então, pôde compreender que madre Constance suportava os insensatos, se não de boa vontade, ao menos com uma tranquila benevolência.

A porta fez barulho ao se fechar, e o caloroso sorriso que ela conhecia tão bem mais uma vez se abriu do outro lado da grade de ferro.

– Maisie Dobbs! Como é bom ver você. Não, cuidado para se manter bem afastada, ainda estou me recuperando desse resfriado deplorável, então fique longe dessas minhas grades.

Seu comportamento não revelava a idade que tinha. O timbre de sua voz parecia o de uma mulher muito mais jovem. Na verdade, ocorreu a Maisie que desconhecia a idade exata de madre Constance.

– Não deixe que eu veja um biscoito sobrando no prato ao final de nossa conversa, Maisie. Vocês, jovens de hoje, não sabem como comer.

Nos meus dias, a uma hora dessas, só restariam migalhas naquele prato, e eu estaria lambendo meus dedos e os limpando para não perder nem um pedacinho!

De seu assento perto da grade, Maisie se inclinou na direção das barras de ferro, apesar da advertência quanto aos germes.

– Posso lhe garantir, madre Constance, eu como muito bem.

Madre Constance ficou em silêncio por alguns segundos antes de prosseguir:

– Conte-me, minha querida menina, o que a trouxe aqui hoje? O que pode uma velha freira fazer para uma jovem investigadora? Deve ser algo grave, para você ter vindo em um domingo.

– Conheço a missão de orientação da ordem beneditina e seus votos solenes de confidencialidade. No entanto, acredito que uma jovem que estou procurando possa estar entre os muros da Abadia de Camden.

Ela se interrompeu. Madre Constance encarou Maisie e não disse nada. Maisie continuou:

– Charlotte Waite está desaparecida de casa, e seu pai está preocupado com sua segurança. Acredito que ela tenha buscado refúgio aqui na abadia. A senhora poderia confirmar minhas suspeitas?

Madre Constance respondeu com um simples "Entendo". Maisie aguardou.

– Você sabe, Maisie, que, em sua Regra, São Bento determina que seus discípulos devotem cuidado solícito e compaixão para com aqueles que buscam refúgio, os pobres e os peregrinos, e ele fez isso porque, "sobretudo na pessoa destes, Cristo é recebido". Há aqueles que batem à porta diariamente em busca do que comer e beber; no entanto, às vezes há uma fome ainda mais profunda, um anseio por sustento que não pode ser nomeado, mas que sempre é satisfeito à nossa mesa.

Maisie aquiesceu.

– Uma de nossas promessas, quando as almas vêm até nós buscando o pão supersubstancial para aplacar a pobreza do espírito, é a confidencialidade do claustro.

Madre Constance fez uma pausa, como se esperasse que Maisie contestasse suas palavras.

– Eu não quero... interromper o sagrado caminho de alguém que veio à mesa da abadia em busca de sustento. Apenas preciso da confirmação de que Charlotte Waite está aqui. De que ela está segura.

– Ah, *apenas*. Uma palavra interessante, não acha? *Apenas*. – Esta era a madre Constance que Maisie conhecia bem.

– Sim, e nós a usamos com muita facilidade, estou certa disso.

Madre Constance anuiu.

– Apenas. *Apenas*. Ao compartilhar tal informação... e, por favor, não tome isso como uma confirmação ou uma negação... eu estaria rompendo um laço de confiança, um laço sagrado de confiança. Onde fica o "apenas" nisso, Maisie? E agora, o que me diz?

Foi a vez de Maisie sorrir. A abadessa havia calçado as luvas e estava prestes a confrontá-la.

– Neste contexto, o *apenas* é um pedido de verdade. Estou aqui simplesmente para obter informações que possam tranquilizar a mente do pai dela.

– Simplesmente e apenas, *simplesmente* e *apenas*. Tudo e nada são simples, como você sabe.

Madre Constance pegou um copo de água, deu um gole, repôs o vasilhame de cerâmica no lugar e pensou em silêncio por instantes, com as mãos juntas enfiadas nas amplas mangas de seu hábito. Ela olhou e anuiu.

– Você sabe qual é uma das perguntas mais comuns que me fazem? "Por que uma freira enclausurada é posta atrás de grades?" Minha resposta é sempre a mesma: "As grades estão aqui para mantê-los fora, e não para nos manter dentro!"

Houve um novo silêncio, e Maisie esperou pela decisão final.

– Seu pedido deverá ser considerado pela Ordem e, para isso, Maisie, eu deverei conhecer a história toda. Sim, eu sei, com este comentário eu lhe dei a resposta de que precisa. No entanto, nós duas sabemos que o seu "apenas" vai além, não?

– Sim, vai mesmo. Deixe-me contar o que aconteceu.

Sozinha na sala de estar, serviram a Maisie um almoço um pouco cedo. Ela pediu licença e foi usar o lavatório e a pia oferecida aos visitantes. Ao voltar, com os sapatos retinindo sobre o chão de lajotas, uma bandeja fresquinha esperava por ela. Havia ali uma farta tigela com sopa de cevadinha e legumes, três fatias de pão integral crocante, ainda quente, e uma garrafa de sidra em cujo gargalo havia sido enfiado um copo. Ela mal havia pegado a última colherada da sopa quando a portinha foi puxada para trás e madre Constance sorriu para ela pela grade.

– Não, termine. Pode continuar a comer.

– Tudo bem. Eu praticamente já terminei.

Maisie se serviu de um copo de sidra, deu um gole e devolveu o copo para a bandeja. A bebida certamente fora produzida na abadia e era bastante fermentada.

– A Ordem decidiu que, nesta ocasião, podemos confirmar que a Srta. Waite está dentro dos muros da Abadia de Camden. Ela está cansada e precisa repousar e se restaurar. Não posso permitir que seja importunada com perguntas. Dê-lhe tempo.

– Mas...

– Outra vida pode ser tirada? A Ordem considerou essa possibilidade, e concluímos que devemos continuar a oferecer refúgio para a Srta. Waite. – Madre Constance olhou atentamente para Maisie. – Vamos orar, Maisie. Vamos pedir a Deus que nos dê Sua força e Sua orientação neste assunto.

Graças a Deus Stratton não está aqui, pensou Maisie. Se ele achasse que a Ordem estava oferecendo guarida a uma assassina, ele não ficaria de boca fechada.

Nesse momento, madre Constance a surpreendeu:

– Se você puder retornar à Abadia de Camden na semana que vem, poderá se encontrar com a Srta. Waite. Nesse ínterim terei conversado com ela, portanto aguarde até receber minha carta.

– Obrigada, madre Constance.

– E talvez você possa ficar mais tempo na próxima vez. Às vezes sinto falta dos debates com os quais minhas alunas me desafiavam quando deixavam de ter medo de mim e antes de estarem maduras o suficiente para entenderem que os mais velhos podem saber de algumas coisas, afinal. – Madre Constance fez uma pausa. – E talvez você possa me contar algo sobre o qual tenho curiosidade.

Maisie inclinou a cabeça para demonstrar sua própria curiosidade.

– Eu gostaria de saber, Maisie, onde *você* busca refúgio. E quem *lhe* oferece conselhos e companheirismo.

Maisie aquiesceu.

– Eu a verei na semana que vem.

– Muito bem. Até breve, minha querida menina, até breve.

A portinha gradeada se fechou com um clique.

Maisie levantou a gola do blazer para se proteger das grandes gotas de chuva que começavam a atacar Romney Marsh. Ela abriu a porta do carro e olhou mais uma vez para a construção imponente. Sim, ela parecia segura. Muito segura. Charlotte havia encontrado uma fortaleza e um exército de cavaleiros para protegê-la. Os cavaleiros eram mulheres, e as armas que portavam eram orações. Mas a quem estavam protegendo? Uma assassina ou uma vítima em potencial?

CAPÍTULO 11

Lady Rowan preferiu ficar em Chelstone até que o novo potro tivesse nascido. Lorde Julian decidira viajar para Lancashire e visitar uma fábrica falida que ele estava considerando comprar. A crise econômica não duraria para sempre, e ele queria estar bem posicionado para impulsionar o braço industrial de seus investimentos quando o momento fosse oportuno. Ao voltar a Londres, Maisie ficaria sozinha em Belgravia por algumas semanas, tendo como companhia apenas os empregados.

Mais uma vez, a viagem de volta a Londres propiciou a Maisie tempo para refletir sobre seus próximos passos à luz das revelações dos últimos dias. A tarefa para a qual ela fora contratada no caso Waite estava quase concluída. Ela sabia onde Charlotte Waite havia se refugiado, mas ainda lhe caberia persuadi-la a voltar para a casa do pai. Em condições normais, Maisie não consideraria o caso *totalmente* encerrado até ter conversado pessoalmente com Charlotte e Joseph Waite, individualmente e em dupla, e ter obtido o comprometimento de cada um deles de forjar um novo relacionamento. Nas circunstâncias atuais, realmente não consideraria, levando em conta que três mulheres haviam morrido. Maisie fez um desvio. Em vez de seguir direto para Londres, ela se dirigiu ao condado de Surrey, a oeste, e depois rumou para Richmond, no norte. Havia chegado a hora de fazer sua peregrinação mensal para visitar Simon, seu antigo amor, que fora gravemente ferido na Grande Guerra e agora se encontrava num hospital para convalescentes onde era tratado junto com outros combatentes com lesões profundas na cabeça. Ele não saberia que Maisie estava sentada diante dele, tomando suas mãos nas dela enquanto falava.

Apesar disso, Maisie sentiria o calor em seus dedos, o sangue circulando em suas veias, e continuaria a contar-lhe sobre seus dias. Descreveria os jardins que se estendiam diante da janela, as folhas colorindo-se de marrom, vermelho e dourado antes de cair e, mais tarde, contaria sobre a neve nos galhos e Jack Frost, o ser da geada e do frio que deixava pingentes de gelo onde as folhas brotariam na primavera. Naquele dia, ela descreveria o desabrochar das folhas, os brotos novos e verdejantes de narcisos e crocos, o sol mais alto no céu e o frescor da primavera. Acima de tudo, quando a cabeça de Simon se movesse para cima e para baixo ao ritmo de sua respiração, seus olhos focalizando um ponto distante que apenas ele podia ver, Maisie compartilharia com ele seus mais profundos pensamentos e segredos.

Ela estacionou o carro e, como era de hábito, andou até a parte mais baixa do jardim antes de se aproximar da entrada principal. Maisie observou o Tâmisa serpenteando por Richmond e conscientemente inspirou quatro vezes, pressionando de leve os dedos da mão direita contra o tecido do blazer roxo-escuro no ponto em que ela sabia ser o centro de seu corpo. Ela fechou os olhos e inspirou mais uma vez. Estava pronta.

– Bom dia, Srta. Dobbs, é um prazer vê-la novamente! Já estava mesmo na hora de aparecer, não é? Primeira semana do mês, precisamente.

– Bom dia, Sra. Holt. Sabe se o capitão Lynch está no jardim de inverno, como de hábito?

– Sim, acredito que ele esteja, mas passe para ver a enfermeira no caminho.

– Ah, sim, claro. Vejo a senhora quando estiver indo embora.

– Muito bem, Srta. Dobbs, muito bem.

Maisie virou à esquerda e atravessou o corredor que levava da recepção ao escritório onde a enfermeira da ala estaria preenchendo prontuários. Apesar de só estar visitando Simon regularmente havia seis meses, Maisie era conhecida pelas profissionais de plantão.

A enfermeira da ala a recebeu com um largo sorriso, e Maisie também sorriu enquanto repetia um diálogo quase idêntico àquele que teve com a Sra. Holt. A mulher comentou que agora Maisie provavelmente já conseguiria encontrar sozinha o caminho para o solário do jardim de inverno.

– Ele está lá, todo agasalhado e olhando os jardins pela janela – disse a enfermeira, que pegou uma pesada corrente no bolso do avental, pegou a chave que procurava e trancou o armário de remédios.

– Todo cuidado é pouco.

Certificando-se de que o armário estava bem fechado, ela se virou para Maisie.

– Vou pedir que uma das enfermeiras dê uma passada daqui a pouco para ver como está o capitão.

Maisie encontrou Simon em uma cadeira de rodas junto à janela no solário, à sombra de árvores tropicais altas que certamente morreriam se fossem plantadas fora dali, no clima instável da Inglaterra. Ele estava com um pijama de listras azul-escuras e um espesso robe azul xadrez. Pantufas também azuis calçavam seus pés, e uma manta havia sido colocada sobre suas pernas. Sem dúvida a mãe dele ainda comprava suas roupas, assegurando certa dignidade nas vestimentas cuidadosamente escolhidas para um homem inválido que nunca mais distinguiria de forma consciente tonalidades, cores, o claro e o escuro. Maisie se perguntava como os pais de Simon deviam se sentir, na fase final de suas vidas, sabendo que o filho provavelmente sobreviveria a eles e que a única despedida que teriam para se lembrar era aquela em 1917, quando ele disse adeus depois de sua última licença.

– Olá, Simon – cumprimentou Maisie.

Ela puxou uma cadeira, sentou-se perto de Simon e tomou as mãos dele nas suas.

– Tem sido um mês interessante, Simon. Deixe-me contar sobre ele.

Falando alto para alguém que não a compreenderia, Maisie sabia que ela estava usando o tempo para reavaliar detalhes do caso Waite e do assassinato das mulheres.

A porta que levava ao corredor se abriu e uma jovem enfermeira entrou, acenou e sorriu. A moça se certificou rapidamente de que seu paciente não mostrava nenhuma perturbação na presença da visita e foi embora em silêncio.

Quando a enfermeira partiu, Maisie se perguntou o que ela devia ter pensado ao observar uma mulher em seus 30 e poucos anos com um homem destroçado que certa vez fora seu verdadeiro amor. Teria visto futilidade – ela, que mais tarde poria comida na boca do homem e observaria quando seus músculos se movessem em uma resposta física aos estímulos, sem nenhum reconhecimento evidente do sabor ou da textura? Ou será que a jovem enfermeira, provavelmente uma menina quando a Grande Guerra terminou, viu em Maisie alguém incapaz de abrir o coração a outro pretendente enquanto seu amado ainda estivesse ali fisicamente, embora ausente em espírito?

Maisie olhou para o jardim. Como permanecer leal, mas permitir que seu coração se abrisse novamente? Era como se lhe exigissem estar em dois lugares ao mesmo tempo, uma parte dela no passado, a outra no futuro. Ela suspirou profundamente e deixou seu olhar vagar. Observou quando duas enfermeiras passaram, cada uma empurrando um veterano de guerra em uma cadeira de rodas. À distância, uma mulher mais velha auxiliava um homem que andava arrastando os pés, com a cabeça reclinada para o lado. Quando eles se aproximaram, Maisie viu que o homem fitava o espaço, a boca aberta, a língua enrolando para trás e para a frente por entre os lábios. Eles se dirigiram ao terraço diante do solário de vidro.

A mulher estava vestida com simplicidade, como no primeiro encontro deles, quando ela abriu a porta para cumprimentar Maisie e Billy na casa de Joseph Waite em Dulwich. Na verdade, estava vestida de um jeito tão simples e foi tão prosaica em seus modos que Maisie nem pensou nela de novo. Contudo, ali estava ela, com esse homem cuja mente claramente estava tão perdida na selva do passado quanto a de Simon. Quem era ele? Um filho? Um sobrinho?

Quando ela guiou o homem na direção da porta na lateral do solário, uma enfermeira apareceu para ajudá-la, segurando o peso do jovem de um lado enquanto a Sra. Willis mantinha o braço na cintura dele, a mão agarrando a dele.

Maisie permaneceu ali por mais um tempo e então disse um solitário adeus para Simon. Na saída, ela parou na recepção.

– Um dia encantador para uma visita, não é, Srta. Dobbs?

– Sim, muito bonito, especialmente para ver as tulipas crescendo.

– Eu a vejo no mês que vem, então?

– Sim, claro, mas será que eu poderia lhe fazer uma pergunta sobre outra visitante que esteve aqui hoje?

A recepcionista franziu a testa e contraiu os lábios.

– Outra visitante? Bem, vejamos quem poderia ser.

Ela consultou o livro de visitantes sobre a mesa e correu o dedo avermelhado pelos nomes.

– Em quem está interessada?

– Achei que eu tivesse visto uma conhecida, a Sra. Willis. Será que ela veio visitar algum parente?

– Ah, a Sra. Willis. Uma mulher muito gentil. Quieta, não fala muito, mas muito simpática. Ela está aqui para ver Will, seu filho. Will é o apelido de Wilfred, Wilfred Willis.

– Filho? Ela costuma vir uma vez ao mês?

– Ah, meu Deus, não! Uma ou duas vezes por semana. Nunca deixa de vir, sempre aos domingos, e muitas vezes às quartas ou quintas-feiras também. Ela vem sempre que pode.

– E tem vindo aqui desde a guerra, desde que ele foi internado?

A recepcionista olhou para Maisie e franziu a testa novamente antes de responder:

– Bem, sim, ela tem vindo, de fato. Mas não é de surpreender. Ela é mãe dele.

– Claro, claro. É melhor eu ir andando.

– Então nos vemos dentro de um mês, Srta. Dobbs?

– Sim. Um mês. Até logo.

Maisie se virou para ir embora, mas a recepcionista se dirigiu a ela outra vez.

– Ah, Srta. Dobbs, é possível que encontre a Sra. Willis aguardando no ponto de ônibus. Não sei se Dulwich está no seu caminho, mas achei que gostaria de saber. Para ela, é uma longa jornada de ônibus.

– Claro, Sra. Holt. Se ela ainda estiver lá, eu lhe darei uma carona para casa.

Maisie saiu do hospital.

– Puxa! – exclamou Maisie.

A Sra. Willis não estava no ponto de ônibus nem aguardando na fila.

Ainda eram apenas duas da tarde, então Maisie decidiu relembrar os acontecimentos. Ela sabia bem que sua curiosidade com relação aos assassinatos de duas mulheres e ao possível assassino de outra ia além de seu envolvimento no caso do "desaparecimento" de Charlotte Waite. Na verdade, ela estava empolgada por ter descoberto uma conexão e por ter motivos para continuar investigando. Maisie tinha uma ideia de quem era Lydia Fisher e de como ela vivia, mas se perguntava sobre Philippa Sedgewick, a mulher encontrada morta em Coulsden. O detetive-inspetor Stratton havia declarado que o método do assassinato de Lydia Fisher fora "idêntico" ao de Sedgewick. Seriam elas vítimas infelizes de uma coincidência? Os indícios sugeriam que o assassino de Lydia Fisher era alguém que ela conhecia. Philippa Sedgewick também conhecia seu assassino? E, se *sua* morte decorrera de um assassinato, e não de suicídio, então Rosamund Thorpe também havia tomado chá com seu algoz. No entanto, em seu caso, não houve um ataque brutal a faca depois da morte. Enquanto guiava com uma das mãos, Maisie roía a unha do polegar da outra. Charlotte era a chave da questão.

Nesse meio-tempo, enquanto esperava por uma conversa com Charlotte na Abadia de Camden, Maisie tentaria descobrir algo sobre Philippa Sedgewick. Nada substituía a coleta pessoal de informações e de impressões.

Maisie seguiu por Kingston-upon-Thames, tomando uma rota que passava por Ewell até Coulsden. Uma parada em seu caminho de Kent a Richmond teria economizado tempo e gasolina, mas ela não havia planejado visitar Coulsden quando saiu de manhã. Desde a morte de Lydia Fisher não se sentia tão ansiosa. O assassino poderia atacar novamente em breve. Se as mortes fossem arbitrárias, e o assassino tivesse conseguido entrar na casa das vítimas sob um pretexto, então nenhuma mulher sozinha estaria a salvo. Mas, se era alguém conhecido das vítimas, talvez houvesse mais interseções na cadeia que conectava umas às outras.

Quando chegou a Coulsden, Maisie parou no acostamento e pegou sua pasta de documentos. Ela rapidamente abriu o *Times* da semana anterior na segunda página até encontrar o que estava procurando. ASSASSINATO DE MULHER EM COULSDEN É INVESTIGADO, seguido pelo subtítulo: A POLÍCIA BUSCA O ASSASSINO. Passou os olhos pelas colunas, que traziam os detalhes da apuração dos repórteres. Quando as palavras "impiedoso", "mergulhou" e, finalmente, "açougueiro" saltaram à vista, Maisie encontrou o que estava buscando: "A mulher assassinada, Sra. Philippa Sedgewick, que residia no número 14 da Bluebell Avenue..."

Maisie estacionou diante do número 14 e desligou o motor. As casas não eram velhas, construídas talvez em 1925 para a nova classe de trabalhadores que se deslocavam até o emprego, de homens que pegavam o trem todo dia para ir trabalhar na City e de mulheres que lhes davam adeus pela manhã e os recebiam com o jantar na mesa quando eles retornavam. As crianças já estariam de pijamas, de banho tomado e prontas para ir para a cama assim que o pai tivesse pendurado o chapéu e o casaco no cabideiro perto da porta, beijado cada filha na cabeça e abraçado cada filho, dizendo: "Bom garoto."

Plátanos jovens cresciam de cada lado da rua, plantados para proporcionar uma cobertura opulenta que sombreasse as casas das famílias. As casas eram idênticas, com uma ampla janela saliente na frente, um telhado assimétrico com um lado estendendo-se quase até o solo e um pequeno cômodo num torreão sob os beirais da outra água. A porta da frente tinha uma janela com um vitral, e o mesmo vitral fora usado na borda superior de todas as janelas da fachada da casa. Mas essa casa era especial. Era a casa onde Philippa Sedgewick havia passado seus dias esperando que o marido regressasse do trabalho na City. Era a casa em que uma mulher de 32 anos fora assassinada. Maisie tirou um pequeno pacote de fichas de sua pasta. Ela não desceu do carro, apenas descreveu a casa em uma ficha e anotou a lápis algumas perguntas para si mesma: *Por que presumi que o marido trabalhava na City? Descobrir informações sobre o marido. Tarefa para Billy?*

As cortinas estavam fechadas, como era costume no período do luto. A casa parecia escura e fria, à sombra do sol declinante da tarde de primavera. *Sim*, pensou Maisie, *a morte passou por aqui e aqui permanecerá até que o espírito da mulher descanse em paz.* Ela suspirou, deixou o olhar pousar sobre a casa novamente e se transformar numa observação deliberadamente relaxada da propriedade. Parecia uma casa muito triste, em uma rua onde moravam famílias com crianças. Ela podia imaginá-las voltando da escola, meninas com mochilas batendo nos quadris, meninos com suas boinas nas mãos, com os braços estendidos para se equilibrarem ao chutar uma bola ou correr para provocar as meninas, puxando os cabelos delas até os gritos atraírem uma mãe à rua para repreendê-los. De acordo com o jornal, os Sedgewicks não tinham filhos, mas deviam desejá-los... ou que outro motivo teriam para morar ali? Sim, uma casa triste.

A cortina se mexeu quase imperceptivelmente. Primeiro foi uma sensação no seu campo de visão periférico. Maisie focalizou a janela curva do pequeno cômodo no torreão à esquerda. A cortina se moveu novamente. Ela estava sendo observada. Maisie saiu do carro e atravessou a rua rapidamente, abriu o portão baixo, na altura da cintura, e continuou a andar pelo caminho que levava à porta da frente. Bateu com força a aldrava de latão, certificando-se de que alguém lá dentro escutasse seus chamados. Ela esperou. Nenhuma resposta. Novamente: *rá-tá-tá*. Ela esperou, prestando atenção nos sons.

A porta se abriu.

– Vocês não podem me deixar em paz?! Já não cansaram de suas matérias? Abutres, todos vocês. Abutres!

Um homem de estatura mediana estava diante de Maisie. Seu cabelo castanho precisava de um pente, o rosto tinha vestígios de uma barba áspera e grisalha, e ele vestia calças largas de tweed e uma camisa de flanela cinza sob um colete de tricô cinza-claro, salpicado de fios verdes e roxos trançados na lã. Ele não usava sapatos, meias nem gravata, e parecia, pensou Maisie, estar precisando de uma boa refeição.

– Queira me desculpar, Sr. Sedgewick.

– Não me venha com "Queira me desculpar, Sr. Sedgewick", seu pedaço nojento de...

– Sr. Sedgewick, eu não sou da imprensa!

Maisie respirou fundo e o encarou.

O homem pareceu desconfortável, olhou para baixo, esfregou o queixo e depois olhou novamente para Maisie. Seus ombros, antes tensos e contraídos, quase tocando o lóbulo das orelhas, agora pendiam, mostrando que ele estava destroçado tanto física quanto espiritualmente. Estava exausto.

– Sinto muito. Por favor, me desculpe, apenas quero que me deixem em paz.

Ele começou a fechar a porta.

– Por favor... preciso falar com o senhor.

Maisie se lembrou de que o marido de Philippa Sedgewick também poderia ser seu algoz. Apesar de achar improvável que aquele homem fosse um criminoso, ela precisava agir com cautela.

– Seja rápida e diga logo o que quer, apesar de eu duvidar que possa ser útil a quem quer que seja. Não consigo sequer ajudar a mim mesmo! – disse Sedgewick.

– Meu nome é Maisie Dobbs.

Maisie abriu a aba de sua pasta e sacou um cartão de um compartimento interno, sem perder o contato visual com Sedgewick.

– Sou uma investigadora particular e acho que há uma conexão entre o caso em que estou trabalhando e o assassinato de sua esposa.

Por alguns instantes, estampou-se no rosto do homem uma silenciosa incredulidade. Seus lábios abertos pareciam estar paralisados e seus olhos nem piscavam. E então Sedgewick se pôs a rir quase histericamente. Ele riu e riu e riu, curvando-se para a frente com as mãos nos joelhos, antes de erguer a cabeça e tentar falar. A linha tênue que separava as emoções estava sendo rompida. Aquele homem, que perdera a mulher fazia tão pouco tempo, de fato se encontrava em crise. Maisie sabia que uma vizinha olhava de sua soleira para a casa do outro lado da rua. Quando se virou novamente para Sedgewick, Maisie percebeu que ele estava chorando. Ela imediatamente o conduziu para dentro e fechou a porta atrás de si.

Maisie acendeu a luz elétrica do saguão de entrada e, ainda segurando o braço de Sedgewick, conduziu-o à cozinha nos fundos da casa. Maisie associava cozinha a aconchego, mas, quando acendeu outra luz, sentiu seu coração afundar no peito com o que viu. Depois de ajudar Sedgewick a se sentar em uma cadeira, Maisie afastou as cortinas, destrancou e abriu a porta de trás, que dava para o jardim, e olhou novamente para as xícaras e os pires empilhados no escorredor, junto com panelas sujas e um ou dois pratos. Restos de conhaque passado e cigarros consumidos pela metade, deixados ali na véspera, misturavam-se em copos de cristal que talvez o casal, ainda jovem, tivesse recebido de presente de casamento.

– Ah, me desculpe, me desculpe, a senhorita deve estar achando que eu...

– Não estou achando nada, Sr. Sedgewick. O senhor está passando por um período terrível.

– Diga-me novamente quem é e por que está aqui.

Maisie se apresentou outra vez e explicou o propósito de sua visita à casa da, pelo que diziam as autoridades, primeira vítima do "Assassino de Sangue-Frio", assim chamado por ter usado veneno antes da faca.

– Não consigo ver como eu poderia ajudar. Já passei horas, literalmente horas, com a polícia. Passei cada segundo de cada dia desde que minha mulher foi assassinada me perguntando por quem e por quê. E, como pode imaginar, por algum tempo a polícia me considerou um suspeito. Eles provavelmente ainda pensam assim.

– Eles precisam explorar todas as linhas de investigação, Sr. Sedgewick.

– Ah, sim, as linhas de investigação da polícia, eu sei.

Sedgewick esfregou o pescoço e Maisie ouviu estalarem seus ossos pesados dos ombros e das costas.

– O senhor vai me ajudar? – perguntou ela.

Sedgewick suspirou.

– Sim, sim. Se ajudá-la acabar me ajudando, farei o possível para responder suas perguntas.

Maisie sorriu e, sentindo-se mais uma vez como a enfermeira que havia sido tanto tempo atrás, se aproximou e apertou a mão do homem.

– Eu agradeço, Sr. Sedgewick.

Ele pareceu hesitar, mas em seguida prosseguiu:

– Srta. Dobbs, se importaria de usar meu primeiro nome? Sei que é um tanto petulante de minha parte... e entenderei perfeitamente se o recusar, mas... não tenho sido nada além de Sedgewick ou Sr. Sedgewick há muitas semanas. Meus vizinhos têm me evitado e fui dispensado do trabalho até que o assassino... – ele pareceu prestes a se curvar de dor novamente – ... até que o caso seja concluído. Meu nome é John. E sou um homem que perdeu a mulher.

Eles foram para a sala de estar. Maisie observou John Sedgewick enquanto ele se deixou cair numa poltrona ao lado da lareira. Ela afastou as cortinas apenas o suficiente para deixar um pouco de luz natural entrar no cômodo. Um clarão súbito poderia perturbar Sedgewick, que sentiria o raio solar como uma alfinetada dolorosa e lancinante. A sala estava desarrumada, com jornais não lidos empilhados, bitucas de cigarro acumulando-se nos cinzeiros e uma camada de poeira sobre a cornija, a pequena escrivaninha e as mesas de canto. Pedaços de carvão já consumidos na grelha fria tornavam o ambiente ainda menos convidativo. Como se tragado para dentro por seu desconforto, Sedgewick sentou-se na beirada da poltrona, curvando os ombros e segurando com força seus cotovelos. Maisie estremeceu, lembrando-se de seus primeiros dias de aprendizado com Maurice: "Observe o corpo, Maisie; veja como a postura reflete o estado de espírito." John Sedgewick se agarrava a seu corpo como se tentasse não desmoronar.

Maisie deixou que o silêncio os envolvesse, enquanto isso recompôs seu corpo, varreu seus pensamentos e, na sua imaginação, viu uma conexão se formar entre ela e o homem à sua frente. Ela imaginou um fluxo de luz emanar do centro de sua testa, logo acima do nariz, uma corrente brilhante que fluía em direção a seu objeto de investigação e o banhava com uma luminosidade fulgurante. Lentamente, o homem que queria ser chamado informalmente de John relaxou seus ombros. Ele se reclinou.

Maisie sabia que romperia um laço de confiança se começasse a disparar perguntas que já deviam ter sido feitas pela polícia.

– John, gostaria de me contar algo sobre sua mulher? – indagou ela, gentil.

Sedgewick expirou e deu um meio riso sarcástico e irônico.

– Sabe, a senhorita, é a primeira pessoa a me fazer essa pergunta assim. A polícia é mais direta.

Maisie inclinou a cabeça, mas não disse nada, encorajando-o a prosseguir.

– Ela era adorável, Srta. Dobbs. Uma garota adorável. É curioso, sempre penso nela como uma garota. Ela não era alta, não como a senhorita. Não, Pippin... era como eu a chamava, Pippin.

Sedgewick fechou os olhos novamente e seu rosto de contorceu quando lágrimas começaram a jorrar por trás de suas pálpebras. Recompondo-se, ele continuou:

– Ela era pequena, não era uma garota grande. E sei que ela já não era mais uma garota, mas para mim, sim. Nós nos casamos em 1920. Eu a conheci na casa dos meus pais, acredita? Ela estava de visita com sua mãe viúva, que conheceu minha mãe no Instituto das Mulheres ou no Comitê de Flores da igreja, algo assim.

Sedgewick olhou em direção ao jardim, como se imaginasse que sua falecida esposa passaria andando pelo caminho da frente a qualquer momento. Maisie sabia que o homem visualizava Philippa diante dele. Começou a se formar em sua mente a imagem de uma jovem mulher em um vestido de verão liso verde-água claro. Ela vestia luvas de algodão verdes para proteger suas mãos delicadas enquanto cortava rosas de uma miríade de cores, depositando-as em uma cesta a seus pés antes de olhar para cima ao escutar os passos do marido, que abria o portão e andava em sua direção.

– Na verdade, acho que nosso encontro foi arranjado pelas nossas mães. – Sedgewick sorriu, um sorriso breve de recordação. – E nós nos demos muito bem. No início ela era tímida. Aparentemente, andara um tanto melancólica desde a guerra, mas logo ficou bastante animada. As pessoas diziam que se apaixonar foi o que causou a mudança.

Maisie fez uma anotação mental de que teria que se aprofundar na fonte da inquietação de Philippa Sedgewick, mas por enquanto ela queria que Sedgewick se sentisse à vontade e a considerasse uma confidente. Ela não interrompeu.

– Nós moramos com a mãe dela por um tempo depois do casamento. Foi uma pequena festa no vilarejo, nada muito grandioso. Depois alugamos um apartamento por alguns anos, e, quando estas casas foram construídas em 1923, compramos uma imediatamente. Philippa herdara uma pequena quantia de seu pai, e eu tinha minhas economias e algum dinheiro num fundo fiduciário, então não foi um gasto exagerado.

Sedgewick parou de falar e inspirou profundamente antes de prosseguir:

– É claro, compramos uma casa como esta para uma família, mas não fomos abençoados com filhos. – Ele fez uma pausa para se dirigir diretamente a Maisie. – Deus do céu, isso deve ter ido muito além do que a senhorita queria ouvir! Desculpe-me, Srta. Dobbs.

– Por favor, prossiga, senhor... John. Por favor, conte-me sobre sua mulher.

– Bem, ela era estéril. Não por culpa dela, claro. E os médicos não ajudaram muito, disseram que não havia nada que pudessem fazer. O primeiro, um velho incompetente grisalho e trêmulo, disse que não havia nada que umas taças de xerez não poderiam remediar. Que idiota enxerido!

– Eu sinto muito, John.

– Enfim, de certa forma acabamos aceitando que continuaríamos sendo uma família de duas pessoas. Na verdade, um pouco antes... um pouco antes do fim...

Sedgewick cerrou os olhos diante das imagens que agora surgiam e passavam sem parar, imagens que Maisie sabia serem de sua falecida esposa. Novamente ele inspirou fundo para conter suas emoções.

– Um pouco antes do fim, planejamos comprar um cãozinho. Achamos que poderia lhe fazer companhia enquanto eu estivesse no trabalho. Veja bem, ela se mantinha ocupada... lendo para crianças na escola local uma tarde por semana, esse tipo de coisa... e ela adorava seu jardim. O problema era que ela se culpava.

– Por quê?

Maisie o observou com atenção.

– Sim. Por ser estéril. Disse que a gente colhe o que semeia.

– Ela algum dia explicou o que queria dizer com isso?

– Nunca. Eu apenas pensei que ela havia trazido à luz todas as coisas ruins que fez um dia e amontoou todas sobre si mesma. – Ele deu de ombros. – Ela era uma boa menina, minha Pippin.

Maisie se inclinou na direção de Sedgewick, apenas o suficiente para que ele se sentisse mais acalentando e, subconscientemente, mais à vontade.

– Você saberia me dizer se sua mulher estava aflita com alguma outra coisa? Teria havido algum desentendimento entre ela e outra pessoa?

– Pippin não era do tipo que se prendia aos outros ou passava horas de bate-papo com os vizinhos. Mas ela era gentil e atenciosa, sabia quando alguém estava precisando de ajuda e, se visse na rua um conhecido, sempre parava para dar atenção. Mas a senhorita disse "algum desentendimento"?

– Sei que isso pode ser uma tarefa difícil, John.

– Sabe, acho que ela só saiu com outro homem uma vez antes de nos conhecermos. Ela era tímida. Foi durante a guerra, e ela era muito jovem, tinha apenas 17 anos, se tanto. Se não estou enganado, ela iria encontrá-lo quando estava na Suíça. Ele foi um dos vários jovens que rodeavam Pippin e seu grupo. Na verdade, a certa altura ele já havia cortejado todas elas. Acabou se casando com uma de suas amigas, que, acho, só teve problemas com ele. Era um pouco mulherengo, se era.

Subitamente, Sedgewick franziu a testa.

– Sabe, é curioso que isso tenha vindo à minha mente agora, porque ele voltou a ter contato com ela, não sei bem, talvez por volta do fim do ano passado. Eu já nem me lembrava disso.

– Quem era esse homem e por que entrou em contato? Você sabe?

– Eu tenho uma péssima memória para nomes, mas o dele era bastante incomum. Não era comum como "John", sabe como é? – Sedgewick sorriu vagamente. – Parece que a mulher dele, que, como eu disse, era uma velha amiga de Pippin, andava bebendo demais. Ele localizou Pippin e telefonou para saber se ela poderia ajudar de alguma forma, se podia conversar com a esposa, tentar fazê-la andar na linha. Mas havia anos que elas não se falavam, e eu não acho que Pippin queria se envolver nisso. Ela disse que não, e a coisa parou por aí. Pelo menos até onde sei. Ela me contou que a amiga provavelmente bebia para esquecer. Não pensei muito sobre isso na época.

Ela comentou: "Todos têm alguma coisa que os fazem esquecer, não? Ela tem a garrafa, eu tenho meu jardim." Pode soar um pouco rude, mas eu não queria que ela se envolvesse com uma mulher como essa.

Maisie não queria influenciar Sedgewick com suas suspeitas.

– E tem certeza de que não se lembra do nome dele? Com que letra começava?

– Ah, meu Deus, Srta. Dobbs... era, hum... – Sedgewick coçou a testa. – Humm... Acho que era com "M"... sim, é isso, Mu, Mi, Ma... sim, Ma, Mag, Magnus! Sim, Magnus Fisher. Agora me lembrei.

– E o nome da mulher era Lydia?

– Sim, sim! Srta. Dobbs, acho que já sabia disso o tempo todo!

– John, tem lido os jornais ultimamente?

– Não, não os suporto! Eles sempre apontam o dedo e, enquanto Pippin aparecer na primeira página, esse dedo estará apontando para mim.

Maisie foi um pouco mais fundo.

– A polícia ainda não voltou desde a última semana?

– Não. É claro que eles vêm para verificar se ainda estou aqui, e não devo sair da cidade até o encerramento do inquérito ou seja lá de qual linha de investigação oficial.

Maisie estava surpresa por Stratton não ter visitado Sedgewick novamente desde a morte de Lydia Fisher.

– John, Lydia Fisher foi encontrada morta... assassinada... na semana passada. A autópsia sugeriu que havia semelhanças entre o assassinato de sua mulher e o da Sra. Fisher. Desconfio que a polícia não tenha ainda falado com você, talvez aguardando mais informações. A imprensa foi indiscreta demais na maneira como divulgou os detalhes da morte de sua esposa e, como há jornalistas que vão reproduzir a infâmia, a polícia pode não querer chamar a atenção para similaridades nesse primeiro estágio. Não tenho dúvida, no entanto, de que as autoridades e a imprensa em breve baterão à sua porta novamente.

Sedgewick abraçou o próprio corpo, balançando-o para a frente e para trás, e em seguida se levantou e começou a andar de um lado para outro.

– Vão achar que fui eu, vão achar que fui eu...

– Acalme-se, John, acalme-se. Não vão achar que foi você. Suspeito que concluirão justamente o contrário.

– Ah, aquela pobre mulher, aquela pobre mulher... e minha pobre Pippin.

John Sedgewick começou a chorar e se jogou na poltrona. Maisie se ajoelhou para que ele pudesse se apoiar no ombro dela. Todas as formalidades de uma interação cortês entre uma mulher e um homem desconhecido caíram por terra enquanto Maisie deixava que sua força de espírito fosse se infiltrando em Sedgewick. Mais uma vez, ele se esforçou para manter a compostura.

– Eu não entendo. O que significa isso?

– Ainda não sei, mas pretendo descobrir. Consegue encarar mais perguntas, John?

John Sedgewick pegou de seu bolso um lenço já usado e limpou os olhos e o nariz.

– Sim. Sim, vou tentar, Srta. Dobbs. E sinto muito mesmo...

Maisie tomou seu assento e levantou sua mão.

– Não precisa pedir desculpas. A dor deve ser manifestada, e não reprimida. Sabe se sua esposa também conhecia uma mulher chamada Charlotte Waite?

Sedgewick ergueu o olhar para Maisie.

– A garota Waite? Ah, ela conhecia. Novamente, já faz muito tempo, foi bem antes de termos nos encontrado. Do que se trata tudo isso, Srta. Dobbs?

– Não tenho certeza, John, estou apenas juntando os pontos.

– Charlotte e Lydia faziam parte da mesma... patota, acho que é como se diz. Sabe, um grupo de jovens que passam seu tempo juntas aos sábados, tomam chá e gastam suas mesadas com besteiras, esse tipo de coisa.

Maisie assentiu. No caso dela, porém, quando jovem, não houve patotas ou besteiras, apenas mais trabalhos e tarefas domésticas sob as escadas, das quais tinha que dar conta com a maior eficiência e rapidez possíveis para que lhe sobrasse tempo para os estudos.

– Mas elas se distanciaram, sabe, como costuma acontecer. Charlotte era muito rica, assim como Lydia. Pippin fazia parte de um círculo social ao qual, francamente, ela não quis mais pertencer à medida que elas foram amadurecendo. Acho que todas elas começaram a debandar, mas, como eu disse, isso foi bem antes de Pippin e eu começarmos a flertar.

– Uma mulher chamada Rosamund fazia parte do grupo?

Sedgewick suspirou e pressionou os olhos com as mãos.

– O nome me é familiar. E devo ter ouvido o nome "Rosie"... não acho que eu tenha escutado "Rosamund"... não... não "Rosamund".

Maisie se preparou para fazer a pergunta seguinte, mas ele falou primeiro:

– Sabe, eu acabei de me lembrar de uma coisa estranha. Veja bem, não sei se isso lhe servirá de algum jeito.

– Vá em frente.

– Bem, é sobre a garota Waite. Sobre seu pai, na verdade. Deve ter sido antes de nos casarmos.

Sedgewick coçou a cabeça.

– Sou ruim com o tempo como sou com nomes. Sim, foi antes de nos casarmos porque eu me lembro de ter acontecido no funeral da mãe de Pippin. Agora estou lembrando. Cheguei à casa de bicicleta no momento em que um carro bem grande estava partindo. Rápido demais, se quer saber. Eu me lembro do cascalho estrepitando e batendo em meu rosto. De qualquer forma, a governanta me deixou entrar e disse que Pippin estava no velório. Quando a vi, ela estava secando os olhos. Ela tinha chorado. Implorei que ela me dissesse qual era o problema, mas ela apenas respondeu que discutira com o Sr. Waite, o pai de Charlotte. Eu ameacei ir atrás dele, mas ela não permitiu e avisou que, se eu o fizesse, nunca mais me veria novamente. Que aquilo não aconteceria de novo ou algo do tipo.

– E ela nunca revelou a causa da discórdia?

– Nada. Eu suspeitei que tivesse a ver com Charlotte. Pensei que Pippin talvez houvesse contado uma mentira para ajudá-la... sabe, dizendo que a amiga estava com ela, quando na verdade estava em outro lugar. Aparentemente Charlotte foi uma jovem bastante rebelde. Olhe só, minha memória está entrando em forma agora!

– Sua mulher algum dia tornou a ver Joseph Waite? Ou ouviu algo a respeito dele?

– Não, não acho que ela o tenha visto. Nunca mencionou nada assim. Depois que nos casamos, estabelecemos uma vida muito simples, principalmente aqui na Bluebell Avenue.

Sedgewick parecia esgotado, quase vencido pelo cansaço.

– Já vou deixá-lo em paz. Mas primeiro me diga: foi mesmo a sua governanta quem encontrou a Sra. Sedgewick?

– Sim, a Sra. Noakes. Ela vem todo dia para limpar e espanar o pó, preparar o jantar, esse tipo de coisa. Já fazia algumas horas que ela havia saído para ir às compras e, quando voltou, encontrou Pippin na sala de jantar. Parece que ela recebeu alguém para o chá, o que era estranho, porque não mencionou que estava esperando visita nem para mim nem para a Sra. Noakes.

– E você estava no trabalho?

– Sim, na City. Sou engenheiro civil, Srta. Dobbs, então passei a tarde inteira visitando obras. Muitas pessoas me viram, mas, é claro, eu também fui de um lugar a outro, o que deixou a polícia bastante interessada. Eles se sentaram aqui com seus mapas e horários dos trens tentando calcular se eu poderia ter passado em casa, assassinado minha mulher e voltado a um canteiro de obras a tempo para o meu álibi seguinte.

– Entendo. Poderia me mostrar a sala de jantar?

Em contraste com a cozinha e a sala de estar desarrumadas, a sala de jantar estava imaculada, apesar de haver indícios da presença da polícia em todos os lugares da casa. Estava evidente que uma perícia minuciosa havia sido feita na sala em que Philippa Sedgewick se encontrara com a morte.

– Não havia nenhum sangue.

Os tendões do pescoço de Sedgewick se retesaram enquanto ele falava sobre o assassinato da mulher.

– Aparentemente o assassino primeiro a drogou com alguma substância, antes... antes de usar a faca.

– Sim.

Maisie andou pela sala, observando, mas sem tocar em nada. Todas as superfícies estavam limpas, cobertas apenas com uma fina camada de poeira. Ela foi até a janela e afastou as cortinas, deixando a luz natural aumentar a densidade da iluminação elétrica. O método das impressões digitais estava sendo amplamente usado e Maisie pôde ver os resíduos de pó onde a polícia tentara colher vestígios do assassino. Sim, os homens de Stratton haviam feito um trabalho meticuloso.

– O inspetor Stratton não é um mau sujeito – comentou Sedgewick, como se tivesse lido sua mente. – Não, nem um pouco. É aquele sargento dele, Caldwell, que me dá arrepios. Ele é muito desagradável. A senhorita o conheceu?

Maisie estava preocupada em perscrutar os recantos e as fissuras da sala de estar, mas a imagem do homem pequeno e enérgico, com um nariz pontudo e um olhar frio, surgiu à sua mente.

– Eu o encontrei apenas uma ou duas vezes.

– Eu também. Só faltou ele me acusar quando me levaram para o interrogatório. Stratton foi gentil. Sabe, eu ouvi dizer que eles fazem isso, um no papel do policial bom e outro no do policial mau para que o suspeito fique aflito ou muito relaxado antes que o ataquem na jugular.

Maisie escrutinava cada superfície e sob cada peça da mobília. Sedgewick, que nesse momento estava muito à vontade na companhia dela, parecia tergiversar. Maisie tocou um determinado lugar no piso e em seguida levou os dedos para perto do nariz.

– Ouvi dois agentes da polícia conversando. Aparentemente, Stratton perdeu a esposa no trabalho de parto, cinco anos atrás. Tem um menininho em casa que ele cria sozinho. Isso faz dele alguém muito mais compreensivo, presumo.

Maisie estava ajoelhada. Ela se levantou tão rápido que sua cabeça girou.

– Não foi minha intenção assustá-la, Srta. Dobbs. Sim, ele é viúvo. Exatamente como eu.

Maisie concluiu rapidamente sua investigação, tomando cuidado para não deixar que seu desejo de ficar sozinha e de organizar seus pensamentos a distraísse do trabalho imediato. Ela talvez não tivesse outra oportunidade. Mas parecia que nada ali se comunicava com ela a não ser a dor de John Sedgewick.

– Já é hora de eu ir andando, John. Você ficará bem?

– Sim, ficarei. Falar de Pippin parece ter me fortalecido. Devo fazer *algo*, eu acho. Limpar a casa, esse tipo de coisa. A Sra. Noakes tem estado muito indisposta para voltar, apesar de ela ter escrito dizendo que acredita que sou inocente. O que é alentador, considerando que minhas irmãs e minha mãe estão se mantendo à distância, e a mãe de Pippin está tão arrasada que não consegue fazer uma visita.

– Talvez se você abrir as cortinas se sentirá ainda melhor. Deixe a luz entrar, John.

Sedgewick sorriu.

– Talvez eu vá passear um pouco no jardim. Sempre foi o reino de Pippin, sabe, o jardim. Desde que era criança, adorava cultivar as coisas.

– Desfrute do jardim. Afinal, ela o plantou para vocês dois.

Quando Maisie se virou para sair, sentiu uma pressão no meio das costas, como se estivesse sendo contida. Essa sensação a fez arquejar e percebeu que deixara alguma coisa passar, algo que não devia ter desconsiderado.

– John, há algum lugar aqui, um canto no jardim, talvez, de que sua esposa gostasse particularmente? Ela teria uma casinha para guardar os vasos de plantas ou uma estufa, algo assim?

– Sim, do lado da casa, aqui. De fato, a Sra. Noakes disse que Pippin estava lá quando ela saiu para fazer compras. Adorava a estufa. Eu a projetei para ela. A senhorita vai ver, ela tem três partes: uma seção de vidro tradicional para as mudas; uma casinha de madeira com janelas para que tivesse uma área sombreada para as plantas nos vasos; e uma espécie de solário, onde ela mantinha as plantas exóticas. Ela costumava se sentar ali, numa poltrona, com um livro de jardinagem. Acho que nunca a vi com nenhum outro tipo de livro. Deixe-me mostrar.

Sedgewick conduziu o caminho até a lateral da casa, onde um salgueiro escondia o santuário de horticultura de Philippa Sedgewick da vista da rua. Maisie entrou e imediatamente sentiu o calor úmido de uma estufa bem cuidada, junto com o aroma pungente e salgado de jovens gerânios crescendo em vasos de terracota. Ela atravessou lentamente uma passagem interna até uma porta holandesa de madeira e vidro. Abrindo a parte de cima e a de baixo, Maisie entrou na casinha de vasos almiscarada e em seguida andou até o solário do outro lado: o território particular da vítima.

O lugar lembrava o jardim de inverno onde Simon ficava sentado com sua manta e seus segredos. As almofadas verdes e cor-de-rosa sobre a cadeira de vime ainda estavam amassadas, como se a dona houvesse acabado de se levantar. Parecia tão quente que um gato teria imediatamente ocupado o assento. Mais uma vez, Maisie andou de um lado para outro e foi imediatamente atraída para o livro de jardinagem colocado sobre uma mesa ao lado da cadeira. Ela abriu a capa e o folheou até que o livro se abriu no ponto em que Philippa Sedgewick havia colocado seu marcador, talvez quando o assassino chegou e a chamou. Ela imaginou Philippa escutando à distância a batida abrupta na aldrava da porta, rapidamente marcando a página no livro e dando um pulo para atender. Ou, como a batida não foi atendida, o assassino teria procurado por ela? Se era alguém conhecido, ela teria marcado a página e oferecido um chá.

Geranium. Pelargonium. Maisie correu o dedo pela lombada do livro e sentiu uma leve comichão. Olhando mais de perto, ela cuidadosamente tirou a espinhenta, porém macia, fonte da sensação. *Sim, sim, sim.*

Maisie colocou seu achado dentro de um lenço enquanto John Sedgewick observava uma planta verde, cerosa e um tanto grande no canto.

– É claro, eu não conseguia dizer qual era a diferença, mas Pippin podia nomear cada uma, e em latim. Acho que foi o único motivo de ela ter estudado latim na escola, para aprender mais sobre as plantas.

– Eu mesma certa vez estudei latim, apenas para entender melhor outro assunto. É melhor eu me pôr a caminho, John. Muito obrigada por sua ajuda. Você foi muito gentil.

Sedgewick estendeu a mão para Maisie.

– Bem, no início foi deplorável, não foi? Mas acho que a senhorita me ajudou mais do que o contrário.

– Ah, você ajudou, John. Enormemente. Estou certa de que verá o detetive-inspetor Stratton em breve, e eu ficaria grata se não mencionasse minha visita de hoje.

– Nem uma palavra, Srta. Dobbs, nem uma palavra. Mas, antes de ir, me diga em que caso está trabalhando, se eu puder perguntar.

– Trata-se de uma pessoa desaparecida.

Ela partiu imediatamente, para evitar mais perguntas. Precisava pensar. Deu partida no carro conversível o mais rápido que pôde e engatou a marcha. Ela se virou para olhar para o número 14 da Bluebell Avenue uma última vez antes de acelerar, e viu John Sedgewick andar vagarosamente em direção às rosas de sua mulher e em seguida abaixar-se para arrancar algumas ervas daninhas. Mais tarde, quando se deslocava no tráfego para voltar a Londres, Maisie pensou não em Sedgewick, mas em Richard Stratton. Um homem que também havia perdido a esposa. E ela pensou na descoberta que fizera ao acaso, que agora ela levaria de volta para seus aposentos e guardaria junto com o par que havia cuidadosamente envolvido em outro lenço de linho quando estava na sala de Lydia Fisher.

CAPÍTULO 12

A lareira a gás estava desligada e fazia frio no escritório quando Maisie voltou na noite de domingo. Na mesa diante dela, viu uma única folha de papel preenchida com a caligrafia grande de Billy, ao lado de vários envelopes fechados que haviam sido colocados à parte para que Maisie pudesse visualizar cada um deles separadamente antes de cortá-los e abri-los. Billy tivera uma produtiva manhã de sábado.

– *Brrr*. Vejamos: a conta de Cantwell foi enviada, bom. Lady Rowan telefonou, não deixou mensagem. Andrew Dene... Andrew Dene. Hummm. – Maisie franziu a testa e continuou: – Arquivo devolvido para os advogados...

O telefone tocou.

– Fitzroy 5.600.

– Srta. Dobbs.

– Sim.

– Aqui quem fala é John Sedgewick. Estou contente por tê-la encontrado.

– Tem novidades, Sr. Sedgewick?

Maisie deliberadamente se dirigiu a ele em um registro mais formal.

– Sim, tenho. Achei que a senhorita gostaria de saber que o detetive--inspetor Stratton e o desagradabilíssimo Caldwell vieram à minha casa depois que a senhorita partiu. Perguntaram-me sobre Magnus Fisher.

– Sério? O que queriam saber?

– Bem, queriam mais informações sobre o contato dele com Pippin. Contei a mesma história que narrei à senhorita. Não havia mais nada que dizer. Não se preocupe, não deixei escapar nenhuma palavra sobre a senhorita ter estado aqui. Mas Stratton me deixou intrigado com uma coisa.

– Com o quê?

– O fato é que Pippin *esteve* com Fisher. Ele voltou de uma de suas expedições cerca de dois meses atrás, e foi nessa época que se encontraram. Ele viajou novamente por algumas semanas, depois retornou. Aparentemente, as datas de seus retornos batem com as dos assassinatos de Pippin e da Sra. Fisher, portanto a polícia está interessada nele.

– Eles disseram algo sobre o motivo?

– Não. Stratton explicou outra vez que estavam explorando todas as linhas de investigação e indagou se *eu* conhecia Lydia Fisher. Eles também me perguntaram... novamente, devo acrescentar... os detalhes mais íntimos sobre minha felicidade conjugal.

– Tudo no cumprimento do dever, Sr. Sedgewick. Certamente eles lhe pediram que especulasse que motivos a Sra. Sedgewick teria para se encontrar com Fisher.

– Sim, e eu falei que ela podia estar tentando ajudar de alguma maneira, tendo em vista os problemas da Sra. Fisher. Pareceu que eles estavam sugerindo que havia algo, sabe, "acontecendo" entre Pippin e Fisher, ainda mais porque no passado eles saíram juntos. Isso é muito angustiante, Srta. Dobbs.

– Claro que é, e eu me compadeço, Sr. Sedgewick. No entanto, a polícia só está tentando fazer o trabalho dela. Querem encontrar o assassino antes que ele ataque mais uma vez.

– É muito difícil para mim, embora eu saiba que a senhorita está certa.

– Obrigada, Sr. Sedgewick. Foi muito gentil em telefonar. Está se sentindo melhor agora?

– Sim. Sim, estou. E, sabe, aquela noite uma das minhas vizinhas veio aqui em casa e trouxe algumas tortas de carneiro. Explicou que não quis vir antes porque as cortinas estavam fechadas, e que ela lamentava muito por Pippin. Veja bem, ela trouxe seu marido... porque não tinha *tanta* certeza assim quanto a mim.

– Já é um começo, não é? Boa noite, Sr. Sedgewick.

– Sim, boa noite, Srta. Dobbs.

Magnus Fisher. É possível, pensou Maisie, *é sempre possível*. Ele havia cortejado Philippa e cada uma de suas amigas. E havia se casado com Lydia. Teria havido outras relações, mais profundas, entre Fisher e Rosamund e Charlotte? Será que seu interesse inicial nessas mulheres havia diminuído até quase desaparecer, apenas para mais tarde reacender e irromper de forma incontrolável? Ela olhou para baixo e leu as anotações de Billy.

"Lady Rowan mais uma vez... Definitivamente, não volta para a Ebury Place por pelo menos outra quinzena."

Maisie sorriu ao ler o seguinte bilhete, que era de Billy:

Prezada senhorita,

É ótimo tê-la de volta a Londres. Estarei aqui pontualmente amanhã bem cedo. Espero que tenha passado ótimos dias em Kent.

Atenciosamente,
Billy Beale

Maisie quase conseguia visualizar Billy Beale como um garoto, com seu cabelo cor de trigo desgrenhado e embaraçado, o nariz salpicado de sardas, a língua entre os dentes enquanto ele se concentrava em arrastar a caneta bico de pena para cima e para baixo, para cima e para baixo, enquanto escrevia uma carta. Sem dúvida sua professora havia enfatizado o emprego do adjetivo "ótimo".

Depois disso, Maisie leu atentamente cada envelope selado até que se deparou com uma caligrafia que ela conhecia muito bem, uma letra inconfundível e finamente burilada com tinta azul quase preta. Ela virou o envelope e viu o selo de cera da Abadia de Camden. Abaixo do endereço constavam as palavras "Em mãos". Portanto, a carta obviamente havia sido entregue por um visitante que havia estado até tarde na abadia e de lá voltara imediatamente para Londres, tendo chegado antes de Maisie. Pegando seu canivete Victorinox, Maisie rasgou o envelope e o abriu, revelando uma folha dobrada de papel vergê creme, tão firme e pesada que parecia um cartão, no qual madre Constance havia escrito sua carta:

Cara Maisie,

Foi adorável vê-la na Abadia de Camden. Receber a visita de uma de minhas alunas mais memoráveis é sempre um aconteci-

mento de grande alegria, mas confesso que gostaria de ter visto mais carne em seus ossos!

Não vou abarrotar este meu comunicado oficial com mais cordialidades, cara Maisie, ao contrário, irei direto ao ponto, pois devo aproveitar a entrega desta carta por meio de um visitante de Londres que em breve vai partir. Aconselhei à Srta. Waite que a visse, e ela concordou. Sua disponibilidade deve-se à segurança e ao refúgio oferecidos pela comunidade; assim, devo pedir que honre a confiança que deposito em você e aja com integridade. Madre Judith disse que a Srta. Waite deveria repousar por dois ou três dias, pois ela pegou aquele terrível resfriado que todas nós tivemos. Sugiro que a senhorita venha na quinta-feira pela manhã.

Cordialmente,
Madre Constance Charteris

– Ótimo.

Maisie sentou-se à sua mesa, reclinou-se e sorriu. Ela não tinha dúvida de que madre Constance havia empregado seus poderes de persuasão em Charlotte, embora Maisie preferisse que eles resultassem em uma conversa em data mais oportuna. Ela teria que escolher suas palavras com cuidado em seu encontro com Joseph Waite na terça-feira.

Quando ela deixou o escritório, uma neblina densa e esfumaçada parecia novamente se adensar em volta das árvores da praça, e mal conseguiu enxergar os postes de luz. À distância, pôde ouvir tanto os cascos dos cavalos quanto o estalo dos carros transportando pessoas – as mais abastadas – para suas casas depois de um passeio de domingo ou de um jantar fora. O barulho era distorcido não apenas pela escuridão, mas também pelo nevoeiro. Ela desejou estar em Kent para ver as estrelas à noite e os campos silenciosos iluminados pela lua cheia.

Já teria ela encontrado o assassino ou a assassina? Teria ele ou ela passado na rua diante da casa de Lydia Fisher? Estaria Charlotte Waite envolvida ou teria fugido da casa paterna apenas porque era uma mulher que não queria mais ser tratada como menina? Ela poderia *ser* a assassina? Ou estaria com medo de se transformar na próxima vítima? E quanto a Magnus Fisher? Que motivo ele teria para matar sua mulher e duas conhecidas dela? Acontecera algo na Suíça anos antes? Algo que as mulheres sabiam e que era tão sério que ele mataria para garantir o silêncio delas? O que Charlotte poderia lhe contar sobre Fisher? E quanto aos seus pequeninos tufos, indícios que haviam sido cuidadosamente guardados? Será que não passavam de detritos domésticos?

Mais uma vez seus pensamentos se centraram na casa dos Waites, e ela examinou seus sentimentos em relação tanto a Charlotte quanto a seu pai. Ela admitia sentir certa confusão no que dizia respeito a Joseph Waite: achava a sua arrogância detestável e a maneira como controlava a filha crescida, estarrecedora. Ao mesmo tempo, respeitava suas realizações e reconhecia sua generosidade. Ele era um homem de extremos. Um homem que trabalhava duro, que se permitia certas indulgências e, ainda assim, oferecia ajuda sem restrições, com gentileza, desde que aprovasse o beneficiário.

Poderia ser ele o assassino? Ela lembrou a destreza com a qual ele tinha empunhado sua coleção de facas de açougueiro. Teria ele um motivo? E, nesse caso, isso explicaria a fuga de Charlotte?

O que ela realmente sabia sobre Charlotte a não ser o fato de ela não estar em paz? A visão que seu pai tinha dela era parcial. Se ela *pelo menos* pudesse se encontrar com Charlotte antes da reunião com ele... Precisava formar sua própria opinião sobre o caráter da mulher. Nesse meio-tempo, poderia se encontrar com Fisher?

Maisie ligou o carro. Era hora de voltar a seus aposentos na Ebury Place. Havia muito a considerar, planejar. O dia seguinte seria longo e começaria com um encontro difícil. Ela teria que confrontar Billy em relação a seu comportamento.

~

A porta da frente da mansão de Belgravia foi aberta antes que ela tivesse alcançado o primeiro degrau.

– Escutamos seu carro entrar nos estábulos, senhora.

– Ah, muito obrigada. Está uma noite fria e nevoenta, não é, Sandra?

– Está sim, senhora, e aquela velha coisa verde descendo pelos pulmões também não ajuda muito. Deixe para lá, daqui a pouco é verão.

Sandra fechou a porta atrás de Maisie e pegou seu casaco, seu chapéu e suas luvas.

– A senhora comerá na sala de jantar esta noite ou prefere que eu leve uma bandeja para cima?

Maisie parou por um instante e em seguida se voltou para Sandra:

– Acho que eu gostaria de uma bela tigela de sopa de legumes em uma bandeja. Não cedo demais... por volta das oito e meia.

– Certo. Teresa subiu no minuto em que ouviu seu carro e está lhe preparando um bom banho quente, já que hoje a senhora veio dirigindo de Chelstone.

Maisie foi direto para seus aposentos, guardou a pasta de documentos – agora cheia – na escrivaninha e se trocou, rapidamente substituindo as roupas do dia por um robe e pantufas. Nem parecia que havia sido apenas na sexta-feira à noite que ela fora para Chelstone. Ela partira novamente nessa manhã bem cedo. Despertou assim que ouviu os passos de seu pai na escada às quatro da manhã, se lavou, se vestiu e logo se juntou a ele para tomar uma forte xícara de chá antes que ele fosse cuidar da égua.

– Pus alguns sais de lavanda no seu banho, senhora. A lavanda ajuda a relaxar antes de ir para a cama.

Teresa havia colocado duas toalhas brancas grandes e macias no suporte perto da banheira, nesse momento cheia de vapores aromáticos.

– Obrigada, Teresa.

– Tudo pronto, senhora. Precisará de algo mais?

– Não, obrigada.

Teresa fez uma reverência e saiu.

Maisie submergiu o corpo, chegando o pé para a frente para girar a torneira sempre que a água começasse a esfriar. Que estranho era viver na parte de cima da mansão da Ebury Place, ser tratada como "senhora" por garotas que faziam o mesmo trabalho que a havia trazido para aquela casa e aquela vida. Ela se reclinou para deixar o vapor aromatizado subir até penetrar em seu cabelo e lembrou que antigamente tomava um banho por semana, que era tudo o que lhe permitiam quando era apenas ajudante da criada. Enid batia à porta fazendo um estrondo quando achava que Maisie estava demorando tempo demais. Maisie ainda podia escutá-la: *Vamos lá, Maisie. Deixe-nos entrar. É desagradável ficar aqui no corredor.*

E ela se lembrou da França, a lama fria que se infiltrava nos ossos, um frio que ela ainda podia sentir. "Você é uma mortal que sente frio, minha garota." Maisie sorria quando imaginava a Sra. Crawford, e quase sentia os braços da velha mulher ao seu redor, reconfortando-a com seu calor quando ela voltou ferida. "Vamos cuidar de você, minha garota. Venha aqui... aqui, está em casa novamente... está em casa." E ela abraçava Maisie com uma das mãos e acariciava suas costas com a outra, como uma mãe faria para confortar um bebê.

~

Ouviu uma batida à porta do banheiro.

– Meu Deus! – sussurrou Maisie quando se deu conta do tempo que havia ficado de molho na banheira. – Estou indo! Já vou!

Ela rapidamente saiu da banheira, se secou e se envolveu com o robe. Soltou o cabelo, sacudiu a cabeça e foi correndo para sua antessala. Uma bandeja enorme fora colocada sobre um conjunto de mesinhas diante de sua cadeira, perto do fogo, que brilhava à medida que as chamas cresciam ao redor das novas brasas espalhadas por Sandra.

– É melhor eu atiçar um pouco o fogo para a senhora. Não queremos que pegue um resfriado, não é?

– Obrigada, Sandra. Um resfriado é a última coisa que quero agora!

Sandra recolocou as pinças num balde de latão, levantou-se e sorriu para Maisie.

– Parece que o Sr. Carter estará de volta na próxima semana para deixar tudo em ordem antes do retorno de sua senhoria.

– Ah, então ficaremos sabendo de tudo, hein, Sandra?

Maisie sorriu para a criada, pegou o guardanapo e o colocou no colo.

– Hummm, esta sopa está com um aroma delicioso!

Sandra fez uma reverência e assentiu.

– Obrigada, senhora. – Mas ela não saiu e pareceu hesitante. – Já não há mais tantos empregados quanto antes, não é mesmo?

– Certamente não tantos quanto antes da guerra, Sandra.

Em vez de erguer sua colher de sopa, Maisie reclinou-se na cadeira e fitou o fogo.

– Não, definitivamente não. E se perguntar à Sra. Crawford, ela lhe dirá que havia ainda mais antes de sua senhoria comprar os automóveis, quando havia cavalos nos estábulos e cavalariços.

Sandra fez um muxoxo e olhou para os pés.

– Tudo está mudando, não é, senhora? Quero dizer, sabe, ficamos nos perguntando por que eles mantêm este lugar, agora que passam mais tempo lá em Chelstone.

Maisie pensou por um instante.

– Ah, acho que eles vão manter a Ebury Place por alguns anos ainda, pelo menos até o jovem James voltar para a Inglaterra. Afinal, faz parte de sua herança. Você está preocupada com seu emprego, Sandra?

– Bem, todos nós estamos, senhora. Quer dizer, espero que não se incomode por eu dizer isso, sabe, mas as coisas estão mesmo mudando. Hoje em dia, não há muitas garotas sendo empregadas. Bem, é curioso quando se pode ver a mudança ocorrer bem diante dos seus olhos.

– Sim. Sim, tem razão. Já vimos muitas mudanças desde a guerra.

– Acho que as pessoas estão tentando esquecer a guerra, não acha? Quer dizer, quem quer se lembrar dela? Meu primo... não o que morreu lá, mas o que voltou para casa depois de ter se ferido em Loos... ele disse que uma coisa era a memória da guerra e outra completamente diferente é nos lembrarem dela todo dia. Ele não se incomodava com as pessoas lembrando o que ele havia feito, sabe, enquanto esteve lá. Mas ele não queria ser *lembrado* disso. Ele dizia que era difícil, porque sempre acontece algo que o faz lembrar, todos os dias.

Maisie pensou em seu banho e em como o simples prazer que ele lhe proporcionava era uma recordação do passado. Mesmo que a lembrança lhe causasse a sensação oposta: a do frio, do desconforto.

– Bem, é melhor eu ir andando, senhora, vou deixar que desfrute de seu jantar. Boa noite.

– Boa noite, Sandra. E não se preocupe com as mudanças. Normalmente ocorrem para o bem.

Maisie terminou a sopa e se inclinou na cadeira novamente para observar os carvões quentes se transformarem em brasas. Ela arrumaria um pouco a lareira antes de ir para o quarto, sabendo que, enquanto caía no sono, a bandeja seria silenciosamente tirada de seus aposentos do mesmo modo como a bandeja do café da manhã misteriosamente apareceria enquanto ela estivesse arrumando o cabelo para sair. As conversas com Sandra haviam levado seus pensamentos para outro lugar. Talvez *ela* estivesse pronta para a mudança. Não exteriormente, apesar de ela saber que a transformação exterior era um sinal da mudança interior, mas naquilo que ela vislumbrava para o futuro. Sim, talvez esse fosse um assunto digno de consideração.

Quando Maisie se deitou, pensou na linha tênue entre lembrar-se de algo e ser lembrado de algo, e em como um lembrete constante poderia levar uma pessoa à beira da loucura. Poderia empurrar uma pessoa às drogas ou às bebidas, a qualquer coisa que eliminasse os contornos nítidos do passado. Mas e se aquilo que fazia lembrar fosse outro ser humano? Nesse caso, o que poderia acontecer?

CAPÍTULO 13

Maisie se levantou cedo. Ela se lavou rapidamente e se vestiu com o tailleur azul, deixando a gola e as mangas de uma blusa de linho branca ligeiramente visíveis. Prevendo uma manhã fria, Maisie se lembrou de pegar seu casaco azul-marinho e seu velho chapéu cloche e as luvas pretas. Ela agarrou a pasta de documentos preta e deixou o quarto apressada.

Estava prestes a abrir a porta disfarçada que ficava no patamar e dava para a escada dos fundos e para a cozinha, no andar de baixo, quando pensou melhor. As garotas poderiam ficar sem jeito. Ela usaria a escada principal. Então, como um aviso claro, bateria à porta. Cruzar a linha de sua posição na casa exigia certa consideração.

Maisie bateu, esperou um segundo ou dois, e em seguida enfiou a cabeça pela porta da cozinha sem esperar por uma resposta.

– Bom dia a todas!

Sandra, Teresa e Valerie prenderam a respiração.

– Ah, senhorita, que susto! – exclamou Sandra. – Eu estava prestes a preparar seu café da manhã.

– Peço desculpas por tê-las assustado. Pensei em tomar café na cozinha, se não houver problema.

– É claro que sim, senhorita. É claro. Pelo menos seu cabelo está bonito e seco esta manhã!

– Vai querer o de sempre? Mingau de aveia, pão de fôrma e geleia? Terá que atiçar a lareira esta manhã, está frio lá fora. Dizem que podemos ter uma Páscoa gelada este ano.

Maisie sorriu, notando a mudança de registro novamente, de "senhora" para "senhorita". Maisie se sentiu como uma cidadã de dois países, nem cá nem lá, sempre em algum lugar intermediário.

– Ainda faltam duas semanas para a Páscoa e eu preciso ser rápida hoje. Vou querer apenas uma torrada e uma boa xícara de chá, por favor.

– Certo, senhorita. Uma xícara de chá chegando, e uma torrada em seguida. Tem certeza de que não gostaria de um belo ovo cozido?

Maisie balançou sua cabeça.

– Chá e torrada serão o bastante para mim esta manhã, Teresa.

Maisie pegou algumas cartas de sua pasta e começou a ler. Ela tinha consciência de que as garotas trocavam olhares e, entre elas, estavam articulando frases com a boca. Sandra pigarreou e se acercou da mesa.

– Senhorita?

– Sim, Sandra?

– Bem, estávamos pensando, sabe, e nos perguntando, sabe, se a senhorita gostaria de ir ao cinema conosco no próximo sábado à noite. Normalmente não saímos juntas, nós três... queremos sempre que uma de nós fique na cozinha, mesmo que não haja ninguém lá em cima... mas não é como se estivéssemos abandonando a casa, pois os outros empregados ficam aqui.

– Qual é o filme?

– É um filme falado e um pouco assustador, segundo ouvi dizer. Donald Calthrop está no elenco. *Chantagem e confissão* é o título. É sobre uma garota, e ela está flertando com um sujeito da polícia, um detetive, e ele...

– Acho que não, Sandra.

– Hummm. Acho que um filme que tem a ver com a polícia será para a senhorita como passar as férias trabalhando, não é mesmo?

– É muito gentil de sua parte convidar, Sandra. Muito obrigada por pensar em mim. O curioso é que eu não gosto de filmes de suspense. Acabo ficando com insônia.

Sandra sorriu.

– Bem, isso, senhorita, *é* curioso.

Mal tendo tocado no café da manhã, Maisie deixou a mansão da Ebury Place pelas escadas de pedra que levavam da porta dos fundos até a rua e depois se dirigiu aos estábulos para pegar o carro. George, o motorista dos

Comptons, estava em Kent, mas um jovem criado havia sido encarregado de manter a garagem impecável, pronta para a volta do Rolls-Royce da família. O velho Lanchester ficava guardado em Londres e, apesar de agora ser usado apenas em certas ocasiões, era regularmente lavado, lustrado e revisado. O carro de Maisie deu ao criado uma tarefa diária mais substancial.

– Eu poderia tê-lo levado até a entrada para a senhorita. De toda forma, aqui está ele, lavado e lustrado, pronto para circular por Londres. Passou por um bocado de lama com ele, não?

– O clima não respeita os carros automotivos, Eric, assim como não respeita os cavalos. Obrigada por tê-lo lustrado novamente. Você verificou o óleo?

– Tudo feito, senhorita. Dei uma olhada em tudo. Dá para cruzar a Grã-Bretanha com ele, de John O'Groats a Land's End, se estivesse disposta a pegar a estrada. Isso é um fato. Excelente carrinho. Excelente.

– Obrigada, Eric.

Maisie estacionou mais uma vez na Fitzroy Street, exatamente no mesmo lugar da noite anterior. Poucas pessoas tinham automóveis, e por isso Maisie chamou atenção quando desceu do reluzente veículo vermelho.

Ela andou lentamente até o escritório, sabendo que seria uma manhã difícil. Sentia os pés pesados enquanto subia a escada. Ela sabia que para ter energia para a parte seguinte de seu dia, precisaria alinhar o corpo com suas intenções, pois os ombros caídos em nada não contribuiriam para enfrentar a tarefa que a aguardava.

Ao abrir a porta do escritório do primeiro andar, Maisie se surpreendeu ao notar que Billy ainda não havia chegado. Ela consultou seu relógio.

Oito e meia. Apesar de sua mensagem, Billy estava atrasado. Ela andou até a janela esfregando a nuca, onde sua cicatriz começara a pulsar.

Maisie pousou as mãos no peito, com a mão direita sobre a esquerda, e respirou profundamente. À medida que relaxava, começou a imaginar a conversa com Billy, concentrando-se nas palavras finais de um diálogo que ainda teria que ocorrer. Pressionando as mãos com mais firmeza contra o corpo, Maisie deliberadamente desacelerou a respiração para aquietar seu coração, que batia forte, e sentiu a incômoda e persistente dor de sua cicatriz arrefecer. *Este é um lembrete diário*, pensou ela, *assim como a perna ferida de Billy*. E, enquanto tranquilizava seu coração e sua mente, ocorreu a Maisie se indagar: se Lydia Fisher escolheu o álcool e Billy, os narcóticos para debelar o lembrete diário, então o que *ela* fazia para entorpecer sua dor? E enquanto refletia sobre essa questão, sobreveio-lhe a terrível ideia de que talvez ela tivesse feito o possível para se isolar, sozinha com as demandas do trabalho. Talvez tivesse se empenhado tanto que agora era capaz de ignorar o desconforto físico e, ainda por cima, havia se transformado em uma ilha à deriva, sem conexões humanas mais profundas. Ela estremeceu.

– Bom dia, senhorita, e que bela manhã. Achei que eu precisaria me encasacar, mas tive que vir correndo da parada do ônibus e acabei carregando esse trambolho.

Maisie olhou para o relógio de prata, preso à lapela do blazer.

– Desculpe-me por eu estar um pouco atrasado hoje, senhorita, mas havia certo obstáculo na estrada. Peguei o ônibus esta manhã e ele empacou no meio da Mile End Road. Teria sido melhor se eu nem tivesse me dado o trabalho. Seria mais fácil ter vindo andando, mesmo com esta perna. Uma grande confusão. Um automóvel, e não se veem muitos deles lá, bateu direto na traseira de uma charrete. Graças a Deus não estava dirigindo muito rápido. Veja bem, a senhorita devia ter ouvido os outros motoristas atacando o sujeito. Pensei que iriam açoitá-lo. Um deles gritava: "Ponha os arreios nele e deixe os malditos cavalos descansarem, seu lunático!" Ops, me desculpe, senhorita, eu só estava contando o que os ouvi dizer. É aquela velha e triste situação geral, quando carros...

Billy estava nervoso, evitando contato visual, e demorou-se sacudindo o casaco e a boina. Colocou-os no cabideiro e começou a folhear o jornal, como se estivesse buscando algo em particular.

– Bem, vi uma coisa aqui esta manhã que me fez pensar na senhorita...

– Billy.

– Tem a ver com esse...

– Billy! – Maisie elevou a voz, depois falou mais baixo: – Há um assunto que eu gostaria de discutir com você. Vamos nos sentar juntos perto da lareira a gás. Puxe uma cadeira.

O rosto de Billy se ruborizou. Ele pôs o jornal sobre sua mesa, arrastou a cadeira e a colocou perto da de Maisie.

– Estou sendo despedido, senhorita?

– Não, Billy, você não está sendo despedido. No entanto, eu gostaria de ver de sua parte um pouco mais de pontualidade.

– Sim, senhorita. Desculpe-me. Não acontecerá novamente.

– Billy...

– Sim, senhorita?

– Irei direto ao ponto – disse Maisie, percebendo que, em vez de ir direto ao ponto, estava enrolando.

Ela respirou fundo novamente e voltou a falar.

– Há algum tempo tenho andado preocupada com seus... vamos dizer... humores e...

– Posso expl...

– Deixe-me terminar, Billy. Tenho andado preocupada com seus humores e, claro, com a dor evidente que você vem sofrendo por causa de seus ferimentos de guerra. Tenho andado preocupada com você.

Billy esfregou as mãos nos joelhos para a frente e para trás, para a frente e para trás, os olhos fitando a chama bruxuleante e sibilante da lareira a gás.

– Você sabe muito bem que fui enfermeira e que tenho algum conhecimento sobre as substâncias administradas aos feridos durante a guerra. Vi médicos trabalhando em condições terríveis, mal conseguindo exercer a profissão. Quando se tratava de administrar morfina e outras drogas, eles nem sempre sabiam qual era a potência da medicação.

Maisie observava Billy, escolhendo as palavras com cautela, como se estivesse num campo minado, tentando prender sua atenção sem despertar um retraimento defensivo ou o ataque explosivo que ela temia. Billy parecia remoer alguma coisa enquanto escutava, os olhos fixos no fogo.

– Billy, acredito que você recebeu doses excessivas de morfina, embora provavelmente não tenham lhe contado isso. Mesmo quando chegavam centenas de feridos ao posto avançado de tratamento, às vezes algumas pessoas se destacavam e, como sabe, eu me lembrei de você. Você era um desses pacientes impossíveis de medicar. Era imediatamente liberado para o hospital geral, onde lhe davam mais medicação, depois era levado ao centro de tratamento de convalescentes, onde prescreviam mais morfina para aliviar sua dor.

Billy assentiu, mas continuou em silêncio.

– E quando as prescrições acabaram, como muitos, você descobriu que era fácil ter acesso à substância com características similares, principalmente em Londres. Cocaína, não era? Você provavelmente parou por anos, não foi? Mas, quando a perna começou a incomodá-lo novamente, você já estava ganhando um pouco mais de dinheiro e tinha um fornecedor local.

Maisie fez uma pausa.

Finalmente Billy assentiu, sem desviar os olhos das chamas que aqueciam seus pés, mas não eram capazes de reduzir o frio ao redor de seus ombros e da cabeça.

– A senhorita me surpreende às vezes.

A parte de cima do corpo de Billy pareceu desmoronar quando ele se resignou com a verdade.

– É claro que a senhorita foi certeira, como sempre. Não adianta eu dizer o contrário. – Sua voz estava estranhamente baixa e lenta. – Quando eu saí da fase de convalescência, depois que retornei para Londres e antes que tivesse voltado para me casar com Doreen e a trazer para casa, era fácil arrumar a droga. Só precisávamos falar com os canadenses de licença, eles a chamavam de "neve". Uns sujeitos bacanas, os canadenses. Perderam muitos companheiros. Enfim, justo como a senhorita concluiu, eu parei de usar. E depois, hum, deve ter sido há uns quatro meses, na época do Natal, quando estava realmente gelado, minha perna começou a me incomodar outra vez, e muito. Houve dias em que pensei que nunca conseguiria descer a escada. E isso me esgotou, me exasperou...

Maisie permitiu que Billy falasse à vontade. Ele encarava o fogo como se estivesse hipnotizado.

– E então esse sujeito que eu havia conhecido me viu no Prince of Wales. Eu só estava tomando um meio *pint* rápido antes de ir para casa quando ele se aproximou. "Ei, é você, Billy, meu garoto", disse ele, cheio de conversa. Em seguida, sabe, ele me contou onde poderia arrumar mais.

Billy pressionou os olhos com as mãos como se estivesse tentando apagar a imagem da mente, e então baixou as mãos mais uma vez até seus joelhos e começou a esfregar as coxas.

– E eu aceitei. Um pouquinho iria ajudar. E, senhorita, foi como antes da guerra, toda a dor sumiu. Eu me senti como um garoto novamente e, vou lhe contar, antes disso eu vinha me sentindo como um homem velho.

Billy fez uma pausa. Maisie esticou o braço até o controle manual da lareira e aumentou a chama. Ela continuou em silêncio, permitindo que Billy contasse sua história no seu ritmo.

– E, para dizer a verdade, eu preferia nunca ter encontrado o sujeito ou a mercadoria dele. Mas queria me sentir daquele jeito o tempo todo. Eu apenas gostaria...

Billy se curvou para a frente e começou a soluçar. Maisie se inclinou na direção dele, lembrou-se da Sra. Crawford e acariciou as costas, acalmando Billy como se ele fosse um garotinho. As lágrimas de Billy finalmente cessaram, e ele se recostou na cadeira. Assoou o nariz.

– Soou como a droga de um elefante, não foi, senhorita? – Billy dobrou o lenço e assoou novamente. – Veja. Eu não tenho nada que ficar trabalhando aqui, e isso é um fato. Posso procurar outro emprego.

– Billy, antes de fazer isso, pense nas filas de homens procurando por um. De toda forma, os negócios vão bem e eu preciso de você. Mas também preciso de você saudável e livre dessa carga, e tenho um plano.

Billy ergueu a vista para Maisie, limpando levemente o nariz, que começou a sangrar. Ele segurou o lenço com firmeza contra o rosto para estancar o fluxo e reclinou-se ligeiramente.

– Desculpe-me, senhorita.

– Já vi piores, Billy. Bem, este é o meu plano. Vai ajudá-lo, mas vai requerer um esforço enorme de sua parte.

Maisie descreveu o plano de ação que havia concebido com Maurice.

– Ah, o *Dr.* Andrew Dene, o sujeito que telefonou – disse Billy. – E eu pensando que ele era alguém que a senhorita conheceu por lá.

– Bem, ele *é* alguém que conheci lá – respondeu Maisie.

– Não, senhorita, eu quis dizer "conheceu" como quando alguém diz: "Conheci uma pessoa."

– Billy, eu fui encontrá-lo para saber se poderia me aconselhar. Eu quis ver o que poderia ser feito no seu caso.

– Bem, fico grato por ter se dado o trabalho e tudo, mas acho que não quero sair de Londres.

Billy tocou de leve o nariz, verificou se o sangramento havia estancado e, em seguida, guardou o lenço usado no bolso.

– Eu sentiria falta dos garotos e de Doreen. E não consigo me ver sentado ali, imprestável o dia todo, sem absolutamente nada para fazer além de esperar a hora dos exercícios para minhas pernas e de me consultar com um médico.

Maisie suspirou. Fora advertida por Maurice de que Billy provavelmente faria objeções a princípio, de forma branda ou com mais firmeza. Nesse estágio ela deveria estar grata por ele não ter demonstrado raiva quando revelou saber de sua dependência da cocaína. Talvez houvesse outro modo de ajudar Billy, um que o mantivesse mais perto de Londres. Nesse meio-tempo, ela precisaria de comprometimento da parte dele.

– Billy, eu gostaria que me prometesse que não vai mais comprar essa substância.

– Eu nunca me permiti gostar muito dela, senhorita, não como alguns. Tentava usá-la apenas quando estava com muita dor. Para falar a verdade, me assustava saber que algo que você toma, sabe, pode mudar tanto a pessoa. Ficava morrendo de medo. Mas então, quando me senti mal novamente, ter um pouco daquilo não me pareceu tão horrível.

– Certo. Não vamos mais falar sobre isso hoje. Mas insisto para que você converse com Doreen sobre o assunto. – Ela tomou o cuidado de honrar a confiança da mulher de Billy. – Se eu notei mudanças em você, tenho certeza de que ela também notou. Peço que converse logo com ela e veja o que diz sobre a minha sugestão.

– Ah, minha nossa, a senhorita não conhece a minha Doreen. Ela é uma das melhores pessoas, mas também é dura na queda.

– Apesar de ter um coração de ouro, eu presumo, Billy. Converse com ela, por favor.

– Certo, conversarei, sim, senhorita.

Maisie sentiu como se tivesse tirado um peso de seus ombros. O primeiro desafio do dia estava terminado.

Lembrando-se do conselho de Maurice, ela sabia que teriam que dar a Billy tempo para reconquistar seu equilíbrio, agora que a carga daquele segredo havia sido aliviada. Naquele momento, ela precisava se concentrar no caso Waite.

– Tenho muitas coisas para contar sobre minha visita a Kent – disse Maisie. – Charlotte *está* na Abadia de Camden. Pelo menos resolvi a parte mais importante do trabalho para Waite. Ela foi localizada e está em segurança.

Maisie se perguntou se deveria mostrar a Billy o que ela havia coletado na casa de Lydia Fisher e na de Philippa Sedgewick. Apesar de nunca ter lhe perguntado, tinha certeza de que, quando ela era sua aprendiza, Maurice guardava algumas informações só para si, como se compartilhar uma descoberta antes de sentir que a hora da revelação havia chegado diminuísse sua força. Maisie não queria contar o que havia encontrado até ter certeza de sua relevância.

– Eu gostaria de falar com Magnus Fisher – comentou Maisie. – A polícia está farejando, investigando seu passado, para descobrir quais foram as pessoas com quem ele foi visto, e quando. Presumo que seja suspeito da morte da mulher, Lydia, então é melhor que eu o encontre logo.

– Será que o detetive-inspetor Stratton imagina o que a senhorita anda tramando? Quer dizer, ele vai descobrir que conversou com Fisher.

– Isso é verdade, mas ele também sabe que tenho trabalhado no caso de uma pessoa desaparecida e que Lydia Fisher poderia ter uma informação relevante.

Maisie refletiu por uns instantes.

– Sim, vou telefonar para Fisher agora. Billy, qual é o número da casa de Cheyne Mews?

Billy passou sua caderneta para Maisie, que fez a ligação.

A empregada atendeu.

– Residência dos Fishers.

Maisie sorriu ao identificar a voz da jovem empregada.

– Ah, bom dia. Aqui é a Srta. Dobbs. Como está se sentindo hoje?

A empregada ficou mais animada.

– Ah, senhora. Muito obrigada por perguntar. Estou superando, apesar de a cara ter se tornado um caos.

– Tenho certeza disso. Bem, eu poderia falar com o Sr. Magnus Fisher, por gentileza?

– Sinto informar que ele não se encontra, senhora. Eu poderia anotar o recado?

– Sabe onde ele está? Ainda não tive a oportunidade de prestar minhas condolências.

– Ah, sim, é claro. O Sr. Fisher está no Savoy.

– No Savoy? Obrigada.

– Minha nossa, isso foi fácil até demais – comentou Maisie com Billy depois de desligar o telefone. – Ele está no Savoy Hotel, se quer saber.

– Bem, ele não perde tempo, hein?

– É uma escolha estranha, se ele quer privacidade. Por outro lado, a equipe do Savoy consegue manter a imprensa afastada, e vão ter trabalho com isso se a empregada continuar a informar o paradeiro dele.

Maisie pegou o aparelho novamente e fez uma ligação para o hotel. Ela ficou surpresa ao ser transferida.

– Magnus Fisher.

– Ah, Sr. Fisher, estou surpresa de localizá-lo tão prontamente.

– Eu estava em minha mesa. Quem está falando?

– Meu nome é Maisie Dobbs. Em primeiro lugar, por favor, aceite minhas condolências por sua perda.

– De que se trata?

– Sr. Fisher, sou uma investigadora. Não posso entrar em detalhes antes de nos encontrarmos pessoalmente. No entanto, estou trabalhando em um caso que pode envolver sua falecida esposa. Será que o senhor poderia me encontrar esta manhã?

– Está trabalhando com a polícia?

– Não.

– Bem, a senhorita atiçou minha curiosidade. Entretanto, a polícia está no meu encalço. No momento não posso deixar Londres. Quando e onde gostaria de me encontrar?

– Digamos... – Maisie consultou seu relógio – ... dentro de uma hora. Encontre-me no Embankment, perto das Agulhas de Cleópatra. Estarei com um casaco azul-marinho e um chapéu azul. Ah, e eu uso óculos, Sr. Fisher.

– Vejo a senhorita em uma hora.

– Obrigada, Sr. Fisher.

– Usará os óculos falsos novamente, senhorita?

Da primeira gaveta de sua mesa, Maisie retirou uma caixa prateada. Abriu-a e colocou um par de óculos de aro de tartaruga sobre o nariz.

– Sim, Billy. Sempre achei essa pequena mudança na aparência uma ferramenta útil. Se um policial seguir Fisher e anotar minha descrição, ele certamente se lembrará dos óculos. E Stratton sabe que eu não preciso de nada que auxilie a visão.

– Tem certeza de que estará segura com Fisher? Quer dizer, veja como o tempo mudou novamente. Se piorar, não haverá muita gente passeando nas margens do rio. Aquele homem poderia empurrá-la e ninguém faria nada. Afinal, talvez ele seja...

– O assassino? Não se preocupe, Billy. Apenas continue trabalhando no mapa do caso. Aqui estão minhas fichas dos últimos dois dias. – Maisie pegou o casaco. – Vou pegar o metrô, devo estar de volta antes do meio-dia.

– Certo, senhorita.

~

Maisie andou até a estação da Warren Street, pensando que o tempo que Billy passaria sozinho no escritório com a tarefa de acrescentar mais camadas de informação ao mapa do caso lhe permitiria se recompor, agora que seu segredo havia sido revelado. Ele talvez estivesse mais apreensivo, mas também estava livre da culpa que drenara seu espírito.

Maisie acenou rapidamente para Jack Barker, o jornaleiro, antes de descer até a estação. Ela pegou a Northern Line para a Charing Cross Embankment. O ar estava úmido e frio quando ela saiu da estação e caminhou em direção ao Tâmisa. Um chuvisco, menos que chuva mas mais do que uma névoa, desbotava o dia, obrigando alguns transeuntes a abrir o guarda-chuva. Maisie subiu sua gola, rapidamente passou um lenço pelas lentes dos óculos e virou à esquerda para andar ao longo do aterro em direção às Agulhas de Cleópatra. As lajotas sob seus pés estavam molhadas e escorregadias, e o Tâmisa exibia um tom de cinza sujo. O rio emanava o odor da fumaça e dos destroços putrefatos carregados pela correnteza.

Ela chegou ao lugar do encontro e consultou o relógio. Eram dez horas, exatamente 45 minutos depois de ter concluído a conversa telefônica com Fisher.

– Srta. Dobbs?

Maisie se virou. O homem diante dela era corpulento, tinha cerca de 1,80 metro e ombros largos, mas não aparentava estar acima do peso. Ele vestia calças pretas, um casaco Mackintosh marrom-claro e um chapéu marrom com uma faixa bege. Ela podia ver que sob o casaco ele trajava uma camisa e um pulôver de lã, mas não usava gravata. Seu rosto estava parcialmente coberto por um guarda-chuva.

– Sim. Sr. Fisher?

Magnus Fisher afastou o guarda-chuva ligeiramente para o lado e assentiu.

– Onde sugere que conversemos? Este não é o melhor dia para ficarmos sentados num banco diante do aterro vendo correr um rio velho e sujo, concorda?

– Vamos caminhar em direção à Temple Station. Podemos conversar enquanto andamos. O senhor foi seguido?

Magnus Fisher olhou à sua volta. Eles estavam a sós.

– Não. Eu saí discretamente pela entrada de serviço e em seguida desci a Villiers Street. A polícia sabe onde estou hospedado e que sempre retorno. Tem sido como um jogo de gato e rato, apenas acenamos um para o outro. – Ele se virou para Maisie. – O que deseja?

Maisie imprimia um ritmo deliberadamente tranquilo e profissional.

– Estou investigando o caso de uma mulher desaparecida, a pedido da família dela. Acredito que ela era uma amiga de sua mulher.

– E como posso ajudá-la? Passo a maior parte do meu tempo fora do país, então não conheço muito bem as conexões de minha mulher.

– Presumo que possamos falar de forma confidencial, Sr. Fisher?

O homem deu de ombros.

– É claro. Pelo menos esta nossa conversa vai me fazer parar de pensar um pouco no que a polícia está maquinando contra mim.

– O senhor conhecia Charlotte Waite?

Fisher começou a rir.

– Ah, as mulheres da família Waite. Sim, conheci Charlotte anos atrás e, sim, ela e Lydia mantinham contato.

– Onde e quando se conheceram?

– Um pouco antes de a guerra eclodir eu estava na Suíça praticando montanhismo com alguns camaradas. Lydia e Charlotte, sendo filhas de pobres meninos que ascenderam socialmente, estudavam em uma escola de boas maneiras de segunda categoria. Nós nos encontramos em um desses eventos sociais, uma matinê em que se entoam cantos folclóricos.

– Então o senhor conheceu Lydia, Charlotte e as outras amigas?

– Sim. Quatro delas formavam um grupinho: Lydia, Charlotte, Philippa e a pequena Rosamund. Suponho que saiba que Philippa também está morta. É por isso que pensam que sou o assassino. Porque me encontrei com Philippa em algumas ocasiões quando retornei ao país.

– Compreendo.

Maisie voltaria a Philippa Sedgewick mais tarde. Primeiro, ela queria saber quão bem Fisher havia conhecido cada mulher.

– Naquela época o senhor via as garotas com frequência?

Fisher segurou o guarda-chuva entre eles, mas estendeu a mão para sentir o ar.

– Já podemos guardar isso. – Ele fechou o guarda-chuva e continuou a falar: – Tudo bem, confesso: meus amigos e eu cortejávamos todas elas. – Fisher suspirou. – Veja bem, Srta. Dobbs, éramos três jovens rapazes na Europa, desacompanhados, conhecendo quatro jovens que aparentemente conseguiam se livrar da acompanhante *delas* sempre que queriam. O que acha? Cortejei cada uma delas. Charlotte era um pouco mimada demais para o meu gosto, francamente. Tinha ares de superioridade. Rosie... não fazia meu tipo, sinto muito. Era ela que sempre temia que fôssemos pegos.

Fisher riu novamente, de uma maneira que Maisie considerou muito desagradável.

– Philippa se apaixonou por mim, mas ela me dava nos nervos. Eu tinha 22 anos, com o mundo aos meus pés, então a última coisa que eu queria era um salgueiro-chorão na minha porta. Receio que eu tenha partido seu coração.

Maisie se lembrou do salgueiro-chorão ao lado da casa de Sedgewick e do refúgio quase secreto de Philippa atrás da copa de folhas amareladas.

– E Lydia?

– Lydia era a mais divertida. Sempre nos divertíamos quando Lydia estava por perto... pelo menos naquela época.

– Quando se casaram?

– Nós nos encontramos novamente depois da guerra.

– Esteve na França?

Fisher riu.

– Ah, por Deus, não. Eu me juntei a uma expedição para a América do Sul em maio de 1914. Tentei participar da animada viagenzinha de Shackelton para a Antártida. Ainda bem que não fui, certo? Atravessaram o inferno de gelo e, quando voltaram, ninguém queria saber deles. Enquanto tentavam se manter aquecidos, eu estava bisbilhotando ruínas de templos e matando mosquitos. Voltei em 1919 sem dinheiro, mas trazia na mala algumas boas histórias que não incluíam trincheiras.

Maisie se controlou. Embora a conversa fosse necessária e Fisher estivesse visivelmente gostando da atenção dela, ela desprezava sua atitude.

– Tramei um reencontro com Lydia. Na época ela tinha recebido sua herança. Nós nos casamos naquele ano.

Fisher parou de falar e, de súbito, ficou pensativo.

– Veja, serei sincero com a senhorita: ter uma esposa com dinheiro era interessante para mim. Eu sabia que, se nos casássemos, eu poderia viajar e desfrutar de uma liberdade que, de outra forma, teria sido impossível. Mas também pensei que seria mais divertido do que acabou sendo.

– O que quer dizer com isso?

Fisher chutou um seixo na calçada.

– Na época em que voltei, ficou claro que Lydia gostava de beber. Não podia me lembrar dela na Suíça tocando em nada mais do que uma taça de Glühwein, aquele vinho quente, mas nesse intervalo ela obviamente começou a beber garrafas e mais garrafas de vinho. A princípio não me dei conta da gravidade disso, mas depois foi um alívio quando surgiu outra expedição. Eu me atirei nela. Com o passar do tempo, Lydia adquiriu gosto por esses novos coquetéis da moda. Bem, eu mesmo aprecio um drinque, mas o vício ia além do aceitável. Tentei encontrar suas antigas amigas para pedir conselhos e ajuda, só que elas tinham perdido contato. Lydia nunca foi explícita, mas acho que elas brigaram antes do fim da guerra. Provavelmente por causa da bebedeira de Lydia. De fato encontrei Philippa algumas vezes nas semanas que precederam seu assassinato, como eu disse, mas não foi de grande ajuda. Eu queria que ela conversasse com Lydia, que a fizesse parar de encher a cara.

– E elas se encontraram?

– Não. Philippa disse que iria, mas em seguida desistiu. Tenho que admitir: eu quase perdi a cabeça. Quer dizer, deixar uma discussão tola afastá-las. Mulheres! – Ele balançou a cabeça. – Enfim, meus apelos foram recebidos com um muito covarde "Você não compreende". Naquela época, é claro, nosso casamento havia desmoronado. Se quer saber, eu me agarrei ao dinheiro, e Lydia se agarrou à garrafa mais próxima. Parece que ela até mesmo havia convidado um *cockney* grosseiro para tomar um drinque em casa na noite em que foi assassinada. Ouvi dizer que ele se safou. Provavelmente foi o homem que vi quando entrei para pegar minhas malas. A propósito, não estou lhe contando nada que eu já não tenha dito à polícia.

Maisie assentiu.

– O senhor estava em casa no dia em que sua mulher morreu? – quis saber ela.

– Por uns cinco minutos. Lydia estava bêbada, então saí novamente bem rápido, levando meus pertences comigo. O casamento tinha chegado ao fim.

– Entendo.

Maisie não comentou sobre a visita de Billy e fez uma pausa antes da pergunta seguinte.

– E o senhor tem certeza de que nunca mais viu Charlotte Waite depois da Suíça?

– Não vi. As outras nem mesmo foram ao nosso casamento. Veja bem, na verdade nem sei se elas foram convidadas. Eu apenas sorri e disse "Obrigado" no decorrer da coisa toda.

– E sua mulher nunca falou nada sobre Charlotte?

– Ah, acho que ela pode ter ido lá em casa, e Lydia mencionou uma vez que Waite era muito podada pelo pai. Uma situação absurda, se quer saber minha opinião. Não posso esperar que encontrem logo o assassino para voltar para a África ou outro lugar o mais longe possível deste desagradável país gelado!

Eles atravessaram a rua e chegaram à Temple Station.

– E o senhor tem certeza de que não há nada mais que possa me contar sobre Charlotte Waite?

Magnus Fisher balançou a cabeça.

– Não. Nada. Com Stratton e seu buldogue babão, aquele Caldwell, nos meus calcanhares, minha preocupação no momento é com a autopreservação, Srta. Dobbs.

– Obrigada, Sr. Fisher.

– No entanto, há uma coisa.

– Sim?

– A senhorita jantaria comigo assim que a polícia sair da minha cola?

Maisie arregalou os olhos, de modo que, mesmo por trás das lentes, sua indignação era evidente.

– Obrigada pelo convite, mas acho que *não*, Sr. Fisher. Na verdade, algum tempo de luto não lhe causará mal nenhum.

E, apesar da quantidade considerável de informações que Fisher lhe acabara de dar, ela apenas inclinou a cabeça em um aceno e deixou Magnus Fisher postado em frente à Temple Station.

Para esfriar a cabeça, Maisie caminhou rapidamente em direção à Strand, onde ela pegou a esquerda, tomando o caminho da Southam Street e da Covent Garden.

– Que descaramento! – resmungou ela baixinho. – E o corpo da mulher ainda nem esfriou!

Mas, por mais detestável que ele tivesse parecido, Fisher não havia emanado um ar de ameaça. Ela se indagou se haveria algo – mesmo dinheiro – com que ele se importasse suficientemente a ponto de levá-lo a matar alguém.

Caminhar pelo mercado, menos frenético agora que as vendas da manhã já haviam sido feitas, tranquilizou Maisie. E lembrou-a de seu pai, que às vezes a levava até lá bem cedo quando ainda era menina. Ela costumava rir dos carregadores movendo-se para lá e para cá com seis, sete, oito ou dez cestos redondos de frutas e legumes equilibrados sobre a cabeça, e o ar estava sempre agridoce com o odor dos cavalos suados puxando pesadas carroças.

Ela desceu até as profundezas da estação de Covent Garden, tomando a Picadilly Line até Leicester Square e, em seguida, a Northern Line para Warren Street, onde ela saltou.

– Bom dia, Srta. Dobbs. Na correria hoje? – Jack Barker tirou sua boina quando Maisie passou rapidamente por ele.

– Sempre atarefada, Sr. Barker.

Maisie bateu à porta depois de entrar, levando Billy a dar um salto.

– Minha nossa, senhorita! Meu Deus, quase me matou de susto.

– Desculpe-me, Billy. Acabei de me encontrar com Magnus Fisher. Não é das pessoas mais palatáveis que há no mundo, apesar de ter sido útil.

Maisie tirou o casaco e andou até a mesa onde Billy estava trabalhando. Ela colocou muitas outras fichas sobre a mesa.

– Rabisquei algumas coisas nessas aqui enquanto estava no metrô.

Billy começou a ler.

– Ah, então...

Um baque repentino na janela sobressaltou Maisie e Billy. Maisie suspirou e levou a mão ao peito.

– O quê...

– Pombo burro!

– Pombo?

Billy se aproximou da janela.

– Nada com que se preocupar. Ele não se matou. Provavelmente vai só ficar voando por aí com um calombo na cabeça. Pássaro idiota.

– Então era um pombo, Billy?

– Certamente, senhorita. Eles fazem isso de vez em quando, voam em direção às janelas.

– Bem, espero que isso não aconteça com muita frequência.

– Minha velha mãe teria se desesperado se estivesse aqui. Sempre dizia que um pássaro na casa, ou tentando entrar, traz uma mensagem dos mortos.

– Ah, era tudo o que eu precisava ouvir!

– Não, senhorita, não há nada com o que se preocupar. Conto da carochinha, isso aí. Eu, bem, não suporto pássaros. Detesto as malditas coisinhas, desde a guerra.

O telefone começou a tocar e Billy foi até a mesa de Maisie.

– Billy, por que desde a...

Maisie se interrompeu quando Billy atendeu.

– Fitzroy 5... – Billy foi interrompido enquanto tentava informar o número do telefone. – Sim, senhor. Ah, são boas notícias. Vou passar para ela.

Billy cobriu o bocal com a mão.

– Quem é, Billy?

– É aquele detetive-inspetor Stratton. Todo orgulhoso. Eles acabam de prender o sujeito que assassinou as mulheres.

Maisie tomou o fone, cumprimentou Stratton e ouviu atentamente, pontuando as notícias com "Sério?" e "Sei", junto com "Muito bem!" e "Mas..." antes de tentar transmitir seu comentário final.

– Bem, inspetor, eu o parabenizo, no entanto, sinto...

Houve uma interrupção na linha, durante a qual Maisie correu os dedos pelas mechas pretas que mais uma vez escaparam dos grampos que prendiam as tranças em um coque arrumado – "arrumado" desde que isso não acontecesse. Billy se debruçou sobre o mapa do caso enquanto escutava o lado de Maisie naquela conversa.

– Seria ótimo, inspetor. Amanhã? Sim. Tudo bem. No Schmidt's ao meio-dia. Claro. Sim. Não vejo a hora.

Maisie recolocou o fone no gancho e voltou para a mesa perto da janela. Ela pegou um lápis, com o qual ficou tamborilando sobre o papel.

– Então, boas notícias, hein, senhorita?

– Acho que sim.

– Há algo errado?

Maisie se voltou para Billy.

– Nada de errado, na verdade.

– Ufa. Aposto que algumas mulheres vão ficar mais tranquilas ao receber visitas depois dessa notícia, não?

– Talvez, Billy.

– Bem, e quem é? Alguém que conhecemos?

– Eles acabam de prender Magnus Fisher em seu hotel. Estive com ele há apenas uma hora. Stratton não pôde dar detalhes sobre as provas. Aliás, Billy, mantenha segredo quanto a isso, pois a notícia ainda não chegou à imprensa. O inspetor contou que há uma testemunha que viu Fisher entrar na casa de Cheyne Mews na noite da morte de sua mulher e que ele estava tendo um caso com Philippa Sedgewick.

Maisie juntou as mãos com força e pousou os lábios nas articulações.

– Ei, a senhorita acredita nisso? – Billy notou o cenho franzido de Maisie. – Parece que a senhorita trocou palavras desagradáveis com o velho Stratton.

– Eu não diria “desagradáveis”, Billy, mas de fato tentei adverti-lo.

– Adverti-lo? Por quê?

Maisie olhou para Billy, seus olhos azul-escuros atravessando a perplexidade dele.

– Porque, Billy, na minha opinião, o detetive-inspetor Stratton prendeu um homem inocente do crime de homicídio.

CAPÍTULO 14

Maisie foi caminhando pela Charlotte Street em direção ao Schmidt's. O clima estava novamente instável, com mudanças bruscas, então ela vestiu o casaco Mackintosh sobre o novo vestido preto. Havia trocado de roupa três vezes antes de sair de casa naquela manhã, tendo em mente não só o almoço com o detetive-inspetor Stratton, mas também a reunião à tarde com Joseph Waite. Ao se vestir ela teve consciência de estar sentindo em seu estômago e nas pernas algo que atribuía à ansiedade. Embora impaciente para ver Stratton, ela estava desapontada com o modo imperioso como ele havia concluído o caso dos assassinatos. Sentia que um erro grave fora cometido. Era essa a fonte das sensações físicas que a deixaram nauseada em duas ocasiões antes de ter saído de casa?

Naquele momento, enquanto ela caminhava sobre as lajes cinzentas, sentiu um calor subir pelo corpo. Achou que fosse desmaiar. Rapidamente virou em uma rua secundária e se apoiou contra um muro de tijolos. Enquanto respirava profundamente de olhos fechados, Maisie torcia para que ninguém aparecesse para perguntar sobre sua saúde ou tentasse ajudá-la. *Sinto como se meus alicerces estivessem vacilando*, pensou Maisie. Ela abriu os olhos e ficou sem ar, pois pareceu que os arredores *haviam* mudado, apesar de terem permanecido como estavam. Ela tentava focalizar sua visão, mas era como se olhasse para um quadro que havia sido pendurado incorretamente, um quadro que ela não podia alinhar com precisão. Um pouco para cima... não, um pouco para baixo... para a esquerda... foi muito, apenas um dedinho para a direita... E enquanto continuava a olhar, o quadro mudou, e naquele momento ela viu a casa do cavalariço em Chelstone. E então ela desapareceu.

Recompondo-se, Maisie se afastou do muro, mantendo uma das mãos estendida em contato com os tijolos. Depois de recuperar o equilíbrio, foi andando lentamente para a Charlotte Street. Maisie não levou a sério aquele contratempo, dizendo para si mesma que ela bem o merecera por não ter tomado café da manhã. Frankie Dobbs teria algo a dizer sobre isso!

– O café da manhã, minha menina, é a refeição mais importante do dia. Você sabe o que se costuma dizer, Maisie: "Tome o café da manhã como um rei, almoce como um príncipe e jante como um mendigo." É esse o segredo para ficar forte e saudável.

Mas, ao ver Stratton à distância, esperando por ela diante do Schmidt's, Maisie decidiu que depois do almoço telefonaria para Chelstone. Talvez o potro já tivesse nascido. Talvez...

Maisie tocou com o garfo a gordurosa salsicha alemã, que foi servida com repolho e batatas.

– Srta. Dobbs, sinto-me grato por me afastar da Yard esta tarde, mesmo que por uma hora apenas – disse Stratton. – Desde que a notícia da prisão foi publicada nos jornais, estamos sobrecarregados. Claro, eu dei a Caldwell o crédito por ter encaixado a peça final do quebra-cabeça.

Maisie continuava a segurar a faca e o garfo, mas não conseguia comer.

– Inspetor Stratton, eu acho que o senhor e o sargento Caldwell estão enganados.

Stratton se reclinou na cadeira.

– Srta. Dobbs, sei que tem certas habilidades nesta área.

– Obrigada, inspetor. É apenas que – Maisie apoiou os talheres no prato – eu acho que o julgamento dos senhores foi apressado.

Stratton alisava a gravata.

– Veja bem, se a senhorita tiver acesso a evidências que eu desconheça...

Maisie refletiu sobre os lenços de linho branco e se perguntou se os delicados itens guardados dentro deles poderiam ser chamados de "evidências". Mas evidências de quê? Ela avaliou o caráter de Fisher com base em uma única entrevista e o de Philippa Sedgewick pelas palavras de seu marido. A assunção da polícia contra Fisher baseava-se em fatos concretos.

– Não, inspetor. Não tenho nada tangível.

Stratton suspirou.

– Respeito seu trabalho, Srta. Dobbs. Mas todos erramos às vezes, e desta vez todas as evidências apontam para Fisher. Mesmo que ele não estivesse tendo um caso com a esposa de Sedgewick e que sua conversa com ela *fosse* mesmo a respeito da esposa, como ele contou, ele foi visto com ela em muitas ocasiões. Acreditamos que a esposa de Sedgewick sabia que ele estava atrás do dinheiro da mulher, então ela representava um risco para ele. E nós sabemos, Srta. Dobbs, que a mente de um assassino pode não se ancorar na realidade. Eles acham que podem se safar. No caso de Fisher, sabíamos o que ele queria... basicamente, o dinheiro... e ele achava que o obteria uma vez que sua mulher estivesse morta e então deixaria o país.

– Mas o método...

Stratton ergueu a mão direita antes de pegar a faca novamente.

– Fisher não tem poucas ferramentas, levando em consideração seu trabalho, que parecia ser algo entre arqueólogo, contador de histórias e jogador inveterado. Ele estava sempre devendo para alguém em algum lugar, e a Sra. Fisher era herdeira. Ele a suportou para enfim receber a herança toda depois da morte dela.

– Spilsbury identificou a arma?

Stratton cortou a grossa salsicha e espetou um pedaço com o garfo, junto com um pouco do repolho roxo.

– Sim. A baioneta de um rifle Lee Enfield de cano curto. Artigo-padrão na guerra. E... surpresa!... algo que Fisher mantinha entre as ferramentas que acabo de mencionar. Uma afronta, considerando que ele nem chegou perto do campo de batalha. É claro que a versão dele da história é que possui diversos itens que normalmente não são usados por arqueólogos, mas que usa para impressionar seu público de viajantes destemidos. De acordo com Fisher, cutucar uma pilha de velhos ossos na areia com a ponta da baioneta mantém os intrépidos discípulos felizes e lhes dá algo de que falar à mesa do jantar quando voltam para a Grã-Bretanha. As evidências contra ele são fortes. Tenho certeza de que logo teremos a confissão.

Maisie, que mal havia tocado na comida, não pôde encarar outro pedaço.

– Inspetor, tenho a impressão de que o senhor está mais do que nunca determinado a defender sua convicção.

Stratton buscou não revelar sua exasperação.

– O homem matou a própria mulher, Srta. Dobbs. E matou a mulher de outro homem. Ele é um assassino e deve ser enforcado por isso!

Maisie se perguntou se ele estava deixando sua história pessoal interferir na conclusão do caso. Afinal, Stratton, como John Sedgewick, era um homem que havia perdido a esposa.

Stratton pagou a conta.

– Obrigada pelo almoço, inspetor Stratton.

– Foi um prazer, Srta. Dobbs. De fato, desejo todo o sucesso, embora prefira que a senhorita evite se envolver em investigações que devem se restringir à polícia.

– Foi uma decisão tomada pelo meu cliente. Parece-me que envolver a polícia teria representado um desperdício de tempo para a corporação.

Stratton correu os dedos pela aba do chapéu antes de colocá-lo na cabeça.

– Talvez possamos nos encontrar novamente para almoçar ou jantar?

– Quando tivermos concluído nossos respectivos casos, inspetor, certamente.

Stratton tirou seu chapéu.

– Então até lá, Srta. Dobbs.

Maisie sorriu e inclinou a cabeça.

– Até lá, inspetor.

Ela fez uma última tentativa.

– Inspetor, peço que reconsidere a evidência que levou à prisão de Fisher. O senhor não é alguém que se deixa levar pelo desejo do público de ver um suspeito atrás das grades. É necessário mais tempo.

– Então vamos concordar em discordar, Srta. Dobbs. Adeus.

Ao tomar o caminho de volta para a Fitzroy Square, Maisie se repreendeu por ter afastado Stratton. Logo depois, reconsiderando, ela se empertigou e pôs-se a andar depressa. *Não*, pensou ela. *Ele está errado. Pegaram o homem errado. E eu vou provar!*

Quando Maisie ergueu os olhos, viu um clarão dourado à distância sobre as cabeças que balançavam de um lado para outro ao passarem por ela. Era o familiar tufo de cabelo de Billy. Ele estava andando... não, correndo... em sua direção.

– Billy! – gritou ela. – Ande! Não corra! Ande!

E mesmo assim ele foi na direção dela em um trote desajeitado e cambaleante, entre uma caminhada e uma corrida, como se um lado do corpo estivesse tão determinado a acelerar que o outro simplesmente não conseguia acompanhá-lo. Maisie, por sua vez, correu na direção dele, de modo que quem observava a cena devia ter pensado que os dois eram amantes separados pela distância e pelo tempo.

– Billy, Billy, o que é isso? Respire fundo, acalme-se, acalme-se.

O assistente tomou fôlego.

– Aqui, senhorita. Vamos sair da rua.

Ele inclinou a cabeça para a direita, em direção a uma rua secundária.

– Certo. Respire fundo, Billy, respire fundo.

Billy se esforçou para respirar, seus pulmões afetados pelo gás agitando-se contra sua caixa torácica. Ele abaixou a cabeça para reter um pouco mais do ar vital pelo qual seu corpo ansiava.

– Senhorita... Achei que eu nunca a encontraria... que a senhorita poderia ter saído com Stratton.

– O que aconteceu, Billy? O que aconteceu?

Agarrada ao tecido do sobretudo de Billy, Maisie compreendeu.

– É meu pai, não é, Billy? É o papai?

– Sim, senhorita. Tenho que levá-la a Chelstone. Ele está bem, estável, aparentemente.

– O que *aconteceu*?

– Senhorita, acalme-se. Está tudo bem, tudo bem. Me escute. Foi um acidente com o cavalo esta manhã. A notícia acabou de chegar pelo Sr. Carter. A égua estava tendo dificuldades, então o Sr. Dobbs colocou as cordas, sabe?

– Sei o que eles fazem, Billy.

Maisie raciocinava claramente e começou a andar em direção à Charlotte Street, com Billy mancando atrás dela.

– Bem, de qualquer forma, alguma coisa aconteceu e ele escorregou, então algo mais aconteceu e ele ficou inconsciente. Foi levado às pressas para o hospital em Pembury, para fazer um raio X. Isso não é bom na idade dele.

– Quero que telefone para a residência dos Waites. Cancele nossa reunião.

– Senhorita, não está pensando em ir por conta própria, está? Não está pensando em pegar a estrada, estando assim sem...

– Sem o quê, Billy?

Maisie se interrompeu, os olhos fulminando Billy. Mas, quando olhou para ele, viu gotas de suor pingando da testa e rolando por suas bochechas, e lágrimas brotaram nos cantos dos olhos dela.

– Desculpe-me. Obrigada.

– Ele vai ficar bem, a senhorita vai ver. Seu pai é forte como uma rocha. Mas acho que é melhor eu ir junto.

– Não, não tenho tempo de esperar até que vá a Whitechapel, e você não pode partir sem avisar à sua mulher.

– Ela ficará bem. Posso telefonar para a loja que fica na nossa rua. Eles acabaram de instalar um telefone. Vão correr para transmitir a mensagem.

Maisie balançou a cabeça.

– Vou sozinha. Preciso de você aqui. Há assuntos para serem tratados. Descanse um pouco, tome uma xícara de chá e cuide dos meus negócios por mim, Billy.

– Sim, senhorita.

Maisie ligou o carro depois que ele fechou a porta para ela.

– Ah, Billy, seu nariz está sangrando novamente. E vou lhe dizer agora, Billy Beale: se eu souber que você está usando aquela coisa novamente, vou arrancar suas orelhas!

Billy escutou Maisie acelerar com força para entrar na Warren Street e pegar o caminho para Kent, sabendo que ela tiraria o máximo do motor do MG, tanto nas ruas de Londres quanto nas estradas rurais.

Mais veloz que bruxas, mais veloz que fadas,
Por pontes e casas, por sebes e valas,
E em disparada como tropas na batalha...

Esse era o poema preferido de Maisie na infância, quando sua mãe costumava colocar a pequena menina de cabelo preto em cima dos joelhos e recitar o verso ritmicamente, batendo o pé para que Maisie se sentisse propelida para a frente pelo embalo do movimento, imaginando que ela realmente estivesse em um vagão de trem.

Vendo as colinas e vendo os prados
Voando como chuva pelo vento soprada...

Pisando fundo no acelerador, Maisie aumentou a velocidade enquanto seguia para Pembury. Naquele momento, a chuva caía obliquamente no para-brisa em grossos granizos. Quando ela se aproximou do para-brisa para ver a estrada, removendo a condensação com as costas da mão, seu coração batia furiosamente dentro do peito. E ainda assim o poema ecoou em sua mente.

Veja uma criança que escala e colhe,
Sozinha, amoras-silvestres no galho...

E, em sua imaginação, Maisie viu a pequena cozinha na casa geminada em Lambeth, onde ela vivera antes da morte de sua mãe. Ela olhou novamente dentro dos olhos gentis e vivazes, em seguida para o fogão, onde seu pai ficava, apoiado na parede, ouvindo a esposa e sua menina rindo juntas. Tanto tempo antes, tanto tempo...

Veja uma carroça passando na estrada
Arrastando um homem e sua carga;
Veja um moinho, e depois um regato;
Só num relance e tudo é passado!

Sua mãe se fora para sempre, Simon se fora para sempre. E se seu pai também partisse? Maisie soltou uma exclamação angustiada enquanto cruzava Tonbridge e adiante, em direção ao seu destino.

Virando bruscamente na ampla entrada da garagem, Maisie viu o grande hospital de tijolos, a alta chaminé do outro lado expelindo fumaça. Lembrou-se de quando passou pelo hospital anos antes, quando uma colega lhe contara que, se a chaminé estivesse soltando fumaça, significava que membros amputados estavam sendo cremados. Maisie revirara os olhos, certa de que aquilo era uma troça. Mas, naquele momento, a chaminé pairava sobre o hospital como um gênio do mal que não lhe concederia desejos. Ela estacionou rapidamente e correu em direção ao prédio principal.

– Estou procurando pelo Sr. Francis Dobbs. Ele foi trazido para cá esta manhã, ferido. Onde ele está?

O porteiro uniformizado claramente estava acostumado a lidar com as emoções de parentes ansiosos, mas não se apressou por isso.

– Deixe-me ver.

Ele correu os dedos de cima a baixo por uma lista de nomes. Maisie não pôde esperar e agarrou a prancheta, passando os olhos pelos nomes até encontrar o do pai.

– Ala 2B. Onde fica? Onde posso encontrá-lo?

– Calma, senhorita. O horário de visita terminou, a senhorita sabe.

O porteiro pegou de volta a prancheta.

– Só me diga onde ele está!

– Tudo bem, tudo bem. Fique calma! Bem, aqui está.

O porteiro saiu de sua sala e orientou Maisie, gesticulando. Ela lhe agradeceu e foi correndo até a escadaria.

Devem ter construído todos estes hospitais da mesma maneira. Maisie reconheceu o prédio apesar de nunca ter pisado ali dentro. Os corredores de azulejos, as escadas com odor de desinfetante, as longas alas e as camas de ferro eram reminiscentes do Hospital de Londres em Whitechapel, onde ela havia se alistado para o serviço no Destacamento de Ajuda Voluntária em 1915.

Maisie entrou em uma ala em forma de claustro, com duas fileiras de camas uma de frente para a outra, nada 1 milímetro fora do lugar. Ela sabia que todo dia as enfermeiras passavam pela ala com um pedaço de cordão e uma fita métrica, certificando-se de que todas as camas estivessem precisamente posicionadas, para que durante seus turnos a enfermeira-chefe encontrasse a ala seguindo seu exigente padrão de ordem. Nenhum paciente, enfermeira, cama ou garrafa estariam posicionados em outro lugar senão naquele em que a enfermeira-chefe esperava encontrá-los. Enquanto o vagaroso sol poente se refletia nas paredes pintadas de creme, Maisie correu os olhos pelo espaço procurando o pai em meio àquela ordem.

– Venha comigo, Srta. Dobbs – instruiu a enfermeira da ala, que verificou o próprio relógio pregado ao uniforme como o relógio que Maisie ainda consultava todo dia.

– A condição dele é estável, apesar de ainda não reconhecer ninguém.

– A senhora quer dizer que ele está em coma?

– O médico espera que ele esteja muito melhor amanhã. O outro cavalheiro não saiu do lado dele. A presença dele foi permitida por ordem médica.

Enquanto a enfermeira sussurrava, elas atravessavam a ala em direção a uma cama colocada à parte das outras, com telas em volta para garantir privacidade, de modo que os outros pacientes não vissem o homem que estava deitado ali inconsciente.

– Que outro cavalheiro?

– O mais velho. O médico.

– Ah, entendi – respondeu Maisie, aliviada por Maurice Blanche estar lá.

A enfermeira afastou as telas. Com lágrimas nos olhos, Maisie rapidamente foi até a beirada da cama de seu pai e tomou suas mãos nas dela. Ela acenou para Maurice, que sorriu, mas não se moveu em sua direção.

Inclinando-se sobre o corpo do pai, que estava coberto com um lençol e uma manta verde de hospital, Maisie acariciou as mãos cheias de veias de Frankie, como se o calor pudesse acordá-lo. Ela estendeu o braço para tocar sua testa e depois sua bochecha. Uma bandagem branca grossa havia sido atada ao redor de sua cabeça, e Maisie pôde ver o sangue ressecado no lugar onde um ferimento profundo tinha sido fechado. Ela observou o restante do corpo e viu uma pequena estrutura sobre as pernas. *Uma fratura?* Lembrando-se da chaminé esfumaçada, ela esperou que sim.

– Estou contente por você estar aqui, Maurice. Como conseguiu permissão para ficar?

– Informei à irmã responsável pela ala que eu era médico, então me deixaram permanecer. Aparentemente, eles estão com poucos funcionários, e ambos achamos melhor que seu pai fosse assistido o tempo todo.

– Você deve estar cansado, mas obrigada, muito obrigada.

Maisie continuava a massagear as mãos de seu pai.

– Aqueles entre nós que alcançaram os anos da maturidade conhecem bem o valor de um cochilo, Maisie, e podem se entregar a ele sem o conforto de um travesseiro ou de uma cama.

– Diga-me o que aconteceu, Maurice.

– A égua teve dificuldades durante o parto. De acordo com seu pai, ela estava parindo de forma incorreta. Seu pai instruiu lady Rowan a chamar o veterinário. É claro que ele estava em alguma outra fazenda. É a temporada dos partos, como você sabe. Nesse meio-tempo, seu pai estava seguindo todos os procedimentos reconhecidos e havia pedido um pedaço de corda para manipular o potro até que ficasse numa posição mais favorável. Lady Rowan estava lá, assim como dois trabalhadores da fazenda. Pelo que entendi, seu pai se desequilibrou sobre o feno, que estava úmido e enlameado, e caiu numa posição complicada. A cabeça dele bateu no chão de pedra, o que por si já seria muito ruim, mas, além disso, um instrumento pesado que um dos peões havia deixado ali apoiado no estábulo caiu e o atingiu.

– Quando isso aconteceu?

– Esta manhã, por volta das nove e meia. Vim assim que me chamaram, cuidei dos ferimentos mais urgentes, e então o submeti aos cuidados do Dr. Miles, lá do povoado, que chegou imediatamente, seguido pelo veterinário. Seu pai foi trazido para cá na mesma hora.

Maisie observava o movimento do peito de seu pai sob as listras brancas e azuis do pijama do hospital. Até então, nunca vira o pai vestindo outra coisa além de suas velhas calças de veludo cotelê, sua camisa sem colarinho, o colete e um lenço um tanto extravagante no pescoço. Embora desde a guerra ele fosse um cavalariço no campo, em um dia de trabalho ainda se parecia com um vendedor ambulante de Londres, pronto a oferecer legumes em sua carroça puxada a cavalo. Mas agora ele estava pálido e silencioso.

– Ele ficará bem?

– O médico acha que a perda de consciência é temporária, que ele logo voltará a si.

– Ah, meu Deus, espero que ele esteja certo.

Maisie olhou para suas mãos, agora entrelaçadas nas do pai. O silêncio preencheu o espaço que se interpunha entre Maisie e seu antigo professor e mentor. Ela sabia que ele a observava, que fazia perguntas silenciosas, perguntas que sem dúvida ele estava esperando para lhe dirigir com palavras.

– Maisie?

– Sim, Maurice? Acho que quer me perguntar algo, não?

– De fato. – Maurice inclinou-se para a frente. – Diga-me: o que está no âmago da desarmonia entre você e seu pai? Você raramente o visita, mas, quando o faz, sente-se contente em vê-lo. E, apesar de haver conversas entre pai e filha, não vejo mais a velha camaradagem, a antiga "conexão" na relação de vocês. Outrora vocês foram tão próximos...

Maisie assentiu.

– Ele sempre foi tão forte, nunca adoecia. Eu achava que nada iria derrubá-lo, nunca.

– Ao contrário do que aconteceu com a doença de sua mãe ou o ferimento de guerra de Simon?

– Sim. – Maisie olhou de novo para as mãos de seu pai. – Não sei como isso começou, mas nem tudo é culpa minha, você sabe!

Blanche ergueu a vista atentamente.

– Desde nossos primeiros dias juntos, quando você mal passava de uma criança, posso seguramente dizer que eu nunca a *ouvi* falar como uma criança, até agora. Você está sendo um tanto petulante, minha querida.

Maisie suspirou.

– O papai também. Ele parece estar se afastando de mim. Não sei o que veio primeiro: o trabalho que me mantém em Londres, mesmo nos fins de semana, ou meu pai sempre encontrando alguma tarefa urgente. Ele se ocupava com outras coisas quando eu o visitava. É claro que ele me ama e sempre me acolhe de forma calorosa, mas depois não há... nada. É como se estar diante de mim lhe causasse incômodo. Como se eu não fizesse mais parte dele.

– Você já refletiu bastante sobre isso? – perguntou Maurice depois de um instante de silêncio.

– É claro que isso ocupa minha cabeça, mas acabo afastando esses pensamentos. Acho que quero acreditar que estou apenas imaginando coisas, que na verdade ele só está imerso na ambição de lady Rowan de criar um vencedor do *derby*, ou que estou muito absorvida por um trabalho...

– Mas, se você puder conjecturar, empregar sua intuição, o que diria que está verdadeiramente causando a mudança?

– Eu... eu realmente não sei.

– Ah, Maisie, acho que você sabe. Vamos lá, minha querida, trabalhamos juntos por tanto tempo, você e eu. Eu a vi crescer, a vi empenhar-se, a vi ferida, a vi apaixonada e a vi sofrer. Sei quando está se esquivando da verdade. Diga-me o que *pensa*.

– Acho que tem a ver com a minha mãe – respondeu ela baixinho, enquanto massageava as mãos do pai. – Eu o faço se lembrar dela. Tenho os olhos e os cabelos dela... mesmo com esse penteado. – Ela soltou um cacho de cabelo e em seguida o arrumou de volta no coque. – Em apenas alguns anos terei a idade que ela tinha quando começou a adoecer, e eu me pareço muito com ela. Ele a adorava, Maurice. Acho que é só por mim que ele segue em frente. O fato é que ele não consegue me ver sem enxergá-la, apesar de eu não ser ela. Sou diferente.

Maurice assentiu.

– A dor de ser lembrado de algo é uma espada afiada. Mas há mais coisas aí, não?

– Sim, acho que há.

Maisie engoliu em seco.

– Ele me mandou embora, não foi? Para Ebury Place. E sei... sei que tudo se resolveu bem, e eu não estaria onde estou hoje se ele não tivesse me mandado, mas...

– Mas você não consegue esquecer.

– Não.

– E quanto a perdoar?

– Eu amo meu pai, Maurice.

– Ninguém está questionando seu amor. Vou perguntar novamente: e quanto a perdoar?

– Acho que... é verdade, acho que restou um ressentimento. Quando penso nisso, apesar de termos nos reconciliado e de saber que ele faria qualquer coisa por mim... acho que isso ainda me perturba, numa parte profunda dentro de mim, bem aqui. – Maisie colocou a mão na altura das costelas.

O silêncio invadia o ambiente mais uma vez, abafando os ecos da confissão sussurrada por Maisie, até que Maurice voltou a falar:

– Posso dar uma sugestão?

– Sim – sussurrou ela, assentindo.

– Você deve falar com seu pai. Não *para* ele, mas *com* ele. Você precisa criar um caminho. Não é necessário que eu lhe conte que, mesmo sendo forte como é, seu pai está envelhecendo. Depois do acidente, vai ficar mais frágil, apesar de eu esperar que ele se recupere completamente. Eu a observei entrar nesta ala carregando sua culpa, seu ressentimento, e seu medo... um medo de ter deixado sua última oportunidade escapar. Mas você não perdeu ainda. Use o que aprendeu, Maisie, seu coração, sua intuição e seu amor por seu pai para forjar um novo vínculo, ainda mais forte.

Maisie observava Maurice enquanto ele falava.

– Sinto-me tão... fraca, Maurice. Eu não devia ter deixado a situação chegar a esse ponto.

– *Devia*? *Devia*, Maisie? Felizmente você é um ser humano, que reconhece nossa própria capacidade de falhar, o que nos permite fazer nosso trabalho.

Blanche ergueu-se da cadeira e friccionou as costas e o pescoço.

– Bem, está ficando tarde.

– Ah, peço desculpas. Eu não devia tê-lo retido aqui.

Blanche levantou sua mão para silenciá-la.

– Não, eu queria permanecer aqui até você chegar. Mas agora preciso informar lady Rowan. Acho que nosso paciente vai melhorar com a sua presença.

– Obrigada.

Blanche assentiu e pegou o casaco e o chapéu, que havia colocado no encosto da cadeira.

– Maurice, será que eu poderia falar com você amanhã sobre um caso?

– Waite?

– O caso foi um pouco além disso, na verdade. Estou convencida de que os assassinatos de Coulsden e de Cheyne Mews, e talvez um terceiro, estão conectados com o caso Waite.

– Você vai precisar retornar a Chelstone mais tarde, talvez depois da ronda do médico amanhã de manhã, ou antes, se a enfermeira-chefe descobrir que está aqui. Vá à casa da viúva quando estiver pronta.

– Obrigada.

Maisie olhou novamente para seu pai, depois se virou para Maurice.

– Sabe, é estranho, mas acredito que os assassinatos têm a ver com ser lembrado de algo e com lembrar-se... e, agora que estou pensando sobre isso, com perdão também.

Blanche sorriu e arrastou a tela para sair.

– Não estou totalmente surpreso. Como eu disse muitas vezes, minha querida, cada caso tem um modo de iluminar algo que precisamos saber sobre nós mesmos. Até amanhã.

Maisie tomou o assento de Maurice na beirada da cama do pai, pronta para continuar a vigília até que ele recuperasse a consciência. À distância, ela ouviu cada vez mais baixos os passos de seu mentor deixando a ala. Ela ficou só com seus pensamentos e, apesar de estar segurando com firmeza as mãos do pai e de ter se comprometido a desfrutar com ele de tempos melhores no futuro, estava se perguntando sobre as mulheres assassinadas... e sobre Charlotte.

CAPÍTULO 15

Maisie abriu os olhos logo que a manhã despontou pelas janelas retangulares e envidraçadas que podiam ser vistas acima das telas. Quanto tempo havia dormido? Ela moveu a cabeça para olhar para o pai e lentamente se sentou para não incomodá-lo.

– Pai! Pai! Você está acordado!

Frankie Dobbs forçou um sorriso.

– Estou acordado há um tempinho, minha querida. Só não quis incomodá-la.

– Ah, pai, estou tão feliz.

Maisie se inclinou sobre a cama para abraçar o pai e voltou a se sentar.

– E eu estou feliz por você ter vindo, querida.

– Vim imediatamente, assim que eu soube.

Frankie apertou a mão da filha na sua.

– Para falar a verdade, por um momento achei que você fosse sua mãe. Quase fiquei sem ar ao vê-la. Pensei que eu tivesse sido levado e estivesse com ela novamente.

Maisie verificou o pulso do pai e tocou a testa dele com seus dedos delicados.

– Sempre verificando alguma coisa, minha menina. Só para garantir, não é?

Pai e filha ficaram em silêncio por um tempo. Maisie sabia que ela deveria usar a porta que Maurice havia aberto e falar sobre sua mãe.

– Parece que não conversamos mais sobre a mamãe, não é?

Frankie tentou se mover na direção de Maisie e fez uma careta.

– Não, meu amor, é verdade. Guardo minhas memórias para mim, e achei que você fizesse o mesmo.

– Ah, pai...

– E eu estava pensando, enquanto observava você tirar um cochilo, que deixamos algumas coisas nos afastarem, não?

– Eu sei...

Com um chiado baixo, a tela foi arrastada e a enfermeira do turno da noite interrompeu a conversa:

– Pensei ter escutado vozes. É bom vê-lo acordado! O senhor nos deixou preocupados. O médico virá em breve para vê-lo, e a enfermeira-chefe vai ter um ataque se encontrá-la aqui, Srta. Dobbs. Meu expediente se encerra assim que o médico terminar a consulta, mas é melhor a senhorita partir.

– Sim, é melhor. Pai, vou voltar hoje mais tarde, no horário de visita.

Maisie abaixou-se para beijar o pai, depois deixou a área cercada e entrou na ala comum. A luz do sol da manhã infiltrava-se no ambiente, aquecendo pacientes e enfermeiras.

Enquanto caminhava para a saída, Maisie se virou para a enfermeira.

– Qual é o prognóstico?

– Bem, senhorita...

– Eu fui enfermeira, então compreendo a situação até certo ponto.

– Eu não deveria dizer, mas posso lhe contar o seguinte... É claro, vamos saber mais depois que o médico tiver examinado seu pai esta manhã... mas ele sofreu uma séria concussão e quebrou as duas tíbias. Não são fraturas completas, só que mesmo assim é preciso observação. Suspeito de que seu pai precisará de no mínimo dois ou três meses de descanso, levando em conta a idade dele, e os médicos provavelmente aconselharão que ele passe seu período de recuperação onde possa receber cuidados adequados.

– Entendo.

– Saberemos mais quando a senhorita voltar esta tarde. Vá para casa, tome uma boa xícara de chá e durma bem. Seu pai precisará de você em perfeitas condições de saúde!

Enquanto dirigia, Maisie agradeceu a toda entidade invisível ou força que pudesse ter ajudado nos acontecimentos daquelas últimas horas, pois algumas aberturas pareciam ter se materializado em diversos sentidos. Ocorreu-lhe que tratar os cavalos durante a ausência de Frankie seria um trabalho de verdade para Billy. Ele estaria perto o suficiente para ser orientado por Maurice, para receber instruções de Gideon Brown e para ser monitorado por Andrew Dene. Seu pai não descansaria até que soubesse que os cavalos estavam sendo cuidados por alguém que ele conhecia, e quem seria melhor do que outro londrino? Se seu pai precisasse ficar em uma casa de repouso por cerca de um mês, talvez All Saints' fosse uma boa escolha. O Dr. Andrew Dene entenderia um homem que falasse sua própria língua.

Seu cérebro estava a toda a velocidade enquanto ela acelerava pelas pistas rurais em direção a Chelstone, e uma lista de tarefas crescia em sua mente.

Mais veloz que bruxas, mais veloz que fadas,
Por pontes e casas, por sebes e valas,
E em disparada como tropas na batalha...

Mas a primeira coisa que precisava fazer antes de tomar banho, se alimentar e dormir era ver Maurice. Maisie se inclinou sobre o assento do passageiro e, mantendo os olhos na estrada, estendeu o braço para dentro da pasta a fim de tatear o lenço de linho no qual ela havia cuidadosamente colocado os diminutos itens que recolhera nas casas de Lydia Fisher e Philippa Sedgewick. Ela queria compartilhar suas delicadas pistas com Maurice. Queria o conselho dele.

Maisie desacelerou quando chegou ao pátio de cascalho que levava à Chelstone Manor. O solo começou a estalar e a espocar sob os pneus e ela esfregou os olhos, incomodada com os fortes raios do sol da primavera que surgiam oblíquos no céu claro. Aquele seria um dia ensolarado, porém frio. Narcisos cobertos de gelo balançavam em fila pelo caminho de acesso à garagem, entremeados por campainhas e prímulas. *Sim, seria um belo dia*. Frankie Dobbs estava fora de perigo.

As cortinas do segundo andar da casa da viúva ainda estavam cerradas. Maurice ainda não tinha acordado. Maisie sentiu uma pontada de frustração, mas se controlou. Talvez fosse melhor que ela tivesse mais tempo sozinha para ordenar seus pensamentos e se preparar para as perguntas que ele lhe faria. Sentia falta de trabalhar com Maurice, embora a consciência do abismo deixado por sua aposentadoria estivesse se dissipando à medida que ela ganhava segurança em suas habilidades. Ela manobrou o carro no pátio atrás da casa senhorial, o domínio de George, o motorista dos Comptons.

– Bom dia, senhorita.

George limpou as mãos num pano branco e asseado e caminhou pelas lajes até Maisie.

– Minha nossa, o que tem feito com esse seu carrinho? Competindo no autódromo de Brooklands? É melhor eu pegar o conjunto de ferramentas completo esta manhã. A senhorita vai precisar de óleo, uma boa limpeza sob o capô, para não falar da pintura. E veja os pneus!

– Você é a pessoa certa para isso, George!

– Na verdade, senhorita, será bom ter algo com o que me ocupar.

George ergueu a boina e se virou para Maisie novamente.

– Como está o Sr. Dobbs esta manhã? Melhor?

– Muito melhor, obrigada. Ele está acordado, mas deve levar um tempo até que possa voltar a trabalhar.

– Foi um choque e tanto. Todo mundo está ansioso por notícias.

– Vou me assegurar de que toda a casa se mantenha informada. Posso deixar Lily com você, então? Vou precisar dela por volta das três da tarde... para estar em Pembury no horário de visita.

– *Lily?* A senhorita deu a um carro como este o nome "Lily"?

Maisie sorriu, e depois riu.

– Por volta das três, obrigada, George.

– Certo, senhorita. Aliás, eu vi sua senhoria andando até os estábulos faz pouco tempo.

– Ah, está bem. É melhor que eu vá contar a elas as últimas novidades.

Lady Rowan estava debruçada sobre uma cerca que envolvia o pasto adjacente ao estábulo onde Frankie Dobbs se acidentado. Ela parecia pensativa quando Maisie se aproximou. As três companhias caninas da mulher mais velha estavam explorando os arbustos à margem, ergueram a cabeça e a saudaram abanando os rabos.

– Minha querida, como está seu pai? Eu fiquei louca de tanta preocupação.

– Ele está melhor, lady Rowan, muito melhor, mas terei mais notícias dele esta tarde, quando falar com o médico.

– Seu pai, Maisie, é bem capaz de surpreender a todos nós. Acho que ele vai viver até os 100 anos!

Lady Rowan lançou para Maisie um olhar mais sério quando as duas debruçaram-se sobre a cerca para observar a égua e o potro juntos.

– Não precisa se preocupar com a convalescência dele, Maisie. O restabelecimento de seu pai é do meu interesse, e os custos de todos os procedimentos e cuidados necessários...

– Obrigada, lady Rowan.

– Bem. – Lady Rowan virou-se para o pasto. – Então, o que acha dele?

Maisie observou o potro protegido pela cabeça e pelo pescoço da mãe. Seu pelo castanho brilhava com a maciez de um recém-nascido. Os tufos em seu pescoço longo e delicado, que prometiam uma crina espessa e exuberante, ainda eram espetados como as cerdas de uma escova de lustrar sapatos. As pernas do potro eram surpreendentemente retas e, enquanto as duas mulheres o observavam, Maisie podia jurar que detectou certo ar de provocação em suas maneiras.

– Ele se parece bastante... bastante com um homenzinho, não é?

– Ah, sim, certamente, e apenas com um dia de vida, veja bem.

Lady Rowan continuou a olhar seu novo projeto com atenção.

– Eu o chamaria de "Dilema de Francis Dobbs". Mas não, ele será batizado Sonho de Chelstone. Bem apropriado, não acha? Para encurtar, que tal o apelido Sonhador?

O potro as encarou com curiosidade.

– Você vê esse olhar, Maisie? A maneira como ele se porta?

Maisie assentiu.

– Sim.

– Chamam isso de "olhar dos campeões", Maisie. Ele é um campeão; fará isso para mim. Ele trará o *derby* para casa, tenho certeza! Você não consegue ver Gordon Richards montado no Sonho de Chelstone passar voando pela linha de chegada em Epsom? – Lady Rowan ficou novamente pensativa. – Enquanto isso, o que farei sem seu pai?

– Ah – disse Maisie –, não se preocupe. Tenho um plano.

Lady Rowan riu, sua voz cortando a quietude da manhã e assustando a égua, que moveu seu potro para os fundos do pasto.

– Eu devia ter apostado nisso, Maisie. E qual é o plano?

– Vou lhe contar esta noite, lady Rowan, quando eu tiver resolvido alguns detalhes.

Ela consultou o relógio.

– Mas preciso telefonar para meu assistente, e depois devo encontrar Maurice. Posso usar o telefone na casa senhorial?

– É claro. Vou aguardá-la para o jantar esta noite, quando poderá me dar notícias sobre o progresso de seu pai. E não posso esperar para ouvir esse seu plano!

Maisie olhou novamente para o potro enquanto caminhava até a casa senhorial. E ela poderia jurar que Sonhador, o potro com o olhar dos campeões, observava cada um de seus movimentos.

~

– Billy, estou contente por tê-lo encontrado!

– Mantendo tudo em ordem, senhorita. Tudo em ordem. Como está o Sr. Dobbs?

– Muito melhor, obrigada. Fora de perigo. O que aconteceu quando você cancelou nosso compromisso com Waite?

– Bem, a princípio tive que deixar a mensagem com a secretária, que então precisou falar com ele. Pobre mulher! Parecia até que eu lhe pedira que contasse a ele que as lojas todas haviam pegado fogo. Ela estava com medo dele, como um rato assustado.

– Billy...

– Enfim, lá foi ela. Depois o próprio Waite pegou o telefone, fez um escândalo e berrou que ele era Joseph Waite e que ninguém fazia isso com ele.

– Ah, minha nossa!

– Depois eu lhe contei o motivo da ausência da senhorita e, para ser justo, ele parou de esbravejar imediatamente. Engraçado, não? Mostra que para ele a família vem antes de tudo e que é bom saber que uma filha reverencia seu pai e tudo mais.

– Ele pode me ver agora?

– Marcou uma reunião para sexta-feira, dizendo que se houver qualquer contratempo basta eu avisar, e que era para a senhorita lhe dizer caso ele possa ajudar de alguma forma. Um homem muito estranho, senhorita. Muito esquisita essa reviravolta.

– Ele é esquisito quando se trata de família, preciso admitir.

Maisie parou de falar a fim de anotar os detalhes.

– Com um pouco de sorte, terei boas notícias para Waite. Vou à Abadia de Camden amanhã para conversar com Charlotte.

– Parece-me que a senhorita já está com a agenda lotada.

– Hoje meu pai só poderá receber visitas mais tarde, e provavelmente apenas uma por dia até que o médico diga algo diferente, então conseguirei trabalhar no caso enquanto estiver aqui.

– Certo, então. O Dr. Dene telefonou novamente.

– Sério?

– Sim. E é interessante, porque ele queria deixar uma mensagem para a senhorita sobre sua visita para ver... Deixe-me conferir aqui. Preciso confessar: às vezes nem eu mesmo consigo ler minhas anotações... Ah, sim, a governanta da Sra. Thorpe.

– Qual foi a mensagem?

– Ele comentou apenas que queria transmitir uma mensagem dela, que ela gostaria de vê-la novamente. Ela se lembrou de alguma coisa que pode ser útil.

Maisie fez mais anotações em uma ficha enquanto falava com Billy e em seguida consultou o relógio.

– Vou *arrumar* um horário.

– Certo, senhorita. Algo mais?

– Na verdade, há, sim. Você se lembra de que falamos sobre você ficar em Chelstone por um tempo, talvez por um mês, mais ou menos? E que você não queria "ficar sentado ali, imprestável o dia todo", se não me engano? – Sem dar tempo a Billy, Maisie continuou: – Bem, tenho algo para você fazer que é essencial para mim e para lady Rowan. Billy, tem a ver com Sonho de Chelstone, o favorito para vencer o *derby* em 1934.

~

No caminho para a casa do cavalariço, Maisie teve que responder sobre a saúde do pai para o Sr. Carter e a Sra. Crawford. No caminho para a casa do pai, Maisie estremeceu. Nunca havia sentido essa friagem lá, mas naquele dia o sereno forte parecia entremear-se pelas paredes de pedra e pelas janelas à prova de tempestade, entranhando-se furtivamente em cada canto e fissura e invadindo o lugar.

Bem, isso não pode ficar assim!, pensou Maisie quando inspecionou a casa.

Seu pai obviamente saíra às pressas para cuidar da égua. Um bule esmaltado quase cheio de chá frio estava sobre a mesa; uma fatia de pão, agora seco e duro nas beiradas, havia sido cortada rudemente e o pão não fora devolvido à cesta. A vasilha de manteiga e um pote de geleia caseira de três frutas feita pela Sra. Crawford estavam abertos sobre a mesa, com uma faca grudenta largada num prato. Maisie sorriu, imaginando o pai tomando o chá escaldante às pressas, rapidamente passando geleia numa fatia grossa de pão, e então correndo para chegar ao estábulo. Ela começou a limpar a sala antes de buscar o conforto de um banho quente.

Maisie acendeu o fogo e colocou duas chaleiras grandes com água sobre a chapa quente, junto com um caldeirão normalmente usado para fazer sopa. Ela arrastou uma tina de latão que estava presa em um gancho na área de serviço e a pôs no chão em frente ao fogão, pronta para receber a água escaldante, que ela misturaria com a água fria da torneira até ficar morna. Ela cerrou as cortinas, trancou as portas e foi para o quarto pequenino como uma caixa onde outrora havia habitado. Abrindo o guarda-roupa, ela se perguntou se encontraria algo para vestir. Tocou em roupas que deviam ter sido entregues a um trapeiro havia anos. Eram peças da época da universidade – roupas de segunda mão que haviam pertencido a lady Rowan, ajustadas para seu tamanho pelas hábeis mãos de costureira da Sra. Crawford. Ali estava o vestido azul de baile que Priscilla, sua amiga na Girton, lhe presenteara. Quando tocou a fria seda azul, pensou em Simon, na festa em que dançaram a noite toda. Ela afastou as lembranças e tirou do guarda-roupa um par de calças marrons bastante largas que também ganhara de Priscilla, em uma época em que mulheres que trajavam calças eram consideradas "avançadas".

Depois que encontrou um velho par de sapatos de couro bons para caminhar, Maisie foi buscar na cômoda do pai uma camisa branca sem colarinho limpa, além de um par de meias para complementar seu visual do dia. Pegaria um velho casaco de veludo cotelê pendurado na área de serviço, ou simplesmente usaria seu casaco Mackintosh enquanto esperava que suas roupas fossem lavadas na casa senhorial. Não tivera tempo de fazer as malas antes de partir para Kent, mas daria um jeito.

Maisie preparou um banho, abriu a porta corta-fogo e começou a se banhar antes de embarcar no restante do seu dia. Ela se pôs a ensaboar o corpo, perguntando-se o que a governanta de Rosamund Thorpe poderia querer falar com ela. A Cidade Velha em Hastings abrigava uma pequena comunidade, e Maisie imaginou a mulher enlutada lembrando-se de algo, quem sabe alguma informação fundamental, depois de sua visita. Não sabendo como poderia contatar Maisie – pois hesitaria em usar o telefone de sua antiga patroa –, a Sra. Hicks teria procurado o Dr. Andrew Dene, esperando que ele pudesse transmitir a Maisie a mensagem, pedindo que a encontrasse na próxima vez em que estivesse lá.

Mas por que ela não contou logo a Dene o que havia lembrado? Maisie suspeitou de que a leal governanta provavelmente considerara que seria como contar uma fofoca. *E isso ela não faria nunca.* Maisie ensaboou os ombros e, com um pano, deixou a água quente correr pelo pescoço. Rosamund Thorpe, Lydia Fisher e Philippa Sedgewick. Maisie viu cada uma dessas mulheres em sua imaginação. *O que vocês têm em comum? Charlotte Waite, por que você fugiu?* Quatro mulheres. Quatro mulheres que haviam se conhecido anos antes. Uma patota. Um grupinho de jovens no limiar de se tornarem adultas. *Qual era a sensação disso?* Maisie fechou os olhos, mergulhando os pensamentos mais uma vez no passado. A biblioteca da Ebury Place, a Girton, as velhas roupas de lady Rowan, o vestido azul de baile, Priscilla rindo ao enfiar outro cigarro na piteira de marfim, o Hospital de Londres... *a França.* Quando ela era um pouco mais que uma menina, serviu praticamente na frente de batalha. Ainda sentada na água, que esfriava, Maisie permitiu que os pensamentos vagassem por mais tempo. *O que* você *fez durante a guerra? Protegeu jovens mulheres no casulo de seu mundo de privilégios, em seu pequeno e seguro círculo?*

Uma batida brusca à porta arrancou Maisie de suas reflexões. Sem querer interromper o encadeamento de seu raciocínio, ela não se moveu, não pegou a toalha pendurada atrás de uma cadeira, não gritou "Só um minuto!". Em vez disso, esperou silenciosamente até que ouviu um farfalhar de papel sendo colocado sob a porta e passos recuando pelo jardim. Ela voltou a relaxar na água por mais alguns minutos. O fogo agora flamejante a mantinha aquecida. *Rosamund, Lydia, Philippa e... Charlotte. O que vocês fizeram durante a guerra? E, se Charlotte também está correndo perigo, por que alguém quer todas vocês mortas?*

O bilhete, entregue pela empregada de Maurice Blanche, convidava Maisie para tomar o café da manhã com ele. Ela se vestiu depressa, colocando as calças, a camisa branca e o par de sapatos de passeio de couro marrom, que, pensou, caíam muito bem junto com as melhores meias Argyll de seu pai. Antes de deixar a casa do cavalariço, Maisie pegou o lenço de linho dobrado de sua pasta e o colocou no bolso do casaco velho que encontrou, como previsto, pendurado na área de serviço. Em vez de prender o cabelo para trás em um coque, Maisie entrelaçou as longas madeixas em tranças frouxas, de modo que, quando caminhava até a casa senhorial com suas roupas dobradas sob o braço, levou a Sra. Crawford – que estava em uma expedição no longínquo território do jardim da cozinha – a exclamar:

– Maisie Dobbs, você está parecendo uma menininha de novo!

Vendo Maisie se aproximar, percorrendo o caminho entre a casa do cavalariço e a casa da viúva, Maurice já abriu sua porta.

– Ele recuperou a consciência, Maurice, ele recuperou a consciência enquanto eu estava dormindo!

Maisie correu até Maurice, que, assim como a Sra. Crawford, se lembrou dos anos em que Maisie fora sua pupila, bebendo avidamente do poço de conhecimento que ele proporcionava.

– Fico muito contente, muito contente. Agora ele passará pelo processo de recuperação. É impressionante como o corpo e a mente se conectam. Mesmo quando o pensamento consciente se esvai, o paciente tem consciência da presença curativa do amor.

– Se eu tivesse todo esse poder, Maurice, ele sairia de lá hoje mesmo. Mas, escute, há algo mais. Eu e ele começamos a falar... juntos.

Maurice permaneceu parado ao seu lado, estendendo o braço para que Maisie entrasse em sua casa.

– É de fato uma maravilhosa alquimia universal, não é? Quando as intenções sinceras de alguém movem montanhas.

– Bem, o que quer que seja, estou feliz, muito feliz. E, se não for algo muito egoísta de minha parte, gostaria de um pouquinho mais de alquimia no meu trabalho. Vamos ao solário?

– Sim. Há ovos e bacon, se quiser, e alguns deliciosos pãezinhos frescos. Eles me fazem lembrar bastante da minha infância em Paris.

Maisie sorriu, ansiosa pelo café forte que Maurice apreciava.

Professor e pupila, mestre e discípula, Maurice Blanche e Maisie Dobbs sentaram-se no solário aquecido e iluminado, do qual viam-se os canteiros de flores estendendo-se pelo jardim e pelos campos mais adiante. Maisie fez um relato completo para Maurice sobre o caso Waite e sobre como ele havia se ampliado, incluindo também os assassinatos.

– Sim, sua investigação até agora parece indicar que a morte de Thorpe deve ser examinada mais de perto.

Blanche reclinou-se na cadeira de vime, observando um bando de pardais que voavam até o comedouro para pássaros, recém-abastecido de migalhas de pão. Maisie aguardou.

– Para Thorpe, uma overdose? Seguida de morfina *e* da baioneta de um rifle Lee Enfield no caso das duas outras mulheres, você quer dizer?

Ela deu um gole reconfortante no café, mas mal tocou no seu pãozinho crocante, apesar de ter-se dado conta de que não havia comido nada desde o almoço com o detetive-inspetor Stratton na véspera. Ela estava começando a desejar ter uma taça do vinho de sabugueiro de Maurice entre os dedos. O interrogatório havia começado.

– É como se o assassino não estivesse satisfeito apenas com o veneno, como se uma... emoção mais profunda... sim, acho que é a palavra certa, *emoção*... precisasse ser descarregada. Liberada.

– Você conversou com o médico da Sra. Thorpe a respeito da saúde mental dela? Você eliminou totalmente a possibilidade de suicídio?

– Não... não totalmente. O médico dela foi quem emitiu a certidão de óbito. Ele concluiu que foi suicídio. Falei com a governanta, que a conhecia muito bem, e com outros na cidade.

– Eu não duvido de seu instinto, mas a intuição deve se apoiar em algo concreto. Bem, sobre a esposa de Sedgewick... Você disse que Fisher foi preso com base na evidência que o conecta à Sra. Sedgewick, provando que estariam envolvidos romanticamente?

– De acordo com John Sedgewick, o marido, Fisher a havia contatado por causa do alcoolismo de Lydia, que ele não conseguia controlar. Disse também que sua mulher, a Sra. Sedgewick, não queria se encontrar com Fisher, mas acabou aquiescendo por algum tipo de lealdade para com a velha amiga. É um envolvimento muito diferente daquele apresentado pela polícia. Tenho a impressão, Maurice, de que, com a exceção de algum contato entre Lydia e Charlotte, essas mulheres, que certa vez foram amigas próximas, mantiveram-se a uma boa distância umas das outras.

– E por que acha que houve essa ruptura?

Maisie deixou que os olhos repousassem no comedouro, onde havia um alvoroço, com os pássaros bicando as migalhas ou uns aos outros enquanto tentavam enfiar seus corpinhos frágeis dentro da estrutura de madeira.

– O que *acha*, Maisie?

– Acho que *algo* aconteceu, anos atrás.

Maisie pronunciava as palavras lentamente enquanto observava o frenesi dos pássaros se alimentando no comedouro.

– Algo... não tenho certeza, mas sinto... de maneira bem clara que é algo de que elas não querem ser lembradas. E se ver ou manter contato trazia de volta o... *remorso*.

O silêncio invadiu o espaço.

– Você tem algo para me mostrar – disse Blanche por fim.

– Sim, tenho.

Maisie pôs as mãos no bolso, retirando o lenço dobrado e colocando-o entre eles sobre a mesa.

– Que tal eu pegar seus óculos, Maurice? Acho que vai precisar deles.

Blanche assentiu.

– Aqui está.

Maisie entregou o estojo de pele de lagarto para Maurice, que o abriu tão cuidadosamente que ela mal pôde ouvir o ruído das dobradiças. Ele retirou os óculos com aros de aço em formato de meia-lua, colocou-os sobre o nariz e inclinou-se para a frente, com o queixo ligeiramente inclinado para cima para favorecer sua visão, a fim de observar Maisie desdobrar o lenço.

Com as pontas do dedão e do indicador de cada mão, Maisie estendeu o lenço para revelar o indício.

Maurice observou o delicado quadrado de linho e depois encarou Maisie. Eles estavam tão próximos que quase podiam sentir a respiração um do outro.

– Ah, é tão delicado. A natureza é, de longe, a mais talentosa entre os artistas.

– Sim, ela é, não é mesmo?

– E você encontrou uma na casa de Fisher e outra na de Sedgewick?

– Entrei na casa de Lydia Fisher logo depois de seu assassinato e fui atraída para a primeira dessas duas, apesar de estar quase oculta. A da casa de Sedgewick estava escondida dentro de um livro.

– Que, sem dúvida, você abriu por acaso, não?

– Sim.

– E a mulher em Hastings? A Sra. Thorpe?

– Muitas semanas se passaram desde a morte dela, Maurice, e a Sra. Hicks me garantiu que a casa estava perfeitamente limpa para um potencial comprador. Receio que, se houvesse uma, agora ela já teria sido varrida.

– E então, Maisie, o que acha? O que isso quer dizer?

– Não tenho certeza, mas sinto que elas são importantes.

Como marionetes manipuladas pelo mesmo titereiro, Maisie e Maurice moveram-se para a frente ao mesmo tempo para tocar a delicada perfeição que repousava diante deles: duas pequenas e macias penas brancas.

CAPÍTULO 16

Depois do café da manhã, Maisie pegou o carro com George – que protestou que mal havia começado a trabalhar na pintura – e partiu para Hastings, tendo reservado bastante tempo para a volta, de modo a conseguir passar aquela tarde ao lado de seu pai. Quando ela chegou à colina na Cidade Velha, o mar cintilava no horizonte, causando a impressão de que diamantes haviam sido salpicados por toda a superfície. Depois de estacionar o carro diante do All Saints' Convalescent Hospital, Maisie parou por um instante para admirar a vista e mirar a pequenina Cidade Velha abaixo. Ela podia ouvir os barcos de pesca de casco trincado sendo puxados ao longe até a praia de seixos por pesados guinchos e gaivotas volteando acima deles. A pesca da manhã havia demorado a chegar.

– Essa brisa marítima faz um bem danado, a senhorita sabe!

– Ah, Dr. Dene! Não o vi caminhando quando passei de carro.

– Não, a senhorita não teria me visto, tomei um atalho. A Cidade Velha é repleta de refúgios, gretas, estreitos e passagens secretas que apenas os locais conhecem, e agora sou um local honorário.

Andrew Dene se moveu para abrir a porta para ela. Maisie percebeu que ele havia notado a vestimenta informal dela.

– Tenho apenas que avisar no consultório que estou aqui. Depois vamos à minha toca, onde poderemos discutir as duas coisas que estão na sua mente.

Dene entreabriu a porta do consultório e enfiou a cabeça pela fresta. Ela ouviu sua voz e, depois, a risada de alguém da equipe, até que ele saiu dessa posição e conduziu Maisie pelo corredor até sua "toca", que continuava tão desarrumada quanto no outro dia.

– Pois então: a recuperação de seu pai e Rosamund Thorpe?

Maisie tirou as luvas.

– Como sabe sobre meu pai?

Dene franziu o cenho.

– Os tambores soaram na selva. *E* isso me fez ir falar com Maurice esta manhã. Conheço o Dr. Simms, de Pembury, que tratou de seu pai quando ele foi levado ao hospital. Um homem muito bom. Todos os pacientes dele apresentam uma excelente recuperação. Trabalhei com ele em vários casos.

– Entendo.

Como se pudesse ler a mente dela, Dene continuou:

– Temos aqui um histórico de recuperações de acidente que é de primeira linha, Srta. Dobbs. Eu teria o maior prazer em providenciar que seu pai seja internado aqui depois de receber alta em Pembury. Posso começar...

Dene se inclinou na direção de uma pilha de pastas que balançaram instáveis quando ele a tocou. Instintivamente, Maisie se aproximou para equilibrar a pilha.

– Não se preocupe, Srta. Dobbs, até hoje não perdi uma pasta. – Ele puxou uma pasta amarelada de uma montanha de papéis. – Para a senhorita ter uma ideia da quantidade de trabalho que tenho pela frente. Como eu estava dizendo, posso começar a preencher o arquivo agora mesmo e contatar o Dr. Simms para informar a ele que conversamos.

– Obrigada. Isso vai tirar um peso das minhas costas.

– Que bom. Então está combinado. Podemos tratar dos detalhes da internação com o administrador quando a senhorita estiver de saída.

Dene fez uma série de anotações em uma folha de papel, fechou a pasta e a colocou sobre a mesa.

– Agora, a Sra. Thorpe – falou ele.

– Sim. Fiquei me perguntando se o senhor poderia me contar algo mais sobre ela, especialmente sobre o comportamento dela nos dias que antecederam a morte. Sei que ela passava boa parte do tempo aqui.

– Com franqueza, achei que ela andava muito bem, ainda mais tendo enviuvado tão recentemente. Mas era evidente que ainda estava enlutada.

Dene se inclinou para um lado, mexeu em outra pilha de pastas e mirou o mar antes de se voltar para Maisie novamente.

– A senhorita acha que ela foi assassinada, não acha?

Os olhos de Maisie expressaram sua surpresa. Ela não esperava ouvir de Andrew Dene uma especulação desse tipo.

– Bem, na verdade...

– Ah, vamos lá, Srta. Dobbs. Eu conheço Maurice, lembre-se. Sei muito bem em que trabalha. E Rosamund Thorpe era querida e respeitada na Cidade Velha, ainda que fosse uma forasteira.

– Acha que ela se matou, Dr. Dene? O senhor reconheceria os sintomas do desespero que precede um ato desses?

Dene estava pensativo.

– Seu silêncio significa dúvida?

– Minha especulação é apenas isso, Srta. Dobbs: uma especulação. Veja bem, apesar de eu achar *improvável* que uma mulher como a Sra. Thorpe tire a própria vida, notei a tristeza dela em diversas ocasiões, principalmente quando ela lia para os veteranos de guerra. Bem, essa é uma observação subjetiva, completamente desprovida dos protocolos de um diagnóstico, mas... a tristeza dela parecia mais pungente do que qualquer outro sentimento que eu tenha observado nos outros voluntários. A senhorita precisa compreender que os voluntários têm reações emocionais diferentes ao que veem. Por exemplo, todos nós reconhecemos um veterano de guerra quando vemos um na rua, seja ele um amputado, alguém que perdeu a visão ou que teve o rosto desfigurado, mas quando estamos perto de um veterano num ambiente como este, repleto de outros com deficiências semelhantes, isso se torna um lembrete, um terrível lembrete. Acredito que isso possa lembrar as pessoas de episódios e sentimentos que elas teriam preferido esquecer. A maioria rapidamente os supera e, antes que se imagina, está cantando "Não quero me alistar no Exército" com os pacientes na festa de Natal do hospital.

– Mas e a Sra. Thorpe?

– Ela não era assim. Apesar de exibir um largo sorriso para cada paciente... e ela pediu particularmente para ajudar os ex-soldados... ela sofria ao deixar o hospital depois de cada visita. Era como se vir aqui e fazer seu trabalho voluntário fosse uma espécie de autoflagelo.

– O senhor acha que ela se matou?

– Para dizer de outra forma: pelo que vi, acho que ela tinha uma *tendência* de atingir certas profundidades do desespero, mas, no fim das contas, não consigo imaginá-la tirando a própria vida.

– Por quê? – perguntou Maisie.

Andrew Dene suspirou.

– Sou um médico formado especialista em acidentes e reabilitação. Lido com coisas bem específicas que ocorrem com o corpo, mas me interesso também por aquilo que motiva uma pessoa a se curar. Estou acostumado com as linhas tênues, mas tenho apenas uma familiaridade superficial com o tipo de especulação que claramente é o seu ofício. Mas se eu fosse arriscar uma suposição...

– Sim?

– Eu diria que...

Andrew Dene hesitou. Como Maisie não interveio, Dene suspirou de novo e prosseguiu:

– Acho que ela sentia que tinha uma dívida que ainda não fora paga. Então, vir aqui era parte do pagamento, sabe? Não me interprete mal... – Por um instante apenas, Maisie detectou o sotaque original de Dene. – Não quero meter o bedelho em uma área que não é a minha e afirmar algo que não sei. É apenas minha opinião.

– Obrigada, Dr. Dene. Agradeço por sua sinceridade, que será mantida sob sigilo absoluto. Bem, o senhor disse que a Sra. Hicks quer me ver novamente?

Dene consultou o relógio de bolso.

– Ela está em casa agora. Vou telefonar e dizer que a senhorita está a caminho.

Andrew Dene afastou diversos livros e papéis para encontrar o aparelho. Ele rapidamente ligou para a casa de Thorpe e informou à Sra. Hicks que a Srta. Maisie Dobbs estava saindo do hospital naquele momento. Em seguida, pôs o telefone no gancho e empilhou os livros e os papéis novamente sobre ele. Maisie observava de olhos arregalados tamanha desordem.

– Dr. Dene, por favor, me desculpe pelo que vou dizer, mas não seria conveniente investir em um arquivo?

– Ah, não. Eu nunca encontraria nada! – respondeu ele com um sorriso maroto. – E então, a senhorita estaria livre para um rápido almoço depois de se encontrar com a Sra. Hicks?

– Bem... o horário de visita em Pembury é às quatro, logo... Contanto que pegue a estrada novamente em torno de uma e meia... Quero reservar bastante tempo para a volta.

– Sim, com certeza. Podemos caminhar pelas lojas de departamentos e talvez almoçar peixe e batata frita. Não há restaurantes sofisticados ali embaixo. É tudo um pouco tosco, mas em nenhum outro lugar do mundo a senhorita provará um peixe como esse.

~

Maisie estacionou diante da casa de Rosamund Thorpe na West Hill, e a Sra. Hicks abriu a porta da frente para cumprimentá-la.

– Obrigada por ter entrado em contato, Sra. Hicks, fico grata.

– Ah, Srta. Dobbs, é um prazer ajudar. Tive a sensação de que a senhorita estava agindo em benefício da Sra. Thorpe, assim, quando lembrei, achei que seria melhor contatá-la. Espero que não tenha se importado de eu ter pedido isso ao Dr. Dene. Um homem tão agradável.

Ela fechou a porta atrás de Maisie e a conduziu à sala de estar, onde um bule de chá e duas xícaras estavam postos sobre uma bandeja com alguns biscoitos.

Maisie sentou-se no sofá e, mais uma vez, tirou as luvas. Apesar de estar bem agasalhada, ela ainda sentia o frio, tanto nas mãos quanto nos pés.

A Sra. Hicks serviu o chá para Maisie, deu-lhe a xícara e, em seguida, ofereceu os biscoitos, que Maisie recusou. Ela precisava deixar espaço para uma farta porção de peixe com batata frita.

– Certo. Imagino que a senhorita prefira que eu vá direto ao ponto.

– Sim, por favor. É realmente importante que eu entenda por que a Sra. Thorpe tiraria a própria vida ou quem poderia desejar a morte dela.

– Bem, como sabe, eu quebrei a cabeça tentando responder à primeira pergunta e não tive muita sorte com a segunda. Todos gostavam da Sra. Thorpe. Então me lembrei de uma visita. Foi anos atrás, não muito depois que ela se casou. Na verdade, acho que não muito tempo depois da guerra. Joseph Waite...

A xícara de Maisie retiniu quando ela a colocou no pires.

– O chá está frio, senhorita?

– Não... não, de forma alguma. Por favor, prossiga, Sra. Hicks.

De dentro de sua pasta, ela sacou uma ficha e começou a tomar notas.

– Bem, enfim, Joseph Waite... Ele é o pai de uma de suas velhas amigas. Veja bem, elas não se viam havia muitos e muitos anos, desde a guerra. Enfim, o Sr. Waite veio aqui, num grande carro automotor, com motorista e tudo, e pediu para ver a Sra. Thorpe. Talvez ele não soubesse seu nome de casada, pois tomou certas liberdades. O que ele realmente disse foi: "Eu gostaria de ver Rosie." Foi a primeira vez que ouvi alguém chamá-la assim, e pensei que era certo atrevimento se dirigir a uma respeitável mulher casada pelo apelido de Rosie... na verdade, *qualquer* mulher, se parar para pensar.

– Continue.

– Bem, eu o conduzi à sala de estar e depois informei à Sra. Thorpe que ela tinha uma visita e lhe informei de quem se tratava. Ela ficou abalada, eu percebi. Não gostou nem um pouco. Ela disse: "Graças a Deus o Sr. Thorpe não está aqui", e em seguida: "Você guardará isso em segredo, certo, Sra. Hicks?" Eu nunca contei a ninguém, até agora.

– O que aconteceu?

– Bem, ela foi à sala de estar para cumprimentá-lo, como a dama que era, e ele parecia muito ofendido. Não aceitou o chá nem outra bebida. Apenas disse que queria falar com ela em particular, olhando para mim. Então fui dispensada.

– A senhora sabe por qual motivo ele veio?

– Não, sinto muito, senhorita, não sei. Mas ele estava irritado, e a deixou transtornada.

– A senhora escutou alguma coisa?

A Sra. Hicks suspirou e tentou ordenar seus pensamentos.

– É claro, na minha idade, é fácil esquecer as coisas, mas dele eu me lembro. Estas casas são construídas como fortalezas para proteger do vento e dos temporais. Foram construídas originalmente para os tenentes do almirante Nelson. Não se consegue escutar muita coisa através destas paredes. Mas ele a aborreceu, isso eu percebi. E quando ele estava saindo da sala... ele abriu a porta, e então ouvi tudo... Ele disse algo... bem, ameaçador, acho que poderia chamar assim.

– E o que foi?

– Ele disse: "Você vai pagar. Você vai pagar um dia. Anote minhas palavras, garota, você vai pagar." Depois ele foi embora, batendo a porta com tanta força que pensei que a casa ia desabar. Veja bem, depois de todo esse tempo aqui, não são pessoas como Joseph Waite que irão danificar esta casa!

A Sra. Hicks calou-se por instantes antes de tornar a falar, desta vez com menos veemência:

– Mas a senhorita sabe o que foi mais estranho?

– O quê, Sra. Hicks? – A voz de Maisie soou tão baixa que era quase um sussurro.

– Saí da sala de jantar, onde eu estava arrumando as flores, quando ouvi a porta da sala de estar se abrir. Queria estar pronta para conduzi-lo à saída. Bem, quando parou de falar, ele levantou a mão para mim, deste jeito – a Sra. Hicks ergueu o braço como faria um guarda de Londres para parar o tráfego –, para me impedir de ir em sua direção. Depois ele se virou rapidamente. Veja, senhorita, ele estava chorando. Aquele homem tinha lágrimas escorrendo por seu rosto. Não sei dizer se eram de raiva ou de tristeza ou o que eram. Mas... foi muito confuso, e ainda mais com a Sra. Thorpe tão transtornada.

Não surpreendeu Maisie que Joseph Waite, obcecado por controle como era, tivesse perdido a compostura, pois ela sabia que, quando pessoas assim cruzam uma fronteira emocional, costumam cair em um colapso nervoso. Ela se lembrou do desespero de Billy e da época em que ela também conhecera essa tristeza. Quando pensou nisso, ela se compadeceu não apenas de Rosamund, mas, estranhamente, também de Joseph Waite. Não importava o que ele tivesse feito, ele era um homem que conhecera verdadeiramente a dor.

– Ele voltou aqui?

– Nunca mais. Se tivesse voltado eu teria sabido.

– E ela nunca lhe confidenciou o motivo da visita?

– Não. Parece-me que ele queria fazê-la se sentir tão infeliz quanto ele estava.

– Humm. Sra. Hicks, sei que já lhe perguntei isso, mas devo me certificar: acha que a morte da Sra. Thorpe foi causada por outra pessoa?

A governanta hesitou, girando sua aliança de casamento no dedo repetidas vezes antes de responder:

– Sim, eu acho. Carrego certa dúvida em meu coração. E não posso ter certeza porque eu não estava aqui. Mas tirar a própria vida? Duvido muito, muito mesmo. Ela parecia estar numa missão para ajudar as pessoas, especialmente aqueles homens que haviam lutado na guerra e que eram apenas meninos... meninos feridos.

O relógio na prateleira de cornija começou a bater as horas: faltavam quinze minutos para o meio-dia.

– Obrigada por seu tempo, Sra. Hicks. Foi muito prestativa mais uma vez.

A Sra. Hicks pegou um lenço do bolso e limpou ligeiramente seus olhos marejados.

Maisie se ergueu e abraçou a governanta.

– Ah, a senhora deve sentir tanta falta dela.

– Ah, sinto, sim, Srta. Dobbs. Eu sinto muito a falta dela. A Sra. Thorpe era uma mulher adorável, gentil, e morreu muito jovem. Eu nem tive a coragem de doar suas roupas, como os filhos do Sr. Thorpe me pediram que fizesse.

Maisie teve a sensação de um toque, como se, sobre a mão que repousara no ombro da Sra. Hicks, outra mão tivesse descansado com delicadeza. Uma imagem de Rosamund se formara em sua mente.

– Sra. Hicks, a Sra. Thorpe estava vestindo sua roupa de luto quando morreu?

– Ah, sim, de fato ela estava. Um vestido preto muito bonito, muito respeitável, e ainda assim elegante. Ela não era de andar desalinhada. A Sra. Thorpe mantinha uma aparência impecável.

– Ela foi enterrada com...

– O vestido? Ah, não, eu não permitiria isso, que ela fosse para baixo da terra fria em sua roupa de viúva. Não, eu me assegurei de que ela estivesse trajada com seu adorável vestido de baile de seda. Ela parecia a Bela Adormecida. Não, o vestido que ela estava vestindo está no guarda-roupa. Eu o guardei assim que a vesti. Não queria que estranhos pusessem roupas nela, então a vesti eu mesma. Achei que devia jogá-lo fora, o vestido preto, mas não tive coragem.

– Posso ver a roupa, por favor?

A Sra. Hicks pareceu surpresa com o pedido, mas aquiesceu.

– Bem, claro, Srta. Dobbs. Vamos por aqui.

A Sra. Hicks conduziu-a até o quarto, onde abriu um guarda-roupa de mogno do qual tirou um vestido preto de cintura baixa em lã merino. O vestido tinha uma faixa de seda combinando com o debrum de seda do decote e dos punhos, além de dois elegantes bolsos costurados no corpete, arrematados com seda preta na borda.

Maisie pegou o vestido pelo cabide, foi até a cama e estendeu a roupa sobre ela.

– E o vestido não foi lavado desde então?

– Não, eu o guardei diretamente no guarda-roupa, com naftalina, claro.

Maisie aquiesceu e se virou novamente para o vestido. Quando a Sra. Hicks foi abrir a janela "para entrar um pouco de ar aqui", Maisie enfiou a mão no bolso esquerdo e o vasculhou cuidadosamente. Nada. Ela se inclinou, olhou dentro do bolso direito e novamente colocou a mão dentro dele. Sentiu algo picar-lhe a ponta dos dedos. Sem perder contato com o objeto, Maisie levou a outra mão até o próprio bolso para sacar um lenço limpo, que ela abriu antes de, com cuidado, pegar aquilo que tão suavemente lhe arranhara. Uma pena de passarinho macia e branca. Ela inspecionou seu achado por um breve momento antes de o repousar no lenço, que ela rapidamente guardou no bolso do casaco.

– Está tudo bem, Srta. Dobbs?

– Sim, tudo ótimo. É uma pena desperdiçar um vestido tão bonito, apesar de tingido de tanto sofrimento.

– Pensei o mesmo. Eu o deveria queimar, deveria mesmo. Talvez eu faça isso.

O vestido pode ser uma prova, e não deve ser perdido. Maisie advertiu a governanta, com tato, para não causar alarde.

– Ah, não, não faça isso. Por favor, guarde-o. Veja bem, acho que conheço uma pessoa que poderia fazer bom uso do vestido. Posso pedir que ela entre em contato?

A governanta assentiu.

– Bem, ele é muito bonito para ser destruído. Vou mantê-lo aqui até receber notícias suas.

– Obrigada, Sra. Hicks. Foi muito gentil, especialmente porque vim sem avisar e tão de repente.

– Ah, mas a senhorita não veio sem avisar. O Dr. Dene me pediu para ajudá-la como eu pudesse e disse que a senhorita era de sua inteira confiança e estava agindo para o bem da Sra. Thorpe. É melhor se apressar ou chegará atrasada ao seu almoço.

– Como a senhora sabia?

– Foi apenas um bom chute, Srta. Dobbs. O Dr. Dene pareceu um pouco animado demais quando eu lhe contei que tinha informações para a senhorita, como se a ideia de conversarmos novamente agradasse bastante a ele. Bem, isso não é da minha conta, e não é como as coisas eram feitas nos meus tempos, quando o Sr. Hicks e eu passeávamos juntos. Mas imaginei que ele convidaria a senhorita para um rápido almoço hoje. Deu para perceber em seu tom de voz.

Maisie corou.

– E que tom era esse, Sra. Hicks?

– Ah, a senhorita sabe. *Aquele* tom. Que um cavalheiro tem quando está animado.

Maisie reprimiu um sorriso e se despediu da Sra. Hicks. Apesar de estar ansiosa para almoçar com Andrew Dene, ela também não via a hora de ficar sozinha, esparramar as fichas com suas anotações e avaliar o que as informações reunidas naquela manhã significavam. O quadro estava se tornando mais nítido, como se cada conversa fosse uma série de pinceladas que adicionavam cor e profundidade a uma história que nesse momento se desenrolava muito rapidamente. Ela tinha três penas, provas de que as três mortes estavam interligadas e de que, sem sombra de dúvida, Rosamund Thorpe também fora assassinada.

Ela desceu a colina de carro para se encontrar com Andrew Dene perto dos barcos de pesca onde, mais cedo, um velho cavalo puxara uma roldana para levar os barcos à praia. Desejava poder voltar para Londres e, no entanto, sentia-se culpada por isso, pois o pai precisava dela. Estava ansiosa para se sentar com Billy diante da mesa com todas as pistas, suspeitas, provas, palpites e rabiscos dispostos diante deles. Ela queria encontrar a chave, a resposta para sua pergunta: que conexão havia entre três pequenas penas, três mulheres mortas e seu assassino? E como Joseph Waite estava envolvido? Ela tateou o lenço em seu bolso para sentir a evidência coletada.

– Obrigada, Rosamund – disse ela, enquanto voltava a segurar o volante com as duas mãos.

Maisie estacionou no fim da High Street, chamando bastante a atenção dos transeuntes. Enquanto andava pela beira-mar, onde gaivotas e pombos seguiam pedestres na esperança de que uma ou duas migalhas de pão fossem jogadas ao solo, ela fez uma anotação mental para se lembrar de perguntar para Billy por que ele não suportava pombos.

O clima estava frio, mas agradável o suficiente para Andrew Dene e Maisie caminharem para o píer depois de um rápido almoço de peixe com batatas fritas. O sol despontava mais alto no céu e havia esquentado, de modo que até parecia que era verão.

– Não posso acreditar que a senhorita tirou todo esse adorável empanado antes de comer o peixe! – Andrew Dene provocou Maisie.

– Eu adoro o peixe, mas não ligo muito para o empanado. Por outro lado, as batatas fritas estão muito saborosas.

– Mas a maior parte delas você deu para as gaivotas, e elas já estão gordas o suficiente!

Eles caminharam em silêncio. Maisie consultou seu relógio mais uma vez.

– A senhorita sabe quantas vezes olhou para o relógio em um minuto? Não pode achar minha companhia *tão* tediosa assim. Deve abandonar esse hábito logo.

– Como assim?

Os olhos de Maisie se arregalaram. Ela nunca havia conhecido um homem tão impertinente.

– Eu ia dizer que preciso voltar para pegar meu carro à...

– Uma e meia? Por volta disso? Sim, eu não me esqueci. A senhorita fez algum progresso hoje?

– Coletei mais informações, doutor. Juntar as peças numa ordem lógica, esse é o desafio. Às vezes é todo um caminho feito de conjecturas.

– Há algo mais em que eu possa ajudar?

Eles estavam caminhando de volta para o carro. Maisie mantinha conscientemente as mãos no fundo dos bolsos de sua capa de chuva, segurando com firmeza o lenço de linho que abrigava a terceira pena. Ela não consultaria o relógio outra vez até que estivesse bem longe de Andrew Dene.

– Não... Sim, sim, há uma coisa, na verdade. Diga-me, Dr. Dene, se pudesse nomear aquilo que diferencia as pessoas que se recuperam rapidamente das que não o fazem, o que seria?

– Ufa! Outra pergunta simples de Maisie Dobbs!

– Estou falando sério.

– E eu também. Esta é capciosa, e a senhorita provavelmente é mais qualificada para respondê-la do que eu. Foi enfermeira e, o mais importante, estudou assuntos de psicologia.

– Eu gostaria da sua opinião. Por favor, tente.

Maisie voltou o rosto para ele enquanto caminhava, desafiando-o a responder.

– Bem, se eu tivesse que escolher uma palavra, seria aceitação.

– Aceitação? Mas isso não impede os feridos de tentarem melhorar?

– Ah, agora a senhorita está fazendo o papel de advogado do diabo, não está? Em minha opinião, o primeiro passo é a aceitação. Algumas pessoas não aceitam o que aconteceu. Elas pensam "Ah, se ao menos eu não tivesse me aproximado daquela rua, como fiz" ou, num caso como o de seu pai, "Se ao menos eu soubesse que o chão estava molhado e que Fred, ou seja lá quem foi, havia deixado suas ferramentas no meio do caminho". Elas ficam presas ao momento do episódio que causou o ferimento.

– Sim, acho que sei o que quer dizer...

– Assim, no caso dos soldados que têm dificuldades para tocar a vida... Claro, alguns têm ferimentos terríveis, que nem mesmo toda a assistência terapêutica do mundo é capaz de aliviar... Mas aqueles que acham difícil aceitar estão presos no passado, ficam pensando sem parar no momento em que aquilo aconteceu. Não é que digam: "Ah, eu queria nunca ter me alistado." Na verdade, a maioria diz: "Pelo menos eu fui." Mas no fundo querem dizer: "Se ao menos eu tivesse me esquivado, pulado quando pude, corrido um pouco mais rápido, voltado para ajudar meu amigo." E, claro, tudo fica um pouco misturado com a culpa de, a rigor, terem sobrevivido quando seus companheiros morreram.

– Então qual é a saída?

Dene parou quando chegaram ao MG, e Maisie se encostou no carro, encarando o canal da Mancha, seu rosto aquecido pelo sol.

– Eu gostaria de ter *uma*, mas diria que são três: a primeira é aceitar o que aconteceu. A terceira é formar uma imagem, uma ideia do que a pessoa fará quando estiver curada ou se sentindo melhor. E, entre essas duas, a segunda é ter um caminho por onde seguir. Por exemplo, pelo que ouvi dizer sobre seu pai, ele terá uma boa recuperação: aceitou que o acidente aconteceu, tem uma imagem do que o futuro lhe reserva quando estiver melhor... garantir que o potro esteja em excelentes condições, pronto para o treinamento em Newmarket... e, entre uma coisa e outra, ele já sabe os passos que dará. No início ele só poderá ficar de pé por um minuto ou dois, e então usará muletas, depois passará a usar bengala, e depois o gesso será retirado. O Dr. Simms vai instruí-lo sobre o que não deverá fazer e sobre os tipos de atividades que podem prejudicar ou impedir seu progresso.

– Entendo.

– Essas são áreas cinzentas.

Maisie resistiu ao desejo de consultar novamente o relógio enquanto ouvia Andrew Dene falar.

– Por exemplo, se tomarmos o Sr. Beale... Ops, é melhor ir andando, não, Srta. Dobbs?

Andrew Dene abriu a porta do carro para Maisie.

– Obrigada, Dr. Dene. Gostei de nosso almoço.

– Sim, eu também. Espero ver logo seu pai no All Saints'.

– Entrarei em contato com o administrador assim que eu tiver tomado todas as providências.

– Certo, Srta. Dobbs.

Ufa! Que figura! Apesar de tudo, Maisie achou Dene interessante, envolvente, desafiador... e divertido. Ele conseguia rir de si mesmo. Mas havia algo mais a respeito dele, algo que a inquietava, que ao mesmo tempo lhe agradava e desconcertava: ele parecia saber quem *ela* era. Não pelo nome. Não por suas habilidades ou por sua profissão. Não. Sua identidade era composta por mais do que isso. Andrew Dene entendia suas raízes. Mesmo que tivesse investigado sua história, Maisie sabia que ele a entendia.

Depois do acidente do pai e das conversas no hospital com Maurice e, mais tarde, com Frankie, Maisie conseguiu rememorar melhor os tempos vividos junto à sua mãe. Lembrou-se de quando era uma menina de mais ou menos 9 anos e ficava na cozinha com ela. A mãe lhe contara como conhecera o pai de Maisie e soubera imediatamente que Frankie Dobbs era o homem certo para ela.

– Eu tentei conquistá-lo naquele momento, Maisie, sem perder tempo.

E ela rira, passando as costas da mão ainda cheia de espuma na testa para afastar os cachos de cabelo preto de seus olhos.

Maisie ficou pensando sobre o trabalho de fisgar um homem, e em como uma mulher de sua idade podia lidar com uma coisa dessas.

Enquanto dirigia, passando pela crista das colinas na direção de Sedlescombe, seus pensamentos se desviaram para Joseph Waite e os muitos eventos trágicos que lhe sobrevieram. O pai e o irmão vitimados em acidentes em minas, a mulher morta ao dar à luz, um filho que a guerra levou e uma filha distante que ele tentava controlar sem sucesso. Lydia Fisher não tinha sugerido a Billy que Charlotte havia sido festeira no passado? Quando se dirigia a Kent, passando pela divisa de Hawkhurst, Maisie se deu conta de que começara a sentir certa pena de Joseph Waite. Sim, ela sentia pena. Mas sentiria pena de um homem que poderia ter esfaqueado três mulheres a sangue-frio?

Talvez Charlotte Waite tivesse a resposta. No dia seguinte Maisie poderia formar uma opinião própria a respeito da moça. Seria ela, como o pai acreditava, um "lírio fenecido"? Ou, como Lydia Fisher dera a entender, uma fugitiva contumaz? O relato de Magnus Fisher não ajudava em nada. A história de cada narrador revelava apenas uma perspectiva, uma representação da pessoa que Charlotte demonstrava ser diante de cada companhia. Onde residia a verdade? Quem de fato era Charlotte?

CAPÍTULO 17

A quinta-feira trouxe a Kent chuvas fortes e ventos uivantes. No aconchegante conforto da casa do cavalariço, Maisie avistou o tempo lá fora, tremendo, mas não completamente surpresa.

– Típico! Que venham as nuvens para uma viagem pelo charco!

Nesse dia ela atravessaria Kent novamente, passando pelo cinza implacável dos charcos, onde veria pessoas – isso se visse alguma – andando às pressas com as cabeças abaixadas, querendo chegar logo ao seu destino. Naquele dia, os locais tentariam não se aventurar do lado de fora, e até mesmo os camponeses encontrariam tarefas que pudessem ser feitas no celeiro, em vez de nos campos, a céu aberto. Naquele dia ela finalmente conheceria Charlotte Waite.

– *Argh!* – fez Maisie ao correr para o MG.

George se juntou a ela. Ele vestia uma roupa impermeável normalmente usada por pescadores.

– Vai caçar uma truta para o chá?

– Não, senhorita. Achava que caçar tivesse mais a ver com o seu tipo de trabalho.

– Eu mereci essa, George.

Maisie riu e o motorista tirou a boina para acionar a bomba de gasolina, a primeira das cinco etapas para dar a partida no MG.

– Obrigada por ter saído.

– Vi a senhorita correndo nessa chuva e quis ter certeza de que partiria com segurança. É uma pena que tenha compromisso hoje, então preste atenção no caminho. Vá devagar nas curvas.

– Não se preocupe, George.

– Sabe a que horas estará de volta? Apenas para eu saber.

– Não voltarei a Chelstone hoje. Depois de Romney Marsh, irei a Pembury para visitar o Sr. Dobbs, e então vou direto para Londres. Espero voltar a Kent assim que possível para ver meu pai.

Maisie se despediu de George com um aceno e ele deu uma pancadinha na traseira do MG antes de correr para a garagem para se proteger da chuva.

Pomares de maçã que no dia anterior estavam repletos de flores agora estavam encharcados e deploráveis. Cerejeiras altas e curvadas e galhos de sabugueiros carregados de flores na beira da estrada pareciam quase sentir dor em seu esforço para se manter em pé. Maisie esperava que o temporal cessasse, que as árvores e a terra secassem rapidamente, e a primavera, sua estação preferida em Kent, em breve fosse renovada em sua resplandecente exuberância.

Enquanto manobrava o carro, Maisie refletiu sobre a visita que fizera ao pai no dia anterior. Ela havia entrado na ala e avistado Frankie no finalzinho da fileira de camas, com seu corpo inclinado para a frente, esforçando-se para se manter sentado e cumprimentar Maisie quando ela se aproximou.

– Como está, papai?

– Melhor a cada dia. Espero poder voltar logo à ativa.

– Ah, acho melhor não se apressar. Acabei de falar com o Dr. Simms e ele disse que você deveria passar duas semanas se recuperando perto do mar antes de voltar para casa, e mesmo então não poderá de forma alguma se apoiar na perna direita.

Frankie estava prestes a protestar, mas algo chamou a atenção em sua filha.

– Você pegou uma corzinha nessas bochechas, minha menina, e está parecendo mais descansada.

Era verdade. A própria Maisie notara que suas habituais olheiras cinzentas haviam diminuído, seu cabelo parecia estar mais lustroso, e ela se sentia muito melhor, embora tivesse tantas coisas na cabeça que nem percebera quão cansada estava. Foi Maurice que identificou o possível motivo para a fadiga de Maisie: "Você introjetou alguma coisa, Maisie. Absorveu algo que estava guardado dentro das três mulheres. E, ainda que absorver as coisas possa ser útil em seu trabalho, também pode atrapalhar, pois se identificar demais com os objetos da investigação não necessariamente ajuda."

Durante sua visita, mais coisas foram reveladas para Maisie, mais feridas se curaram, novos pontos de sustentação foram adicionados à sua base à medida que pai e filha avançavam, ainda hesitantes. Quando suas reflexões iam se iluminando pela luz da compreensão, ela sentia certo ressentimento se desprender, o que lhe permitia olhar para o passado de forma mais leve, com um pouco mais de compaixão. E, enquanto rumava para a Abadia de Camden, refletiu sobre Lydia, Philippa e Rosamund, indagando-se de forma insistente quem teria sido incapaz de perdoá-las, e o que elas teriam feito para justificar uma raiva tão profunda e implacável. Uma raiva que, entrelaçada com paixão, levara ao assassinato.

Ela estava perto da Abadia de Camden quando pareceu que a chuva diminuiria e que o sol, por breves instantes, conseguiria atravessar as nuvens cor de chumbo, cruzando um céu que já se coloria de um tom cinza-arroxeado. Mas assim era a região dos charcos. A promessa de luz causava a sensação de que os elementos estavam em conjunto contendo a respiro. E então o observador se dava conta de que esse momento de respiro era apenas uma trégua de um minuto antes de começarem rajadas ainda mais severas, antes de um vento cortante que trazia uma nova torrente de chuva.

Depois de estacionar diante da abadia, Maisie trancou o carro e correu para o interior da construção, onde ela imergiu no silêncio, rompido apenas pelo gotejar da água que escorria de seu casaco Mackintosh.

– Madre Constance me instruiu a levá-la diretamente à sala de visitas, onde a senhorita poderá se secar.

A jovem postulante evitou contato visual quando se aproximou para pegar as roupas de Maisie molhadas de chuva.

– Seu casaco, chapéu e luvas estarão secos no momento de sua partida.

– Obrigada.

Maisie fez um gesto com a cabeça e seguiu sua guia, que andou rente ao muro até a sala onde Maisie havia se encontrado anteriormente com madre Constance.

Uma vez mais, um fogo crepitava na grelha, mas dessa vez duas poltronas altas haviam sido posicionadas junto à lareira. Maisie se sentou e reclinou-se com um suspiro audível. A porta atrás da grade deslizou e revelou madre Constance. Seus olhos brilharam quando ela disse:

– Bom dia, Maisie.

– Bom dia, madre Constance. A senhora foi muito gentil em encorajar a Srta. Waite a concordar com este encontro.

– Sei que é importante para você, Maisie, e para o trabalho que tem que ser feito. No entanto, minha primeira preocupação é com a Srta. Waite. Precisamos considerar a melhor maneira de ajudá-la em sua cura e recuperação.

Maisie compreendeu que esse preâmbulo era importante.

– Veja bem, quando uma jovem faz uma petição para se juntar à comunidade... – Madre Constance olhou para Maisie atentamente. – Você está surpresa? Ah, Maisie, eu achava que você já teria intuído que a Srta. Waite deseja permanecer aqui, juntar-se a nós. É uma opção interessante para uma mulher que encontrou certo conforto entre estes muros. No entanto, devo acrescentar que a aceitação nunca é instantânea. Nunca.

Madre Constance esperou um comentário de Maisie. Diante do silêncio, prosseguiu:

– Há uma concepção errada de que uma comunidade religiosa é um lugar de escapismo, de que o refúgio oferecido de forma temporária pode facilmente se tornar algo mais permanente. Mas não é assim. Nossas noviças são mulheres que estão em paz com o mundo lá fora. Elas desfrutaram da sociedade em seu sentido mais amplo; tiveram o apoio de famílias amorosas e, em alguns casos, não lhes faltaram pretendentes. Eu aconselhei a Srta. Waite, disse que suas bases precisam se solidificar antes que ela possa se comprometer em uma relação com Deus. Ela não deve vir para cá por medo, para se esconder.

– O que quer dizer, madre Constance?

– Fazer parte de uma ordem religiosa não é uma forma de escape. É um compromisso positivo. A base de uma pessoa é a relação que ela tem com a família, com seu primeiro amor, vamos chamar assim. Charlotte Waite teve dificuldades em suas interações familiares, especialmente com o pai. Essas dificuldades representam uma fissura em sua base. A casa de seu futuro não pode ser construída sobre alicerces danificados.

Maisie franziu o cenho, pensando em sua própria situação, não em Charlotte. Foi por isso que ela sentira tamanha solidão? Foi a ruptura em sua relação com Frankie que a impediu de estabelecer outras conexões e, por isso, ela sentia estar sempre errando, de uma maneira ou de outra? Por isso nunca parecia capaz de unir-se aos outros e, quando conseguia, ficava assustada? Por isso nunca conseguia abrir seu coração para outra pessoa? Talvez. Afinal, agora que parara para refletir, não havia ela notado recentemente uma facilidade maior em suas interações pessoais? Pensou em Andrew Dene.

– Ah, sei que você compreende, Maisie.

– Acho que sim, madre Constance.

A freira sorriu e continuou:

– Acredito que Charlotte Waite possa lhe revelar o que está no cerne da discórdia entre ela e o pai. Vou chamá-la para que venha encontrar-se com você, mas permanecerei com as duas durante a entrevista, a pedido dela.

– Obrigada, madre Constance.

A pequena porta se fechou e Maisie foi deixada a sós com seus pensamentos. Ela teria preferido conversar com Charlotte a sós, mas estava grata pelo encontro, do jeito que fosse. Ela havia se comprometido a insistir para que Charlotte retornasse a Dulwich, para a casa de seu pai. Mas isso significaria tentar convencê-la a arriscar sua vida? Estaria colocando a vida de outras pessoas em perigo? Seria possível até mesmo que Charlotte estivesse buscando uma vida religiosa para expiar o crime de assassinato?

A porta da sala de visitas foi aberta silenciosamente e uma mulher de altura mediana entrou. No mesmo instante, a porta de correr atrás da grade de ferro que separava a madre Constance dos visitantes voltou a se abrir com um baque.

Maisie avaliou Charlotte rapidamente. Ela vestia uma saia cinza, um longo cardigã de lã fina, uma blusa branca lisa, sapatos pretos e meias opacas. Seus cabelos dourados, partidos no meio e penteados para trás em um coque solto, pareciam formar um par de cortinas emoldurando seu rosto. A única cor provinha de seus olhos azul-claros cintilantes. Vestida desse modo, ela não revelava nada de notável ou inesquecível. E quando abriu a boca para cumprimentar Charlotte, Maisie se lembrou do comentário de Dene sobre Rosamund Thorpe: "Era como se vir aqui... fosse uma espécie de autoflagelo."

Maisie se levantou da cadeira.

– Bom dia, Srta. Waite.

Maisie estendeu a mão, tentando avaliar rapidamente o objeto de sua investigação no que dizia respeito à disposição e às emoções reveladas pela postura.

– Estou muito grata por ter concordado em me ver – afirmou Maisie para a figura imóvel diante dela.

Charlotte Waite parecia estar paralisada. Apenas seus olhos revelavam certa antipatia por Maisie, fundamentada, com toda a probabilidade, em sua hostilidade com relação a quem ela representava.

– Vamos nos sentar – convidou Maisie.

Charlotte moveu-se silenciosamente na direção da outra poltrona, diante de Maisie, alisou a parte de trás da saia e se sentou, seus joelhos e suas pernas inclinados para um lado, como lhe haviam ensinado na escola suíça de boas maneiras.

Maisie limpou a garganta.

– Charlotte, seu pai está muito preocupado com a senhorita.

Charlotte ergueu a vista e em seguida deu de ombros, causando a impressão de ser uma garota mimada, e não uma mulher-feita.

Maisie persistiu.

– Notei que pode ter havido um problema de comunicação entre a senhorita e seu pai. Por favor, ajude-me a compreender o que se interpôs em seu relacionamento. Talvez eu possa ser de alguma ajuda.

Charlotte Waite pareceu considerar a questão. Ela por fim falou, com uma voz que Maisie achou muito parecida com a do pai. Era uma voz forte, que não pertencia ao corpo trajado de cinza, delgado, quase frágil.

– Maisie Dobbs, eu prezo seus esforços. No entanto, Joseph Waite quer de volta aquilo que ele considera sua propriedade, para ele guardar muito bem guardadinho com todo o resto de suas posses. Estou exercendo minha escolha de pertencer não a ele, mas a mim.

– Compreendo seu posicionamento, Srta. Waite. Mas isso não pode ser alcançado por meio de uma fuga, certo?

Pela grade, Maisie lançou um olhar furtivo para madre Constance.

– Tentei conversar com meu pai. Morei na casa dele por muito tempo. Ele quer que eu seja dependente dele em cada pensamento, para que eu permaneça à vista, sob o controle dele.

– E, na sua avaliação, qual é o motivo desse comportamento?

Maisie sabia que deveria suspender todo julgamento. Mas havia começado a antipatizar com Charlotte Waite, a duvidar de suas racionalizações. Será que se tornara parcial depois de ter sentido pena de Joseph Waite?

– Bem, a senhorita certamente é diferente do último investigador que ele mandou atrás de mim.

– É mesmo? Mas mantenho minha pergunta.

Charlotte Waite sacou um lenço do bolso e assoou seu nariz.

– Por toda a minha vida, Srta. Dobbs, tentei compensar o fato de não ser meu irmão. Não sou Joseph júnior. Todas as coisas em que eu era boa eram muito diferentes das coisas em que ele era bom, e ele se sobressaiu, era o favorito do meu pai – desabafou Charlotte.

Maisie suspeitou de que ela nunca havia confidenciado seus verdadeiros pensamentos.

– E quais eram seus sentimentos em relação a seu irmão, Srta. Waite?

Charlotte se pôs a chorar.

– Fale comigo, Charlotte – insistiu Maisie, deliberadamente se dirigindo a ela pelo primeiro nome.

– Eu amava Joe. Eu o adorava e admirava. Ele estava sempre presente, sempre. Ele me protegia, mas...

– Sim?

– Eu estava dividida.

– Dividida?

– Sim, eu... eu de certa forma tinha... inveja dele, especialmente enquanto crescia. Eu me perguntava por que era ele o favorito, e não eu. Ele podia trabalhar para meu pai, enquanto eu era tratada como uma pessoa sem cérebro. Fui isolada, ignorada.

Maisie ficou em silêncio. Em comparação, ela havia sido afortunada em sua criação e nas oportunidades que a vida lhe deu, apesar de Charlotte ser a filha de um homem rico. Como ela tivera sorte. Respirou fundo. Maisie queria seguir adiante e falar sobre o dia em que Charlotte deixou a casa do pai. Ela precisava dar conta, ao mesmo tempo, da promessa de levar de volta a filha de Joseph Waite e de sua necessidade de solucionar os assassinatos das três mulheres. As outras integrantes da patota de Charlotte.

– Srta. Waite. Charlotte, se me permite. Talvez possa me explicar a conexão entre os sentimentos que descreve e o que aconteceu no dia em que deixou a casa de seu pai.

Charlotte fungou e limpou de leve o nariz. Maisie a observou com atenção, desconfiando da volatilidade do estado emocional da mulher. *Ela está na defensiva novamente.*

– Para falar a verdade, eu estava farta de morar com ele. Há anos eu queria ir embora, mas meu pai não me sustentaria a não ser que eu permanecesse sob seu teto.

Ouvir Charlotte falar dos benefícios a que acreditava ter direito indignava Maisie. *Continue impassível.* Os ensinamentos de Maurice ecoaram em seu pensamento. O caso desafiava Maisie a todo momento.

– Sustentá-la, Srta. Waite?

– Bem, ele nunca permitiria isso, permitiria? A filha de Joseph Waite morando sozinha e trabalhando.

– Hummm... sim – disse Maisie, de uma maneira que ela esperava que encorajasse Charlotte a prosseguir.

Ela podia sentir madre Constance observando-a, e suspeitou de que a freira havia intuído seus pensamentos e entendido seu dilema.

– Enfim, a vida tinha se tornado difícil. O café da manhã foi a gota d'água.

– A senhorita discutiu com seu pai?

– Não, não trocamos uma palavra, a não ser "bom dia". Talvez fosse melhor se tivéssemos discutido. Pelo menos significaria que ele havia notado a minha presença.

– Continue, Charlotte.

Charlotte respirou fundo.

– Eu me sentei, abri o jornal e li que uma velha amiga tinha...

– Sido assassinada.

– Como sabe?

– Faz parte do meu trabalho, Srta. Waite.

– A senhorita sabe que eu fiquei transtornada ao ler sobre a morte de Philippa?

– Eu suspeitava. Mas por que foi embora? O que temia?

Charlotte engoliu em seco.

– Na verdade fazia muito tempo que eu não a via, desde a guerra. Se eu tivesse contado a meu pai sobre a morte dela, ele pensaria que meu nervosismo era injustificado.

– E isso é tudo?

– Sim.

Ela está mentindo, pensou Maisie, que continuou a pressionar sua interrogada o máximo que ousou.

– Houve algum outro motivo para sua partida? Contou que fazia tempo que a relação entre a senhorita e seu pai era problemática.

– Durante toda a minha vida! – respondeu Charlotte com veemência.

– Sim, compreendi isso. Deve ter sido muito difícil para a senhorita. Mas pareceu sugerir que a relação com seu pai estava mais complicada do que o habitual.

Charlotte encarou Maisie, como se tentasse adivinhar quanto ela já sabia, e depois acabou cedendo.

– Outra amiga havia morrido algumas semanas antes. Ela... tirou a própria vida. Nós também não nos falávamos desde a guerra, e eu soube disso apenas porque li na seção de obituários do *Times*. Na verdade, eu não soube na hora que ela... havia feito aquilo. Descobri mais tarde, quando telefonei para a família para prestar minhas condolências.

– Entendi. E seu pai?

– Ele não me deixaria comparecer ao velório. Proibiria. Claro, ela não teve um funeral, não um que fosse adequado, porque a igreja não permite que suicidas tenham funerais.

– E por que acha que ele a proibiu de comparecer?

– Ah, provavelmente porque eu a conhecia havia muito tempo e eu... eu fico perturbada.

– Há algo mais, Charlotte? Algum outro motivo?

– Não.

Rápido demais. Respondeu rápido demais.

– Como foi que a senhorita conheceu essas duas amigas, Philippa e...?

– Rosamund. – Charlotte mordiscou uma cutícula. – Éramos conhecidas havia séculos, primeiro na escola e depois durante a guerra – respondeu ela, com desdém.

Seu tom não passou despercebido por Maisie, que pressionou para obter uma resposta mais concreta.

– O que fizeram durante a guerra... juntas?

– Não consigo me lembrar agora. Foi há tanto tempo.

Maisie observou Charlotte Waite esfregar as mãos uma na outra, numa tentativa de disfarçar seu tremor.

– Bem, seu pai não gostava de duas de suas amigas. E o que ele pensava de Lydia Fisher?

Charlotte deu um pulo em sua cadeira.

– Como a senhorita conhece Lydia? Ah, meu Deus, sabia o tempo todo, não?

– Sente-se, Srta. Waite. Respire fundo e se acalme. Não estou aqui para antagonizá-la ou lhe fazer mal. Estou apenas buscando a verdade.

Maisie virou-se brevemente para a grade e viu madre Constance franzir o cenho. *Estou em um terreno instável, mas ela ainda me deixará avançar. Por enquanto.*

Charlotte sentou-se novamente.

– O que Lydia tem a ver com isso?

– A senhorita não deve ter lido os jornais, Charlotte, mas Lydia está morta.

– Ah, não! *Não!* – exclamou ela, com uma surpresa que pareceu genuína.

– E o marido dela, Magnus, foi preso pelos assassinatos de Philippa e Lydia.

– Magnus?

– A senhorita parece surpresa.

Os músculos do pescoço de Charlotte Waite estavam retesados.

– Mas ele não via Rosamund desde a escola!

– Rosamund? Pensei que ela tivesse tirado a própria vida...

Charlotte escondeu o rosto entre as mãos. Madre Constance pigarreou, mas Maisie tentou obter uma última resposta.

– Charlotte!

O tom da voz de Maisie a fez erguer o olhar. Lágrimas escorriam no rosto da garota.

– Charlotte, me diga, por que havia uma pena branca perto de cada uma das vítimas?

Charlotte Waite desmoronou.

– Pare! Pare com isso agora! – ordenou madre Constance, elevando a voz.

A porta da sala de visitas foi aberta e duas noviças entraram para ajudar Charlotte.

Maisie fechou os olhos e respirou profundamente para que seus batimentos cardíacos voltassem ao normal.

– Então é assim que trabalha, Maisie Dobbs?

– Quando é preciso, sim, madre Constance.

Madre Constance deu batidinhas na mesa diante dela e pensou por um instante. Então, ela surpreendeu Maisie.

– Ela vai superar esse contratempo. – A madre suspirou. – E é evidente, até mesmo para mim que ela está retendo informações. Essa, no entanto, é uma prerrogativa dela.

– Mas...

– Sem "mas", Maisie. Seu interrogatório não correu como eu esperava.

– Talvez eu pudesse ter sido mais gentil.

– Sim, podia ter sido.

Madre Constance estava pensativa.

– No entanto, você pode ter me prestado um serviço, ainda que isso não seja uma desculpa para agir como agiu com Charlotte. – Ela suspirou novamente e explicou: – Reconstruir um relacionamento significa, primeiro, fazer uma confissão, que soa melhor quando dita em voz alta para alguém que escute. Há uma confissão a ser feita aqui, e você conseguiu conduzir Charlotte à beira do fogo, apesar de ela claramente temer o calor.

– Esse é um jeito de colocar a coisa, madre Constance.

Maisie pensou por um momento.

– Veja bem, sei que fui um tanto dura ao pressioná-la, mas três mulheres foram assassinadas e um homem inocente foi preso. E Charlotte...

– É quem tem a chave.

– Sim.

– Vou aconselhá-la a falar com você novamente, mas não antes de ela ter se recuperado. Maisie, você deve me dar sua palavra de que não irá conduzir a próxima conversa de forma tão hostil. Continuo profundamente desapontada com você.

– Madre Constance, ficarei muito grata se puder encorajar a Srta. Waite. Dou minha palavra de que levarei em consideração a sensibilidade da Srta. Waite quando nos encontrarmos. Mas... não temos muito tempo.

Madre Constance aquiesceu e, quando a porta corrediça se fechou atrás da grade, Maisie se levantou para ir embora.

Uma postulante entrou na sala com o casaco Mackintosh, o chapéu e as luvas de Maisie, todos secos, e ela os vestiu antes de voltar ao carro. Quando o motor ligou, Maisie bateu no volante.

– Droga! – exclamou.

CAPÍTULO 18

Maisie já estava em sua mesa quando Billy chegou na manhã de sexta-feira. Eles tinham muitas tarefas para concluir, em casos diversos, e precisavam conversar sobre dois novos clientes em potencial que haviam aparecido no escritório durante a ausência dela.

– Você tem trabalhado muito, Billy.

– É bom para eu não pensar naquilo.

– A perna tem doído esta semana?

– Agora fica me incomodando o tempo todo. Mas eu tenho me comportado, senhorita. Estou andando na linha.

Billy estava com olheiras tão escuras quanto as dela. Se ao menos ele pudesse ir logo para Chelstone...

– Você tem pensado na minha proposta?

– Bem, Doreen e eu temos conversado sobre isso e tudo mais. É claro, ficamos preocupados com o dinheiro.

– Eu lhe dei minha palavra, Billy.

– Eu sei, eu sei, senhorita. Mas me sinto um pouco, ah, não sei...

– Vulnerável?

– Acho que é isso.

– Billy, é normal se sentir assim. Não consigo nem lhe dizer quanto sua ajuda com meu pai significa para mim. Ter alguém em quem confio para ficar com ele e ajudar com os cavalos... De outra forma, ele ficaria doente de preocupação com eles. E sei que sua perna o incomoda, então um dos peões se encarregará do trabalho realmente pesado. Papai está passando muito bem. Ele deixará a cadeira de rodas quando voltar para Chelstone e vamos colocar uma cama no andar térreo da casa. Você não terá que erguer nenhum peso.

– Seremos dois pernas de pau juntos, não?

– Ah, vamos lá, você vai ver... vai voltar com as energias recarregadas. Ouvi dizer que o amigo de Maurice, Gideon Brown, é um homem surpreendente, que já fez maravilhas tratando de pessoas feridas e debilitadas. Além do mais, você não ficará preso dentro de casa, mas estará no ar fresco...

– E bem longe de qualquer tentação, não é, senhorita?

Maisie suspirou.

– Sim, Billy. Tem isso também.

Billy assentiu.

– Está bem, então. Está bem, eu vou, mas não até o caso da Srta. Waite e das outras mulheres ter sido concluído. Não posso deixar o trabalho pela metade.

– Está certo, Billy. – Maisie aquiesceu. – Mais alguma coisa?

Billy olhou para Maisie com seriedade.

– Doreen e os meninos poderão ir para lá?

– É claro que podem. Não é uma prisão, sabe. Na verdade, se Doreen quiser, acho que ela poderia conseguir trabalho com lady Rowan.

– Ah, ela gostaria disso.

– Sim. Aparentemente, lady Rowan tem andado tão preocupada com a égua e o potro que está "atrasada", como ela mesma diz, com os preparativos para sua volta a Londres. Ela quer mandar ajustar vários de seus vestidos de noite em vez de comprar novos, então falei com ela sobre Doreen.

– A senhorita deveria trabalhar numa agência de empregos. Encontraria vagas para todo mundo e acabaria com as filas num piscar de olhos.

Maisie riu.

– Vamos lá, vamos resolver essa encrenca. Quero ver em que pé estamos, depois de tudo o que aconteceu enquanto eu estava longe. Teremos de sair daqui por volta das dez. E continuaremos o trabalho esta tarde, assim que tivermos voltado. Além disso, precisarei falar com o detetive-inspetor Stratton hoje mais tarde.

– Para ver se Fisher abriu o bico?

– Sim, de certa forma. Apesar de eu achar que a única coisa que vai sair dali diz respeito à bebedeira de sua mulher e às dívidas de jogo que ele acumulou. Mas os jornais estão se refestelando com a história dele.

– Parecem carrapatos, senhorita. Sinto um pouco de pena.

– E é para sentir mesmo... Eu apostaria o meu negócio na inocência de Fisher.

~

De forma um tanto deliberada, Maisie não havia discutido com Billy as últimas informações que obtivera sobre o caso Waite. Apesar de querer trabalhar no mapa do caso como um artista numa tela inacabada, ela também estava ciente da importância de deixar fatos, pensamentos, observações e sentimentos cozinhando em fogo baixo. Nas horas que passou dirigindo depois do encontro com a Srta. Waite, Maisie concluíra que a única pessoa correndo perigo naquele momento era Charlotte. Um plano havia começado a se formar na mente de Maisie. A execução dependeria da própria Charlotte.

Às dez em ponto, quando eles estavam prestes a sair para a reunião com Joseph Waite, o telefone tocou.

– Sempre no nosso caminho, hein?

– Você está certo de novo.

Maisie atendeu e informou o número.

– Poderia falar com a Srta. Maisie Dobbs?

– Sou eu.

– Ah, Srta. Dobbs. Sou o reverendo Sneath, do povoado de Lower Camden. Tenho uma mensagem importante para a senhorita, da parte de madre Constance, da Abadia de Camden. Eu a visitei ontem mais cedo, e ela me pediu que lhe telefonasse com urgência assim que retornasse à casa paroquial.

– Qual é a mensagem, reverendo Sneath?

Maisie estava muito apreensiva. Ao notar que a expressão dela se alterara, Billy se aproximou da mesa.

– Eu a lerei para a senhorita, para que não haja nenhum mal-entendido.

Maisie mordeu o lábio enquanto escutava o farfalhar do papel sendo desdobrado. O reverendo limpou a garganta.

– "Estimada Maisie. A Srta. Waite deixou a Abadia de Camden. Ela foi para sua cela imediatamente depois de seu encontro de ontem e não se juntou a nós para as refeições ou em nossas devoções, como seria o costume. Dei instruções para que uma bandeja de comida fosse deixada para ela e, quando descobrimos esta manhã que estava intacta, vasculhamos a abadia, mas foi em vão. Receio que o episódio angustiante de ontem possa ter pesado muito sobre ela. Não informei o ocorrido às autoridades pois a Srta. Waite não é uma integrante de nossa comunidade. No entanto, preocupo-me com o bem-estar dela. Faça tudo o que puder para encontrá-la, Maisie. Não preciso lembrá-la de que a segurança dela é sua responsabilidade. Oraremos por você e pela Srta. Waite."

– Ah, meu Deus.

Maisie afundou na cadeira.

– Sim, concordo.

– Obrigada, reverendo Sneath. Por favor, destrua a mensagem. O senhor faria a gentileza de transmitir à madre Constance o recado de que entrarei em contato com ela assim que tiver localizado a Srta. Waite?

– Claro. Tenha um bom dia, Srta. Dobbs.

A ligação foi interrompida.

– Ela fugiu, Billy.

A mão de Maisie ainda estava no fone, como se ela esperasse que o aparelho tocasse e trouxesse mais notícias de Charlotte.

– Ah, minha nossa! O que diremos para o velho Waite agora?

– Nada. Eu não quero alarmar Waite até que tenhamos investigado. Por ora, continuaremos a agir como se soubéssemos onde ela está. Mas precisamos encontrá-la... e rápido. Venha, vamos andando. Podemos conversar sobre isso no carro.

Maisie e Billy trocaram ideias no trajeto para Dulwich, até que Maisie interrompeu a especulação.

– Vamos deixar esse problema descansar. Agora que já especulamos em todas as direções, vamos dar espaço para a inspiração.

– Certo, senhorita. Vamos deixar que as ideias venham até nós, em vez de sairmos à caça delas.

– Exatamente.

Maisie falava com todo o vigor de que era capaz, mas não conseguia se livrar do medo que lhe corroía o estômago. E agora, onde estaria Charlotte Waite?

~

Mais uma vez, pediram que Maisie estacionasse o carro "de frente para o portão" na mansão Waite, e, mais uma vez, depois de ela ter sido cordialmente cumprimentada por Harris, a calma foi rompida pela entrada intempestiva da Srta. Arthur, a secretária de Joseph Waite, que chegou agarrada a seus arquivos.

– Ah, Srta. Dobbs, Srta. Dobbs, Srta. Dobbs. Tentei ligar para a senhorita, mas sua linha estava ocupada, e quando telefonei uma segunda vez, não houve resposta. Eu lamento, eu lamento, eu lamento.

Agitando os braços, a Srta. Arthur lembrou a Maisie uma ave assustada. Maisie levantou a mão, como se estivesse se preparando para alisar as penas eriçadas da outra mulher.

– Qual é o problema, Srta. Arthur?

– É o Sr. Waite.

A Srta. Arthur conduziu Maisie e Billy ao escritório revestido de madeira que ficava perto do saguão de entrada.

– Evidentemente, ele pede desculpas, muitas desculpas, mas ele foi... chamado com urgência... para resolver um assunto de trabalho.

A Srta. Arthur não costumava mentir, percebeu Maisie. Ela franziu o cenho.

– Entendo.

– Tentei contatá-la, mas acho que a senhorita já havia saído – prosseguiu a secretária, aflita.

– Não se preocupe, Srta. Arthur. É claro que eu tenho muitas coisas a contar para ele.

– Sim, sim, ele estava esperando por isso. Pediu-me que, nesse ínterim, eu cuidasse imediatamente de acertar quaisquer contas que a senhorita porventura tivesse para lhe apresentar. Por seus serviços.

– É muita gentileza.

Maisie se virou para Billy, que lhe entregou um envelope marrom, o qual, por sua vez, foi entregue à Srta. Arthur.

– Talvez possamos remarcar a reunião para semana que vem?

– Sem dúvida, Srta. Dobbs.

A Srta. Arthur foi num passo ligeiro até o outro lado de sua mesa, abriu uma gaveta e tirou dali um talão de cheques e um livro-razão. Ela olhou de relance para a conta e começou a fazer um cheque enquanto falava com Maisie.

– Na verdade, o Sr. Waite pediu que lhe dissesse que ele recapitulou suas conversas anteriores e que está satisfeito com seu progresso. Ele está confiante que trará a Srta. Waite de volta no devido tempo.

– Que reviravolta, não é, Srta. Arthur?

Maisie suspeitava que *tanto* Charlotte *quanto* seu pai estavam evitando uma nova confrontação com ela. Coincidência? Ou algo planejado?

A Srta. Arthur não respondeu e continuou a preencher o cheque com sua mão pequena e rechonchuda. Ela deslizou o cheque para dentro de um envelope e o entregou a Maisie. Em seguida, olhou para baixo para completar a entrada no livro-razão antes de pegar uma agenda volumosa.

– Deixe-me ver essa agenda. Que tal na próxima quarta-feira? Ao meio-dia?

Maisie acenou para Billy, que anotou o horário em uma ficha.

– Talvez a senhorita possa fazer a gentileza de informar ao Sr. Waite que acredito estar em condições de, muito em breve, providenciar o retorno da Srta. Waite à casa.

– Eu compreendo, Srta. Dobbs. Estamos todos muito ansiosos para tê-la de volta.

– Sim.

Maisie olhou fixamente para a Srta. Arthur, que parecia determinada a remexer na papelada sobre a mesa. Ela sempre pensara que a secretária, assim como os outros empregados de Joseph Waite, receavam o retorno de Charlotte. O que estariam escondendo dela? Charlotte já teria voltado? Teria Waite localizado a filha e a arrastado para casa? Mas, se assim fosse, por que esconder de Maisie seu paradeiro?

– Vou chamar Harris para conduzi-la à saída.

– Obrigada, Srta. Arthur.

Maisie e Billy já estavam quase na porta quando ela se virou para o mordomo.

– A Sra. Willis está livre agora? Gostaria de falar com ela por um instante.

– Ela está de folga esta tarde, senhorita. No entanto, pode ser que ainda esteja no quarto. Devo chamá-la?

– Ah, não, vou bater rapidamente à sua porta, se não tiver problema. Eu a vi no ponto de ônibus em Richmond recentemente e queria lhe oferecer uma carona uma hora dessas.

Maisie começou a andar enquanto falava, sabendo que o gesto forçaria sutilmente o mordomo a aquiescer.

– Claro, senhorita. Siga-me.

– Billy, espere por mim no carro, certo?

O assistente escondeu a surpresa.

– Certo, senhorita.

Maisie foi acompanhada por um corredor que levava primeiro à escada de acesso ao andar mais baixo e, de lá, continuava pela lateral da casa. O projeto da casa, apesar de ter sido concebido para dar a impressão de um estilo arquitetônico mais antigo, era na verdade moderno. A escada que levava às cozinhas era ampla e arejada, e os apartamentos dos criados mais antigos eram espaçosos. A casa fora projetada para dar tanto ao dono quanto aos criados um nível de conforto que não se via no passado.

Harris bateu a uma porta cuja pintura apresentava um ligeiro brilho.

– Sra. Willis? A senhora tem visita.

Maisie pôde ouvir certo movimento lá dentro, e então a porta se abriu e apareceu a governanta, que estava dando batidinhas de cada lado da cabeça para recompor os cachos soltos do cabelo. Ela trajava um vestido de dia feito de lã violeta-clara, com colarinho e punhos brancos estreitos, e continuava a pressionar o couro de um dos sapatos pretos com o calcanhar numa tentativa de fazê-lo entrar em seu pé sem que ela tivesse que se inclinar na frente da visita.

– Ah, que surpresa.

– Peço desculpas por incomodá-la, Sra. Willis. – Maisie se voltou para Harris. – Obrigada por me mostrar o caminho.

Ele fez uma mesura e saiu, e então Maisie se voltou novamente para a governanta.

– Posso entrar?

– Claro, claro. Peço desculpas. Não costumo receber visitas, por isso me perdoe por não estar pronta para recebê-la.

A Sra. Willis acenou para que Maisie a acompanhasse até a imaculada sala de estar. Um pequeno sofá e uma poltrona combinando estavam posicionados diante da lareira, e uma mesa fora posta perto da parede, uma das abas dobradas para que o móvel coubesse exatamente no espaço restrito, a madeira muito bem lustrada refletindo um vaso repleto de narcisos colocado sobre uma toalhinha de renda. Uma série de fotografias apoiava-se sobre o aparador próximo à janela, que oferecia uma vista agradável para os jardins laterais.

– Posso lhe oferecer algo para beber, Srta. Dobbs?

– Não, obrigada, Sra. Willis.

– Por favor, sente-se. Imagino que tenha vindo hoje para organizar a volta da Srta. Waite.

– Na verdade, eu vim para ver a senhora.

A mulher olhou para Maisie com os olhos arregalados.

– A mim, Srta. Dobbs?

– Sim. Espero que não seja petulância de minha parte, mas eu a vi em Richmond na última vez em que visitei um querido amigo. Ele está sendo tratado na mesma casa de repouso que o seu filho.

– Ah, sinto muito, Srta. Dobbs. Ele era seu namorado?

Maisie ficou um pouco surpresa com a pergunta direta. Mas era uma observação previsível, já que muitas mulheres da idade de Maisie permaneceram solteiras depois que seus amados foram vitimados pela guerra.

– Bem, sim. Ele era, mas já faz bastante tempo.

– Ainda assim, é muito difícil esquecer, não é mesmo?

A Sra. Willis se sentou diante de Maisie.

Maisie pigarreou.

– Sim, às vezes. Veja bem, Sra. Willis, queria apenas dizer que posso lhe dar uma carona, basta me avisar.

– É muita gentileza de sua parte, mas...

– Não vou lá toda semana, mas, se quiser, quando eu estiver planejando fazer uma visita, posso lhe telefonar antes para ver se a senhora gostaria de ir comigo.

– Bem, senhorita, eu não gostaria de lhe causar nenhum incômodo. Não gostaria mesmo.

– Não é nenhum incômodo, de jeito nenhum. E, se vir meu carro estacionado lá perto quando estiver de visita, me espere, e eu a deixarei em casa.

– Certo, Srta. Dobbs, farei isso.

A governanta sorriu para Maisie.

Ela não pedirá ajuda. Nunca, pensou Maisie.

De repente, um forte barulho na janela sobressaltou Maisie. A Sra. Willis se levantou.

– Aí vêm eles atrás do almoço!

– Mas o que foi esse barulho? Quase me matou de susto.

– São apenas pombos, Srta. Dobbs. Estão sempre atrás de uma comidinha a mais. É hora do almoço. Eles sabem muito bem a quem podem convencer e onde arrumar um ou outro petisco.

A governanta levantou a tampa de um pote de cerâmica com listras marrons cheio de biscoitos que ficava apoiado na cornija, selecionou um biscoito e andou até a janela. Maisie acompanhou o movimento e observou enquanto ela se debruçava sobre o aparador e levantava a janela de guilhotina, fazendo surgir mais de uma dúzia de pombos apoiados no peitoril.

– Aqui está, seus pequenos pedintes. Comam tudo, pois é o que terão por hoje!

A Sra. Willis esfarelou o biscoito no peitoril da janela.

Maisie riu ao ver os pássaros avançando uns sobre os outros para conseguir espaço, empurrando e se enfiando num esforço para pegar mais migalhas.

– Veja a senhorita, agora eles vão tentar conseguir mais lá em cima.

– Por quê? Quem mais os alimenta?

– Ah, o Sr. Waite. Alguém tão generoso como ele nunca existiu. Ele paga as contas do tratamento do meu filho, sabia? Ele ladra mas não morde, como costumam dizer.

Como se atraídos pelo sinal inaudível de um flautista mágico, os pombos voaram para cima, afastando-se do peitoril da janela, numa nuvem de asas. Maisie os observou alçar voo, enquanto a Sra. Willis fechava a janela bem lentamente. E, por um instante, Maisie teve a sensação de que o tempo passava mais devagar, mas ainda assim seguia em frente, pois em seu rastro os pombos deixaram dezenas e mais dezenas de pequenas penas, perfeitas e brancas, cada uma delas descendo em zigue-zague, levadas por uma brisa suave até o gramado recém-aparado, ou esvoaçando contra a vidraça como neve.

– Ah, minha nossa! A senhorita é dessas pessoas que não gostam de pássaros? – perguntou a Sra. Willis.

– Não é isso, de forma alguma.

Maisie se virou para o interior da sala e se recompôs.

– Mas, imagine, meu assistente não gosta deles.

– E por que não? São tão bonitos.

– Sim, eles são, não é mesmo? Não sei por quê. Preciso me lembrar de perguntar a ele.

Maisie consultou o relógio.

– Devo ir agora, Sra. Willis. Se precisar de uma carona, não deixe de pedir.

– É muita gentileza de sua parte, Srta. Dobbs.

A Sra. Willis levou Maisie até a porta e a abriu.

– Em breve veremos a Srta. Waite em casa?

– Sim, verão. Provavelmente na semana que vem.

– Essa é uma notícia muito boa, muito boa mesmo. Quanto mais cedo ela estiver de volta, melhor. Deixe-me mostrar-lhe o caminho.

Maisie permitiu que a Sra. Willis a acompanhasse até a porta da frente. Não teria sido de bom-tom deixar uma visita encontrar sozinha a saída, especialmente na mansão de Joseph Waite. À porta, ela se despediu da Sra. Willis novamente. Em seguida, depois que alcançou o último dos degraus da frente da casa e escutou a porta se fechar atrás de si, Maisie caminhou até a lateral da mansão, onde o jardim fazia uma volta. Ela ouviu Billy vindo apressado ao seu encontro.

– Não corra, Billy! Pelo amor de Deus, poupe sua perna e seus pulmões!

Billy juntou-se a ela.

– O que foi isso, senhorita? A conversinha com a Sra. Willis?

– A princípio, eu só estava fazendo um favor. Mas agora já não sei.

– Não estou entendendo, senhorita.

– Explicarei mais tarde.

Maisie chegou à lateral da casa e olhou primeiro em direção ao peitoril dos aposentos da Sra. Willis e depois para cima, para a janela sobre eles.

– Ah, os malditos pássaros!

– Não se preocupe, Billy, não estão interessados em você – disse Maisie.

Tinha a atenção voltada para a janela quando viu a mão de alguém estender-se para fora e salpicar mais migalhas para os pombos esfomeados. Era uma mão larga, uma mão que Maisie podia facilmente reconhecer do térreo, com a ajuda do sol, que se infiltrou pelas nuvens bem na hora em que a luz foi refletida pelo anel de ouro incrustado de diamantes.

– Está vendo alguma coisa de interessante, senhorita?

– Ah, sim, Billy. Muito interessante. De fato, muito interessante.

Billy pareceu aliviado por estar dentro do carro novamente, voltando para Londres.

– Devemos falar sobre o possível paradeiro de Charlotte?

– Não. Espere até que estejamos de volta ao escritório. Precisamos pensar com muita clareza. Primeiro, conte-me por que não gosta de pombos. Sua aversão se estende a todos os pássaros?

Maisie saiu de sua pista para ultrapassar um carroceiro, cujo cavalo seguia num trote desanimado, como se soubesse que aquele havia sido um dia ruim para as vendas.

– Ah, senhorita, isso não faz sentido, não mesmo. Quer dizer, não é culpa dos pássaros, certo?

– O que não é culpa dos pássaros?

– Ah, nada, senhorita. Não posso lhe contar. Vai pensar que sou um bobalhão. É uma baita tolice, coisa da minha cabeça, como a senhorita diria.

– Acho que eu não diria nada do tipo.

Maisie foi para o acostamento e parou o carro, deixando-o em ponto morto enquanto se voltava para o assistente.

– Abra o jogo, Billy. Por que detesta pássaros?

Ela teve uma sensação nítida de que, em meio a seus sentimentos "tolos", Billy teria algo sobre o qual refletir.

Ele suspirou.

– Suponho que tenho que falar, não é?

– Suponho que sim.

– E a senhorita não vai avançar com esse carango até que eu faça isso, não é mesmo?

– Certíssimo.

Ele suspirou uma vez mais.

– Bem, não é uma estupidez completa... Agora, trabalhando com a senhorita, sei um pouco mais sobre o que se passa aqui em cima. – Billy deu uma batidinha na lateral de sua cabeça. – Mas... não gosto deles por causa da guerra, e só de pensar neles minha perna já começa a doer novamente.

Billy esfregou a mão na cara.

– O que tem a sua perna a ver com isso?

– Veja bem, eu não me alistei imediatamente. Éramos só meu irmão e eu, os dois trabalhando para meu pai. Não vínhamos de uma família grande, não era como se houvesse dez de nós e se um fosse para a guerra sempre sobrariam os outros. Então, eu ia me alistar, mas a minha mãe não gostou nada da ideia, apesar de eu achar que tinha que fazer minha parte. Mas a senhorita sabe como é quando a gente insiste em fazer determinada coisa...

Maisie anuiu. *Você está enrolando, Billy.*

– Então, um dia, decidi que só se vive uma vez e fui lá me alistar. Minha mãe, quando lhe contei... A senhorita tinha que ver como ela começou a falar e falar e falar. Ainda bem que meu irmão era muito jovem para ir para a guerra, então pelo menos ela ficaria com ele em casa. Enfim, eu teria alguns dias ali antes de precisar me apresentar para o serviço, então eu e meu irmão, que contava 15 anos naquela época, saímos uma tarde para nos divertirmos um pouco. Eu ainda não tinha farda. Na verdade, vou lhe contar, mesmo depois, na caserna em Colchester, fiquei três semanas sem farda. Estavam alistando tanta gente ao mesmo tempo que as roupas acabaram. Onde já se viu, ficar sem farda? Vou lhe dizer, não me surpreende todo o problema que tivemos. Não me surpreende.

Billy balançou a cabeça, enquanto Maisie esperava pelo desenrolar da história.

– Meu Deus, parecia que eu já era um velho, mas tinha só 18 anos. Enfim, lá estávamos nós, andando pela rua, quando essa jovem dama se aproxima de nós, toda sorridente. E então ela entrega uma pena para mim e outra para ele e diz que deveríamos estar de farda e...

– Ah, meu Deus! – exclamou Maisie. – Estava bem na nossa frente o tempo todo, e eu simplesmente não consegui enxergar!

Maisie engatou a marcha do carro, olhou por sobre o ombro e voltou para a estrada.

– Enxergar o quê, senhorita?

– Conto mais tarde, Billy. Continue sua história.

Billy ficou em silêncio.

– Está tudo bem, Billy, estou ouvindo.

Maisie pisou no acelerador para ganhar velocidade.

– Bem, são elas, as penas. Um símbolo de covardia, não são? Quer dizer, eu tinha me alistado, enfim, então aquilo não me aborreceu, certo? Entrou por um ouvido e saiu pelo outro. Mas não para Bobby, ah, não, ele era só um moleque. Doido para se tornar um homem. E, claro, uma jovem e bela mulher se aproxima, o chama de covarde, o que ele faz, hein? Vai lá e se alista escondido, logo depois da minha partida.

Maisie corou, lembrando-se das mentiras que ela contara sobre a própria idade para conseguir se alistar no destacamento de enfermagem e da frustração furiosa do pai por causa de suas ações.

– Minha mãe ficou em pedaços, meu pai endoideceu e, ao mesmo tempo, lá estava eu, recebendo ordens de superiores que não sabiam muito mais do que eu.

De repente, Maisie desacelerou, seu impulso interrompido pelo arrepio gelado de uma descoberta.

– O que aconteceu com seu irmão, Billy?

Ela o olhou de esguelha, as mãos segurando forte o volante.

Billy olhou pela janela do passageiro.

– E não é que o pegaram? O tolo do pirralho. Apenas 16 anos, e agora está comendo capim pela raiz, sem ter com quem conversar embaixo da terra. Tudo por causa de uma maldita pena.

– Por que você nunca me contou nada disso?

– Faz tanto tempo, não é, senhorita? Veja bem, toda vez que vejo um pássaro, sabe, quando *olho* para um pássaro, bem, o imbecil do animal parece sempre soltar uma pena ou duas quando bate as asas para se afastar, e toda vez que vejo uma pena, vejo nosso Bobby com uma pena entre seus dedos, correndo atrás de mim e dizendo: "Ela me chamou de covarde. Você ouviu aquilo? Hein, Billy? Ela me chamou de *covarde*! Agora todos vão pensar que eu não dou conta!" Mas ele não era um covarde. Dezesseis anos, e jogou a vida fora.

Billy esfregou as pernas novamente. Maisie deixou que o silêncio pairasse. *Devo levá-lo para Chelstone assim que puder.*

– Billy, Billy, eu sinto muito mesmo.

– Dei ao meu menino o nome dele. Só espero que não haja mais uma guerra para que eu não o perca. Meu medo maior é esse, senhorita. Que haja outra guerra quando ele estiver na idade de se alistar.

Maisie assentiu, receosa.

– Então, do que se trata? Sabe, aquilo que a senhorita não conseguiu enxergar e que estava na nossa frente o tempo todo?

CAPÍTULO 19

Maisie pegou o telefone para fazer uma chamada para a Scotland Yard assim que ela e Billy retornaram ao escritório.

– Minha velha mãe costumava dizer que o melhor lugar para esconder alguma coisa é à vista de todos. Ela costumava pegar o dinheiro, enfiá-lo num vaso sobre a mesa e então me dar alguns xelins. Talvez a Srta. Waite esteja se escondendo em algum lugar à vista de todos?

Maisie ergueu a mão pedindo silêncio quando sua chamada foi atendida.

– Inspetor, poderíamos nos encontrar para discutir o caso Sedgewick-Fisher? Tenho algumas informações que podem ser do seu interesse.

Maisie ouviu um suspiro.

– Referem-se ao Sr. Fisher?

– Bem... Não, não, não diretamente.

– Srta. Dobbs, estamos convencidos de que capturamos o homem certo.

Maisie fechou seus olhos. Ela precisava avançar com cuidado.

– Observei algumas informações que podem ser úteis.

Outro suspiro, somado ao som de vozes ao fundo. Será que essa chamada telefônica para Stratton era motivo de chacota entre os homens da Brigada de Homicídios da Scotland Yard? Era um risco que ela tinha que correr. Ela não podia reter provas estando convencida de sua importância. Se a polícia se recusava a escutar, isso já era outra história.

– Veja bem, Srta. Dobbs, sou grato por toda e qualquer informação. Obviamente, em minha posição, eu dificilmente poderia dizer outra coisa, e, se sua informação dissesse respeito a Fisher, eu ficaria mais do que satisfeito em obtê-la. Mas a questão é que achamos que investigar supostas pistas seria desperdiçar um tempo valioso, uma vez que já prendemos o assassino.

– O senhor está mantendo um homem inocente sob custódia e deveria me ouvir!

– Alto lá, Srta. Dobbs!

– Inspetor, outra perspectiva poderia...

– Tudo bem, Srta. Dobbs.

Stratton parecia exasperado, mas Maisie sabia ter apelado ao seu senso de dever.

– Encontre-me no café na esquina da Oxford Street com a Tottenham Court Road em... deixe-me ver... meia hora.

– Obrigada, inspetor Stratton. Sei exatamente onde fica... quase em frente à Waite's International Stores.

– Isso mesmo. Eu a vejo em meia hora.

– Até logo.

Maisie recolocou o fone no gancho e soprou o ar entre os lábios que formavam um "O".

– Um pouquinho indiferente, ele, hein, senhorita?

– Mais do que um pouquinho. E preciso agir com cuidado. Ao fornecer informações para Stratton, arrisco menosprezá-lo ou afastá-lo ainda mais. Afinal, se ele decidir me ouvir, será ele quem precisará retornar à Yard e retirar as acusações contra Magnus Fisher. Preciso tê-lo como um aliado.

– O que há de errado com ele, então?

Maisie tirou o lenço de linho dobrado de sua pasta e foi até a mesa, onde o mapa do caso já havia sido desenrolado e marcado com tachinhas, pronto para a análise. Gesticulou para que Billy se juntasse a ela.

– Ele deixou duas coisas se interporem, eu acho: sua história pessoal e sua reputação no departamento. É claro, ele precisa ser cuidadoso, porque se eu fosse apostar nisso...

– E nós sabemos que a senhorita não é do tipo que faz apostas.

Billy sorriu para ela.

– Não, mas se eu fosse, arriscaria que Caldwell está de olho no cargo de detetive-inspetor e, por isso, está nos calcanhares de Stratton, atormentando a vida dele. Assim, Stratton precisa ser cauteloso, sem revelar de quem ele está obtendo informações.

– E quanto à história pessoal dele?

Maisie se inclinou sobre o mapa e abriu seu lenço.

– Bem, ele é viúvo. A mulher morreu dando à luz, uns cinco anos atrás, e ele precisou criar seu filho sozinho.

Billy franziu o cenho.

– Ah, minha nossa! Isso é terrível. Queria que a senhorita não tivesse me contado. Agora, vou pensar nisso toda vez que eu vir aquele homem.

Billy se inclinou para a frente.

– O que tem aí?

– Penas. Pequenas penas brancas. As que coletei durante minha investigação. Encontrei uma pena para cada mulher. Duas estavam próximas de onde as vítimas se sentaram momentos antes de se encontrarem com o assassino. No caso de Rosamund Thorpe, a pena estava dentro do bolso do vestido que ela usava quando morreu.

– *Urgh!* – Billy estremeceu.

– Elas não vão lhe fazer mal. As mulheres que as distribuíam durante a guerra é que causaram o dano.

Billy ficou observando enquanto Maisie posicionava as penas no mapa do caso, usando um pouco de cola para prender cada uma ao papel.

– A senhorita sabe quem é o assassino?

– Não, Billy, não sei.

Billy olhou Maisie de soslaio e refletiu por um instante.

– Mas tem um palpite. Posso ver daqui.

– Sim, sim, eu tenho, Billy. De fato, tenho um palpite. Mas é apenas isso. Agora temos que fazer nosso trabalho. Precisamos encontrar Charlotte Waite. Eis o que eu quero que faça...

Billy abriu seu caderno, pronto para listar as instruções de Maisie, que fechou os olhos e repassou um inventário de possibilidades.

– Um animal corre para sua toca se está com medo ou ferido. Entretanto, Charlotte pode não ter motivo para sentir medo. Ela pode apenas querer fugir para escapar à sina de ser a filha de Joseph Waite. Devemos considerar a hipótese de que ela tenha fugido para o continente. Afinal, ela conhece bem Lucerna e Paris. Veja se consegue verificar a lista de passageiros do trem-barco. Charlotte pode ter viajado da estação de Appledore, pegando a linha secundária para Ashford, ou pode ter vindo para Londres antes. Há uma centena de maneiras pelas quais ela pode ter viajado. Verifique com o Aeródromo de Croydon e com a Imperial Airways... Ah, e há um aeródromo em Kent, em Lympne. Verifique o maior número possível de hotéis em Londres, mas não comece com os maiores. Contate os hotéis que não são nem sofisticados demais nem decrépitos demais. Telefone para Gerald Bartrup. Não, *visite* Bartrup. Quero que você olhe para ele quando lhe perguntar se viu Charlotte nas últimas 24 horas. Preste atenção, Billy, em seu corpo e também em seus olhos. Saberá se ele estiver mentindo.

A lista era longa e Billy trabalharia duro até tarde. Maisie se perguntou se Charlotte teria recursos de que apenas ela saberia, escondidos numa conta secreta. Para onde ela teria ido? *Onde estaria agora?*

~

Apesar do telefonema tenso, Maisie aguardava ansiosa pelo encontro com o detetive-inspetor Stratton. Ela sabia que ele a admirava e que tentava aos poucos se aproximar dela. Mas até que ponto seria prudente aceitar suas investidas? Será que ela estaria arriscando seu trabalho e sua reputação caso tivesse uma amizade mais íntima com ele?

Stratton aguardava em frente à cafeteria, onde Maisie o encontrou depois de percorrer a Tottenham Court Road a partir da Fitzroy Square. Ele tirou o chapéu e abriu a porta para Maisie.

– Há um lugar ali. Este estabelecimento definitivamente está mais para uma bodega do que para café, mas é rápido. Chá, torradas e geleia?

– Está ótimo, inspetor Stratton – respondeu Maisie, que se deu conta de que não havia comido nada desde o café da manhã.

Ela se sentou num banco junto a um canto decorado com um papel de parede de estampa floral que agora estava um tanto desbotado e manchado em alguns pontos. Desabotoou o blazer e olhou pela janela enquanto esperava por Stratton, que estava no balcão colocando as xícaras de chá e um prato com torradas e geleia sobre uma bandeja. Ela esticou o pescoço para observar os clientes entrando e saindo da loja de Joseph Waite, com sua ampla fachada dupla do outro lado da rua. *E diziam que não havia dinheiro circulando!*

– Aqui está. – Stratton apoiou a bandeja na mesa, afastou a cadeira do outro lado daquela que Maisie ocupava e se sentou. – O chá daqui é forte demais.

– Uma boa infusão, direto da chaleira... não há nada igual, inspetor. Era o que nos sustentava na França.

– Sim, muitas vezes uma garrafa dessa coisa me manteve acordado quando precisei trabalhar a noite inteira, isso eu posso afirmar. Vamos ao trabalho. Não vim aqui para falar sobre chá. Com o que se deparou, Srta. Dobbs? Sei que deu uma vasculhada quando encontrou o corpo de Lydia Fisher.

– Lydia era amiga de Charlotte Waite. Joseph Waite me contratou para encontrar sua filha, que saiu da casa do pai temporariamente. Ele é meu cliente.

Maisie pegou uma fatia triangular de torrada. Estava faminta e logo deu uma mordida, depois limpou delicadamente os cantos da boca com um lenço. Esse não era o tipo de estabelecimento que fornecia guardanapos.

Stratton ergueu uma sobrancelha.

– Não é algo muito animador, uma debutante perdida, se a senhorita não se importa que eu diga isso.

Stratton pegou uma fatia de torrada.

– Mas é suficiente para pagar meu próprio escritório, um assistente e um automóvel ligeiro, inspetor – respondeu Maisie, com um brilho no olhar.

Stratton sorriu.

– Eu mereci essa, não foi?

Maisie assentiu.

– Então, vamos encarar os fatos. O que tem para me contar?

– Lydia Fisher e Philippa Sedgewick eram amigas.

– Isso eu sei!

– Assim como Rosamund Thorpe, de Hastings.

– E esta, quem é?

– Ela morreu. Supõe-se que tenha cometido suicídio algumas semanas antes do assassinato da Sra. Sedgewick.

– E isso tem... alguma coisa a ver com sua investigação ou com nosso inquérito?

– No passado, todas elas eram amigas, as três mulheres mortas e Charlotte Waite. Uma patota, vamos chamar assim.

– E daí?

Maisie examinou Stratton antes de recomeçar a falar. *Ele está sendo deliberadamente obtuso.*

– Detetive-inspetor Stratton, pessoas que conheceram Rosamund Thorpe não acreditam que ela tenha tirado a própria vida. Além disso, as quatro ex-amigas parecem ter feito questão de evitar umas às outras. Acredito que elas se distanciaram por sentirem vergonha. Durante a guerra, creio que distribuíam penas brancas para homens que não estavam fardados.

– Ah, essas mulheres terríveis...

– E...

Maisie de repente se calou. *Devo lhe contar sobre as penas que encontrei? Zombará de mim?*

– E... acredito que Magnus Fisher não matou a esposa nem Philippa Sedgewick. A pessoa que procura é alguém...

– Nós temos o nosso homem!

– Inspetor, por que o senhor está sendo tão... tão... afoito em condenar Fisher?

– Não tenho permissão para dizer nada.

– O público quer um assassino atrás das grades, e o senhor... o senhor e Caldwell... decidiram lhes dar um.

Stratton suspirou.

– E estamos certos. É um caso concluído.

Maisie cerrou os punhos em frustração.

– E o senhor não pode suportar um homem que abandonou a mulher, a qual, segundo acredita, foi privada de ter um marido amoroso.

– Veja bem, Srta. Dobbs, deixe que esse tipo de trabalho seja feito por profissionais. Sei que teve alguma sorte no passado. Já nos ajudou quando trabalhava para um homem de certa estatura, mas... não interfira! – Stratton se levantou. – Espero que possamos nos encontrar novamente sob circunstâncias menos tensas.

Por mais que quisesse ter a última palavra, Maisie sabia que não deveria permitir que ele partisse com rancor.

– Sim, de fato, inspetor. Sinto muito se o ofendi. No entanto, espere receber notícias minhas em breve.

Stratton saiu da cafeteria e Maisie sentou-se novamente. *Eu devia ter sido mais esperta. Não devia ter perdido o controle. Podia ver, pelo jeito como ele se moveu, pelo jeito como se sentou e pela maneira como falou, que estava convicto. Contei à polícia o máximo que eles escutariam. Eu deveria ter mencionado as penas? Não, ele teria rido.*

Maisie reuniu seus pertences e saiu.

Ela estava prestes a virar a esquina da Tottenham Court Road quando decidiu parar, se virou e olhou para a fachada azul e dourada da Waite's International Stores. Mudando de direção, seguiu para a entrada da filial de Joseph Waite situada em uma localização mais privilegiada.

Uma vez mais, entrou no alvoroço da loja e observou os balconistas inclinando-se para a frente para apontar um queijo e assentindo ou segurando um corte de carne e o conferindo. Frutas secas eram pesadas, biscoitos contados, e o tempo todo havia dinheiro passando de lá para cá, e o tempo todo os balconistas lavavam as mãos. Maisie estava parada no meio da loja, perto da mesa redonda que exibia os últimos produtos importados. Sim, havia dinheiro circulando, apesar das longas filas para a sopa nas partes pobres de Londres.

Maisie observou o empreendimento de Joseph Waite. *Por que voltei? Há algo aqui para mim. O que é? O que foi que não vi na última vez?* Ela ergueu a vista para as paredes, para os mosaicos intricados que deviam ter custado uma fortuna. Depois olhou para baixo, para o chão lustroso de madeira e para o rapaz mais adiante, cujo trabalho era andar de um lado para outro com uma vassoura, garantindo que os clientes da Waite's nunca notassem mais do que uma migalha sob seus pés.

Ninguém estava prestando atenção na jovem bem-vestida que se postava ali, sem uma sacola de compras, se dirigir a um balcão ou mostrar a mínima intenção de comprar. Os balconistas e os clientes estavam muito envolvidos em suas tarefas e obrigações para perceber que ela fechava os olhos e colocava a mão onde podia sentir os batimentos de seu coração. Por um instante apenas, um instante passageiro, Maisie se deixou levar pelo seu guia interior nesse espaço tão público. Em seguida, como se respondesse a um comando que apenas ela podia ouvir, abriu os olhos e olhou para cima, para um lugar sobre a porta onde estava o memorial azulejado em homenagem aos empregados da Waite's International Stores. Ela deixou os olhos repousarem no azulejo dedicado ao filho de Waite, Joseph, o amado herdeiro de um homem que vencera na vida por mérito próprio. Um homem conhecido por ser duro como uma pedra, mas também por ter momentos de compaixão. Um homem de extremos. *Não pare*, disse uma voz em sua mente. E Maisie obedeceu. Ela leu cada nome, começando do início: Avery... Denman... Farnwell... Marchant... Nicholls... Peters... tantos, ah, *tantos*... Richards, Roberts... Simms, Simpson... Timmins... Unsworth... cada letra do alfabeto estava ali representada, e ela silenciosamente foi pronunciando os nomes, como uma professora que repassa o diário de classe. E então Maisie parou de ler. Ah. Ela fechou os olhos. *Ah. Sim. Claro!*

Abrindo-os novamente, Maisie observou cada balcão de alimentos até que viu um dos funcionários mais antigos.

– Com licença. Será que poderia me ajudar?

– Claro, senhora, claro. As salsichas estão fresquinhas, foram feitas esta manhã pelos nossos açougueiros, pessoalmente treinados pelo Sr. Waite. Estas são as melhores salsichas de Londres.

– Ah, deliciosas, com certeza. Mas poderia me dizer onde consigo encontrar alguém que tenha trabalhado na Waite's durante a guerra? Alguém que possa ter conhecido os garotos lá em cima? – Maisie apontou para o memorial.

– Mas, senhorita, tem nomes lá em cima de toda parte. Veja bem, o velho Sr. Jempson, do armazém, conhecia praticamente todos os garotos de Londres. Alistaram-se juntos, sabe, como companheiros. A maior parte dos garotos que se alistaram trabalhava no armazém. É lá que os aprendizes começam, e onde o trabalho do açougue é feito antes que as peças de carne sejam trazidas para as lojas. A Waite's as distribui em caminhões especiais acondicionados, cheios de gelo, sabe?

– Pode me dizer onde fica o armazém?

– Do outro lado do rio. Em Rotherhithe, a "Despensa de Londres", onde ficam todos os armazéns. Deixe-me pegar um pedaço de papel e anotar o endereço para a senhorita. É fácil encontrar, perto de St. Saviour's Docks. A senhorita é parente?

– Sou uma amiga.

– Entendi. O próprio filho do Sr. Waite trabalhou no armazém antes de ir para a guerra. O Sr. Waite o fez começar de baixo. Disse que ele tinha que subir na empresa por seu trabalho e sua dedicação, como qualquer um.

O vendedor saiu do balcão e voltou com um pedaço de papel dobrado, que entregou a Maisie.

– Aqui está, senhorita. Bem, e que tal algumas salsichas para o jantar?

Maisie estava prestes a recusar, mas mudou de ideia. Sorrindo para o balconista, fez seu pedido.

– Excelente. Meio quilo, por favor.

– Certo.

E imitando um floreio típico de Joseph Waite, o balconista pegou um cordão de roliças salsichas de porco e as colocou na balança. A família Beale comeria bem esta noite.

– Foi mais tranquilo falar com Stratton esta tarde, senhorita?

– Gostaria de poder dizer que sim, Billy. A conversa começou até que bem, mas depois ficou bastante difícil.

– Que curioso. Ele sempre me pareceu um sujeito bem razoável.

Maisie tirou o casaco, o chapéu e as luvas e colocou sua pasta de documentos e uma sacola marrom sobre a mesa.

– A situação vai se assentar e todos nós voltaremos a conversar depois que esse caso estiver concluído, Billy. Homens na posição de Stratton não podem fechar muitas portas, especialmente aquelas que levam às pessoas de quem precisaram no passado. Não, há duas batalhas sendo travadas aqui: uma no departamento e outra no íntimo de Stratton. Contanto que sejamos *vistos* fazendo nossa parte, não vou me preocupar.

Maisie consultou seu relógio.

– Ah, veja que horas são, Billy! Quase quatro e meia. Vamos apenas examinar alguns detalhes sobre o caso Waite e fazer os planos para a segunda-feira. Vou dirigindo para Chelstone amanhã de manhã na primeira hora e precisarei também visitar meu pa...

Maisie foi interrompida pelo telefone.

– Fitzroy 5... Srta. Waite. Onde está? Está tudo bem?

– Sim.

A ligação estava cheia de ruídos.

– Srta. Waite? A senhorita pode estar correndo perigo. Diga-me onde está.

Silêncio.

– Srta. Waite? Ainda está na linha?

– Sim, sim, estou aqui.

– Pode falar mais alto, por favor? A ligação está péssima.

– Estou em uma cabine telefônica. – A voz de Charlotte estava ligeiramente mais alta.

– Por que me telefonou, Srta. Waite?

– Eu... eu... preciso falar com a senhorita.

– Sobre o quê? – Maisie prendeu a respiração ao pressionar Charlotte um pouco.

– Tenho mais coisas para contar. Eu não lhe revelei... tudo.

– Pode me dizer agora?

Silêncio.

– Srta. Waite?

– Preciso conversar com a senhorita em particular, pessoalmente.

– Onde a senhorita está? Estou indo imediatamente.

Maisie pensou ter ouvido Charlotte chorar; em seguida, a linha ficou silenciosa, a não ser pelos ruídos.

– Srta. Waite? Ainda está aí?

– Ah, não adianta. Não adianta...

Houve um ruído e a linha caiu. Maisie recolocou o fone no gancho.

– Droga!

Os olhos de Billy se arregalaram.

– O que foi isso, hein, senhorita?

– Charlotte Waite. Ela disse que queria falar comigo e depois desligou o telefone dizendo que não adiantava.

– Será que perdeu a coragem?

– Certamente. A ligação estava ruim. Ela poderia estar em qualquer lugar. Veja bem, havia ruídos ao fundo.

Maisie fechou os olhos como se tentasse ouvir toda a ligação novamente.

– O que era aquele ruído?

– A senhorita ainda quer que eu faça tudo isso? – Billy segurava a lista.

– Sim. Que eu saiba, ela pode estar em Paris. Ou em frente a um hotel na Edgeware Road. Mas pelo menos sabemos que ainda está viva. Está ficando tarde, você pode começar agora e continuar amanhã de manhã.

– Certo, senhorita.

– Precisarei falar com lady Rowan em Chelstone antes de ver meu pai e em seguida voltarei a Londres para continuar a busca por Charlotte Waite.

– Como a sua senhoria poderá ajudar?

Maisie se virou para Billy.

– Ela estava envolvida no movimento sufragista antes da guerra e sabe bastante sobre o que as diferentes associações femininas fizeram. Ela pode me ajudar a enriquecer o quadro.

– Entendi, senhorita.

Maisie ergueu a vista para Billy, andou até sua mesa e suspirou.

– Billy, fique por mais meia hora, aproximadamente, e depois pode ir embora. Foi um longo dia... na verdade, foi uma longa semana, e amanhã você terá que dedicar algumas boas horas ao trabalho.

– Ah, obrigado, senhorita. Quero ver os meninos antes de eles irem para a cama.

– Ah, e Billy... Eu trouxe uma coisa para você.

Maisie lhe estendeu a sacola de papel marrom.

– O que é tudo isso, senhorita?

– Meio quilo de salsichas da Waite's. As melhores de Londres, segundo dizem.

~

Logo depois que Billy começou sua jornada noturna de volta a Whitechapel, Maisie entrou no MG, deu partida no motor e saiu da Fitzroy Square. Uma chamada telefônica confirmou que o armazém da Waite's em Rotherhithe permanecia aberto até tarde da noite, quando os caminhões que abasteciam as lojas eram carregados com as entregas do dia seguinte. O Sr. Jempson, o gerente do armazém, estaria disponível e havia gentilmente concordado em receber Maisie logo que ela chegasse.

Buzinas bramiam ao longo do Tâmisa enquanto condutores de carruagens, motoristas e capitães de barcas avançavam misturados pela turva neblina esfumaçada que mais uma vez começava a encobrir Londres. Maisie conduzia o MG varando por ruas estreitas como travessas, atalhos que levavam das docas aos armazéns à beira do rio. Seguindo as orientações com cuidado, ela por fim virou em uma rua secundária de paralelepípedos e estacionou em frente a um par de portões abertos encimados por uma placa com letras azuis e douradas: WAITE'S INTERNATIONAL STORES. ARMAZÉM SUDESTE. Um guarda em uniforme azul e dourado acenou do portão e saiu para cumprimentar Maisie com uma prancheta sob o braço.

– Boa noite, senhorita. – Ele tocou no alto de sua boina azul. – Está sendo aguardada, certo?

– Sim, estou aqui para ver o Sr. Jempson, no escritório.

– Ah, claro, ele telefonou não faz muito tempo para incluí-la na lista.

O guarda se curvou na direção de Maisie e apontou para um pátio extenso, iluminado por um poste de luz em cada canto.

– Não estacione perto dos caminhões, ou vou levar uma bronca dos motoristas. Vá até a placa que diz "Visitantes" e pare o carro lá. E, senhorita, manobre para que a frente fique virada para o portão, por favor.

Com a frente para o portão também no armazém? O semblante de Maisie revelou seus pensamentos.

– É como o Sr. Waite gosta, senhorita. – Ele sorriu para Maisie. – Vê aquela porta ali, a de madeira, grande? Passe por ela, suba a escada e vai encontrar um dos atendentes para recebê-la. Vou telefonar para lhes avisar de que a senhorita está a caminho.

Maisie agradeceu ao guarda. Percebeu que até para equipar o armazém Waite não fez nenhuma economia. Depois de estacionar o MG exatamente de acordo com as instruções, Maisie entrou na construção de granito pela porta de madeira e foi recebida no alto da escada por um jovem trajando calças cinza-escuras, sapatos oxford, uma camisa branca impecável, gravata preta, além de braçadeiras que sustentavam as mangas acima dos punhos. Tinha um lápis recém-apontado atrás da orelha direita.

– Boa noite, Srta. Dobbs. Meu nome é Smithers. Vou acompanhá-la até o escritório do Sr. Jempson.

– Obrigada.

Maisie foi conduzida a um escritório com janelas nos quatro cantos, das quais se avistava o chão do armazém. As sofisticadas molduras e os lambris em cerejeira reluziam com o brilho de diversas luminárias clareando o ambiente.

– Obrigada, Sr. Smithers.

Jempson estendeu a mão indicando para Maisie que se sentasse na cadeira de couro do outro lado da mesa. Ela obviamente era reservada aos visitantes. Uma cadeira bem menos confortável estava posicionada ao lado.

– Agradeço muito pelo seu tempo, Sr. Jempson.

– Como posso lhe ser útil?

Maisie teria que avançar com cautela. Ela já sabia que o patrão do Sr. Jempson era tido em alta conta pelos empregados.

– Talvez o senhor possa me ajudar com um assunto um tanto delicado.

– Tentarei.

Jempson, um homem alto e magro vestindo um traje quase idêntico ao de seu assistente, olhou vigilante para Maisie por sobre os óculos meia-lua.

Maisie relaxou na cadeira, um movimento que foi imitado por Jempson. *Bom.* Sentindo que agora a conversa poderia prosseguir, Maisie visualizou o memorial em azulejo da Waite's International Stores e começou a fazer as perguntas que a estavam atormentando desde a visita a Dulwich naquela manhã.

Maisie saiu do armazém uma hora depois. O Sr. Jempson de fato havia sido muito prestativo. Na verdade, ele confessou enquanto a acompanhava ao MG:

– Falar sobre tudo isso me fez muito bem. Eu vi todos partirem, e a maioria deles nunca voltou. O chefe ficou arrasado, e como ficou! Nada que faça pelas famílias é suficiente. Deve ser terrível para ele. Ser lembrado disso todos os dias quando olha nos olhos da filha. É de surpreender que ele a queira de volta, se a senhorita quer saber minha opinião. Veja bem, como eu disse lá em cima, ele precisava mantê-la em casa, depois de toda aquela história das janelas sendo quebradas quando ele deu o apartamento para ela depois da guerra. Todos adoravam o Sr. Waite, mas não morriam de amores por sua filha ou por aquelas harpias com quem ela andava. Eu não culparia ninguém que, sabe, perdeu alguém...

Maisie colocou a mão sobre o braço.

– Obrigada mais uma vez, Sr. Jempson. Cuide-se e não se preocupe: esta conversa permanecerá estritamente confidencial.

O homem tocou brevemente a testa com os dedos num gesto de despedida quando Maisie o deixou para ir embora, guiando seu carro pela densa escuridão trespassada pelo som de buzinas. Maisie não foi longe. Estacionou o veículo perto das margens do rio e permaneceu dentro do carro por alguns momentos para rever seu plano. Ela telefonaria para lady Rowan naquela noite e perguntaria se poderia juntar-se a ela para uma caminhada antes do café da manhã. Sabia que a senhoria teria dicas valiosas para serem somadas às provas de que Maisie agora dispunha. Sua prioridade absoluta era encontrar Charlotte. Estaria ela pronta para fazer uma confissão? Ou corria perigo iminente?

Maisie balançou a cabeça, subiu a gola do casaco e saiu do carro. Andou ao longo da Bermondsey Wall e parou para ver o denso nevoeiro que parecia se aglutinar sobre a água. Na Idade Média, um muro havia sido construído ali para prevenir inundações. Como as pessoas andavam sobre o muro para evitar o solo lamacento, a construção se tornou uma rua, mas o nome, Bermondsey Wall, nunca se perdeu. Maisie ficou em silêncio, sentindo-se presa na lama, sem poder se mover. Charlotte estava perdida, e a culpa era de Maisie. As buzinas reiniciaram sua rodada de estrondos subindo e descendo o Tâmisa, e então Maisie fechou os olhos. *É claro!* O que Billy lhe dissera mesmo logo depois que ela recebeu a chamada telefônica do reverendo Sneath? Algo sobre esconder-se ficando à vista de todos? Quando Charlotte ligou da cabine telefônica, ela escutou as buzinas ao sul do rio. Charlotte estava em algum lugar bem à vista do pai. Ela estava perto do armazém. Onde?

A área estava sempre cheia de gente. Seria como encontrar uma agulha no palheiro. Vinagre Sarson, Cervejaria Courage, Enlatados Crosse & Blackwell, artigos de couro, Fábrica de Biscoitos Peek Freans, as docas, armazéns recebendo comidas de todas as partes do mundo... Ela poderia estar em qualquer canto de Bermondsey. Maisie sabia que a viagem para Kent não poderia ser adiada, mas ela retornaria para Londres rapidamente. Charlotte pode ter escolhido telefonar de uma área identificável de forma proposital, para os mandar na direção errada. Ela precisava de uma fonte de informações em Bermondsey. Maisie sorriu. *Um garoto de Bermondsey. É do que preciso.*

CAPÍTULO 20

Maisie partiu de Londres ao romper do dia e chegou cedo a Chelstone. O interior do chalé estava frio e pouco acolhedor, o contrário de como estaria se Frankie Dobbs estivesse em casa. Maisie começou a abrir cortinas e janelas para deixar entrar os raios do sol da manhã e uma lufada de ar fresco. Os quartos estavam limpos e arrumados, o que demonstrava a atenção constante dos empregados da casa senhorial. Frankie Dobbs era muito querido em Chelstone. Sua casa fora bem conservada à espera de seu retorno, mas faltava a vida que Frankie conferia à moradia simples.

Maisie andou pela casa, correndo os dedos pelos pertences do pai, como se tocar nas correias de couro mantidas na copa à espera de conserto ou em suas ferramentas e escovas o trouxesse mais para perto da filha. Ela fez uma lista de coisas que mereciam atenção. Uma cama teria que ser deslocada para a salinha de estar para que Frankie não precisasse enfrentar as escadas. Um quarto precisaria ser organizado para Billy no andar de cima. Ela deveria falar novamente com Maurice sobre os planos para a reabilitação de corpo, mente e espírito de Billy. Ela sabia que a colaboração do pai nessa etapa da recuperação de Billy era muito importante, pois Frankie era um pai, acima de tudo, e Billy teria muito a ganhar com ele, assim como com Maurice, Gideon Brown ou o Dr. Andrew Dene.

Tendo concluído sua tarefa, ela deixou a casa do cavalariço para se juntar a lady Rowan, que, à distância, caminhava tão determinada quanto podia pelo gramado diante da mansão.

Lady Rowan acenou para Maisie com sua bengala e chamou por ela.

– Bom dia, Maisie. – E em seguida: – Nutmeg, largue isso! Largue isso agora e venha aqui!

Maisie riu ao ver o cão se acercar de sua dona, o rabo entre as pernas, cabisbaixo e arrependido.

– Este cão come tudo, absolutamente tudo. Que prazer vê-la, minha querida.

Lady Rowan se aproximou e apertou o braço de Maisie. Apesar da grande afeição que tinha pela jovem, a velha mulher continha-se em consideração à sua posição social e às circunstâncias, e apenas uma vez demonstrou seus sentimentos. Quando Maisie voltou da França, lady Rowan a tomou nos braços e disse: "Estou muito, muito aliviada por você estar em casa." Naquela ocasião, Maisie permaneceu em silêncio em seus braços, não sabendo muito bem o que dizer.

– Ah, é um prazer vê-la também – respondeu Maisie, pousando a mão sobre a de lady Rowan apenas por um instante.

– Bem, antes de nos lançarmos ao trabalho – disse ela, olhando de relance para Maisie quando se puseram a andar pelo gramado –, pois sei que veio aqui a trabalho, me conte as novidades sobre seu querido pai e o jovem que está vindo para cá para ajudá-lo.

– Bem, visitarei meu pai mais tarde, antes de voltar para Londres. Falei com o Dr. Simms, que acha que vai levar mais uma semana para ele ser transferido para o hospital de convalescentes. Creio que ficará lá por três ou quatro semanas, de acordo com o Dr. Dene, que diz que pode demorar ainda mais, mas ele conversou com os médicos em Pembury e meu pai está fazendo excelentes progressos, mesmo nessa primeira etapa. Durante esse tempo, o Sr. Beale cuidará dos cavalos. Assim, quando o papai vier para Chelstone, o Sr. Beale ficará no chalé e trabalhará sob a supervisão de papai.

– Como nós duas sabemos, isso significa que ele irá mancando para os estábulos todo dia, embora não devesse.

– Provavelmente, apesar de eu ter dito ao Sr. Beale para ficar de olho nele.

Lady Rowan aquiesceu.

– Ficarei tão aliviada quando ele estiver trabalhando outra vez... Assim sentirei que posso voltar para a cidade.

– Sim, claro. Obrigada, lady...

Lady Rowan ergueu a mão para silenciar Maisie, e em seguida elas se inclinaram uma em direção à outra para evitar o galho baixo de uma majestosa faia.

– O que *eu* posso fazer por você, Maisie Dobbs?

Lady Rowan sorriu para Maisie, com um brilho no olhar.

– Gostaria que me contasse o que sabe sobre as diferentes associações femininas durante a guerra. Estou particularmente interessada naquelas mulheres que entregavam penas brancas.

Lady Rowan piscou rápido, o brilho desaparecendo imediatamente do olhar.

– Ah, aquelas harpias!

"Harpias". Era a segunda vez em dois dias que Maisie escutava o termo sendo usado para descrever as mulheres. E em sua imaginação ela viu a guarda ilustrada de um livro que Maurice lhe dera para ler anos antes. Uma breve nota acompanhava sua tarefa: "Ao aprender sobre mitos e lendas antigos, aprendemos algo sobre nós mesmos. Histórias, Maisie, nunca são apenas histórias. Elas contêm verdades fundamentais sobre a condição humana." O desenho a carvão preto retratava pássaros com rostos femininos, pássaros carregando humanos em seus bicos e voando para dentro da escuridão. Maisie foi trazida de volta ao presente por lady Rowan.

– É claro, você estava absorta em seus estudos na Girton ou bem longe, no continente, fazendo algo de útil, e não notou a Ordem da Pena Branca.

Lady Rowan desacelerou o ritmo como se deixasse as memórias alcançarem o presente.

– Isso aconteceu antes do alistamento, e tudo começou com aquele homem, o almirante Charles Fitzgerald. Depois que a correria inicial para se alistar arrefeceu, eles precisaram de mais homens no front, então ele obviamente pensou que as mulheres poderiam atraí-los. Eu me lembro de começar a ver os panfletos aparecendo em todo lugar. – Lady Rowan imitou uma austera voz masculina: – "Seu bom garoto já está vestindo a farda?"

– Ah, sim, acho que vi um deles na estação de trem antes de ir trabalhar como enfermeira.

– O plano era arregimentar jovens mulheres para sair por aí entregando a pena branca, um símbolo de covardia, para jovens que não estivessem fardados. E... – Ela pôs o dedo em riste para enfatizar o que diria em seguida. – E aquelas duas mulheres... a autora de *Pimpinela escarlate*... qual era mesmo o seu nome? Ah, sim, Orczy, a baronesa húngara, bem, ela era uma grande apoiadora de Fitzgerald, assim como Mary Ward... a Sra. Humphrey Ward.

– A senhora não gostava muito dela, certo?

Lady Rowan franziu os lábios. Maisie se deu conta de que estava prestando tanta atenção nas palavras de lady Rowan que havia ignorado a vista do Weald of Kent ao redor dela. Elas haviam chegado a um portão com uma escada. Se estivesse sozinha, Maisie teria subido pelos degraus com a mesma energia dos três cães diante dela. Em vez disso, afastou o portão de ferro enferrujado e deixou que lady Rowan passasse à sua frente.

– Francamente, não – prosseguiu Lady Rowan. – Ela fez um trabalho louvável ao educar aqueles que, do contrário, talvez não tivessem tido oportunidades, organizando grupos de recreação para crianças, ajudando mães trabalhadoras, esse tipo de coisa. Mas ela era uma antissufragista, então éramos como óleo e água. É claro que ela morreu há muito tempo, mas apoiava o recrutamento de homens para as trincheiras através desses meios terríveis, dessas acusações feitas por mulheres. E quanto às mulheres propriamente ditas...

– Sim, estou interessada nas mulheres, nas que entregavam as penas brancas.

– Ah, sim. – Ela suspirou. – Sabe, à época eu me perguntava sobre elas. O que as levava a fazer isso? O que levava jovens mulheres a dizer: "Ah, sim, farei isso. Andarei pelas ruas com minha bolsa de penas brancas e darei uma a cada rapaz que eu encontrar sem farda, apesar de eu não saber absolutamente nada sobre eles"?

– E o que acha, agora que o tempo passou?

Lady Rowan suspirou e parou para se apoiar na bengala.

– Maisie, você pode responder a essa pergunta melhor do que eu, para falar a verdade. Você sabe, esse trabalho de descobrir por que as pessoas fazem o que fazem.

– Mas...? – Maisie encorajou lady Rowan a falar o que estava pensando.

– Quando penso naquela época, lembro de algumas coisas alarmantes que se passaram. De uma hora para outra, o movimento sufragista foi visto pelo governo como uma tribo de párias saqueadoras, e então, assim que a guerra foi declarada, houve uma cisão entre as integrantes. Um grupo se tornou o das queridinhas de Lloyd George, que convenceu as mulheres a liberarem os homens para o campo de batalha ao assumirem o trabalho deles até que voltassem para casa. A outra metade de nosso círculo se manifestou a favor da paz, juntando-se a outras mulheres por toda a Europa. Francamente, no nível pessoal, acho que as mulheres precisavam participar. No fundo, somos todas valentes como a rainha Boadiceia.

O sorriso de lady Rowan era triste.

– Mas algumas mulheres – prosseguiu –, algumas jovens que talvez não tivessem uma causa, encontraram certa medida de pertencimento, de valor próprio... possivelmente até mesmo algum tipo de vínculo... ao se juntar para forçar rapazes jovens a se alistar no Exército. Eu me pergunto se viram isso como uma espécie de jogo no qual elas ganhavam pontos a cada homem que intimidavam e convenciam a ir para o front.

As duas mulheres se viraram ao mesmo tempo e começaram a andar de volta para a Chelstone Manor. Caminharam em silêncio por alguns minutos até que lady Rowan falou novamente:

– Você não vai me contar por que me procurou com essas perguntas? Por que a curiosidade sobre a Ordem da Pena Branca?

Maisie respirou fundo.

– Tenho motivos para acreditar que as mortes recentes de três jovens estão conectadas a esse movimento.

Maisie consultou o relógio.

Lady Rowan aquiesceu, parecendo um tanto cansada agora que o passeio da manhã terminava.

– Há outra coisa sobre a guerra que detesto. Ela não acaba quando chega ao fim. É claro, parece que todos se tornam amigos novamente, depois de todos os tratados, dos acordos internacionais, dos contratos e assim por diante. Mas a guerra continua a viver dentro dos vivos, não? – Ela se virou para Maisie. – Céus, agora estou parecendo Maurice!

Elas seguiram o caminho de volta para os gramados meticulosamente aparados da Chelstone Manor.

– Você me acompanha no café da manhã, Maisie?

– Não, é melhor eu me pôr a caminho. Antes de ir, posso usar seu telefone?

– Você não precisa pedir. Vá em frente. – Lady Rowan acenou para Maisie, que se afastava. – E cuide-se, certo? Esperamos ver o Sr. Beale aqui até o fim do mês!

Apenas se eu concluir este caso rapidamente, pensou Maisie, enquanto se apressava em direção à casa senhorial.

~

– Srta. Dobbs. É um prazer falar com a senhorita. Conversei novamente com o doutor...

– Não estou telefonando para falar sobre meu pai, Dr. Dene. Escute, preciso ser rápida. Será que o senhor poderia me ajudar? Ainda conhece bem Bermondsey?

– É claro. Na verdade, quinzenalmente eu trabalho na clínica de Maurice por um ou dois dias, aos sábados ou domingos.

– Ah, entendo.

Maisie se surpreendeu que ainda não soubesse que Dene havia mantido o vínculo com o trabalho de Maurice.

– Preciso encontrar uma pessoa que talvez esteja se escondendo em Bermondsey. Ela pode estar em perigo, e preciso localizá-la o quanto antes. Mais que depressa. Conhece alguém que poderia me ajudar?

Dene riu.

– É tudo muito misterioso, não, Srta. Dobbs?

– Estou falado muito sério. – Maisie sentiu que sua paciência se esvaía. – Se não puder me ajudar, então me diga.

Dene mudou de tom:

– Peço desculpas. Sim, conheço alguém. Ele se chama Smiley Rackham e geralmente pode ser encontrado em frente ao Bow & Arrow. É bem perto da Southwark Park Road, onde fica o mercado. Basta passar pelo mercado até ver uma loja de tortas e purê de batata na esquina, virar naquela rua secundária, e a senhorita chegará ao Bow. Não tem como errar. Smiley vende fósforos, e poderá reconhecê-lo pela cicatriz que vai da boca à orelha e lhe dá a aparência de estar com um largo sorriso no rosto... por isso Smiley.

– Ah. Ele se feriu na guerra?

– Se ele algum dia esteve em uma guerra, provavelmente foi na da Crimeia. Não, Smiley trabalhou nas barcas quando menino. Um gancho de descarga ficou preso no canto de sua boca. – Ele riu. – Do jeito que Smiley é, ele devia andar com a boca bem aberta na época. Enfim, mesmo havendo um monte de gente nova em Bermondsey agora, ele não deixa escapar ninguém. É bom começar por ele. Mas vai lhe custar uns *pennies*.

– Obrigada, Dr. Dene.

– Srta. Dobbs...

Maisie já havia colocado o fone no gancho. Ela não tinha um segundo a perder se quisesse chegar a Pembury no horário das visitas da manhã.

Desde a hora em que deixou o Hospital de Pembury até estacionar o carro em Bermondsey, Maisie ficou mortificada pela culpa. A conversa com o pai soara pouco natural e hesitante, ambos buscando assuntos que envolvessem o outro e que os levassem a um diálogo que não se limitasse a uma mera sucessão de perguntas. Maisie estava preocupada demais para conseguir falar sobre a mãe. Por fim, pressentindo seu desconforto, Frankie disse:

– Sua mente está no trabalho, não está, meu amor?

Ele insistiu que ela não precisava permanecer ali e, agradecida, Maisie saiu da ala prometendo que na próxima vez ficaria no hospital por mais tempo. Na próxima vez... *Seu pai está envelhecendo*. Com as palavras de Maurice martelando em sua cabeça, Maisie acelerou em direção a Londres. Agora ela precisaria localizar Smiley Rackham.

Quando ela chegou, o mercado estava tão abarrotado que parecia uma massa humana se contorcendo, e continuaria cheio de gente até tarde da noite. Mesmo as comerciantes estavam vestidas como homens, com boinas, jaquetas surradas e aventais feitos com sacos velhos. Os vendedores chamavam uns aos outros, gritavam os preços e marcavam o ritmo da multidão barulhenta e movimentada. Maisie finalmente encontrou o Bow & Arrow. Smiley Rackham estava logo em frente, exatamente como Dene havia previsto.

– Sr. Rackham?

Maisie se inclinou para falar com o velho homem. Apesar de elegantes, como se um dia tivessem pertencido a um cavalheiro, as roupas de Smiley certamente haviam conhecido dias melhores. Seus olhos brilhavam sob a boina, e, em seu queixo coberto com uma barba espetada, aparecia uma covinha toda vez que ele sorria, a qual acentuava a cicatriz lívida tão bem descrita por Dene.

– E quem deseja falar com ele?

– Meu nome é Maisie Dobbs – prosseguiu ela, propositalmente escorregando para o dialeto do sul de Londres de sua infância. – Andrew Dene disse que o senhor podia me dar uma ajudinha.

– O velho Andyyyy disse para me procurar, hein?

– Sim, isso mesmo. *Andy* disse que o senhor sabe onde todo mundo aqui se esconde.

– Está ficando complicado, com todos esses bons samaritanos de Oxford e Cambridge vindo para cá.

Se a situação não fosse tão urgente, Maisie poderia ter aberto um largo sorriso. Naquele momento, no entanto, ela precisava ir direto ao assunto. Sacou a fotografia de Charlotte Waite e a entregou para Rackham.

– É claro que meus olhos já não são o que costumavam ser. Acho que vou precisar de óculos.

Ele encarou Maisie com os olhos semicerrados.

– Veja bem, o preço dos óculos hoje em dia...

Ela pegou sua carteira e estendeu para Smiley uma reluzente moeda de meia coroa.

– Um belo par de óculos. Bem, agora me deixe ver. – Smiley bateu de leve na lateral da cabeça. – É aqui que tenho que me concentrar, sabe, usando as velhas células do meu cérebro.

Ele examinou a fotografia, aproximou-a de seus olhos e os estreitou novamente.

– Nunca me esqueço de um rosto. Tenho memória fotográfica, já me disseram. Bem – Smiley fez uma pausa –, ela está parecendo um pouco diferente, hein, não está?

– O senhor a viu?

– Não tenho cem por cento de certeza. São meus olhos, mais uma vez.

Maisie lhe deu 1 florim.

– Sim. Lá no refeitório popular. Só está lá há alguns dias, mas eu a vejo para cima e para baixo. Mas não estava assim toda embonecada.

– Qual refeitório? Onde?

– Não é naquele organizado pelos quacres, é o outro, na Tanner Street, do lado do velho asilo...

Smiley lhe deu as coordenadas.

– Obrigada, Sr. Rackham.

Os olhos de Smiley brilharam.

– É claro que meu sobrenome não é Rackham.

– Não é?

– Não! Meu sobrenome é Pointer. Rackham é uma brincadeira com "*rack'em*", pois penso muito, ponho este cabeção para funcionar. – Ele deu uma batidinha na têmpora. – Mas agora não vou ter que fazer nada por um dia ou dois, graças à senhorita.

Smiley chacoalhou as moedas enquanto Maisie acenava para ele e se punha a caminho.

Ela entrou no refeitório e permaneceu ali apenas por um instante, à sombra, onde poderia observar sem ser observada. Era uma sala grande, com fileiras de mesas montadas sobre cavaletes, todas cobertas com panos brancos e limpos. A equipe estava trabalhando com afinco para manter a dignidade de pessoas que perderam tudo em uma depressão econômica que afetava cada estrato social. E na camada mais baixa havia muito pouco alento, quando havia. Homens, mulheres e crianças faziam fila por uma tigela de sopa e uma casca de pão, depois se enfileiravam perto das mesas para encontrar um lugar entre rostos conhecidos, talvez chamando um amigo – "Tudo certo?" –, fazendo uma piada ou até mesmo iniciando uma canção para que outros a entoassem junto. Maisie notou que havia algo ali que o dinheiro não poderia comprar: vitalidade. Enquanto observava, um homem no início da fila começou a arrastar os pés em uma dança, em seguida bateu as mãos ao ritmo de uma melodia. Todos começaram a cantar enquanto esperavam, e assim, mesmo ansiosa para encontrar Charlotte, Maisie sorriu.

Carne e cenoura na panela,
Carne e cenoura na panela,

Para o Seu Barriga é a pedida,
Faz engordar e melhora a vida.
Esqueça os vegetarianos
E sua comida de gazela,
Encha a pança de manhã à noite
De carne cozida na panela.

E então ela viu Charlotte.

Era uma mulher diferente a que viu andando de lá para cá entre a cozinha e as mesas, falando com outros trabalhadores, sorrindo para as crianças, inclinando-se para bagunçar o cabelo de um menino travesso ou interromper uma briga por um brinquedo. Dois dias. Ela estava ali havia apenas dois dias, e as pessoas já lhe tinham apreço. Maisie balançou a cabeça enquanto observava Charlotte ajudar outro trabalhador. *E ninguém sabe quem ela é.* Havia algo no modo como Charlotte se movia e falava com as pessoas que fez Maisie se lembrar de alguém. *Uma líder natural e determinada*. Charlotte Waite era mesmo filha de seu pai.

Maisie fez sua investida.

– Srta. Waite.

Ela tocou na manga de Charlotte quando ela voltava para a cozinha com um caldeirão vazio.

– Ah!

Maisie segurou a panela bem na hora, e juntas elas a colocaram sobre a mesa com cuidado.

– Como me encontrou aqui?

– Isso não tem importância. A senhorita queria falar comigo?

– Veja... – Charlotte olhou de relance à sua volta. – Não posso conversar aqui, como sabe. Encontre-me quando eu tiver terminado. Estarei de serviço até as sete, depois voltarei para o meu quarto.

Maisie balançou a cabeça.

– Não, Srta. Waite. Não vou deixar que saia da minha vista. Ficarei aqui até que termine o expediente. Arrume um avental para mim e eu ajudarei.

Os olhos de Charlotte se arregalaram.

– Ah, pelo amor de Deus, Srta. Waite, não tenho problema nenhum em fazer um pouquinho de trabalho braçal!

Charlotte pegou o casaco de Maisie e, quando ela voltou, começaram a trabalhar juntas enquanto outro refrão cantado por londrinos famintos ecoou nas vigas:

Eu gosto de cebolas em conserva,
Eu gosto de picles com mostarda.
Repolho com carne fria até que vai
No domingo quando a noite cai.
Posso até comer tomate
Mas o que eu acho o fino
É um pouco de pe-pi-pe-pi-pe-pi
Um pouco de pepino.

As mulheres deixaram o refeitório às sete e meia. Charlotte foi guiando por ruas sombrias até chegarem a uma casa decrépita de três andares que no passado devia ter sido o lar de um comerciante abastado, mas que agora, alguns séculos depois, fora dividida em apartamentos e quitinetes. O quarto de Charlotte no último andar era pequeno, com tetos angulosos, de modo que as duas mulheres tiveram que se curvar para evitar bater a cabeça nas vigas. Apesar de parecer confiante trabalhando no refeitório popular, naquele momento Charlotte estava nervosa e imediatamente pediu licença para usar o banheiro no final do patamar úmido e melancólico. Maisie estava tão desconfiada que esperou no patamar, vigiando a porta do banheiro. Naqueles poucos instantes em que ficou sozinha, preparou seu espírito para a conversa que teria com Charlotte. Ela respirou fundo e, com os olhos ainda fechados, visualizou uma luz branca reluzindo sobre sua cabeça, inundando o corpo com compaixão, compreensão e palavras que apoiariam Charlotte enquanto ela lutasse para desabafar. *Que eu não julgue. Que eu esteja aberta para ouvir e aceitar a verdade que me contam. Que minhas decisões sejam tomadas para o bem de todos os envolvidos. Que minha obra traga paz...*

Charlotte retornou, e as duas abaixaram a cabeça de novo para entrar no quarto. Foi naquele momento que Maisie viu uma oração emoldurada e afixada à parede, muito provavelmente trazida da Abadia de Camden para seu refúgio em Bermondsey:

Em Vossa mercê, Senhor, dai-lhes o descanso
Quando vierdes julgar os vivos e os mortos,
dai-lhes o descanso
Eterno descanso dai-lhes, ó Senhor,
E que a luz eterna resplandeça sobre eles,
em Vossa mercê, Senhor.
Dai-lhes descanso.

Teria Charlotte encontrado algum descanso na Abadia de Camden? Estariam agora Rosamund, Lydia e Philippa em descanso? E o assassino? Haveria algum dia descanso para todos eles?

Charlotte puxou duas cadeiras com encosto de ripas para perto de uma irrisória lareira a gás e, como continuava frio demais, elas se sentaram sem tirar os casacos. Ficaram em silêncio por alguns minutos antes de Charlotte começar a falar:

– Não sei por onde começar, na verdade...

Maisie estendeu o braço com suas mãos agora aquecidas e, tomando as mãos de Charlotte nas suas, falou com suavidade:

– Comece como quiser. Podemos retroceder ou avançar conforme necessário.

Charlotte engoliu em seco e contraiu os lábios antes de contar:

– Eu... eu acho que o começo foi quando eu me dei conta do quanto meu pai amava meu irmão, Joe. Não que ele não me amasse. Não era isso, era só que ele amava Joe muito mais. Acho que eu era bem jovem. É claro, raramente minha mãe estava por perto. Eles não combinavam muito. Acho que a senhorita já sabe disso.

Charlotte ficou em silêncio por alguns instantes, os olhos cerrados, as mãos trêmulas. Maisie notou que suas pálpebras se moviam, como se invocar o passado lhe causasse dor.

– Não era nada óbvio, eram as pequenas coisas, na verdade. Ele costumava voltar para casa do trabalho e, assim que via Joe, seus olhos se iluminavam. Ele passava a mão nos cabelos dele, esse tipo de coisa. E então ele me via. O sorriso que me lançava não era tão... tão *vivo*.

– A senhorita se dava bem com seu irmão? – perguntou Maisie.

– Ah, sim, sim. Joe era meu herói! Ele *sabia*, eu sabia que ele sabia como eu me sentia. Ele sempre inventava um jogo especial para a gente brincar, e, se meu pai quisesse jogar críquete com ele ou o que quer que fosse, Joe sempre dizia: "Charlie também tem que jogar." Era como ele me chamava: Charlie.

Maisie continuou em silêncio, apenas tocou a mão de Charlotte novamente para que ela prosseguisse.

– Não sei quando foi que isso começou a me *incomodar*. Acho que foi quando fiz 12 ou 13 anos. Senti que eu estava disputando uma corrida que eu nunca poderia vencer e que estava gastando energia só de tentar. É claro que minha mãe estava definitivamente estabelecida em Yorkshire naquela época, mantida à distância do meu pai, que estava prosperando muito em seu negócio. Novas lojas vinham sendo inauguradas, e Joe estava sempre com ele. Joe tinha 7 anos a mais do que eu e estava sendo treinado para um dia assumir os negócios. Lembro-me de um dia, no café da manhã, quando anunciei que queria fazer o que Joe estava fazendo, começar a trabalhar na empresa, de baixo, como todos os outros aprendizes. Mas meu pai simplesmente riu. Disse que eu não havia sido talhada para o trabalho árduo... chamou de "suar a camisa". – Charlotte imitou com perfeição o forte sotaque nativo de seu pai: – "Não tem nem mãos para suar a camisa de verdade."

Ela continuou depois de uma pausa:

– Então ele me mandou para a Suíça, para uma escola. Foi horrível. Sentia falta de Joe, meu melhor amigo. E sentia saudades de casa. Mas... mas algo aconteceu comigo. Pensei muito sobre isso. – Ela olhou diretamente para Maisie pela primeira vez. – Eu refleti sobre o que pode ter acontecido. Eu me tornei... muito desprendida. Fui rechaçada por tanto tempo, sabe? – Charlotte começou a gaguejar. – *Pareceu* a melhor coisa a fazer, a ser. Se era para eu ser aquela que seria sempre deixada de lado, deveria mais era ficar nesse lugar. Compreende?

Maisie aquiesceu. Sim, ela compreendia.

– Fiz algumas amizades, com outras garotas da escola. Rosamund, Lydia e Philippa. Era o tipo de escola onde as garotas eram "preparadas" em vez de educadas. Eu me sentia humilhada, como se ele pensasse que eu só servia para fazer arranjos de flores, comprar roupas e saber como me dirigir aos criados de maneira apropriada. Então, quando a guerra foi declarada, todas nós voltamos para a Inglaterra. É claro, meu pai, o grande comerciante –

Maisie notou o sarcasmo na voz de Charlotte –, já havia garantido contratos com o governo para fornecer a ração de combate. – Charlotte parecia pensativa. – É inacreditável, quando paro para pensar, que há pessoas que prosperam graças à guerra. O dinheiro que eu ganhava para comprar roupas vinha da comida que Joseph Waite mandava para os soldados.

Ela desviou o olhar e, por um instante, as duas ficaram sentadas em silêncio, até que Charlotte se sentiu pronta para retomar sua história.

– Depois que voltamos para casa, nós quatro ficamos sem ter o que fazer. Tentamos tricotar cachecóis, meias, esse tipo de coisas. Enrolar bandagens. Joseph estava trabalhando no armazém. Ele havia começado no degrau mais baixo e, àquela altura, estava no departamento de contas a receber. Veja bem, ele havia sido aprendiz de açougueiro, feito entregas, e era o menino dos olhos de todo o negócio. Todos adoravam o "Jovem Joe" – disse ela, imitando um sotaque do sul de Londres que fez Maisie erguer o olhar de repente.

– Como a senhorita se dava com Joe depois de seu retorno?

– Muito bem, na verdade. Quando pedi para trabalhar no negócio e meu pai recusou, Joe intercedeu a meu favor, disse que seria uma boa ideia, um bom exemplo. – Uma vez mais, seu olhar se perdeu no nada. – Joe era um rapaz maravilhoso.

Maisie não comentou nada enquanto Charlotte fazia uma pausa para organizar seus pensamentos.

– Então, lá estávamos nós, jovens com poucas habilidades, tempo disponível e... quanto a mim... nenhum lugar ao qual eu parecia... parecia... *pertencer*. – Charlotte exalou profundamente. – Foi quando descobri a Ordem da Pena Branca. Vi um cartaz afixado. Então convenci as outras. Não foi muito difícil. Fomos juntas a uma reunião. – Charlotte estendeu as mãos com as palmas viradas para cima, desamparada. – E esse foi o começo.

Maisie observou Charlotte. *Uma líder natural e determinada.*

– O jogo prosseguiu, e éramos mais do que jogadoras entusiasmadas. Todo dia nos aventurávamos com nossas pequenas bolsas cheias de penas brancas e as entregávamos para jovens que não estavam de uniforme. Cada uma de nós pegava o mesmo número de penas e, quando nos encontrávamos mais tarde, verificávamos se todas as penas tinham acabado. É claro, pensávamos estar fazendo a coisa certa. Às vezes... às vezes eu passava em frente ao escritório de alistamento e via um jovem postado ali, ou dois juntos, ainda segurando as penas que eu lhes havia entregado. E eu pensava: "Ah, que bom."

Mais uma vez, Charlotte fez uma pausa.

– Ninguém em casa sabia o que eu estava aprontando. Meu pai estava ocupado, sempre muito ocupado, e Joe trabalhava duro no armazém. Ninguém imaginava o que eu poderia estar fazendo. Joe sempre perguntava por mim assim que chegava em casa. Acho que ele sabia que eu estava desmoronando. Mas no meu íntimo... – ela tocou a fivela simples do cinto do vestido com a palma da mão – ... no meu íntimo eu tinha ressentimentos com relação a Joe. Era como se eu não soubesse onde colocar todas as *coisas horríveis* que me corroíam. Era como uma doença, um nódulo. – Uma lágrima rolou por seu rosto. – Então, certo dia, eu imaginei um jeito de me vingar dele... do meu pai... e de tirar Joe do meu caminho por um tempo. O problema foi que eu não pensei... não pensei que seria para sempre.

O silêncio se impôs. Maisie esfregou os braços com mãos que mais uma vez estavam frias. *Que eu não julgue.*

– Continue, Charlotte.

Charlotte Waite encarou Maisie. A postura dela podia parecer arrogante, mas Maisie sabia que ela estava buscando forças.

– Sugeri para as meninas, Rosamund, Lydia e Philippa, que deveríamos tentar colocar penas nas mãos do maior número de jovens que conseguíssemos. E também sugeri um meio de realizar a tarefa. O armazém, que empregava tantos jovens... mensageiros, motoristas, empacotadores, açougueiros, atendentes... um exército, de fato... o armazém operava em turnos, com uma sineta que tocava a cada mudança. Meu plano foi nós quatro esperarmos diante dos portões quando os turnos mudassem para entregarmos as penas.

Charlotte pôs a mão nos lábios fechados e depois prosseguiu:

– Entregamos uma pena para cada um dos homens que saíam do armazém, não importando sua idade ou função. E, depois de termos feito isso, fomos para as principais lojas, para a maior quantidade possível todo dia, e fizemos a mesma coisa. Quando meu pai descobriu, só havia sobrado uma de minhas penas. – Charlotte ficou um instante de boca aberta, hesitante. –

Ele se aproximou de nós em seu automóvel, enquanto outro carro o seguia. A porta se abriu, e ele estava furioso. Instruiu o motorista do outro carro a levar Rosamund, Lydia e Philippa para suas casas, e ele me puxou pelo braço e quase me atirou no veículo.

Charlotte abriu os olhos e encarou novamente Maisie.

– A senhorita sem dúvida está familiarizada com a prática dos homens que se alistavam como "companheiros", homens que viviam na mesma rua, que trabalhavam uns com os outros, esse tipo de coisa, certo?

Maisie aquiesceu.

– Bem, a Waite's perdeu uns bons três quartos de sua mão de obra quando os homens se alistaram como companheiros uma semana depois que lhes entregamos as penas. Os "Meninos do Waite", foi assim que chamaram a si mesmos. Joe era um deles.

A atenção de Maisie se voltou para as mãos de Charlotte. As unhas de uma mão estavam fincadas na pele da outra. Sua mão estava sangrando. Charlotte cobriu a ferida e começou a falar novamente:

– Meu pai tem um raciocínio rápido. Ele garantiu que as famílias soubessem que o emprego dos homens estaria esperando por eles quando voltassem da guerra. Ofereceu emprego para as esposas e filhas, com a promessa de que receberiam o salário dos homens, e providenciou para que cada homem que havia se alistado recebesse regularmente uma provisão da Waite's. Meu pai é bom em cuidar das famílias. O problema é que não fui contemplada com nenhuma parcela dessa compaixão. Os funcionários achavam que ele era maravilhoso, um verdadeiro patriarca. Sempre havia festas para as crianças, bônus no Natal. E, no decorrer de toda a guerra, a Waite's continuou prosperando muito.

Sem parar para pensar, Charlotte examinou a mão ferida e limpou o sangue com a lateral do casaco.

– E todos morreram. Ah, alguns voltaram feridos para casa, mas a maioria foi abatida em ação. Joe morreu. Ele está enterrado aqui. – Ela olhou mais uma vez nos olhos de Maisie. – Então, entenda, nós... eu... os matei. Ah, eu sei, a senhorita talvez diga que mais cedo ou mais tarde eles teriam se alistado, mas, no fundo, eu sei que os mandamos para a morte. Incluindo os pais, as noivas, as viúvas e os filhos, deve haver uma legião de pessoas que gostariam de nos ver mortas, nós quatro.

No silêncio que se seguiu, Maisie sacou um lenço limpo do bolso de seu blazer de tweed. Ela o segurou entre a mão de Charlotte e a sua, juntou e pressionou suas palmas, e fechou seus olhos. *Que eu não julgue. Que minhas decisões sejam tomadas para o bem de todos os envolvidos. Que minha obra traga paz.*

CAPÍTULO 21

Maisie insistiu com Charlotte para que a acompanhasse de volta à Ebury Place. Era muito perigoso ficar sozinha em Bermondsey. Elas conversaram muito pouco durante o trajeto por Londres, o qual incluiu um desvio até Whitechapel, onde Charlotte permaneceu no MG enquanto Maisie visitava Billy rapidamente para pedir que ele a encontrasse no escritório na manhã seguinte. O domingo seria um dia de trabalho muito importante.

Confiante de que Charlotte não fugiria, Maisie a instalou numa suíte de hóspedes no mesmo andar de seus aposentos antes de finalmente descansar. Fora um longo dia e seria uma longa noite, uma vez que seu plano, que deveria ser executado muito em breve, estava tomando forma. Já havia passado das dez da noite quando ela foi à biblioteca para telefonar para Maurice Blanche. Ela escutou apenas um toque antes de sua ligação ser atendida.

– Maisie! – cumprimentou-a Maurice sem esperar ouvir a voz dela. – Eu estava esperando sua ligação.

Maisie sorriu.

– Imaginei que estaria.

Ambos sabiam que Maisie precisava falar com seu mentor quando um caso se aproximava da conclusão. Como se fossem atraídos por uma corrente invisível, cada um deles se inclinou mais para perto do telefone.

– Falei com Andrew Dene esta manhã – prosseguiu Maurice.

– Ah, ele telefonou para falar sobre meu pai?

– Não, na verdade ele veio aqui.

– Sério? – perguntou Maisie, surpresa.

Maurice riu.

– Você não é a única pupila que vem à minha casa, Maisie.

– Ah, sim, é claro.

Maisie estava grata por Maurice não poder ver seu rosto corar.

– Enfim, Andrew veio me ver para tratar de várias coisas, inclusive do Sr. Beale.

– E...?

– Nada muito preocupante, apenas debatemos a melhor maneira de ajudarmos o homem.

– Entendo.

– Presumo que ele estará aqui em breve, nos próximos dias.

– Sim. Quando o caso estiver solucionado.

– Então, Maisie, sinto que, no que diz respeito ao seu encargo, o caso já está concluído. Encontrou Charlotte Waite?

– Sim. Embora o Sr. Waite tenha insistido que o retorno dela à casa em Dulwich seria o ponto em que consideraríamos nosso trabalho finalizado.

– E quando será isso?

– Encontrarei Billy no escritório amanhã de manhã. Nós três tomaremos um táxi para Dulwich.

– Você tem outro plano, não tem, Maisie?

– Sim. Sim, eu tenho.

Maisie escutou Maurice bater seu cachimbo e o farfalhar de um pacote do adocicado tabaco Old Holborn sendo aberto. Ela cerrou os olhos e o imaginou preparando o fornilho, pressionando o tabaco para baixo e depois riscando um fósforo, segurando-o na direção do tabaco e aproximando a haste para acender o fumo aromático. Maisie respirou fundo, imaginando a fragrância. Nesse momento, ela era de novo uma menina, sentada à mesa da biblioteca na Ebury Place, lendo em voz alta suas anotações enquanto o professor andava de um lado para outro, parava de repente, com o fornilho do cachimbo em sua mão direita, apontava para ela e perguntava em voz alta: "Diga-me em qual evidência você pode fundamentar essas conclusões."

– Então, o que mais tem para me contar? E onde, se me permite perguntar, está a polícia? – perguntou Maurice.

– Charlotte admitiu o papel que teve em fazer uma boa quantidade dos funcionários do pai se alistar, incluindo seu meio-irmão mais velho, Joe, que era o filho favorito do pai.

Maisie respirou fundo e contou a Maurice a história que havia escutado primeiro do gerente do armazém e depois de Charlotte.

– Ela acredita ser culpada de um crime.

– Presumo daí que você não considere Charlotte capaz de cometer um assassinato.

– Tenho certeza de que ela não é a assassina, embora possa ser a próxima vítima.

– E o homem em custódia, que a polícia acredita ser o assassino?

– Acredito que ele é inocente. Ele pode não ser um homem bom... mas não matou Rosamund, Philippa e Lydia.

– Stratton pareceu ser um homem decente no passado. Ele não deu ouvidos a seus protestos?

Enquanto conversavam, Maisie teve, não pela primeira vez, a sensação de que a sua mente e a de seu professor estavam unidas, em uma comunhão intelectual e intuitiva, mesmo quando ele a questionava.

– O detetive-inspetor Stratton trouxe seus preconceitos para o caso. Ele perdeu a mulher durante o parto e ficou sozinho com o filho. Seu tormento interior turvou seu juízo, geralmente sensato. O homem que ele acredita ser o assassino, Magnus Fisher, é uma figura desagradável, alguém que não trata as mulheres de forma razoável. Na verdade, ele admite ter se casado com Lydia Fisher por dinheiro.

– Ah, entendi.

– Tentei lhe transmitir minhas suspeitas em diversas ocasiões, em vão. Stratton não vai acreditar que Fisher não é o culpado até que eu lhe entregue a cabeça do verdadeiro criminoso em uma bandeja.

– Sim, sim, realmente. – Maurice tragou seu cachimbo com vigor. – E você planeja preparar uma armadilha para o assassino, não é mesmo?

Maisie assentiu.

– Planejo.

Maurice se pôs a falar novamente:

– Conte-me mais uma vez sobre o método do assassinato, Maisie.

– Sir Bernard Spilsbury concluiu que foi administrado um veneno, que

Cuthbert identificou como morfina. Em dois dos casos, a morte da vítima foi seguida por um brutal esfaqueamento.

– A arma?

– A baioneta de um rifle Lee Enfield de cano curto.

Maurice aquiesceu.

– O assassino deu vazão à fúria depois da morte de sua vítima.

– Sim.

– Interessante.

– Raiva, dor, sofrimento... solidão – disse Maisie. – Poderíamos continuar falando de um coquetel e tanto de motivos.

– Charlotte tem razão. Poderia ser qualquer um, uma centena de pessoas.

– Cem pessoas teriam motivos para se vingar, mas nem todas elas se vingariam dessa maneira. O assassino é uma pessoa atormentada dia e noite, para quem não existe uma trégua, nem um minuto em 24 horas. E essa pessoa descobriu, de modo trágico, que, mesmo aplicando o castigo, essa terrível dor da perda não tem fim. O assassino não é uma pessoa qualquer nessa massa de parentes em luto, Maurice. Não, é uma pessoa específica.

Maurice assentiu.

– E você sabe quem é, não?

– Sim, acredito que sei.

– Você tomará todas as precauções necessárias?

– Claro.

– Muito bem.

Ficaram em silêncio por um momento, e então Maurice falou baixinho:

– Tenha cuidado com a compaixão, Maisie. Não permita que ela a cegue quanto aos perigos. Nunca se deixe levar pelo compadecimento. Sei que o assassino deve ser detido, pois ele não sentirá que sua dor foi aplacada, mesmo que mate Charlotte. Ele pode continuar cometendo assassinatos depois disso. Juntos encaramos grandes perigos, Maisie. Lembre-se de tudo o que aprendeu. Bem, agora... vá. Você deve se preparar para amanhã. Será um longo dia.

Maisie assentiu.

– Entrarei em contato assim que isso tiver terminado, Maurice.

Antes de finalmente buscar o conforto de sua cama, Maisie mais uma vez vestiu seu casaco e seu chapéu e saiu escondida da casa, lembrando-se do conselho de seu mentor quando trabalharam juntos pela primeira vez: "Quando caminhamos e olhamos para uma vista diferente daquela a que estamos habituados no dia a dia, nós nos desafiamos a nos mover mais livremente em nosso trabalho e a olhar para nossas conclusões de uma nova perspectiva. Exercite o corpo, Maisie, e você exercitará a mente." Enquanto caminhava pelas ruas de Belgravia na quietude da noite, Maisie se deu conta de que as últimas palavras de Maurice continham uma suposição – uma suposição bastante errônea.

Ela passou horas em silenciosa meditação e agora estava pronta para o que as 24 horas seguintes poderiam lhe reservar. Antes de um leve desjejum na cozinha, onde Sandra confirmou que havia servido pessoalmente o café da manhã em uma bandeja para a Srta. Waite na suíte de hóspedes, além de ter lhe preparado um banho, Maisie fez uma chamada telefônica para a residência dos Waites. Na cozinha, ela repassou seus outros planos antes de bater à porta do quarto de Charlotte.

– Bom dia. – Charlotte atendeu a porta.

– Está pronta, Srta. Waite?

– Sim.

– Bem, vamos então? Já é hora de partirmos. Eu a encontrarei na porta da frente em vinte minutos.

Eram dez horas quando elas chegaram à Fitzroy Square, que estava quieta no domingo. Enquanto se aproximavam da construção georgiana onde se localizava o escritório de Maisie, viram Billy atravessar a praça.

– Ah, em boa hora – disse Maisie. – Meu assistente chegou. Ele faz parte do meu plano e irá conosco para Dulwich.

Maisie os apresentou formalmente e, uma vez no escritório, Billy estendeu a mão para pegar o casaco de Charlotte Waite. Maisie retirou o blazer e o pendurou atrás da porta.

– Vamos ao trabalho. Devemos partir à uma hora. Isso nos deixa com bastante tempo para repassarmos em detalhes cada passo.

Maisie fez um gesto para que Charlotte se juntasse a ela e Billy na mesa em que estavam examinando o caso. Uma grande folha de papel fora colocada no lugar onde um mapa do caso geralmente seria desenrolado e marcado com alfinetes.

– Eis o que vamos fazer.

Maisie pegou uma caneta e começou a explicar.

Durante a conversa que se seguiu, Charlotte pediu licença duas vezes e, a cada vez, Billy se postou do lado de fora do escritório até que ela tivesse retornado para garantir que a mulher não deixasse o prédio. Essas foram as únicas interrupções, até o momento em que Maisie afastou sua cadeira e andou até o telefone em sua mesa. Ela discou para a residência de Waite em Dulwich.

– Olá. Aqui quem fala é Maisie Dobbs. Gostaria de confirmar se foram tomadas todas as providências necessárias para a chegada da Srta. Waite esta tarde. – Charlotte e Billy observavam em silêncio enquanto Maisie esperava a resposta. – De fato, sim, falei com o Sr. Waite mais cedo esta manhã e estou ciente de que ele estava justamente partindo para Yorkshire. Volta na terça, certo? Sim, muito bem. Mas lembre-se apenas de que a Srta. Waite não deseja ver ninguém e de que ninguém deverá ser informado sobre sua chegada. Sim, ela irá diretamente para seus aposentos e permanecerá lá até que seja acomodada. Sim. Não, ninguém em absoluto. Muito bem. Certo. Obrigada.

Maisie desligou e se virou para Billy.

– É hora de nos conseguir um táxi.

Billy pegou seu casaco.

– Vou num pé e volto no outro, senhorita.

Quando Billy fechou a porta atrás dele, Maisie se virou para Charlotte.

– Bem, está claro o que precisa fazer?

– Com certeza. Na verdade, é bem simples. A senhorita é que está assumindo todos os riscos.

– Desde que a senhorita lembre que, quando estiver desempenhando seu papel, não poderá deixar que a reconheçam. É imperativo.

– E acha que... a senhorita sabe... que tudo terá terminado em algumas horas?

– Acredito que o assassino atacará novamente muito em breve.

Billy voltou, ruborizado pelo esforço.

– Billy, eu lhe pedi que não corresse!

– Senhorita, o táxi está lá fora. É melhor irmos.

Eles entraram no táxi e permaneceram em silêncio durante o trajeto, cada um deles revisando mentalmente o papel que desempenharia ao longo da noite. Ao chegarem à mansão de Waite em Dulwich, Billy carregou a mala de Charlotte.

– Está tudo bem?

Maisie passou o braço pelos ombros de Charlotte e a conduziu até a casa. A cabeça de Charlotte estava abaixada, com apenas alguns fios de cabelo visíveis sob seu chapéu cinza e bem justo.

– Sim. E não irei desapontá-la.

– Eu sei.

A porta se abriu antes que eles tivessem alcançado o último degrau que levava à porta da frente, e Maisie acenou em agradecimento a Harris enquanto conduzia depressa Charlotte até dentro de casa.

– Obrigada. Iremos diretamente aos aposentos da Srta. Waite.

O mordomo fez uma mesura, inclinou sua cabeça em direção a Billy quando ele passou pela porta com a mala de Charlotte e então seguiu as duas mulheres até o andar de cima.

– Billy, aguarde em frente a esta porta até que eu volte aqui.

– Certo, senhorita.

A porta dos aposentos de Charlotte se fechou e Billy postou-se em sua posição.

Maisie tirou o casaco e depois o chapéu, seguidos pela blusa.

– Depressa, quero que parta o quanto antes.

Charlotte começou a se despir.

– Eu... Eu não estou acostumada a...

Maisie apontou para o banheiro.

– Vá até lá, dispa-se, deixe suas roupas lá dentro e use seu robe.

Charlotte correu para o banheiro, enquanto Maisie retirava o resto de suas roupas. Depois de alguns minutos, Charlotte abriu a porta e voltou para sua pequena sala de estar. Maisie apontou para uma pilha de roupas na poltrona.

– Agora vista essas e solte alguns fios de cabelo. Sairei em um minuto.

Ela se vestiu o mais rápido que pôde. Suas mãos estavam frias, e ela achou difícil lidar com os botões da frente do vestido de Charlotte. Talvez não precisasse realmente vestir as roupas de Charlotte, mas, caso alguém olhasse do jardim para cima, para a antessala, ela deveria estar preparada. Billy é que teria que tomar cuidado para não ser visto.

Retornando à sala de estar, Maisie ficou surpresa.

– Minha nossa... Se eu não soubesse que é você...

– Suas roupas me vestem muito bem, Srta. Dobbs.

– E o chapéu também parece ser do tamanho certo.

Charlotte sorriu.

– Eu... eu preciso lhe agradecer...

Maisie levantou a mão.

– Não agradeça... Não ainda, enfim. Esse dia está longe de chegar ao fim. Sabe o que deve fazer em seguida?

– Sim. Devo voltar diretamente para o número 15 da Ebury Place. Sandra está esperando por mim e permanecerá comigo o tempo todo até o seu retorno.

– E a senhorita não deve sair do quarto. Está entendido? Fique recolhida com Sandra! – Maisie falou baixinho, mas com uma voz que expressava urgência.

– Entendido, Srta. Dobbs. Mas e quanto ao meu pai?

– Um passo de cada vez. Um passo de cada vez. Certo, está pronta?

Charlotte assentiu.

– Muito bem.

Maisie abriu a porta e acenou para que Billy entrasse no quarto. Billy olhava alternadamente Maisie e Charlotte Waite.

– Então é agora?

– Está pronto, Billy?

– Estou. – Billy segurou a maçaneta da porta. – Sabe, há uma pergunta que eu estava querendo fazer, Srta. Waite.

Charlotte olhou primeiro para Maisie e depois de volta para Billy.

– Sim, Sr. Beale?

– A senhorita tinha duas agendas de endereços: uma antiga com todos os endereços e outra que a senhorita deixou para trás?

– Por quê...? Sim, sim, eu tinha. Levei a antiga comigo porque nunca me acostumei com a nova. Estava tão vazia que me fazia sentir como se eu não conhecesse ninguém.

– Cheguei a pensar nisso. É melhor irmos agora. – Ele se virou para Maisie. – Tome cuidado, senhorita.

~

A luz estava começando a esmaecer. Maisie observou da janela da antessala de Charlotte quando eles saíram, notando como Charlotte havia se empertigado. As pequenas luzes traseiras do táxi foram desaparecendo à medida que ele ia em direção à guarita. Ela sabia que Billy era um risco – sua perna machucada o tornava um recurso questionável. Mas ela precisou lhe pedir que retornasse de modo sorrateiro para a mansão dos Waites. Ela precisava de uma testemunha, alguém do seu lado, e não sabia até que ponto poderia confiar na criadagem. Se ao menos Stratton estivesse disposto a ver as coisas de forma diferente... mas ele não estava.

Os olhos de Maisie foram atraídos para o pombal, onde pareceu ver por apenas um segundo um movimento na sombra noturna. Algo se mexeu novamente, e alguns pombos voaram. Maisie observou o bater de asas fantasmagórico no céu crepuscular quando as aves voaram em círculo antes de arremeter e voltar para casa, onde passariam a noite. Quando ela olhou novamente para o pombal, a sombra havia desaparecido. Ela sabia que, disfarçada de Charlotte Waite, tinha motivos para temer. Maisie entrou no quarto, fechou as cortinas e depois andou até a cama. Puxando a colcha e os lençóis, removeu os travesseiros e reposicionou a almofada comprida para que parecesse que a cama estava ocupada.

O truque mais antigo da história. Vamos torcer para dar certo. Acendeu o abajur da penteadeira e passou os olhos pelo quarto antes de reabrir as cortinas. Em seguida, da porta, ela avaliou sua obra. *Sim. Muito bom.*

Na antessala, Maisie estava segurando a cortina quando ouviu um toque suave à porta. Ela não respondeu. Outro toque suave e, em seguida, a voz de uma mulher.

– Srta. Waite? Srta. Waite? Pensei em vir aqui para perguntar se gostaria de uma xícara de chá. Srta. Waite?

Maisie respirou aliviada. Sentou-se em silêncio. Um minuto se passou antes de ela escutar passos recuando pelo corredor. Ela consultou o relógio, o único acessório de que não havia aberto mão. Billy logo deveria estar de volta. Ela se sentou na mesma poltrona que havia ocupado durante a visita inicial aos aposentos, quando pressentira a tristeza e o medo constantes de Charlotte. E esperou.

Outra batida à porta. Ela prestou atenção. Se tudo havia corrido bem, a essa altura Billy já devia ter voltado.

– Srta. Waite? Srta. Waite? Consegue me ouvir? O que acha de uma tigela de canja? A senhorita precisa se manter forte.

Maisie permaneceu em silêncio, escutando. Quando finalmente os passos recuaram pelo corredor uma segunda vez, Maisie se deu conta de que de fato estava precisando se alimentar. Abriu a mala de Charlotte, pegou uma garrafa de limonada e um sanduíche. Para manter silêncio absoluto, foi até o banheiro, comeu e deu alguns goles na bebida.

Estava completamente escuro do lado de fora. Teria se enganado ao prever que o assassino atacaria logo? O tempo passava devagar.

Dez horas. Outra batida à porta. Maisie ficou tensa.

– Srta. Waite? Srta. Waite? Deve estar louca por uma bela xícara de chá e algo para comer. Como a senhorita não quer ver ninguém, vou deixar uma bandeja na porta. Há um bule de chá e alguns *macarons*. Acabaram de sair do forno. Eu os preparei especialmente para a senhorita.

A bandeja foi colocada no chão. Passos se afastando indicavam que o corredor agora estava vazio. Muito lentamente, Maisie girou a chave e a maçaneta e arrastou a bandeja para dentro do quarto. Ela fechou e trancou a porta, depois pôs a bandeja sobre a mesa, perto da poltrona.

Maisie levantou a tampa do bule e cheirou o chá Earl Gray, forte e com aroma de bergamota. *Sim*. Em seguida, esmigalhou o *macaron* fresquinho, ainda morno e exalando o aroma de amêndoas. Uma tentativa simples de disfarçar um banquete venenoso. Ela pegou o bule, serviu uma xícara, adicionou leite e açúcar, mexeu o líquido e foi até o banheiro para despejar na pia quase toda a bebida, menos alguns resíduos. Despejou metade do conteúdo do bule, para que a pessoa que o havia trazido pensasse que ela tomara duas ou três xícaras. Depois, deixando a porta do quarto entreaberta, derrubou a xícara e o pires no chão, derramando no carpete o que havia restado do chá envenenado. Estava tão próxima da janela que sua silhueta poderia ser vista do jardim. Sabendo que alguém a observava, ela cambaleou um pouco pelo quarto e caiu na cama. Ali, Maisie rolou para o lado no chão e rastejou até o canto, ocupando seu esconderijo atrás do guarda-roupa. Desse ponto privilegiado ela poderia ver a porta e a cama. Sua única preocupação nesse momento era com a chegada de Billy.

Ela esperou.

Justo na hora em que uma cãibra na perna estava ficando quase insuportável, uma chave girou na fechadura da porta principal da suíte de Charlotte Waite. Maisie prendeu a respiração. Alguém com passos leves parou perto da poltrona, e então ela ouviu um tilintar quando o intruso alcançou a porcelana caída e a colocou na bandeja. Ela ouviu a tampa ser tirada do bule e depois sendo recolocada. Outro momento se passou, passos se aproximaram e Maisie se agachou ainda mais quando a porta era escancarada e uma sombra grande se espalhava pelo chão.

Ela engoliu em seco e, na tensão do momento, temeu que a pessoa que chegara para matar Charlotte Waite a tivesse escutado. Mais uma vez conteve sua respiração e observou um braço se erguendo até o alto, com uma lâmina em riste. O assassino se moveu em direção à cama e então perdeu todo o controle e gritou aos céus. A pessoa recém-chegada se contorceu, gemendo tão profunda e fervorosamente que até mesmo sua sombra parecia emitir um grito intenso e gutural. Ela soluçou como apenas uma mãe poderia fazer, todo o seu corpo entregue à dor e à raiva de quem perdera sua prole. Repetidas vezes ela enfiou a baioneta dentro do que acreditou ser o corpo já frio de Charlotte Waite.

A assassina jogou-se no chão, seu peito arfando, seus pulmões arquejando em busca de ar. Maisie se aproximou dela, ajoelhou-se e puxou a mulher para perto de si, abraçando-a enquanto tirava a baioneta de sua mão, que não impunha resistência.

– Acabou agora, Sra. Willis. Acabou. É o fim.

CAPÍTULO 22

— Senhorita!

Billy acendeu a luz, ajoelhando-se desajeitadamente ao lado de Maisie. Ele puxou um lenço do bolso e com cuidado removeu a baioneta da mão de Maisie.

– Senhorita, não consegui entrar de volta. Tentei, mas estava tão...

– Não se preocupe, Billy. Convoque Stratton imediatamente. Vá agora, mas antes assegure-se de guardar a baioneta em um lugar seguro!

Quando Billy voltou, Maisie já havia ajudado a Sra. Willis a ir até a antessala, acomodando-a na poltrona. Ela se acalmara, mas seus olhos estavam vazios enquanto ela a encarava o nada à sua frente.

– Ele já está chegando. Telefonaram para a casa dele, senhorita, e ele está a caminho.

Assim, restava algum tempo para ficarem sozinhos com a mulher que havia ceifado três vidas e teria ceifado uma quarta. Billy ficou postado perto da porta e Maisie, ajoelhada ao lado da Sra. Willis, que estava sentada fitando a lareira que a detetive havia acendido para aquecê-la. Quem visse a cena, poderia achar que era uma jovem mulher visitando sua tia favorita.

– Serei enforcada, não serei, Srta. Dobbs?

Maisie olhou bem nos olhos vidrados da mulher inclinada para a frente na poltrona de Charlotte.

– Não posso prever o veredicto do júri, Sra. Willis. Quando a história toda tiver sido contada, pode ser que encontrem motivos para lhe dar a clemência. Talvez considerem que a senhora nem esteja apta para ir a julgamento.

– Então eles me mandarão para longe.

– Sim. A senhora perderá sua liberdade.

A Sra. Willis aquiesceu, os lábios formando um sorriso enviesado. Ela fitou as chamas.

– Perdi minha liberdade há muito tempo, Srta. Dobbs.

Maisie permaneceu imóvel.

– Eu sei.

– Elas *mataram* toda a minha família, todos, com exceção do meu mais novo, mas é como se eu o tivesse perdido.

– Eu entendo.

Maisie sabia que esse não era o momento de abordar as nuances do caso, lembrar que tudo aquilo poderia ter acontecido de uma forma ou outra depois do alistamento.

– Parece que foi ontem.

A Sra. Willis ergueu os olhos para Maisie. Billy se aproximou um pouco para conseguir escutar.

– Meu Frederick era açougueiro-chefe. Havia anos que trabalhava para a Waite's. Éramos jovens quando nos casamos. Engravidei do meu mais velho imediatamente, um bebê de lua de mel, como o chamavam. Nosso Anthony. Ah, ele era um amor. Era gentil, o Tony. Se aquele menino visse na rua um pássaro que não conseguisse voar, sem pensar duas vezes corria para a cozinha e pegava um pratinho com pão e leite. Depois de um ano, chegou o Ernest. Esse já era outra história...

A Sra. Willis sorria ao revisitar o passado.

– Ernest era um diabinho. Se houvesse alguma encrenca, então se podia apostar que Ernest estava metido nela. Mas Tony estava ali para remediar o problema, e, por mais que eles fossem diferentes como água e vinho, estavam sempre juntos. Sempre. E depois veio o Wilfred, Will, nosso caçula. Adorava livros, adorava ler. Tão pensativo que parecia passar a metade do tempo sonhando. Os vizinhos diziam que eu era afortunada por ter três meninos que se davam tão bem. Claro, havia vezes em que eles se engalfinhavam. Como filhotes rolando uns sobre os outros, até que Frederick tinha que sair e levar um por um pelo cangote. Ele era um homem grande, meu Frederick. Acabava ficando ali com eles, brincando de lutar no jardim, todos amontoados em cima do pai. As pessoas diziam que eu havia tirado a sorte grande com aqueles meus meninos.

Billy se aproximou ainda mais. À distância, Maisie ouviu o portão principal se abrir e os pneus rangerem enquanto o Invicta de Stratton se dirigia para a frente da casa. Outro veículo o seguia, presumivelmente a viatura que transportaria a Sra. Willis. Ela gesticulou para que Billy ficasse perto da porta, a postos para impedir uma entrada ruidosa dos policiais.

– Bem, primeiro Tony foi trabalhar na Waite's. Em seguida, Ernie, e por último Will. – A Sra. Willis voltou a fitar Maisie. – O Sr. Waite gostava de ter famílias inteiras trabalhando na empresa, dizia que era bom para o moral dos filhos aprender com os pais. Ele estava fazendo o mesmo com o jovem Joseph.

Ela olhou fixamente, em silêncio.

– Continue.

Maisie pôde ouvir vozes no corredor, que se calaram depois que Billy falou com a polícia. Quando Billy, Stratton e uma policial novata entraram no quarto, Maisie levantou a mão para os impedir de avançar. A Sra. Willis continuou a história, alheia aos que tinham acabado de chegar.

– Então, certo dia, Tony terminou seu turno, muito deprimido. Isso não era de seu feitio. Ernie e Will voltaram para casa, quase sem falar nada. Foram direto para cima. Pude escutar os três conversando, mas achei que alguma coisa havia acontecido no armazém, sabe, algum problema, algo assim. Nesse dia, Frederick não estava lá, tinha ido para o abatedouro. O Sr. Waite gostava que um de seus açougueiros-chefes acompanhasse o trabalho para se certificar de que tudo estivesse sendo feito de acordo com os mais altos padrões de qualidade.

A Sra. Willis fez uma pausa. Os olhos de Maisie cruzaram com os de Stratton. Ele sabia que deveria esperar.

– Entenda, não sei exatamente o que aconteceu em seguida. Era como se em um minuto nós estivéssemos ali e tudo estivesse indo muito bem, uma adorável e pequena família. Não éramos bem de vida, nem de longe, mas nos virávamos e sobrava um pouco para economizar, especialmente naquele momento em que os meninos estavam trazendo um dinheirinho para casa. E então tudo mudou. Tony e Ernie estavam muito quietos... chegaram em casa no dia seguinte e haviam se alistado. Alistado! O pai deles e eu não podíamos acreditar naquilo. Tudo ruiu, meu lar ruiu. Frederick disse que ele não aguentaria que seus meninos se alistassem sem que ele pudesse cuidar deles. Ele ainda era um homem jovem, na verdade. Não tinha nem 40 anos. No papel, ele tinha passado da idade, mas o escritório de alistamento não era muito rigoroso, desde que o sujeito estivesse no prumo. Alistou-se com eles, foi o que fez, e, é claro, foram juntos com todos os outros homens e meninos da Waite's que haviam se alistado.

A Sra. Willis ergueu o olhar e fitou Maisie novamente.

– E, sabe, naquela época eu ainda não sabia o que havia causado aquilo, o que os fizera correr e se alistar. Frederick disse que era porque se tornarem soldados os fazia se sentir adultos, porque ainda eram imaturos, não sabiam de verdade o que era aquilo. Acho que nenhum de nós sabia.

A Sra. Willis se calou. A policial se aproximou, mas Stratton a deteve com uma das mãos em seu braço.

– Foi Will que nos contou. Veja bem, estavam começando a circular os boatos sobre a garota Waite e aquelas amigas dela com suas pequenas penas brancas. Garotas estúpidas, estúpidas, estúpidas.

Ela cerrou os punhos e bateu com eles nos joelhos. Lágrimas rolaram novamente pelo seu rosto enquanto ela falava.

– Frederick contou para Will... Posso vê-lo agora, de pé na porta de casa no dia em que se foram, todos com suas fardas, um pequeno exército familiar marchando para a guerra. "Cuide de sua mãe, meu menino. Fique aqui e faça o trabalho por mim e por seus irmãos." – Ela pousou uma das mãos no peito. – Mas aquele tolinho não lhe daria ouvidos. Jovem até demais, ele era jovem até demais. Tinha que ir e se alistar, não tinha? Disse que ninguém chamaria os Willis de covardes, que, se o pai e os irmãos estavam lá, então ele também iria. Ah, eu queria que o pai estivesse ali comigo para detê-lo. "A senhora vai ficar bem, mamãe. O Sr. Waite vai tomar conta da senhora, todas as famílias ficarão bem. E, antes que perceba, estaremos juntos em casa novamente." Mas eles não voltaram. Nem Will: seu corpo pode ter voltado para casa, mas ele nunca mais voltou para o lar, para mim, não do jeito que era, o meu Will.

A Sra. Willis curvou-se para a frente, chorando e cobrindo o rosto com as mãos. Maisie se aproximou dela.

– Eu perdi todos eles, perdi todos eles por causa dessas garotas tão... perversas. E... e... eu simplesmente não aguentei mais. Eu simplesmente não aguentei a... a... dor...

Maisie estava ciente do silêncio do grupo que assistia à cena, mas não olhou para trás. Ela envolveu a Sra. Willis num abraço, consolando-a.

– Foi como uma faca transpassando meu coração. – A mulher soluçava. – O homem apareceu com o telegrama, e não consegui fazer nada. Não consegui ouvir nem mesmo respirar. Apenas me mantive ali de pé como se estivesse congelada.

A Sra. Willis pressionou a mão sobre o coração.

– O homem disse "Sinto muito, minha querida", e ali estava eu, completamente só. Eu estava atordoada, terrivelmente atordoada, com aquele pedaço frágil de papel na minha mão, me perguntando: "Qual deles? *Qual deles?*" E então a faca me transpassou, bem ali. Três vezes... Três vezes fui esfaqueada, e ainda uma vez mais, quando vi em que estado Will voltou para casa. E a dor não arrefeceu desde... Bem aqui, bem aqui... – A mulher batia no peito, respirando com dificuldade.

Maisie fechou os olhos e se lembrou dos últimos três nomes registrados nos azulejos feitos à mão sobre a porta da loja de Joseph Waite na Oxford Street: Frederick Willis, Anthony Frederick Willis, Ernest James Willis. Ela falou baixo, mas de modo que Stratton conseguisse escutar tudo o que dizia:

– Por isso que uma overdose de morfina não seria suficiente?

A Sra. Willis aquiesceu.

– Eu as drogava primeiro. Queria que escutassem antes de morrer. Não queria que se afastassem ou pedissem que eu fosse embora. Queria que morressem enquanto me ouviam falar sobre meus meninos. Que soubessem *o porquê*, e que esta fosse a última coisa que ouvissem na vida. Apenas Deus sabe o que meus meninos ouviram.

– E a senhora deixava as penas para trás.

– Sim. Eu as deixava para trás. Se algo de seus espíritos permanecesse, queria que permanecesse atormentado. Eu queria que fossem lembradas daquilo. Que sofressem como meus meninos sofreram, como todos esses meninos sofreram, e suas famílias em casa sofreram. Queria que elas ficassem pairando entre este mundo e o além, sem encontrar a paz. Sem que jamais, jamais encontrassem descanso.

Exausta, a Sra. Willis inclinou-se nos braços de Maisie e chorou.

Enquanto Maisie abraçava a mulher enlutada, levantou a cabeça e gesticulou para Stratton e a policial. Transferindo o peso muito delicadamente, como alguém entregaria um bebê de volta para a sua mãe, Maisie deixou que a policial e Stratton ajudassem a Sra. Willis a se levantar. Quando Maisie juntou-se a Billy, notou que os olhos dele estavam úmidos. Tocou seu braço.

– Está tudo bem, senhorita. Estou bem.

A Sra. Willis mobilizou suas forças para se erguer enquanto Stratton a notificava formalmente e, quando os três se dirigiram à porta, ela parou diante de Maisie.

– A senhorita passaria para visitar o meu Will? Ele nem vai perceber que eu não estou lá. Acho que minhas visitas faziam bem apenas a mim mesma, na verdade. Mas eu gostaria de saber que de vez em quando alguém está zelando por ele.

– Sim, claro, vou visitá-lo, Sra. Willis.

– Eu também, eu também irei – acrescentou Billy.

Dois policiais se posicionaram do lado de fora dos aposentos e acompanharam a Sra. Willis e a agente de polícia até as viaturas. Na outra extremidade do corredor, um pequeno grupo de criados aguardava, e todos eles estenderam seus braços para tocar a Sra. Willis quando ela passou. Mais dois policiais esperavam instruções para isolar a cena do crime.

– Eu lhe devo um pedido de desculpas, Srta. Dobbs – disse Stratton.

– Acho que as desculpas devem ser dirigidas a Magnus Fisher. E talvez a John Sedgewick.

Stratton aquiesceu, e por um momento nenhum dos dois soube o que dizer.

– E, mais uma vez, devo parabenizá-la. Também tenho que lhe pedir que vá à Yard para dar seu depoimento formal.

– Claro.

– E o senhor também, Sr. Beale.

– Certo, detetive-inspetor. Ah, e aliás... – Billy foi até as pinças da lareira e tirou de lá a baioneta. – Não consegui pensar em nenhum outro lugar para colocá-la. Mas, como mencionei antes, senhorita, minha velha e boa mãe costumava dizer que o mais difícil é encontrar algo que está escondido à vista de todos.

CAPÍTULO 23

Billy estava detestando a ideia de deixar sua família, e Maisie perdendo as esperanças de um dia conseguir levá-lo para Chelstone. Mas por fim ele aquiesceu, e na primeira segunda-feira de maio Maisie estacionou seu MG na estação de Charing Cross e o acompanhou à plataforma.

– Obrigado por me trazer. Não pense que eu teria deixado Doreen e os meninos se a senhorita não tivesse vindo.

– Não vai demorar muito até que os veja novamente, Billy. E é para o seu bem.

Billy pegou umas moedas no bolso para comprar um jornal.

– Veja isto, senhorita. – Billy apontou para a primeira página. – Não sei, não, essa jovem dama, Amy Johnson, viajando para a Austrália sozinha... 26 anos... e voando em um pequeno aeroplano, pelo amor de Deus. E aqui estou eu, apavorado de ir para Kent de trem.

Maisie colocou a mão no ombro de seu assistente.

– Nunca julgue uma jornada pela distância, Billy. Sua jornada, desde que foi para a França, lhe exigiu um tipo diferente de bravura, e eu o admiro por isso.

Maisie foi de carro até a casa de Joseph Waite em Dulwich depois de ter se despedido de Billy. Era um dia agradável, um alívio depois de uma Páscoa extremamente fria, que parecia pressagiar outro verão longo e quente, que talvez rivalizasse com o que o havia precedido. Maisie vestira roupas de verão pela primeira vez naquele ano e trajava um novo tailleur cinza-claro, com um blazer na altura do quadril e uma saia que ia até abaixo dos joelhos com duas pequenas pregas, na frente e atrás. Sapatos pretos simples combinavam com o novo chapéu preto feito com uma palha trançada em uma trama bem firme e arrematada com uma fita cinza presa na lateral com uma roseta – havia comprado por 2 guinéus na Harvey Nichols, uma compra extravagante. O blazer tinha uma gola xale, um estilo que Maisie apreciava, embora já estivesse na moda havia algumas estações.

Ela estacionou de acordo com as instruções usuais e sorriu quando a porta se abriu e Harris inclinou a cabeça para cumprimentá-la.

– Bom dia, Srta. Dobbs. Acredito que esteja bem.

– Sim, muito bem, obrigada, Harris.

O mordomo sorriu. Por um instante, nenhum dos dois soube o que dizer, até que Maisie tomou a iniciativa.

– Viu Will esta semana?

– Ah, sim, Srta. Dobbs. Duas das empregadas foram no domingo à tarde, e espero ir na quinta-feira, minha tarde de folga.

– Como ele está?

– O de sempre, senhorita. O de sempre. Pareceu ter ficado um pouco confuso quando pessoas diferentes apareceram para levá-lo ao jardim, mas se acalmou rápido. A mãe dele pode ficar tranquila, pois ele não foi esquecido.

– Sim, claro. A senhorita o visitará?

– Prometi à Sra. Willis que faria isso, então irei vê-lo em minha próxima visita ao meu...

Maisie parou de falar por um segundo quando uma imagem de Simon surgiu em sua mente, não de como ele estava agora, e sim de quando era jovem.

– Na próxima visita ao meu amigo.

O mordomo indicou a porta aberta da biblioteca.

– O Sr. Waite estará com a senhorita muito em breve.

– Obrigada.

Maisie caminhou até a janela da biblioteca, que dava para uma ampla vista dos jardins e do pombal. Os pássaros brancos chegavam e saíam voando de sua casa, arrulhando quando pousavam novamente, empoleirando-se entre seus iguais.

– Bom dia, Srta. Dobbs.

Joseph Waite fechou a porta atrás de si e indicou para Maisie uma das cadeiras perto da lareira. Ele esperou até que Maisie tivesse se sentado e, em seguida, se acomodou em sua própria cadeira.

– Como vai, Srta. Dobbs? – perguntou ele.

– Estou bem, obrigada. Charlotte está se adaptando bem?

– Sim, parece estar.

– Tem passado bastante tempo com ela, Sr. Waite?

Joseph Waite se remexeu desconfortável na cadeira.

– Sei que este é um período difícil para o senhor...

– Acha que isso é difícil? Perdi meu filho, a senhorita sabe.

Maisie aguardou um momento até que a raiva contida de Joseph Waite se aplacasse e observou seu corpo ser percorrido pela tensão que ele sentia. Impassível, ela estava determinada a prosseguir:

– Sr. Waite, por que instruiu seus criados a dizerem que não estava em casa quando vim aqui para nossa reunião anterior?

Joseph Waite girou o anel de diamante em seu dedo polegar, o anel que havia captado o sol tão facilmente quando ele estendeu a mão para alimentar os pombos no peitoril de sua janela.

– Eu... eu não sei do que a senhorita está falando.

Maisie se ajeitou na cadeira, um movimento que fez Joseph Waite erguer o olhar.

– Sim, Sr. Waite, sabe muito bem do que estou falando. Então, por favor, responda à pergunta.

– Não tenho que tolerar isto! Apenas me passe suas despesas e...

– Com todo o respeito, Sr. Waite, eu arrisquei minha vida nesta casa, então serei ouvida.

Waite ficou em silêncio e seu rosto se ruborizou.

– A verdade é que o senhor mantinha sua filha nesta casa porque temia pela vida dela. A dor e a raiva pelo que ela havia feito quando não era mais do que uma garota tola o corroíam por dentro, mas seu amor por ela o levou a mantê-la por perto.

– *Hummmpf!* – Waite desviou o olhar.

– O senhor achou que, se ela fosse morar sozinha, estaria em perigo. – Maisie fez uma pausa. – Então insistiu para que ela, uma mulher-feita, vivesse na sua casa. Achava que nem mesmo um possível marido a manteria em segurança, não é? E, embora ela estivesse sob o seu teto, o senhor não conseguia perdoá-la.

Waite estava nervoso e novamente se remexeu em sua cadeira.

– A senhorita não sabe o que está dizendo. Não tem ideia do que seja...

– O senhor deu à Sra. Willis um emprego assim que a família dela foi para a guerra. Percebeu as dificuldades dela de forma tão penetrante que lhe pediu que viesse trabalhar como governanta. Pagou pelo tratamento de Will, para ela nunca ter que se preocupar com isso. E viu a amargura dela se intensificar. Mas pensou que, desde que ela também estivesse sob seu teto, o senhor estaria no controle da situação. Quando Rosamund e Philippa foram assassinadas, suspeitou da Sra. Willis, mas não fez nada com relação a isso. Foi porque sentia tanta raiva e estava tão ferido pelas quatro quanto a Sra. Willis?

Waite baixou sua cabeça entre as mãos, mas continuou em silêncio. Maisie prosseguiu:

– Quando Charlotte desapareceu, o senhor a quis de volta porque acreditava que a Sra. Willis não a atacaria em sua casa. Foi apenas perto do fim que ficou na dúvida. Apesar de as três mortes serem terríveis, o senhor não estava de luto por essas famílias. No seu caso, a raiva arrebatadora que sentia pelo que as mulheres haviam feito ainda era profunda como uma facada. Mas se também Charlotte fosse tirada do senhor...

Waite balançou a cabeça.

– E eu não podia procurar a polícia. Eu não tinha provas. Como poderia apontar o dedo para uma mulher que já estava destroçada, cuja família dera tudo o que tinha para o meu negócio e para o país?

– Essa decisão, Sr. Waite, é questionável. O senhor visitara cada uma das mulheres alguns anos depois da guerra, para falar com elas e despejar sua raiva. Mas isso não lhe trouxe muito alívio. A raiva ainda o exasperava, junto com a terrível dor pela perda de Joe.

– Suas considerações finais, por favor, Srta. Dobbs. E depois vá embora.

Maisie não se mexeu.

– O que fará com relação a Charlotte, Sr. Waite?

– Tudo se resolverá.

– Não se resolveu durante quinze anos, e não se resolverá agora a menos que ambos, e particularmente o senhor, aceitem que podem fazer algo diferente.

– O que quer dizer? A senhorita vem aqui com suas ideias extravagantes...

– O que quero dizer é o seguinte: o ressentimento deve dar lugar à abertura; a raiva, à aceitação; a dor, à compaixão; o desdém, ao respeito... dos dois lados. Quero dizer: uma mudança, Sr. Waite. Mudança. O senhor continuou a ser um homem de negócios bem-sucedido ao aceitar a mudança, ao tomá-la para si, mesmo quando as circunstâncias estavam contra o senhor. Deve saber exatamente o que quero dizer.

Waite abriu a boca como se fosse argumentar, mas permaneceu em silêncio, fitando as brasas na lareira. Alguns minutos se passaram antes que ele falasse novamente:

– Respeito a senhorita, é por isso que a procurei. Não pago por um serviço que eu mesmo poderia fazer. Pago pelo que há de melhor, e esperei o melhor, então me diga seu preço.

Maisie assentiu e inclinou-se para a frente, forçando Waite a olhar para ela.

– Fale *com* Charlotte, não *para* ela. Pergunte como *ela* vê o passado, como se sente por ter perdido Joe. Conte-lhe como o senhor se sente, não apenas com relação a seu filho, mas a ela. Não espere fazer tudo isso de uma só vez. Saiam para caminhar todos os dias naquele jardim enorme que o senhor tem aqui, com sua grama perfeita, falem um pouco a cada dia e sejam sinceros um com o outro.

– Acho essa história de conversar uma bobagem.

– Isso é um tanto evidente, Sr. Waite.

Depois de um instante, Maisie prosseguiu, enquanto ainda tinha a atenção dele:

– E ofereça a ela um trabalho. Peça que Charlotte trabalhe para o senhor. Ela precisa de um propósito, Sr. Waite. Precisa se orgulhar de si mesma, fazer algo, conquistar um pouco de autoestima.

– O que ela pode fazer? Ela nunca fez...

– Ela nunca teve uma oportunidade. E é por isso que nem o senhor nem ela sabem o que ela é capaz de realizar ou de se tornar. A verdade é que desde que ela era uma menina o senhor sabia qual de suas duas crianças estava talhada para sucedê-lo, não? Joe era um jovem adorável, como todos os que o conheciam hão de concordar, mas ele não tinha exatamente as características necessárias para ser o líder de que sua empresa precisa, não é? E, apesar de amar Charlotte, o senhor queria tanto que Joe se tornasse o líder que sufocou o espírito dela e Charlotte se perdeu.

– Eu não sei... – Waite relutava. – Agora é tarde demais.

– Não, não é. Experimente, Sr. Waite. Se uma de suas mercadorias não vende estando na frente da loja, o senhor a muda de lugar, certo? Tente fazer isso com Charlotte. Faça uma tentativa em seu escritório ou nas lojas, coloque-a para supervisionar a qualidade dos serviços. Faça com que comece de baixo, para que ela possa mostrar seu valor para os funcionários assim como para o senhor... e para ela mesma.

– Vou pensar, quem sabe...

– Se o senhor realmente quiser ser pioneiro, Sr. Waite, a colocará onde ela pode fazer algo de bom.

– O que quer dizer?

– Joseph Waite é conhecido por sua filantropia. O senhor dá excedentes de alimentos aos pobres, então por que não alocar Charlotte na distribuição? Faça das contribuições um trabalho e deixe que ela ascenda na empresa. Deixe-a provar seu valor e lhe dê um meio de angariar respeito.

Pensativo, Joseph Waite assentiu, e Maisie soube que o astucioso homem de negócios já estava alguns passos adiante, vislumbrando capitalizar aquele conselho que ela lhe dera de maneiras que nem ela poderia imaginar. Maisie ficou em silêncio. Joseph Waite olhou dentro de seus olhos.

– Obrigado por trazer Charlotte para casa. E por ser franca. Nem sempre gostamos do que ouvimos, mas, de onde venho, o povo valoriza quem fala com franqueza e de forma clara.

– Muito bem.

Maisie se ergueu, pegou sua pasta de documentos e retirou um envelope de papel manilha.

– Meu relatório final, Sr. Waite.

Nos meses de verão, Maisie viajou para Chelstone todos os fins de semana para passar um tempo com Frankie e ver como Billy estava progredindo.

Um bônus generoso de Joseph Waite lhe propiciou certa liberdade financeira para que pudesse desfrutar da companhia do pai por períodos mais longos. Além disso, Waite contratou Maisie para que ela continuasse a aconselhá-lo na reconstrução da relação com Charlotte.

Billy, por sua vez, recuperou força e movimento em ambas as pernas. Toda semana encontrava-se com o médico, que o orientava nos exercícios e movimentos para tentar neutralizar os efeitos prolongados do ferimento de guerra.

– O que ele diz, senhorita, é que estou fortalecendo meu centro.

– Seu centro?

Maisie observou Billy escovar a crina da aquisição mais recente de lady Rowan, uma égua baia com um invejável histórico, agora aposentada e pronta para dar crias.

– Sim, é o que ele diz. – Enquanto falava, Billy continuou penteando a crina do cavalo. – Tem todos esses exercícios diferentes, alguns para alongar minhas pernas, outros para meus braços ou para o meio do meu corpo, e alguns deles são realmente movimentos curtos, bem aqui. – Billy apontou a escova para sua barriga. – Que é o meu centro.

– Bem, parece lhe fazer um bem danado. Eu o vi caminhar perto dos estábulos praticamente sem mancar.

– O principal é que a dor não é mais o que era. É claro, tenho que ter umas conversinhas com o Dr. Blanche, e tem também o Dr. Dene, que aparece para me ver de vez em quando, sabe? E, é claro, ele visita seu pai também.

Maisie sentiu seu rosto corar e olhou para baixo.

– Pensei que meu pai não precisaria mais ser examinado pelo Dr. Dene, não com as visitas do médico do povoado.

Billy prendeu uma rédea na cabeça da égua, e eles caminharam ao ar livre, sob o sol.

– Acho que o Dr. Dene gosta de visitar o Dr. Blanche, então ele dá uma passadinha para ver seu pai. Pergunta sobre a senhorita de vez em quando.

– Pergunta sobre mim?

Maisie protegeu os olhos do sol.

Billy abriu um largo sorriso e, em seguida, olhou ao redor quando escutou o som de pneus no cascalho, e um novo Austin Swallow parou de forma abrupta na extremidade do pátio, perto da casinha do cavalariço.

– Bem, falando do diabo, eis o Dr. Dene.

– Ah!

– Srta. Dobbs, é um grande prazer vê-la por aqui. E o Sr. Beale continua fazendo progressos, pelo que vejo.

– Sim, estou indo muito bem, obrigado, Dr. Dene. Não esperava vê-lo hoje.

– Não, vim fazer uma visita rápida a Maurice. – Ele se virou para Maisie. – Foi uma sorte encontrar a senhorita. Tenho que ir para Londres logo mais para uma reunião no Hospital St. Thomas. A senhorita gostaria de me acompanhar para jantar, talvez ir ao teatro?

Maisie corou novamente.

– Humm, sim, talvez.

– Ok, ok, quando eu estiver lá, dou uma ligada.

Andrew Dene apertou a mão de Billy mais uma vez, fez uma breve mesura diante de Maisie e depois se virou e correu em direção à casa da viúva.

– Se a senhorita me permite dizer, ele é um pouco atrevido, não? Falando desse jeito, todo abusado... Onde ele aprendeu isso?

Maisie riu.

– Bermondsey, Billy. Dr. Dene é um garoto de Bermondsey.

Agora que o pai estava bem e caminhando para a completa recuperação, e a estada de Billy em Kent estava quase no fim, havia chegado a hora de Maisie fazer o ritual para finalizar um caso importante da maneira como havia aprendido com Maurice. Ao visitar lugares e pessoas ligados ao caso, ela honrava o costume de seu professor de fazer um "acerto de contas completo" para que o trabalho pudesse seguir em frente com energia e compreensão renovadas. Primeiro ela visitou Hastings novamente, passando um tempo com a governanta de Rosamund Thorpe, que estava ocupada empacotando seus pertences, já que a casa fora vendida.

– Encontrei uma casinha muito agradável em Sedlescombe – disse a Sra. Hicks.

Maisie não quis entrar na casa, em respeito à tarefa de arrumação para o começo de uma nova vida. Ela se esforçava para ouvir a voz baixa da mulher, encoberta pelas gaivotas voejando em círculos sobre elas.

– É claro que sentirei falta do mar, as pessoas sempre sentem quando deixam a Cidade Velha... Não que muitos o façam.

Maisie sorriu e se virou para partir, mas a Sra. Hicks a segurou.

– Obrigada, Srta. Dobbs. Obrigada pelo que fez.

– Ah, por favor, não foi nada...

– Sabe, sempre pensei que eu veria o assassino da Sra. Thorpe enforcado e que eu não sentiria nem uma pontinha de pena. Mas eu me sinto péssima por aquela mulher. Péssima. Dizem que ela provavelmente não será enforcada, que não farão isso. Veja bem, se fosse comigo, eu gostaria de morrer. Gostaria de reencontrar minha família.

Mais tarde, quando Maisie parou na Bluebell Avenue, em Coulsden, onde John Sedgewick havia morado com sua mulher, Philippa, uma placa de "VENDE-SE" se agitava com a brisa e o homem estava trabalhando no jardim. Ele limpou as mãos e foi cumprimentar Maisie assim que a viu abrir o portão.

– Srta. Dobbs, que prazer em vê-la!

– Sr. Sedgewick.

Maisie estendeu a mão, e Sedgewick a segurou entre as suas.

– Como eu poderia lhe agradecer?

– Por favor, não há de quê.

– Bem, obrigado por ter descoberto a verdade. – Sedgewick pôs suas mãos nos bolsos. – Sei que o que Pippin fez foi errado, mas também sei que era uma boa pessoa. Ela tentou se redimir pelo que causou.

– É claro que sim, Sr. Sedgewick. Vejo que está de mudança.

– Ah, sim. Chegou a hora de fazer uma mudança completa. Aceitei uma oferta de trabalho na Nova Zelândia. Estão construindo muito lá, então sujeitos como eu são muito bem-vindos.

– Parabéns. É uma longa viagem, entretanto.

– Sim, é mesmo. Mas tive que fazer isso, começar do zero. É hora de partir. Ficar aqui me lastimando não vai trazer nada de bom. De toda forma, esta é uma rua para famílias morarem, não viúvos. Dizem que mudar faz bem.

– Boa sorte, Sr. Sedgewick. Tenho certeza de que o senhor reencontrará a alegria.

– Espero que sim, Srta. Dobbs. Realmente espero que sim.

~

Embora tivesse passado pela casa que pertencera a Lydia Fisher, Maisie não tocou a campainha. As janelas superiores estavam abertas, e ela pôde ouvir um gramofone tocando a um volume que não demonstrava nenhuma consideração pelos vizinhos. Uma mulher ria às alturas e, mesmo da rua, Maisie conseguiu ouvir um tilintar de taças. Pensou na solidão vaporosa infiltrada em cada peça do mobiliário, em cada tecido da casa de Lydia Fisher, e sussurrou: "Que ela descanse em paz."

~

Os tijolos vermelhos da Abadia de Camden pareciam quase em brasa em comparação com um céu azul raramente visto e que nesse dia agraciava Romney Marsh, mas um vento gelado fustigava a terra plana para lembrar a todos os que por ali passavam que este era um prado de que o mar havia se apropriado. Uma vez mais, Maisie foi levada à sala dos visitantes, onde, em vez de chá, uma pequena jarra de vidro fora posta em uma bandeja, ao lado de um cheddar branco e cremoso e um pão quente. Madre Constance estava esperando por ela, sorrindo do outro lado da grade quando ela entrou.

– Boa tarde, Maisie. Está na hora do almoço, então achei que um pouco de nosso vinho de amora com pão caseiro e queijo cairiam bem.

Maisie se sentou diante dela.

– Não sei quanto ao vinho, já que vou pegar a estrada logo mais. Acho que preciso tomar certo cuidado com as bebidas da Abadia de Camden.

– Nos meus tempos, Maisie...

Maisie levantou a mão.

– Madre Constance, confesso que fico me perguntado como eles a deixaram entrar aqui, com tantas coisas que a senhora fez em seus tempos.

A freira riu.

– Agora sabe o segredo do convento, Maisie: apenas aceitamos pessoas que conhecem o mundo. Bem, me diga como você está. Não estamos assim tão isoladas a ponto de não sabermos nada do que ocorre do lado de fora. Soube que suas investigações obtiveram sucesso.

Maisie pegou a jarra e se serviu de uma pequena dose de vinho tinto, intenso e translúcido.

– Acho que a palavra "sucesso" dificilmente se aplica a esse caso, madre Constance. Sim, a assassina foi levada à justiça, mas muitas questões permanecem.

Madre Constance anuiu.

– As pessoas supõem que nós, em um lugar como este, onde mulheres se reúnem em uma vida de contemplação e de orações, temos o privilégio da sabedoria. Mas não é exatamente assim. A sabedoria vem quando reconhecemos aquilo que nunca saberemos.

Maisie deu um gole em seu vinho.

– Passei a me perguntar, Maisie, se nosso trabalho é tão diferente assim. Nós duas lidamos com perguntas, não é mesmo? Investigar faz parte da vida de ambas, e somos testemunhas de confissões.

– Bem, quando colocado dessa maneira, madre Constance...

– Nós duas precisamos evitar fazer julgamentos pessoais e encaramos o desafio de fazer e dizer o que é certo quando o peso da verdade é depositado sobre nossos ombros.

– Meu trabalho é procurar arduamente por pistas que me escapam.

– E você aprendeu a lição, sem dúvida, de que, enquanto está buscando arduamente por pistas, pode estar cega quanto às perguntas não respondidas em sua própria vida. Ou pode estar se dando uma distração conveniente para não ter que respondê-las.

Maisie sorriu, concordando, enquanto bebericava novamente.

Stratton estava contido como sempre durante o almoço no Bertorelli's, havia muito adiado. Ele não voltou a falar em seu arrependimento por não ter escutado a teoria dela, mas não havia como evitar discutirem o caso.

– A Sra. Willis lhe contou onde obteve a morfina? – perguntou Maisie.

Stratton apoiava o antebraço na mesa e correu um dedo pela borda de seu copo de água.

– Muitas fontes. Houve uma tentativa de conseguir um pouco da substância de um hospital em Richmond, mas ela foi flagrada por uma enfermeira no exato momento em que entrava na sala das funcionárias. É claro que elas não puderam provar nada, mas ficaram bem mais vigilantes com relação à segurança dos medicamentos. Uma parte do seu fornecimento veio dos... você não vai acreditar nisso... pertences de uma tia solteira que havia falecido no início do ano. A Sra. Willis encontrou diversas dessas latas de morfina em frascos que foram moda entre as senhoras e podiam ser facilmente comprados. Apesar de estar velha, a substância não havia perdido nem um pouco de sua potência. Ela comprou outra parte de um farmacêutico e também usou o suprimento do Sr. Thorpe. A morfina pode levar um bom tempo para fazer efeito, mas ela teve sorte, pode-se dizer assim, de conseguir deixar as vítimas indefesas o suficiente para escutar o que ela tinha a dizer antes de administrar a dose fatal.

– E a baioneta?

– Mercado de rua.

Maisie balançou a cabeça.

Eles ficaram em silêncio e, por algum tempo, Maisie se perguntou se Stratton mencionaria o filho, mas, quando ele voltou a falar, foi sobre um assunto profissional, uma oferta que a surpreendeu bastante.

– Srta. Dobbs, deve ter lido nos jornais, cerca de duas semanas atrás, sobre uma nova chefe de pessoal encarregada da Seção de Mulheres na Yard.

– Sim, claro, Dorothy Peto.

– Sim. Bem, ela anda sugerindo todo tipo de mudanças, inclusive que as mulheres sejam alocadas no Departamento de Investigação Criminal. Fiquei me perguntando se a senhorita estaria interessada. Sabe, eu poderia recomendá-la...

Maisie levantou a mão.

– Ah, não, inspetor. Agradeço, mas prefiro trabalhar sozinha, tendo apenas o Sr. Beale como assistente.

Stratton sorriu.

– Foi exatamente o que pensei.

A conversa se dispersou à medida que o almoço chegava ao fim, embora o comportamento de Stratton tivesse mudado, tornando-se mais caloroso.

– Fiquei me perguntando – disse ele – se a senhorita gostaria de jantar comigo. Eu estava pensando na próxima quarta-feira ou na quinta.

Muito esperto, pensou Maisie. A quarta-feira não tinha a mesma importância da sexta-feira, pelo menos quando se tratava do convite a uma mulher para jantar fora.

– Obrigada pelo convite, mas eu... eu aviso. Meu assistente voltará ao trabalho na próxima semana. Ele se ausentou por um tempo para fazer uma terapia específica a fim de aliviar o incômodo de um ferimento de guerra. Tenho muito a fazer antes da volta dele.

Stratton se manifestou rapidamente:

– Então posso lhe telefonar na terça-feira à tarde?

– É claro. Ficarei à espera.

Maisie ouviu o telefone tocar em seu escritório antes mesmo de ter aberto a porta da frente, e subiu as escadas depressa antes que a pessoa do outro lado da linha tivesse perdido a paciência.

– Fitzroy 5...

– É a Srta. Maisie Dobbs?

– Sou eu.

– Aqui é Andrew Dene.

– Boa tarde, Dr. Dene.

– Fico contente em ter conseguido falar com a senhorita. Estarei em Londres no começo da semana que vem. Sabe aquela reunião do Hospital St. Thomas? Adiaram, mas agora foi remarcada. Então, será que a senhorita gostaria de jantar comigo, digamos, na quarta ou na quinta-feira?

Maisie rapidamente começou a mexer em alguns papéis sobre a mesa.

– Deixe-me ver... Estou muito ocupada neste momento. O senhor poderia me telefonar na... ah, na terça-feira à tarde.

– Certo, Srta. Dobbs. Eu lhe telefonarei na terça-feira. Até lá.

– Sim, até lá.

Ela pôs o telefone no gancho.

~

Na quarta-feira pela manhã, Maisie se postou perto da janela esperando Billy Beale voltar ao trabalho. Ela massageou a nuca e foi andando lentamente até o espelho para verificar sua aparência pela centésima vez desde que fora à Bond Street na tarde anterior. Era hora de uma mudança. Ela pensou em Simon. Sim, embora fosse continuar a visitá-lo, talvez para sempre, era hora de seguir em frente, de tentar conhecer alguém... fosse lá quem o destino colocasse em seu caminho.

Virando-se mais uma vez para a janela, ela viu Billy na esquina, caminhando rapidamente. *Sim.* Com passos mais elásticos e quase sem nenhum sinal de coxear, Billy Beale dirigiu-se à Fitzroy Square, tirando sua boina para uma mulher que caminhava com suas crianças e – ela tinha certeza disso – assobiando enquanto caminhava. *Sim.* Era o velho Billy novamente. *Que bom.* Um pouco antes de ele alcançar a porta da frente, Billy parou diante de uma revoada de pombos que havia se juntado para ciscar no pavimento. Ele balançou a cabeça e voltou a caminhar, tomando o cuidado de se afastar dos pássaros antes de subir correndo os degraus, polir a placa de latão com o avesso de sua manga e finalmente entrar.

Maisie prestou atenção. A porta se fechou com um alto estampido e Billy subiu as escadas assobiando. Ela massageou o pescoço novamente enquanto a porta era aberta.

– Bom dia, senhorita, não está uma bela... Eita!

– Bom dia, Billy. É bom tê-lo de volta, mesmo que tenha vindo com esse belo palavreado.

– A senhorita... a senhorita está mudada!

– Obrigada por ser tão observador, Billy. É para isso que pago seu salário.

Maisie tocou em seu cabelo.

– Quero dizer, senhorita, bem, é um pouco chocante, não? Mas lhe caiu bem, realmente.

Maisie olhou para ele, apreensiva.

– Tem certeza? Não está só falando da boca para fora, não é, Billy?

– Não, senhorita. Embora meu pai sempre tenha dito que o cabelo de uma mulher é como a cereja do bolo... caiu bem na senhorita, ele a faz parecer mais... mais moderna, de certa forma.

Maisie andou novamente até o espelho, ainda surpresa ao ver seu reflexo com o cabelo chanel, a parte da frente um pouco mais longa até a altura do queixo.

– Eu não aguentava mais todo aquele cabelo, especialmente as partes que sempre se soltavam nas laterais. Quis mudar um pouco.

Billy pendurou seu casaco no gancho atrás da porta e se voltou novamente para Maisie.

– Agora, só precisa de um belo lugar aonde ir.

– Bem, *vou* sair para jantar fora esta noite.

– Jantar? – disse Billy, com um sorriso maroto. – A senhorita não havia falado que não sai para jantar à noite porque um jantar significa mais do que um almoço?

Maisie riu.

– Mudei de ideia.

– Suspeito que seja com o Dr. Dene. Ele tem algumas reuniões em Londres esta semana, não é mesmo?

– Sim, imagino que sim.

– Ou é o detetive-inspetor?

– Billy...

– Vamos lá, senhorita, pode me contar.

– Não, Billy, não posso. Digamos que é o tipo de coisa que você deve deduzir. E, falando em poderes de dedução, acabei de assumir um caso novo e interessante.

AGRADECIMENTOS

Minha amiga e companheira de escrita Holly Rose foi a primeira a ler *O caso das penas brancas*, e serei para sempre grata por seu apoio, sua franqueza, suas dicas e seu entusiasmo. Minha agente, Amy Rennert, reúne de forma poderosa os atributos de amiga, mentora e orientadora – ela é a melhor. Meus agradecimentos também a minha editora, Laura Hruska, que nos deixou, e a todos da Soho Press, uma equipe editorial espetacular.

Devo meus agradecimentos ao meu pesquisador-chefe, meu *cheef resurcher* (que sabe quem é), pelas horas passadas em meio a exemplares empoeirados do *Times* e por sua inestimável consultoria sobre as engrenagens internas da Yard. Toda derrapada quanto a fatos e procedimentos, no entanto, deve ser atribuída à autora, que ficará grata em recompensar o árduo trabalho dele com algumas garrafas da bebida turfada.

Meus pais, Albert e Joyce Winspear, mais uma vez foram fontes maravilhosas sobre a "velha Londres" e me entretiveram com suas interpretações das baladas *cockney* através de ligações de longa distância.

Kenneth Leech, a quem este livro é dedicado, foi a pedra basilar da minha educação. Foi em suas aulas, quando eu tinha 10 anos, que ouvi falar pela primeira vez sobre a história da Grande Guerra que inspirou *O caso das penas brancas*. Ele foi um grande professor e uma pessoa muito estimada.

Ao meu marido, John Morell: obrigada por ser meu fã *numero uno* – e por vasculhar sebos em busca de novas fontes para me ajudar a trazer cor e profundidade à vida de Maisie Dobbs.

Todo escritor precisa de um cachorro, e eu tenho Sally, minha companheira constante enquanto estou trabalhando, junto com seu amigo, Delderfield, um gato completamente ocioso.

LEIA AGORA UM TRECHO DO
TERCEIRO LIVRO DA SÉRIE MAISIE DOBBS

MENTIRAS PERDOÁVEIS

CAPÍTULO 1

A jovem policial estava em um canto da sala. Paredes pintadas de branco, uma porta pesada, uma mesa de madeira com duas cadeiras e uma janelinha de vidro fosco compunham o ambiente impessoal. Era uma tarde fria, e ela estava ali desde que começara seu turno, duas horas antes, tendo como única companhia a menina desalinhada e curvada que estava sentada na cadeira de frente para a parede. Outros haviam entrado na sala e ocupado a segunda cadeira. Primeiro, o detetive-inspetor Richard Stratton, acompanhado do sargento Caldwell, de pé atrás dele. Depois foi a vez de Stratton esperar enquanto um médico do Hospital Maudsley se sentava diante da menina, tentando fazê-la falar. Ninguém sabia que idade a menina tinha nem de onde vinha, pois não dissera uma palavra desde que fora trazida naquela manhã, com seu vestido manchado de sangue, as mãos e o rosto que pareciam não ser limpos havia um mês. Ela agora aguardava outra pessoa que tinha sido convocada para interrogá-la: uma tal Srta. Dobbs. A policial tinha ouvido falar de Maisie Dobbs, mas, pelo que testemunhara até ali, duvidava que alguém conseguiria fazer aquela jovem encardida falar.

A policial ouviu um burburinho atrás da porta: Stratton, Caldwell e, logo depois, outra voz. Uma voz suave. Uma voz que não era nem alta nem baixa, que não precisava se elevar para ser escutada ou, pensou ela, para receber atenção.

A porta se abriu e Stratton entrou, seguido por uma mulher que ela supôs ser Maisie Dobbs. A policial estava surpresa, pois a jovem não era nem um pouco como havia imaginado. Em seguida, porém, deu-se conta de que a voz havia revelado muito pouco sobre a dona, a não ser que tinha gravidade, embora não fosse grave.

Trajando um tailleur vinho simples com sapatos pretos e carregando uma pasta de couro preta surrada, a visitante sorriu tanto para a policial quanto para Stratton de um jeito que deixou a oficial um pouco aturdida quando fitou os olhos azul-escuros de Maisie Dobbs, psicóloga e investigadora.

– É um prazer conhecê-la, Srta. Chalmers – disse Maisie, embora elas não tivessem sido apresentadas.

A familiaridade calorosa do cumprimento intrigou Chalmers.

– *Brrr*. Está frio aqui – acrescentou a investigadora, virando-se para Stratton. – Inspetor, podemos trazer um aquecedor a óleo para cá, apenas para aumentar um pouco a temperatura?

Stratton arqueou uma sobrancelha e inclinou a cabeça ao ouvir o pedido incomum. Ao ver que seu superior havia sido pego desprevenido, Chalmers tentou esconder um sorriso, e a menina sentada ergueu a vista, por um segundo apenas, atraída pela voz da mulher.

– Que bom. Obrigada, inspetor. Ah, e talvez uma cadeira para a Srta. Chalmers também.

Maisie Dobbs retirou as luvas, colocando-as sobre uma grande bolsa preta que ela acomodou no chão antes de puxar a cadeira para se sentar, não diante da menina, do outro lado da mesa, mas perto dela.

Estranho, pensou Chalmers, no momento em que um policial chegou com outra cadeira. O homem saiu da sala e depois voltou com um pequeno aquecedor a querosene, que ele deixou perto da parede. Os dois se entreolharam e deram de ombros.

– Obrigada – disse Maisie, sorrindo.

E eles sabiam que a visitante havia notado seus olhares furtivos.

Naquele momento, sentada ao lado da menina, Maisie não disse nada. Permaneceu em silêncio por alguns minutos, e Chalmers se perguntou o que raios ela fora fazer lá. Em seguida, percebeu que a tal Dobbs havia cerrado os olhos e lentamente mudado de posição. Por mais estranho que parecesse, Chalmers podia apostar que Maisie estava conversando com a menina sem abrir a boca, pois a menina – como se não pudesse evitar – inclinou-se em direção à investigadora. *Minha nossa, ela vai falar.*

– Estou mais aquecida agora.

Era uma voz ressonante do sudoeste da Inglaterra. A menina falou lentamente, enfatizando o "r" e assentindo ao concluir a frase. *Uma camponesa.* Sim, Chalmers a classificaria como uma camponesa.

Maisie Dobbs, porém, não respondeu. Apenas abriu os olhos e sorriu, mas não com a boca. Não, foram seus olhos que sorriram. Depois tocou a mão da menina e tomou-a na sua. A menina começou a chorar e, novamente, de modo muito estranho, pensou Chalmers, a tal Dobbs não abraçou a menina nem tentou interrompê-la, nem mesmo aproveitou a oportunidade como Stratton e Caldwell provavelmente teriam feito. Não, ela apenas se sentou e assentiu, como se tivesse todo o tempo do mundo. Em seguida, a mulher surpreendeu a policial mais uma vez.

– Srta. Chalmers, faria a gentileza de pedir uma tigela de água quente, um pouco de sabão, duas flanelas e uma toalha, por favor?

Chalmers assentiu e se aproximou da porta. *Ah, mais tarde isso certamente renderá uma boa conversa com as garotas. Elas vão se divertir ao imaginar essa pequena pantomima.*

A policial providenciou tudo e levou para a sala. Maisie tirou o blazer, colocou-o sobre o encosto da cadeira e arregaçou as mangas da blusa de seda creme. Ela enfiou as mãos na água e esfregou um pouco de sabão numa flanela molhada, depois a espremeu. Em seguida, ergueu o queixo da menina, sorriu ao encarar seus olhos avermelhados e injetados e começou a limpar seu rosto, repetindo o movimento de enxaguar a flanela e passar delicadamente o pano morno nas têmporas e na testa da menina. Limpou também os braços, primeiro mantendo a flanela quente na mão esquerda da menina, em seguida passando-a pelo antebraço até o cotovelo e depois fazendo o mesmo com o lado direito. A jovem estremeceu, mas Maisie não deu sinais de ter percebido. Continuou massageando a mão direita com o pano, subindo suavemente até o cotovelo e enxaguando-o outra vez.

Então ela se ajoelhou, pegou os pés descalços e imundos da menina e removeu a sujeira e a fuligem com a segunda flanela. Foi quando a policial percebeu que estava hipnotizada pela cena à sua frente. *É como estar na igreja.*

A menina falou novamente:

– A senhorita tem mãos macias.

Maisie Dobbs sorriu.

– Obrigada. Fui enfermeira na guerra, anos atrás. Era isso que os soldados costumavam dizer: que minhas mãos eram macias.

A menina assentiu.

– Qual é o seu nome?

Chalmers não desviou os olhos quando a menina – que durante doze horas permanecera sentada naquela sala, sem tomar mais do que uma xícara de chá – respondeu imediatamente:

– Avril Jarvis.

– De onde você é?

– Taunton, senhorita.

Ela começou a soluçar.

Maisie Dobbs enfiou a mão na bolsa preta e sacou um lenço de linho limpo, que pôs na mesa diante da menina. Chalmers esperou que Maisie pegasse uma folha de papel para tomar notas, mas não foi o que aconteceu. Em vez disso, ela continuou com as perguntas enquanto terminava de secar os pés da garota.

– Quantos anos tem, Avril?

– Farei 14 em abril, acho.

Maisie sorriu.

– Conte-me: por que está em Londres, e não em Taunton?

Avril Jarvis agora soluçava sem parar. Maisie dobrou a toalha e se sentou perto dela novamente. Mas ela respondeu à pergunta, assim como a todas as outras feitas no decorrer de uma hora, quando então Maisie disse que, por enquanto, era o bastante, que cuidariam dela e que voltariam a conversar no dia seguinte – e que o detetive-inspetor também precisaria ouvir o depoimento dela. Depois, para deixar ainda mais interessante a história que

Chalmers contaria para as outras policiais alojadas nos quartos do segundo andar da Vine Street, a jovem Jarvis assentiu e disse:

– Tudo bem. Desde que a senhorita fique comigo.

– Sim, eu estarei aqui. Não se preocupe. Agora você pode descansar, Avril.

CAPÍTULO 2

Depois de se reunir com Stratton e Caldwell para relatar a conversa, Maisie foi levada de volta ao seu escritório na Fitzroy Square pelo motorista de Stratton, que a pegaria novamente na manhã seguinte para outra visita a Avril Jarvis. Maisie sabia que muitas informações surgiriam no segundo encontro. Dependendo do que fosse revelado e do que pudesse ser provado, Avril Jarvis talvez passasse o resto da vida atrás das grades.

– A senhorita demorou um bocado – comentou Billy Beale, seu assistente, passando os dedos pelo cabelo luminoso como o sol.

Ele se aproximou de Maisie, tomou seu casaco e o pendurou no gancho atrás da porta.

– Sim, dessa vez levou bastante tempo, Billy. A pobrezinha não teve nenhuma chance. Veja bem, não sei até que ponto a polícia já investigou seus antecedentes criminais, e eu gostaria de ir mais fundo para ter algumas impressões e informações mais detalhadas. Se eu for chamada para testemunhar no tribunal, quero estar preparada.

Maisie tirou o chapéu, colocou-o no canto da mesa e guardou as luvas na primeira gaveta.

– Estive pensando numa coisa, Billy. Que tal você e Doreen viajarem para Taunton no fim de semana, com tudo pago?

– A senhorita quer dizer como se fosse um feriado?

Maisie inclinou a cabeça.

– Bem, não será exatamente como tirar férias. Quero que você investigue Avril Jarvis, a menina com quem conversei esta manhã. Ela contou que é de Taunton e não há por que desconfiar dela. Descubra onde morou, como é a família, se frequentou a escola lá, se trabalhou e quando chegou a Londres. Quero saber por que veio para cá... duvido que soubesse que iria viver nas ruas... e como ela era quando criança. – Maisie balançou a cabeça. – Meu Deus, ela só tem 13 anos... ainda é uma criança. Isso é deplorável.

– Ela está em apuros, senhorita?

– Ah, sim. E dos grandes. Está prestes a ser acusada de assassinato.

– Deus... E tem apenas 13 anos?

– Sim. E então, podem ir a Taunton?

Billy comprimiu os lábios.

– Bem, na verdade, Doreen e eu não saímos de férias muitas vezes. Ela não gosta de deixar os meninos, mas, sabe, acho que minha mãe pode cuidar deles enquanto estivermos longe.

Maisie aquiesceu e pegou uma nova pasta de papel manilha, na qual escreveu AVRIL JARVIS, e a entregou para Billy junto com uma série de fichas onde rabiscara anotações enquanto esperava começar a reunião com Stratton e Caldwell.

– Muito bem. Então me avise se poderão ir e quando. Vou adiantar o dinheiro para transporte, hospedagem e despesas extras. Bem, agora vamos voltar ao trabalho, pois tenho que sair à tarde.

Billy pegou a pasta e se sentou à sua mesa.

– Ah, sim, a senhorita vai encontrar aquela sua velha amiga, a Sra. Partridge.

Maisie voltou a atenção para um livro-razão diante dela.

– Sim, Priscilla Partridge... – respondeu, sem tirar os olhos da mesa. – Ou Evernden, como se chamava quando estudávamos na Girton. Em 1915, depois de dois semestres de faculdade, ela ingressou no Corpo de Enfermeiras de Primeiros Socorros e dirigiu uma ambulância na França. – Maisie suspirou e por fim ergueu o olhar. – Ela não aguentou ficar na Inglaterra depois do armistício. Perdeu os três irmãos na guerra, e os pais para a gripe de 1918, então foi viver na costa atlântica da França. Foi onde conheceu Douglas Partridge.

– Acredito que já ouvi esse nome – comentou Billy, tamborilando o lápis na têmpora.

– Douglas é um escritor e poeta famoso. Foi gravemente ferido na guerra, perdeu um braço. Sua poesia sobre o conflito suscitou muita controvérsia no país quando foi publicada, mas ele conseguiu prosseguir com seu trabalho... apesar de ser muito sombrio, se entende o que quero dizer.

– Não muito... Já ouvi falar dele, mas, a senhorita sabe, poesia não é meu forte, para dizer a verdade.

Maisie sorriu e continuou:

– Priscilla teve três meninos, que ela chama de "sapos". Diz que são exatamente como os irmãos dela: estão sempre tramando alguma coisa. Ela está em Londres procurando uma escola para eles para o próximo ano. Ela e Douglas decidiram que os meninos estavam crescendo e precisavam ter uma educação britânica.

Billy balançou a cabeça.

– Acho que eu não conseguiria me desfazer dos meus meninos... Ah, desculpe, senhorita.

Ele tampou a boca com a mão ao lembrar que Frankie Dobbs havia feito Maisie trabalhar como criada na casa de lorde Julian Compton e sua mulher, lady Rowan, quando a mãe dela morreu. Maisie mal tinha feito 13 anos.

Ela deu de ombros.

– Está tudo bem, Billy. Faz muito tempo. Meu pai agiu como achou que era melhor, e não tenho dúvidas de que é o que Priscilla está fazendo. Cada um sabe de si... e todos temos que partir um dia, não? – Maisie deu de ombros novamente. – Vamos terminar estas contas e ir para casa.

Desde o ano anterior, Maisie morava na casa de Belgravia de lorde e lady Compton. Na verdade, ao aceitar ocupar o quarto na mansão, Maisie estava prestando um favor a lady Rowan, que queria alguém de sua confiança morando lá durante sua ausência. Maisie era agora uma mulher independente, dona de seu próprio negócio, desde a aposentadoria de seu mentor e antigo chefe, Maurice Blanche. Assim, em vez de uma cama modesta nos quartos da criadagem no andar superior da mansão – sua primeira experiência naquela vida doméstica –, Maisie agora ocupava aposentos elegantes no segundo andar. Os Comptons vinham passando mais tempo em Chelstone, a casa de campo em Kent, onde o pai de Maisie trabalhava como cavalariço. Todos pensavam que o casal mantinha a propriedade de Belgravia apenas para futuramente passá-la para James, o filho dos Comptons, que cuidava dos negócios da família no Canadá.

Na maior parte do tempo, Maisie ficava sozinha na casa, a não ser pela companhia esporádica das criadas. No fim do verão, lady Rowan costumava chegar para assumir sua posição como uma das principais anfitriãs de Londres. Entretanto, ela restringira essa extravagância desde o ano anterior, quando, com uma compaixão raramente vista no meio aristocrático, declarou: "Eu não posso esbanjar nesses eventos enquanto metade da população não tem comida para encher a barriga! Não, agiremos com mais cautela e veremos o que pode ser feito para tirar o país dessa bagunça deplorável!"

Ao chegar à Ebury Place naquela noite, Maisie dirigiu até os estábulos localizados atrás da mansão e percebeu imediatamente que o Rolls-Royce de lorde Compton estava estacionado ao lado do velho Lanchester e que George, o motorista, conversava com Eric, o criado que cuidava dos automóveis quando George ficava em Kent.

George tocou brevemente a testa com os dedos numa saudação e abriu a porta do carro para Maisie.

– Boa noite, senhora. É um prazer vê-la outra vez.

– George! O que está fazendo aqui? Lady Rowan veio a Londres?

– Não, apenas sua senhoria, lorde Compton. Mas ele não vai ficar muito tempo. Veio só para uma reunião de negócios, e depois irá ao clube.

– Ah. Uma reunião em casa.

– Sim. E, se não se importa, ele pediu que a senhora fosse encontrá-lo na biblioteca assim que chegasse.

– Eu?

Maisie estava surpresa. Ela às vezes pensava que lorde Compton havia apoiado os primeiros anos da educação de Maisie apenas para satisfazer o desejo da esposa, embora sempre tivesse sido cordial com ela.

– Isso mesmo. Ele sabe que a senhora vai sair mais tarde, então avisou que não tomará muito do seu tempo.

Maisie assentiu para George e agradeceu a Eric, que apareceu com um pano para dar um trato no já lustroso MG. Em vez de entrar na casa pela cozinha, uma informalidade que havia se tornado hábito, ela andou rápido em direção à porta da frente, imediatamente aberta por Sandra, a mais antiga empregada depois do mordomo, Carter, que estava em Chelstone.

– Boa noite, senhora. – Sandra fez uma reverência breve, sabendo que Maisie não era afeita a tais formalidades. – Sua senhoria...

– Sim, George acaba de me contar.

Ela estendeu o chapéu e o casaco para Sandra, mas continuou segurando a pasta de documentos. Consultou o relógio de enfermagem de prata preso à lapela, um presente de lady Rowan quando fora convocada à França em 1916. O relógio se tornara seu talismã desde então.

– Obrigada, Sandra. Poderia me preparar um banho, por favor? Preciso encontrar a Sra. Partridge no Strand Palace às sete horas e não quero me atrasar.

– Certo, senhora. É uma pena que ela não tenha se hospedado aqui. Não foi por falta de quartos.

Maisie arrumou o cabelo preto e grosso e respondeu enquanto andava depressa até a escada em curva.

– Ah, ela disse que queria ser mimada em um hotel extravagante, agora que teria alguns dias de paz sem os filhos.

Diante da porta da biblioteca, Maisie se recompôs antes de bater. Ouviu ressoarem vozes masculinas. Lorde Compton era seco e decidido. A segunda voz parecia grave e resoluta. Enquanto escutava, Maisie fechou os olhos e começou a mexer os lábios de acordo com as palavras entreouvidas, movendo o corpo automaticamente para incorporar a postura sugerida pela voz. Sim, era um homem decidido, um homem proeminente, que carregava um peso sobre os ombros. Pensou que talvez fosse um advogado, embora algo tivesse aguçado sua curiosidade logo antes de ela bater à porta e entrar na biblioteca: Maisie pôde ouvir na voz do homem mais do que uma insinuação de medo.

~

– Maisie, que bom que pôde reservar alguns instantes do seu precioso tempo para conversarmos.

Julian Compton estendeu a mão para Maisie, convidando-a a entrar. Ele era um homem alto e magro, com cabelos grisalhos penteados para trás e maneiras afáveis e tranquilas, que sugeriam riqueza, autoconfiança e sucesso.

– É um prazer encontrá-lo, lorde Julian. Como vai lady Rowan?

– A não ser pelo problema infeliz em seu quadril, não há nada que possa detê-la! É claro, agora há outro potro a caminho... talvez outra promessa para o *derby* daqui a alguns anos!

Lorde Compton virou-se para o homem que estava postado de costas para a lareira.

– Deixe-me apresentá-la a um grande amigo meu, sir Cecil Lawton, conselheiro do rei.

Maisie se aproximou, e os dois trocaram um aperto de mãos.

– Boa noite, sir Cecil.

Ela notou seu desconforto, a maneira como ele praticamente não olhou em seus olhos. Em vez disso, fitou um ponto atrás de Maisie antes de encarar seus próprios pés e depois lorde Julian. *Quase posso farejar o medo*, pensou ela.

Cecil Lawton era apenas alguns centímetros mais alto que Maisie. Ele tinha cabelos grisalhos escuros e ondulados, repartidos ao meio e penteados para os lados. Usava óculos meia-lua e seu nariz batatudo parecia acomodar-se mal sobre o bigode encerado. Suas roupas eram caras, embora já um pouco gastas. Maisie conhecera muitos homens assim ao longo de sua vida profissional, advogados e juízes que investiram muito dinheiro em roupas para impressionar, mas, depois de alcançarem o sucesso na carreira, não encaravam a Savile Row – onde se concentravam os melhores alfaiates de Londres – com a mesma reverência dos dias de juventude.

– É um prazer encontrá-la novamente. Já nos conhecemos, a senhorita lembra? Foi quando testemunhou para a defesa no caso Tadworth. Não fosse por suas observações aguçadas, o homem talvez tivesse sido mandado para a prisão de Wormwood Scrubs.

– Obrigada, sir Cecil.

Maisie estava ansiosa para saber por que fora apresentada a ele, mas queria ainda mais que sobrasse tempo de se arrumar para o jantar com Priscilla. Ela se virou para lorde Julian.

– Soube que queria me ver, lorde Julian. Há algum assunto em que eu possa ser útil?

Lorde Julian lançou um breve olhar para Lawton.

– Vamos nos sentar. Maisie, sir Cecil precisa confirmar certas informações recebidas alguns anos atrás, durante a guerra. Ele me procurou, e eu imediatamente sugeri que você poderia auxiliar.

Lorde Julian olhou de relance para Lawton e em seguida voltou sua atenção novamente para Maisie.

– Acho que seria melhor se sir Cecil lhe explicasse a situação numa conversa privada, sem a minha interferência. Sei que vai preferir ouvir os detalhes nas palavras dele, e qualquer pergunta que lhe dirija poderá ser respondida de forma absolutamente confidencial. Devo acrescentar, Maisie – lorde Julian sorriu para o amigo –, que informei ao meu bom amigo aqui que seus honorários não são insignificantes e que você vale cada penny!

Maisie sorriu e inclinou a cabeça num cumprimento.

– Obrigada, lorde Julian.

– Muito bem. Vou me retirar para a minha toca por cerca de dez minutos. Volto logo.

~

Sir Cecil Lawton se remexia no assento. Ficou de pé outra vez, parado de costas para a lareira. Maisie reclinou-se um pouco na cadeira, um movimento que levou Lawton a limpar a garganta e começar a falar:

– Isto é um tanto incomum, Srta. Dobbs. Nunca imaginei que um dia buscaria ajuda neste assunto...

Lawton balançou a cabeça com os olhos cerrados e, em seguida, ergueu o olhar e continuou:

– Meu único filho, Ralph, foi morto na guerra.

– Sinto muito, sir Cecil.

Maisie manifestou suas condolências com delicadeza. Sentia que Lawton queria se livrar de um peso, então se inclinou para a frente, dando a entender que prestava atenção. Ele havia pronunciado o nome de seu filho com uma dicção antiquada.

– Eu ocupava uma posição que me permitia fazer perguntas, então eu não tinha... não tenho... nenhuma dúvida de que Ralph morreu. Ele estava no Real Corpo Aéreo. Esses camaradas tinham sorte quando conseguiam sobreviver a três semanas na França.

Maisie aquiesceu, mas não disse nada.

Lawton pigarreou, ergueu o punho até a boca por um segundo, cruzou os braços e continuou:

– Minha mulher, no entanto, sempre afirmou que Ralph estava vivo. Ela se tornou muito... muito *instável*, acho que posso descrever assim, depois que recebemos a notícia. Ela acreditava que um dia ele voltaria para casa. Dizia que mães sabem dessas coisas. Agnes teve um colapso nervoso um ano depois da guerra. Tinha se envolvido com espiritualistas, médiuns, todo tipo de charlatanice, tudo numa tentativa de provar que Ralph continuava vivo.

– Muitos se consultaram com essas pessoas, sir Cecil. Quanto a isso, sua esposa não estava sozinha.

Lawton anuiu e seguiu com a história.

– Uma delas chegou a dizer que um guia espiritual... – Ele balançou a cabeça mais uma vez e sentou-se diante de Maisie. – Desculpe-me, Srta. Dobbs. Apenas pensar nisso já faz meu sangue ferver. O fato de uma pessoa exercer tal poder sobre outra é repugnante. Não basta a uma família ter que suportar a dor, sem ter uma bruxa...

Lawton pareceu titubear, mas logo se recompôs.

– Enfim, ela disse à minha mulher que um guia espiritual transmitiu uma mensagem do além, segundo a qual Ralph não estaria morto, mas bem vivo.

– Como isso deve ser difícil para o senhor...

Maisie tomou cuidado para não emitir opiniões enquanto ouvia a história. Havia algo no comportamento de Lawton enquanto falava do filho que a inquietava. A pele dela formigou de leve na nuca, de onde subia até o couro cabeludo uma cicatriz resultante da explosão de um projétil. *A estima dele pelo filho foi comprometida.*

– Minha mulher passou os últimos dois anos de vida em um hospital psiquiátrico, Srta. Dobbs, uma instituição privada no interior. Naquele momento eu não podia lidar com rumores que pusessem em risco minha reputação. Cuidaram dela em circunstâncias muito confortáveis.

Maisie olhou para o relógio de pêndulo no canto da sala. Ela precisava correr.

– Diga-me, sir Cecil, como posso ajudá-lo?

Lawton pigarreou e recomeçou a falar:

– Agnes, minha mulher, morreu há três meses. Organizamos um pequeno funeral e publicamos a costumeira nota de falecimento na seção de obituários do *Times*. Entretanto, no seu leito de morte, ela implorou que eu prometesse que iria encontrar Ralph.

– Ah.

Maisie juntou as mãos e as levou aos lábios, como numa prece.

– Sim. Prometi encontrar alguém que está morto. – Ele se virou para encarar Maisie pela primeira vez. – Tenho o dever de procurar por ele. É por isso que vim até a senhorita, por sugestão de Julian.

– Lorde Julian fez parte do Gabinete de Guerra durante o conflito. Tenho certeza de que ele tem acesso aos arquivos.

– Claro, e a busca revelou apenas o que já sabíamos: capitão Ralph Lawton, Real Corpo Aéreo, morto na França em agosto de 1917.

– O que quer que eu faça, sir Cecil?

– Quero que prove, de uma vez por todas, que meu filho está morto.

– Sinto muito, mas preciso perguntar: e quanto ao túmulo dele?

– Ah, sim, o túmulo. Meu filho morreu em um incêndio quando o avião caiu. Restou muito pouco da aeronave, menos ainda do meu filho. Seus restos mortais estão enterrados na França.

– Entendo.

– Estou dando esse passo para manter a promessa que fiz à minha mulher.

Maisie franziu a testa.

– Mas uma busca dessas pode prosseguir indefinidamente, além de ser insuportável, se me permite comentar, sir Cecil.

– Sim, sim, eu entendo. Entretanto, decidi que será estabelecido um limite de tempo para essa tarefa.

Maisie respirou fundo.

– Sir Cecil, como sem dúvida compreende, estou acostumada a receber solicitações incomuns e já assumi encargos que outros teriam recusado ou dos quais teriam se aproveitado. Em um caso desses, minha responsabilidade deverá contemplar também o seu bem-estar... se é que posso falar com franqueza.

– Estou perfeitamente bem, a senhorita sabe. Eu...

Maisie levantou-se, caminhou até a janela, olhou de relance para o relógio e se virou para fitar Lawton.

– Sinceridade irrestrita costuma ser uma exigência do meu trabalho, e devo, como eu disse, ser franca. Faz pouco tempo que o senhor está de luto e, para piorar, sua esposa jogou em seus ombros a terrível tarefa de encontrar um filho que, para todos os efeitos, está morto. Parece que, desde que recebeu a notícia do falecimento, o senhor ainda não pôde atravessar os rituais de luto que devemos cumprir a fim de deixar no passado aqueles que se foram.

Maisie fez uma pausa, olhou novamente para Lawton e prosseguiu:

– É somente após esse longo processo de luto que nos sentimos livres para recordar os mortos com todo o nosso sentimento. Se eu assumir este caso, será imprescindível levar em conta sua passagem pelo processo de luto e suas lembranças. Veja bem, sir Cecil, não estou certa de como devo proceder aqui, mas sei muito bem quanto será difícil para o senhor reviver a perda no decorrer da investigação. E, é claro, precisarei interrogar as pessoas que sua mulher consultou para confirmar o pressentimento de que seu filho estaria vivo.

– Entendo. Ou acho que entendo. Pensei que talvez a senhorita pudesse apenas buscar documentos em arquivos, ir à França e...

Lawton não encontrava as palavras. Estava claro que não tinha ideia do que Maisie poderia descobrir na França.

– Permita-me fazer uma sugestão, sir Cecil. Considere tudo o que eu expliquei e as implicações de minha investigação. Depois, telefone para meu escritório e, caso ainda queira que eu vá atrás da verdade sobre a morte de Ralph, seguiremos em frente.

Maisie pegou a pasta e retirou dela um cartão de visita, que estendeu para Lawton. Nele estavam escritos seu nome, seguido pelas palavras "Psicóloga e Investigadora", e seu número de telefone.

Lawton examinou o cartão por um momento antes de enfiá-lo no bolso do colete.

– Sim, claro. Vou refletir sobre o escopo da minha demanda.

– Muito bem. Agora, com sua licença, sir Cecil, preciso me apressar. Tenho um jantar marcado esta noite.

Uma única batida à porta anunciou a entrada, no momento oportuno, de lorde Julian Compton.

– Imagino que estejam concluindo o assunto.

– Sim, Julian. A Srta. Dobbs foi muito atenciosa.

Sir Cecil estendeu a mão para Maisie.

– Estarei à espera de notícias suas quando achar apropriado, sir Cecil. – Maisie apertou a mão que ele lhe estendera e se virou para sair. – Mais uma coisa a respeito da afirmação de sua mulher: se o senhor decidir dar início à investigação, gostaria de saber se ela sugeriu um motivo para Ralph não ter voltado para casa, já que acreditava que ele estivesse vivo.

~

CONHEÇA OS LIVROS DA SÉRIE

Maisie Dobbs

O caso das penas brancas